建党百年
百篇文学
短经典

第一卷

开天辟地　新航船

贺绍俊
李云雷
丛治辰

主编

人民文学出版社

图书在版编目(CIP)数据

建党百年百篇文学短经典. 第一卷,开天辟地新航船/贺绍俊,李云雷,丛治辰主编. —北京:人民文学出版社,2021
ISBN 978-7-02-014635-2

Ⅰ.①建… Ⅱ.①贺… ②李… ③丛… Ⅲ.①中国文学—当代文学—作品综合集 Ⅳ.①I217.1

中国版本图书馆 CIP 数据核字(2021)第 104606 号

责任编辑　徐晨亮　谢　欣
装帧设计　刘　远
责任印制　宋佳月

出版发行　人民文学出版社
社　　址　北京市朝内大街 166 号
邮政编码　100705

印　　刷　三河市宏盛印务有限公司
经　　销　全国新华书店等

字　　数　313 千字
开　　本　680 毫米×960 毫米　1/16
印　　张　27.25　插页3
版　　次　2021 年 6 月北京第 1 版
印　　次　2021 年 6 月第 1 次印刷

书　　号　978-7-02-014635-2
定　　价　78.00 元

如有印装质量问题,请与本社图书销售中心调换。电话:010-65233595

出版说明

　　为庆祝中国共产党成立一百周年,以符合广大读者欣赏习惯的内容和形式,弘扬红色传统,传承红色基因,凝聚爱党爱国之情,砥砺强国兴邦之志,我社策划推出了这套"建党百年百篇文学短经典",邀请密切关注和深刻了解现当代文学发展的专家,经反复讨论,从反映建党百年光辉历程的优秀文学作品中,精选出思想精深、艺术精湛、篇幅精悍的中短篇小说与散文纪实类作品共一百篇。

　　"建党百年百篇文学短经典"按作品发表时间分为四卷:第一卷《开天辟地新航船》,收入中华人民共和国成立之前作品;第二卷《崛起东方新中国》,收入中华人民共和国成立至改革开放之前作品;第三卷《劈波斩浪新征程》、第四卷《走进辉煌新时代》,收入改革开放以来作品。这些作品政治性、思想性和艺术性高度统一,其中既有经过时间考验、读者广为传诵的"红色经典",也有以饱满的热情书写"十八大"以来党领导下各项事业历史性成就的新篇,既有以艺术手法刻画革命战争时期和社会主义建设阶段英烈楷模形象的精品,也有聚焦普通党员群众生活、展现社会全方位变革的佳作,从不同角度反映了百年来中国共产党团结带领全国各族人民不懈奋斗,争取民族独立、人民解放,实现国家富强、人民富裕这一波澜壮阔进程,也代表了中国现当代文学创作的高度与成就。

编者简介：

贺绍俊，1951 年生于湖南长沙。毕业于北京大学中文系。现为沈阳师范大学特聘教授，中国当代文学研究会副会长。著有《文学的尊严》《重构宏大叙述》《铁凝评传》《建设性姿态下的精神重建》《当代文学新空间》等。曾获鲁迅文学奖等多种奖项。

李云雷，1976 年生于山东冠县。北京大学中文系博士。现为《小说选刊》副主编。著有评论集《如何讲述新中国的故事》《重申"新文学"的理想》，小说集《父亲与果园》《再见，牛魔王》《到姐姐家去》等。曾获冯牧文学奖等多种奖项。

丛治辰，1983 年生于山东威海。北京大学中文系博士。现为北京大学中文系副教授，中国当代文学研究会副秘书长。著有《世界两侧：想象与真实》，译有《电脑游戏：文本、叙事与游戏》等。曾获唐弢青年文学研究奖等多种奖项。

目　录

前　驱　者

小　说

散文纪实

前驱者

敬告青年

陈独秀

窃以少年老成，中国称人之语也；年长而勿衰（Keep young while growing old），英美人相勖之辞也。此亦东西民族涉想不同、现象趋异之一端欤？青年如初春，如朝日，如百卉之萌动，如利刃之新发于硎，人生最可宝贵之时期也。青年之于社会，犹新鲜活泼细胞之在人身。新陈代谢，陈腐朽败者无时不在天然淘汰之途，与新鲜活泼者以空间之位置及时间之生命。人身遵新陈代谢之道则健康，陈腐朽败之细胞充塞人身则人身死；社会遵新陈代谢之道则隆盛，陈腐朽败之分子充塞社会则社会亡。

准斯以谈，吾国之社会，其隆盛耶？抑将亡耶？非予之所忍言者。彼陈腐朽败之分子，一听其天然之淘汰，惟不愿以如流之岁月，与之说短道长，希冀其脱胎换骨也。予所欲涕泣陈词者，惟属望丁新鲜活泼之青年，有以自觉而奋斗耳！自觉者何？自觉其新鲜活泼之价值与责任，而自视不可卑也。奋斗者何？奋其智能，力排陈腐朽败者以去，视之若仇敌，若洪水猛兽，而不可与为邻，而不为其菌毒所传染也。

呜呼！吾国之青年，其果能语于此乎？吾见夫青年其年龄，而老年其身体者十之五焉；青年其年龄或身体，而老年其脑神经者十之九焉。华其发，泽其容，直其腰，广其膈，非不俨然青年也；及叩其头脑中所涉想、所怀抱，无一不与彼陈腐朽败者为一丘之貉。其始也，未尝不新鲜活泼，寖假而为陈腐朽败分子所同化者有之；寖假而畏陈腐朽败分子势力之庞大，瞻顾依回，不敢明目张胆，作顽狠之抗斗者有之。充塞社会之空气，无往而非陈腐朽败焉，求些少之新鲜活泼者，以慰吾人窒息之绝望，亦杳不可得。

循斯现象，于人身则必死，于社会则必亡。欲救此病，非太息咨嗟之所能济，是在一二敏于自觉、勇于奋斗之青年，发挥人间固有之智能，决择人间种种之思想——孰为新鲜活泼而适于今世之争存，孰为陈腐朽败而不容留置于脑里——利刃断铁，快刀理麻，决不作牵就依违之想，自度度人，社会庶几其有清宁之日也。青年乎！其有以此自任者乎？若夫明其是非，以供决择，谨陈六义，幸平心察之。

一、自主的而非奴隶的

等一人也，各有自主之权，绝无奴隶他人之权利，亦绝无以奴自处之义务。奴隶云者，古之昏弱对于强暴之横夺，而失其自由权利者之称也。自人权平等之说兴，奴隶之名，非血气所忍受。世称近世欧洲历史为"解放历史"：破坏君权，求政治之解放也；否认教权，求宗教之解放也；均产说兴，求经济之解放也；女子参政运动，求男权之解放也。

解放云者，脱离夫奴隶之羁绊，以完其自主自由之人格之谓也。我有手足，自谋温饱；我有口舌，自陈好恶；我有心思，自崇所信。绝不认他人之越俎，亦不应主我而奴他人。盖自认为独立自主之人格以上，一切操行，一切权利，一切信仰，唯有听命各自固有之智能,断无盲从隶属他人之理。非然者,忠孝节义,奴隶之道德也(德国大哲尼采[Nietzsche]别道德为二类:有独立心而勇敢者曰贵族道德[Morality of Noble],谦逊而服从者曰奴隶道德[Morality of Slave]);轻刑薄赋,奴隶之幸福也;称颂功德,奴隶之文章也;拜爵赐第,奴隶之光荣也;丰碑高墓,奴隶之纪念物也。以其是非荣辱,听命他人,不以自身为本位,则个人独立平等之人格,消灭无存,其一切善恶行为,势不能诉之自身意志而课以功过;谓之奴隶,谁曰不宜?立德立功,首当辨此。

二、进步的而非保守的

人生如逆水行舟,不进则退,中国之恒言也。自宇宙之根本大法言之,森罗万象,无日不在演进之途,万无保守现状之理;特以俗见拘牵,谓有二境,此法兰西当代大哲柏格森(H. Borgson)之"创造进化论"(L' Evolution Creatrice)所以风靡一世也。以人事之进化言之:笃古不变之族,日就衰亡;日新求进之民,方兴未已;存亡之数,可以逆睹。矧在吾国,大梦未觉,故步自封,精之政教文章,粗之布帛水火,无一不相形丑拙,而可与当世争衡?

举凡残民害理之妖言,率能征之故训,而不可谓诬,谬种流传,岂自今始!固有之伦理、法律、学术、礼俗,无一非封建制度之遗,持较晰种之所为,以并世之人,而思想差迟,几及千载;尊重廿四朝之历史性,而不作改进之图,则驱吾民于二十世纪之世界以外,纳之奴隶牛马黑暗沟中而已,复何说哉!于此而言保守,诚不知为何项制度文物,可以适用生存于今世。吾宁忍过去国粹之消亡,而不忍现在及将来之民族,不适世界之生存而归消灭也。

呜呼！巴比伦人往矣，其文明尚有何等之效用耶？"皮之不存，毛将焉附？"世界进化，骎骎未有已焉。其不能善变而与之俱进者，将见其不适环境之争存，而退归天然淘汰已耳，保守云乎哉！

三、进取的而非退隐的

当此恶流奔进之时，得一二自好之士，洁身引退，岂非希世懿德；然欲以化民成俗，请于百尺竿头，再进一步。夫生存竞争，势所不免，一息尚存，即无守退安隐之余地。排万难而前行，乃人生之天职。以善意解之，退隐为高人出世之行；以恶意解之，退隐为弱者不适竞争之现象。欧俗以横厉无前为上德，亚洲以闲逸恬淡为美风：东西民族强弱之原因，斯其一矣。此退隐主义之根本缺点也。

若夫吾国之俗，习为委靡：苟取利禄者，不在论列之数；自好之士，希声隐沦，食粟衣帛，无益于世，世以雅人名士目之，实与游惰无择也。人心秽浊，不以此辈而有所补救，而国民抗往之风，植产之习，于焉以斩。人之生也，应战胜恶社会，而不可为恶社会所征服；应超出恶社会，进冒险苦斗之兵，而不可逃遁恶社会，作退避安闲之想。呜呼！欧罗巴铁骑入汝室矣，将高卧白云何处也？吾愿青年之为孔墨，而不愿其为巢由；吾愿青年之为托尔斯泰与达噶尔（R. Tagore，印度隐遁诗人），不若其为哥伦布与安重根！

四、世界的而非锁国的

并吾国而存立于大地者，大小凡四十余国，强半与吾有通商往来之谊。加之海陆交通，朝夕千里。古之所谓绝国，今视之若在户庭。举凡一国之经济政治状态有所变更，其影响率被于世界，不啻牵一发而动全身也。立国于今之世，其兴废存亡，视其国之内政者半，影响于国外者恒亦半焉。以吾国近事证之：日本勃兴，以促吾革命维新之局；欧洲战起，日本乃有对我之要求。此非其彰彰者耶？投一国于世界潮流之中，笃旧者固速其危亡，善变者反因以竞进。

吾国自通海以来，自悲观者言之，失地偿金，国力索矣；自乐观者言之，倘无甲午庚子两次之福音，至今犹在八股垂发时代。居今日而言锁国闭关之策，匪独力所不能，亦且势所不利。万邦并立，动辄相关，无论其国若何富强，亦不能漠视外情，自为风气。各国之制度文物，形式虽不必尽同，但不思驱其国于危亡者，其遵循共同原则之精神，渐趋一致，潮流所及，莫之能违。于此而执特别历史国情之说，以冀抗此潮流，是犹有锁国之精神，而无世界之智识。国民而无世界智识，其国将何以图存于世界之中？语云："闭户造车，出门未必合辙。"今之造车者，不但闭户，且欲以周礼考工之制，行之欧美康庄，其患将不止不合辙已也！

五、实利的而非虚文的

自约翰弥尔（J. S. Mill）"实利主义"唱道于英，孔特（Comte）之"实验哲学"唱道于法，欧洲社会之制度、人心之思想为之一变。最近德意志科学大兴，物质文明，造乎其极，制度人心，为之再变。举凡政治之所营，教育之所期，文学技术之所风尚，万马奔驰，无不齐集于厚生利用之一途。一切虚文空想之无裨于现实生活者，吐弃殆尽。当代大哲，若德意志之倭根（R. Eucken），若法兰西之柏格森，虽不以现时物质文明为美备，咸揭橥生活（英文曰 Life，德文曰 Leben，法文曰 La vie）问题，为立言之的。生活神圣，正以此次战争，血染其鲜明之旗帜。欧人空想虚文之梦，势将觉悟无遗。

夫利用厚生，崇实际而薄虚玄，本吾国初民之俗；而今日之社会制度、人心思想，悉自周汉两代而来——周礼崇尚虚文，汉则罢黜百家而尊儒重道。名教之所昭垂，人心之所祈向，无一不与社会现实生活背道而驰。倘不改弦而更张之，则国力将莫由昭苏，社会永无宁日。祀天神而拯水旱，诵孝经以退黄巾，人非童昏，知其妄也。物之不切于实用者，虽金玉圭璋，不布粟粪土？若事之无利于个人或社会现实生活者，皆虚文也，诳人之事也。诳人之事，虽祖宗之所遗留，圣贤之所垂教，政府之所提倡，社会之所崇尚，皆一文不值也！

六、科学的而非想象的

科学者何？吾人对于事物之概念，综合客观之现象，诉之主观之理性而不矛盾之谓也。想象者何？既超脱客观之现象，复抛弃主观之理性，凭空构造，有假定而无实证，不可以人间已有之智灵，明其理由道其法则者也。在昔蒙昧之世，当今浅化之民，有想象而无科学。宗教美文，皆想象时代之产物。近代欧洲之所以优越他族者，科学之兴，其功不在人权说下，若舟车之有两轮焉。今且日新月异，举凡一事之兴，一物之细，罔不诉之科学法则，以定其得失从违；其效将使人间之思想云为，一遵理性，而迷信斩焉，而无知妄作之风息焉。

国人而欲脱蒙昧时代,羞为浅化之民也,则急起直追,当以科学与人权并重。士不知科学,故袭阴阳家符瑞五行之说,惑世诬民,地气风水之谈,乞灵枯骨;农不知科学,故无择种去虫之术;工不知科学,故货弃于地,战斗生事之所需,一一仰给于异国;商不知科学,故惟识罔取近利,未来之胜算,无容心焉;医不知科学,既不解人身之构造,复不事药性之分析,菌毒传染,更无闻焉,惟知附会五行生克寒热阴阳之说,袭古方以投药饵,其术殆与矢人同科,其想象之最神奇者,莫如"气"之一说,其说且通于力士羽流之术,试遍索宇宙间,诚不知此"气"之果为何物也!

凡此无常识之思,惟无理由之信仰,欲根治之,厥维科学。夫以科学说明真理,事事求诸证实,较之想象武断之所为,其步度诚缓,然其步步皆踏实地,不若幻想突飞者之终无寸进也。宇宙间之事理无穷,科学领土内之膏腴待辟者,正自广阔。青年勉乎哉!

(原载 1915 年 9 月 15 日《青年杂志》第一卷第一号)

作者简介:陈独秀(1879—1942),原名陈乾生,字仲甫,安徽怀宁人。新文化运动的倡导者和主要发起人,中国共产党的主要创始人之一。著有《独秀文存》等。

雪地冰天两少年

李大钊

黄沙迷目,白草萦足,雪地冰天中,一少年武装作远行。时方隆冬,朔天凛冽,少年须眉尽冰雪,项间围以狼皮,里犹带血未尽干,似中途猎获即用刺刀剥下者。

少年方昂头阔步迈往直前,若有预定之路程期于必达者。猛抬头,见一团落日将西沈,前路高山峻岭,横无去处,少年徘徊于此者约二十分钟许。

途望山下,有一处松林森列,其中山石夹隙处,斜庇作檐势,荆棘丛之。少年行至其处,出自来火,一面焚,一面拔刺刀剪其根干,忽自火光中跃出巨兽,狂吼怒奔,向少年猛扑,少年急移身避之,幸怀中手枪尚实弹,连击数粒,巨兽仆,细视之乃一黑熊。

天已黑暗无光,狂风四起。少年剥熊皮铺地,脱行囊,出天幕列之,食干糇少许,饮保温器中水,然后抱枪实弹卧。

少年行至此,已历数月之久。糇且尽,身已疲,而壮志不稍屈。微一合目,旋即似睡不睡,默念此广漠之山川,至今人迹绝少,荒原大野,徒供兽蹄鸟迹之纵横,岂不可惜,想西人之发见美洲新大陆,不知冒几多艰险,哥仑布始能告厥成功。今吾人若欲经营此广漠之土地,虽经披榛棘,驱虎豹,越国辽远,以为筚路褴褛之开拓。然以视彼之重洋万里,泛孤舟于海天茫茫之中,而寻世未前闻之新世界者,其难易险夷,已不可以道里计矣。又念迩来生计之困,使一般少年多集中都市,日向恶浊之政治潮流中求生活。无论求之而得者,百不得其二三;就令求即得之,而政局之翻云覆雨,朝得之而夕旋失者,亦复比比皆是。且即其所得者,而细揣其滋味,酸辛痛苦,始已备尝。此种生涯,亦复为稍有志气之男儿所不屑。曾何如出关越塞,抱罗滨孙飘流孤岛自辟生活径路之决心,将来所成,必不止个人之生计蒙其福利已也。念念相缘,百感俱集,不觉无限心事皆在此一个天幕中。正寻思间,忽闻弹声数响,少年急起,抱枪出天幕,枪声,群狼怒嗥声,弃马悲鸣声,一时毕集于少年之耳鼓。少年尾之以观其动静,忽悲鸣之马寂然无声,忽群狼之怒嗥又作,忽对面之弹声愈急。少年逆知是必旅人为群狼所困,不得已而先弃其马,群狼得马势稍缓,马尽更欲噬人矣。少年乃急实弹向群狼猛击,死泰半,狼势稍退。斯时对面呼曰:"吾友盍协力以殄此当路之豺狼?"少年应声曰:"诺。"斯时枪声如联珠不绝,狼势大杀,皆远逸。少年于黑暗中握其手而慰之曰:"勿怖! 我当助君。"其人曰:"谢君厚意,微子吾几遭所噬。"少年曰:"子何来? 请至吾天幕中告我以究竟。"其人曰:"善。"乃与少年相携入天幕。

少年曰:"子饥乎? 予行囊中尚余干粮少许,尽之勿惜也。"其人曰:"吾尚携有乳饼,吾引火烤而食之。于第尝保温器中水尚温否?"少年曰:"尚温,子试饮之。"于是且食且谈,谓少年曰:"予此行可谓长途旅行,予自蜀西入藏,经新疆至此。或以步行,时或乘马。适才为群狼所噬之马,乃藏中土人赠予者。日行数百里,今日贪行未早息,至为群狼所迹。此健步之马,竟为最后之牺牲,惜哉!"言次慨叹不已。继问少年曰:"子何来? 亦有以告我乎?"少年曰:"予年来颇思只身作万里游,以为荷枪刃,裹糇粮,走人迹罕到榛莽塞途荒寒寂寞之山岭间，固男儿丈夫事。遂步行出万里长城，越大兴安山脉，沿戈壁沙漠，经库伦，西至札萨克，而后抵此。途次曾数遇马贼与猛兽，予皆奋斗退之。即此天幕之所在，适亦为黑熊所盘踞。"少年言已，笑形于色，觉冒险远行之趣味，今日思之既足以自豪，而于雪地冰天豺狼当道之绝域，无意中得遇一知己，尤足以自慰也。

二人在天幕中，披地图，大约已至阿尔泰附近，盖距科布多不远矣。少年慨然曰："方今世界多故，欧洲全境罹于兵火，俄以摧败之余，人民复欲睹平和之曙光，以改革内政为急务，单独议和之说，已现诸事实。此后西北一带，将生重要之形势。且吾国今日，南北搆衅，日寻干戈，内争不休，其结果并内部而不能保，何论边疆？狡焉思逞之邻邦，终必负之以去。吾侪少年，宜抱西北发展之志，及早经营之。内部治平则保障西北以固吾圉，内部纷争则建立一新邦而备联邦之分子。此真中华少年飞跃之好舞台，吾侪盍即为之前驱？"后至之少年曰："善！予抱此志者久矣。民国建立，号称五族，此实分裂之兆。予以为吾中华若欲成一统一之国家，非基于新民族主义不可。新民族主义云者，即合汉、满、蒙、回、藏镕成一个民族的精神而成新中华民族。达此之程叙，不外以汉人之文化，开发其他之民族，而后同立于民主宪法之下，自由以展其特能，以行其自治，而与异民族相抵抗。吾子既有志于此，盍即先由联络蒙、回入手，以诚笃之精神感之，然后徐谋教育之推行，实业之发达。坐言起行，请自吾辈始。"少年跃起曰："壮哉！吾友。起！起！起！行！行！行！"

二少年乃拔天幕，肩行囊，且行且谈，直向科布多。时天方初晓，旭日东升，皎耀之光线，恰与昆仑山巅洁白之雪相映。若以代表少年之精神而预示其未来无限之希望,前途无量之成功。

伟哉!雪地冰天两少年!壮哉!雪地冰天两少年!

(原载 1918 年 7 月 1 日《言治》季刊第三册,署名剑影)

作者简介:李大钊(1889—1927),原名李耆年,字守常,河北乐亭人。无产阶级革命家,中国共产党的主要创始人之一。1927 年遭军阀杀害。主要著作收入《李大钊文集》。

小

说

弟兄夜话

蒋光慈

　　江霞自 R 国回国之后，蛰居于繁华嘈杂的上海，每日的光阴大半消磨在一间如鸟笼子一般的小亭子间里。他在 S 大学虽然担任了几点钟的功课，借以为维持生活的方法，使肚子不至于发生问题，然而总是镇日地烦闷，烦闷得难以言状。这并不是因为江霞自负是一个留学生，早怀着回国后大出风头的愿望，而这种愿望现在不能达到；也不是因为江霞有过丰富的物质生活的奢望，而现在这种奢望没有达到的机会；也不是因为他的心境回到数年前的状态，又抱起悲观来了。不是，绝对的不是！他到底为什么烦闷？简单地说，他的烦闷不是因为要做官或是因为要发财，而是因为这上海的环境，这每日在江霞眼帘前所经过的现象，使江霞太感觉着不安了。江霞每日在上海所看见的一切，使江霞不自由地感觉着："唉！这上海，这上海简直使我闷煞了！这个是我要住的地方，这简直是地狱……"

　　江霞在冰雪的 M 城居了数年，深深地习惯了 M 城的生活。现在忽然归到灰色的中国，并且是归到黑暗萃聚的上海，一切眼所见的，耳所闻的，迥然与在 M 城不同，这的确不能不使他感觉着不安。论起物质方面来，上海并不弱于 M 城：这里有的是光滑平坦的马路，高耸巨大的洋房，繁华灿烂无物不备的商店；这里有的是车马如龙,士女如云……总而言之,这里应有尽有,有什么不及 M 城的地方? 难道说 M 城比上海还美丽些么? 江霞为什么感觉着不安? 上海简直是乐地! 上海简直是天堂! 上海有别的地方没有的奇物异事,江霞还要求一些什么呢? 既不要升官发财,又不抱悲观的态度,那么江霞就应当大行乐而特行乐了,又何必为无益的烦闷呢?

但是江霞总感觉着烦闷,总感觉这上海不是他要住的地方,总感觉 M 城所有的一件东西是上海所没有的,而这一件东西为江霞所最爱的,为江霞心灵所最维系的东西——江霞既然在上海见不着这一件东西,所以他烦闷得非常,而时常要做重游 M 城的甜梦。这一件东西到底是什么呢? 不是 M 城所特有的歌舞剧,不是那连天的白雪,也不是令江霞吃着有味的黑面包,而是 M 城所有的新鲜的、自由的、光明的空气。

在 M 城,江霞可以看见满街的血旗——人类解放的象征——可以听见群众所唱的伟大的《国际歌》和少年先锋队所敲的铜鼓声。但是在上海呢? 红头阿三手中的哭丧棒,洋大人的气昂昂,商人的俗样,工人的痛苦万状,工部局的牢狱高耸着天,黄包车夫可怜的叫喊……一切,一切,唉! 一切都使得江霞心惊胆战! 或者在上海过惯的人不感觉得,但是在 M 城旅居过几年的江霞,蓦然回到上海来,又怎能免去不安的感觉呢? 不错! 上海有高大的洋房,繁华的商店,如花的美女,但是上海的空气太污秽了,使得江霞简直难于呼吸。他不得不天天烦闷,而回忆那自由的 M 城……

江霞回到上海已经有三个多月了,在这三个多月之中,有时因为烦闷极了,常常想回到那已离别五六年的故乡去看一看。故乡在 A 省的中部,介于南北之间。山水清秀,风景幽丽,的确是避嚣的佳地。父母的慈祥的爱,弟兄们的情谊,儿时的游玩地,儿时的伴侣,诸小侄辈们的天真的欢笑……一切都时常萦回在江霞的脑际,引诱江霞发生回家的念头,似觉在暗中喊呼:"江霞!江霞!你来家看看罢!这里有天伦的乐趣,这里有美丽的景物,这里可以展舒疲倦的胸怀……"啊!好美丽的家园!应当回家去看一看,休息一休息,一定的!一定的要回去!

但是江霞终没有勇气作回家的打算。家园虽好,但是江霞不能够回去,江霞怕回去,江霞又羞回去!这是因为什么?因为江霞的家庭不要江霞了?因为江霞在家乡做了什么罪恶逃跑出来的?因为江霞在家乡有什么凶狠的仇人?或是因为……啊!不是!不是因为这些!

江霞幼时在家乡里曾负有神童的声誉,一般父老,绅士,亲戚以及江霞父亲的朋友们,都啧啧称赞过江霞:这孩子面貌生得多么端正,多么清秀。这孩子真聪明,写得这么一笔好字!这孩子文章做得真好!这孩子前程不可限量!这孩子将来一定要荣宗耀祖的!……有几个看相的并且说过,照这孩子品貌看来,将来起码是一个县知事!有几个穷亲戚曾不断地说过,这孩子将来发达了,我们也可以沾一沾光,分一分润。这么一来,江霞简直是一个神童,江霞简直是将来的县知事、省长或大总统了。光阴一年一年地过去,人们对于江霞还是继续地等待着,称赞着,希望着。但是忽然于一九二〇年元月,江霞的父母接到江霞从上海寄来的一封信,信上说,他现在决定到 R 国去留学,不日由沪动身,约四五年才能回国,请父母勿念等语……喂!怎么啦!到 R 国去留学? R 国是过激派的国家,是主张共产共妻的国家,到 R 国去留学,这岂不是学过激派,去学主张共产共妻的勾当?这是什么话?唉!江霞混蛋!江霞变了!唉!好好的一个江霞,现在居然这样糊涂……家乡的一般人们，自从江霞到 R 国后，对于江霞的感情大变，大部分由称赞、希望、等待，转到讥笑、叹息、咒骂了。

江霞深深地知道这一层，知道自己的行为为家乡的人们所不满，所讥笑。江霞想道，家乡的人们从前所希望于我的，是我将来可以做官发财，是我将来可以荣宗耀祖，但是现在我回国后仅教一点穷书，每月的收入仅可以维持生活。并且做这"过激"的勾当，成了一个危险的人物，倘若我回去了，与他们怎么见面？说什么话好？喂！他们的那种态度，那种心理，那种习惯；那一切令人讨厌的样子……我真是不高兴与他们多说话！我真是不愿意回去与他们相周旋！我回去了之后能够躲在家中不见人？我的父母一定要逼迫我见人，一定要我与所谓父老绅士们相周旋，但是我怎么能忍受这个呢？还是不回去的好！不回去，还是不回去！等一等再说罢！

但是，倘若仅仅只有这一个困难的问题，恐怕还是遏抑不住江霞要回里的打算。无奈对于江霞，还有比这更困难的问题，这就是他的婚姻问题。八九年前，江霞的父母听了媒妁之言，替江霞订下了一门亲事。当时江霞虽然感觉着不满意，但是因为年龄和知识的关系，只好马马虎虎地听着父母做去，未曾公然表示反对。后来江霞年龄大了，升入了 W 埠的中学，受了新潮流的激荡；一般青年学子群醉心于自由恋爱，江霞本来的性格就是很急进的，当然不能立于例外了。本来呢，婚姻是要当事人两方同意方能决定的，怎么能由父母糊里糊涂地拉拢？江霞从未见过自己的未婚妻生得什么样子：是高？是低？是胖？是瘦？是麻子？是缺腿？江霞连想象也想象不着，至于她的性格是怎样，聪明不聪明，了解不了解江霞的性情，那更是谈不到了。江霞真是有点着急！眼看着结婚的期限快到了,但是怎么能与一个不相识的女子结婚?倘若结婚后她是一个白痴,或是恶如夜叉,或是蠢如猪牛,那如何处置呢?想起来真是危险,危险得厉害!江霞除了读书和在学生会办事的时间,差不多大部分的精力都用在解决这个困难的问题上面。

这个问题能够拖延下去不求解决么?江霞在每次的家信中,曾屡次露出对于婚姻不满意,后来居然公开地向家庭说明,无论如何,没有与 W 姓女结婚的可能。这件事情可是把江霞的父母难住了!解除婚约?这怎么能办得到呢?这是古今中外未有的奇闻,至少是江霞的家乡百余里附近未有的奇闻!办不到,绝对地办不到!况且 W 族是有势力的大族,族中有很多的阔人,他们如何能够答应?倘若他们故意为难,故意跑到县里去控告,或是纠众到门前吵闹……这将如何是好呢?哼!真是把江霞的父母为难死了!

江霞的父母无论如何不能答应江霞的要求!木已成舟,哪里还能再说别的话?江霞应当勉强一点罢,反正是办不到的事情。江霞的父母说,无论你要求什么都可答应,但是这个问题,请你不要使父母为难罢,办不到,绝对地办不到!江霞替父母想想,也实在觉着太使父母为难了。但是怎么能与一个不相识的女子结婚?谁个又能断定那 W 姓女子不是瞎子,或是比夜叉还要凶些?唉!这也是绝对地办不到,无论如何办不到!江霞想来想去,也罢,等有机会时,我跑它一个无影无踪,使家庭找不到我,这婚姻当然结不成的了。现在不必向家庭说,说也没有用处。我跑了之后,看那 W 姓的父母怎样?他们能再逼迫我的家庭么?倘若他们能逼迫我的家庭,那么我的父母岂不能向他家要儿子?儿子都跑没有了,还讲什么娶媳妇?好!就是这样办!

江霞所以要跑到 R 国留学,大目的虽然不是要躲避结婚,但是躲避结婚却为一附带的原因。江霞以为在 R 国过了几年之后,这婚约是大约可以解除的,孰知江霞回国之后,写一封信向家庭问一问婚约解除了没有,得到了一个回答:"没有!"唉!这真是糟糕!怎么办?现在还是没有办法,如出国前没有办法一样。事情是越弄越僵了!江霞的家庭天天等待江霞回去结婚,他们的打算是:倘若江霞一回家,不问你三七二十一,愿也好,不愿也好,按着磕了头,拜了天地再说。江霞知道这种计划,时时防备这种计划。防备这种计划的好方法是什么?就是一个不回家!家乡有青的山,绿的水,家乡有一切引诱江霞要回里的东西,家乡的幽静实比这上海的烦杂不知好多少倍。江霞何尝不想回家?江霞为烦杂的上海弄得疲倦了,很想回家休息一下,但是一想到这一件危险的事情,回家的念头就打断了。唉!不回去,还是不能回去!

江霞的父母屡屡写信催江霞回家,但是江霞总都是含糊地回答,不是说等到暑假回家,便是说刻下因有事不能离开上海,总没说过一个肯定的回家的日期。江霞的家庭真是急坏了,特别是江霞的母亲!江霞是他母亲的一个小儿子,也是一个最为钟爱的儿子,现在有五六年未回家了,怎能令她老人家不着急,不悬念?江霞在家时是很孝顺母亲的;但是现在江霞虽离开母亲五六年了,而仍不想回家看看母亲,这实在要教母亲伤心了。她一定时常叹息着说:"霞儿!你这小东西好忍心啊!简直把老娘忘了!唉!我空在你的身上用了力气!……"江霞也常想象到这个,并且想起母亲的情形来,眼珠也时常湿润过。但是他还是不回家。他怎么能够回家呢?母亲啊!请宽恕你的儿子罢!

有一日,江霞自 S 大学授课回来,没有雇黄包车,顺着幽静的福煦路漫步。这时已四点多钟了,西下的夕阳将自己的金辉静悄悄地淡射在路旁将要发青的行道树,及散立着的洋房和灰枯的草地上。路上少有骄人汽车来往吼叫,不过不断地还时闻着哼哒哼哒的马蹄声。江霞看看路旁两边的景物,时而对夕阳唏嘘几下,时而低头做深默的幻想。江霞很久地没曾这样一个人独自散步了——他回到上海后,即在 S 大学任课,天天忙着编讲义,开会,有闲工夫的时候即自己坐在笼子般的小室内看书,从未好好地散过步。一个人散步罢?没有兴趣。去找几个朋友?他们都忙得什么似的,哪里有闲工夫?找女朋友?江霞初回国时,几乎没有与女子接近的机会。不错,S 大学有很多的女学生,但是处在中国社会环境里,这先生去找女学生游逛,似觉还未成为习惯。你闷了么?且在室内坐一坐,也只好在室内坐一坐!

江霞走着走着,忽然动了乡情:屈指一算,离家已是六年了;现在的时光正是那一年离开家乡的时光,虽然那时家乡的风景不似此时的福煦路上,但是时光是一样的啊。唉!忽然间已是六年了!这六年间的流浪的我,六年间的家乡景物,六年间的家庭状况……啊!那道旁的杨柳,母亲送我行时所倚靠的杨柳,还是如往年一样,已经发青了么?那屋后的竹林还是如当年一样的绿?小妹妹的脚大约未裹罢?母亲的目疾难道还没有好么?……杨柳,母亲,竹林,妹妹……一切,一切,不知为什么在此时都一齐涌进了江霞的脑海。江霞动了乡情了,动了回家的念头了。无论如何,还是要回家去看一看!难道说就从此不要家了么?江霞想到这里,忽然一辆汽车经过江霞身旁呜的一声飞跑去了,把江霞吓的两眼一瞪,即时又莫名其妙地鼓动了江霞的与前段思想相反的思想:回家?我将怎么样与那些讨厌的人们相周旋?我将怎么样能忍受那糊里糊涂的结婚?我将怎么样……不!不!还是不能回家去!

江霞在这一日上午，从四马路买书回来，因为乘电车，遇着一个外国人霸占着一个可以容两人坐的位置，而不让江霞坐下去。江霞骂了他几句，几几乎与他大打起架来。后来那位外国人让了步，但是江霞愤外国人蛮横，无理欺压中国人，所生的气到此时还未尽消下去。此时江霞又动了乡情，心中的情绪如乱麻也似的纷扰，要想找一个方法吐泄一下。江霞想起成都路头一家小酒馆来了，于是由回家的路，改走到这小酒馆的方向来。

"倷先生格许多时候没来哉。"

"阿拉有事体呀，哪能够天天来呢？"

"倷话，倷要吃啥酒，啥个小菜？"

"花雕半斤，牛肉一小碟，烧鸭一小碟，倷要快一点哉！"

江霞虽然前前后后在上海住了许多时候，但是他的上海话还是蹩脚得很。不过马马虎虎地他懂得茶房的话，茶房也懂得他的话。茶房将酒菜端上，江霞自斟自酌，想借酒浇浇胸中的块垒。谁知酒越喝得多，胸中的烦恼也就越增加，恨不得即刻搭车到吴淞口去投海去！想起外国人对于自己的无理，恨不得拿起刀来杀他一个老子娘不能出气！江霞不是一个狭义的民族主义者，但是他以为凡是旅居中国的外国人都是坏东西，起码也有百分之九十九是的！江霞此时不愿意想起回家，结婚等等的事情，但是怎么能够呢？脑筋真是浑蛋！你教它不要想，而它偏要想！怎么办？江霞只是喝酒，一直喝到差不多要醉了。

这时已经有六点钟了。天还未十分黑，江霞踉跄地提着书包，顺着成都路，昏头昏脑地走将回来。刚一进客堂门，忽听着一个人问道：

"老三！你为什么回来这样迟呀？等得急死我了！"

江霞昏头昏脑地，双眼朦胧，即时未看出说话的人在什么地方，但是酒意已经被这"老三"两个字惊醒了。老三？在上海有谁个能够这样称呼江霞？江霞在上海的朋友中从未谈过家事，谁个晓得江霞是老三？就是有人晓得江霞还有两位哥哥，江霞是行三，可是绝对也不会拿"老三"来称呼江霞！老三？这是一个很生的称呼，然而又是很亲近的称呼。江霞自从六年前离开家庭后，自从与两位哥哥分手以来，谁个也没喊过江霞老三，现在江霞忽然听见有人喊他老三，不禁起了一种莫名其妙的感觉。"老三"这个称呼真是熟得很啊！江霞与自己的两位哥哥分别太久了，平素忆想不出两位哥哥说话的声音，但此刻一听见老三两个字，使江霞即刻就明白了这不是别人的声音，这一定是大哥的声音。江霞好好地定神一看，客堂右边椅子上坐着三十来岁的中年人，身穿着黑布马褂，蓝布长衫，带着一副憔悴的面容，啊，谁个晓得，这憔悴的面容不是由于生活困苦所致的？不是由于奔波积虑？……椅子上坐着的中年人只两眼瞪着向有醉容的江霞看，江霞忽然觉着有无限的难过，又忽然觉着有无限的欢欣。啊，原来是大哥，原来是五六年未见面的大哥。

"大哥你来了，你什么时候到的呀？"

"四点钟到的。我坐在此等了你两个多钟头，真是急得很！"

江霞见着大哥憔悴的面容，上下将大哥打量一番，即时心中有多少话要问他，但是从何处问起？平素易于说话的江霞，到此时反说不出话来。江霞的大哥也似觉有许多话要说的样子，但是他又从何处说起呢？大家沉默对看了一忽儿，最后江霞说道：

"走，上楼去，到我住的一间小房子里去。"

于是江霞将大哥的一束带着灰尘的小行李提起，在前面引导着大哥上楼,噗通噗通地踏得楼梯响,走入自己所住的如鸟笼子一般的亭子间里。

"大哥,你怎么来的呀?"

"俺大叫我来上海看看你。你这些年都没有回去,俺大想得什么也似的!你在外边哪里晓得……"

江霞听到这里,眼圈子不禁红将起来:啊!原来是母亲叫他来看我的!……我这些年没有回家看她老人家,而她老人家反叫大哥跑了这么远的路来看我,这真是增加我的罪过!这真是于理不合!……但是我的母亲啊!我岂是不愿意来家看看你老人家?我岂是把你老人家忘了?你老人家念儿子的心情,我难道说不知道?但是,但是……我的可怜的母亲啊!我不回家有我不回家的苦楚!你老人家知道么?唉!唉!……

这时天已完全黑了,江霞将电灯扭着,在灯光的底下,又暗地里仔细地瞟看大哥的憔悴的面容:还是几年前的大哥,但是老了,憔悴得多了;从前他是何等的英武,何等的清秀!但是现在啊,唉!在这憔悴的面容上消沉了一切英武和清秀的痕迹。几年中有这么许多的变化!生活这般地会捉弄人!江霞静默着深深地起了无限的感慨。在这时江霞的大哥也瞟看了江霞没有?也许他也同江霞一样地瞟看:还是几年前的老三,这笑的神情,这和平的态度,这……还差不多如从前一样,但是多了一副近视眼镜,口的上下方露出了几根还未长硬的胡须。

江霞忽然想起来了:大哥来得很久了,我还未曾问他吃了饭没有,这真是荒唐之至!我应当赶快做一点饭给他吃,好在面条和面包是现成的,只要汽炉一打着,十几分钟就好了。

"大哥,你饿了罢?"

"饿是饿了,但是怎么吃饭呢?"

"我即刻替你做西餐,做外国饭吃,容易得很。"江霞笑着说。

做西餐！吃外国饭！这对于江霞的大哥可是一件新闻！江霞的大哥虽然在家乡曾经吃过什么鱼翅席,什么海参席……但是外国饭却未曾吃过。现在江霞说做外国饭给他吃,不禁引起他的好奇心了。

"怎么?吃外国饭?那不是很费事么?"

江霞笑将起来了。江霞说,做真正的外国饭可是费事情,但是我现在所要做的外国饭是再容易,再简单没有了。江霞于是将自己洋布长衫的袖子卷起来,将汽炉打着;汽炉打着之后,即将洋铁的锅盛上水,放在汽炉上头,开始煮将起来。等水沸了,江霞将面条下到里头,过一忽儿又将油盐放上,再过一忽儿就宣告成功了。江霞将面条和汤倒了一盘,又将面包切了几块,遂对大哥说:

"大哥,请你坐下吃罢,这就叫做外国饭啊,你看容易不容易?"

"原来这就叫做外国饭！这样的外国饭我也会做。"江霞的大哥见着这种做外国饭的神情,不禁也笑将起来了。

等到江霞的大哥将江霞所做的外国饭吃了之后,天已是八点多钟了。江霞怕大哥旅行得疲倦了,即忙将床铺好,请大哥安睡。江霞本想等大哥睡了之后,再看一点书,但是心绪烦乱,无论如何没有再看书的兴趣了,于是也就把衣服脱了跑上床去。江霞同大哥同一张床睡,江霞睡在里边,大哥睡在外边。上床之后江霞想好好地镇定地睡下去,免使大哥睡不着。但是此时脑海中起了纷乱的波纹:可怜的母亲,路旁的杨柳,大哥的憔悴的面容,日间所受外国人的欺侮……那最可怕的强迫的婚姻……那些愚蠢的家乡绅士,那 W 姓女也许是五官不正,也许是瞎眼缺腿……把江霞鼓动得翻来覆去无论如何睡不着。

江霞的大哥这一次来上海的使命,第一是代父亲和母亲来上海看一看:江霞是否健康?江霞的状况怎样?江霞做些什么事情?江霞是否不要家了?第二是来询问江霞对于结婚的事情到底抱着什么态度。他因旅行实在太疲倦了,现在当睡觉的时候,照讲是要好好地跑入梦乡的。但是他也同江霞一样,总是不能入梦。这也并不十分奇怪:他怎么能安然就睡着呢?他一定要把自己的使命向江霞说清楚,最重要的是劝江霞回家去结婚;当这个大问题没有向江霞要求得一个答案时,他虽然是疲倦了,总也是睡不着的。他不得不先开口了:

"老三,你睡着了么?"

"我,我没有……"

"我问你,你到底要不要同 W 家姑娘结婚呢?"

江霞久已预备好了对于这个问题的答案。他料定他的大哥一定要提到这个问题的,所以不慌不忙地答应了一句:"当然是不要!"

"我以为可以将就一些儿罢!你可知道家中因你有多大的为难!俺伯几乎急得天天夜里睡不着觉!俺大也是急得很!……"

"我岂是不晓得这些?但是婚姻是一生的大事,怎么能马马虎虎地过去呢?W 姓的姑娘,我连认都不认得,又怎能同她结婚呢?……结婚是要男女双方情投意合才可以的,怎能随随便便地就……"

"老三,你说这话,我倒不以为然!古来都是如此的,我问你,我同你的大嫂子怎么结了婚呢?……我劝你莫要太醉心自由了!"

江霞的大哥说着这话带着生气的口气,这也难怪,他怎么不生气呢？全家都为着江霞一个人不安，而江霞始终总是这样地执拗，真是教人生气！江霞简直不体谅家里的苦衷，江霞简直不讲理！江霞的大哥想，从前的江霞是何等地听话，是何等地知事明理！但是现在在外边过野了，又留了几年学……哼！真是令人料想不到的事情！

江霞听了大哥的口气，知道大哥生气了，但是怎么办呢？有什么法子能使大哥不生气？江霞不能听从大哥的话，不能与 W 姓姑娘结婚，终究是要使大哥生气的！江霞从前在家时，很少与大哥争论过，很少使大哥对于自己生过气，但是现在，唉！现在也只好听着他生气了。江霞又和平地向大哥说道：

"大哥，我且问你，你与大嫂子结婚了许多年，孩子也生了几个，你到底好好地爱过她没有？……夫妻是不是要以爱做结合的？……"

江霞说了这几句话，静等着大哥回答。但是大哥半晌不做声。大哥听了江霞的话，把自己劝江霞的使命忘却了，简直不知说什么话好！他忽然觉着有无限的悲哀，不禁把劝江霞的心思转到自己身上来：我爱过我的老婆没有？我打过她，骂过她，跟她吵过架……但是爱……真难说！大约是没曾爱过她罢？……结婚了许多年，生了许多孩子，但是爱……真难说！……

"倘若夫妻间没有爱，那还说得到什么幸福呢？"江霞隔了半晌，又叽咕了这么一句。

江霞的大哥又忽然听到从老三口中冒出"幸福"两个字，于是更加有点难受！幸福？我自从结过婚后，我的老婆给过我什么幸福？在每次的吵架中，在日常的生活上，要说到痛苦倒是有的，但是幸福……我几乎没有快乐过一天！除了不得已夜里在床上同她……此外真没感觉得幸福！江霞的大哥想到这里，不禁深深地叹了一口大气。

"大哥，你叹什么气呢？"

江霞的大哥又忽然想到自己的使命了。他因为自己的经验，被江霞这一问，不知不觉地对江霞改变了态度。他现在也暗暗地想道：不错！婚姻是要以爱做结合的，没有爱的婚姻还不如没有的好！……但是他不愿意一下子就向江霞说出自己的意思，还是勉强向江霞劝道：

"老三，我岂是不知道你的心思？你说的话何尝没有道理？但是，但是家里实在为难的很……家乡的情形你还不晓得么？能够勉强就勉强下去。"

"大哥，别的事情可勉强，这件事情也可勉强么？"

"这样说，你是决定的了？"

"我久已决定了！"

"哼！也罢，我回去替你想方法。……"

江霞听到此地，真是高兴的了不得！大哥改变了口气了！大哥与我表同情了！好一个可爱的大哥！大哥还是几年前爱我的大哥！……

江霞的大哥来上海的目的，是要把江霞劝回家结婚的，但是现在呢？现在不但不再劝江霞回去结婚了，而且答应了江霞回去代为想方法，啊！这是何等大的变更！江霞的大哥似乎一刹那间觉悟了：我自己已经糊里糊涂地受了婚姻的痛苦，难道说还要使老三如我一样？人一辈子婚姻是大事，我已经被葬送了，若再使老三也受无谓的牺牲，这岂不是浑蛋一个？算了！算了！老三的意见是对的，我一定要帮他的忙！我不帮他的忙，谁个帮他的忙？……

唉！想起来,我却是糊里糊涂地与老婆过了这许多年！爱！说句良心话,真是没尝到一点儿爱的滋味！唉！不谈了！这一辈子算了！……江霞的大哥想到此地,决意不再提到婚姻的问题了:一方面是因为承认了江霞的意见是对的,而一方面又因为怕多说了反增加了自己的烦恼。他于是将这个问题抛开,而转到别的事情上去。忽然他想起来了:家乡谣言都说老三到 R 国住了几年,投降了过激派,主张什么共产,有的并且说还主张共妻呢……喂！这的确使不得！与 W 家姑娘解除婚约的事情,虽然是很不方便,但我现在可不反对了。但是这过激派的事情? 这共产? 这共妻? 这简直使不得！产怎么能共呢? 至于共妻一层,这简直是禽兽了！老三大约不至于这样乱来罢。我且问他一问,看他如何回答我:

"老三,我听说你们主张什么过激主义……是不是有这话?"

"你听谁个说的?"江霞笑起来了。

"家乡有很多的人这样说,若是真的,这可使不得！……"

"大哥,这是一般人的谣言,你千万莫要听他们胡说八道的。不过现在的世界也真是太不成样子了！有钱的人不做一点事,终日吃好的,穿好的,而穷人累得同牛一样,反而吃不饱,衣不暖,这是什么道理? 张三也是人,李四也是人,为什么张三奢侈得不堪,而李四苦得要命? 难道说眼耳口鼻生得有什么不同么? ……即如刘老太爷为什么那样做威做福的? 他打起自己的佃户来,就同打犯罪的囚犯一样,一点不好,就把佃户送到县里去,这是什么道理呢? 什么公理,什么正义,统统都是骗人的,假的！谁个有钱,谁个就是王,谁个就是对的！你想想,这样下去还能行么? ……"江霞的大哥听了这些话,虽觉有几分道理,但总是不以为然。从古到今,有富就有穷,穷富是天定的,怎么能够说这是不对的? 倘若穷人执起政来了,大家互相争夺,那还能了得? 即如我家里有几十亩田地,一座小商店,现在还可以维持生活,倘若……那我家里所有的东西都要被抢光,那倒怎么办呢? ……危险得厉害! ……

"你说的虽是有点道理,但是……"

"但是什么呢?"

"无论如何,这是行不去的!"

江霞的大哥虽然不以江霞的话为然,但总说不出圆满的理由来。江霞一层一层地把他的疑难解释开来,解释的结果使他没有话说。江霞又劝他不要怕……就算有什么变故,与我家虽然没有利,但也没有害。我家仅仅有几十亩田地,一座小商店,何必操无谓的心呢? 你看,刘家楼有多少田地? 吴家北庄有多少金银堆在那儿? 我们也是穷光蛋,怕它干吗呢! ……江霞的大哥听了这一段话,心又摇动起来了。他想:或者老三的意见是对的……真的,刘家楼,吴家北庄,他们该多有钱! 想起来,也实在有点不公道! 富人这般享福,穷人这般吃苦! 即如我的几位母舅,他们成年到雪里雨里,还穷得那般样子! 哼……江霞的大哥现在似觉有点兴奋起来了。他不知不觉地又为江霞的意见所同化,刹那间又变成了江霞的同志。

"大哥,天不早了,你可以好好地睡觉罢!"

"哼!"

江霞的大哥无论如何总是睡不着。在这一晚上,他的心灵深处似觉起了很大的波浪,发生了不可言说的变动。这简直是在他的生活史上第一次! 从前也曾彻夜失过眠,但是另一滋味,与现在的迥不相同。论理,说了这些话,应当好好地睡去,恢复恢复由旅行所损失的精神。但是他总是两眼睁着向着被黑影蒙蔽着的天花板望。电灯已经熄了，那天花板上难道说还显出什么东西来？他自己也不知为什么要这样，为什么总是两眼睁着，而况旁人？也许江霞知道这其中原故？不，江霞也不知道！江霞没有长着夜眼，在乌黑的空气中，江霞不能看见大哥的眼睛是睁着还是闭着，更不能看见大哥现在的神情来。江霞说话说得太多了，疲倦了，两只眼睛的上下皮不由得要合拢起来了。江霞可以睡觉了：既然大哥允许了代为设法解决这讨厌的、最麻烦的问题，那么事情是有希望了，还想什么呢？还有什么不安呢？江霞要睡觉了，江霞没有想到大哥，这时是什么心境，是在想什么，是烦恼还是喜欢？……忽然在静寂的乌黑中，江霞的大哥又高声地咕噜了一句：

"老三！我不晓得我的心中现在怎么这样不安！……"

"哼！……"江霞在梦呓中似答非答地这样哼了一下。

"你所说的话大约都是对的……"

"哼！……"

"……"

第二天江霞向学校请了一天假，整天地领着大哥游逛：什么新世界啦，大世界啦……一些游戏场几乎都逛了。晚上到共舞台去看戏，一直看到夜里十二点钟才回来。江霞的大哥从前未到过上海，这　次到了上海，看了许多在家乡从未看见过的东西，照理应该是很满意的了，很高兴的了。但是游逛的结果，他向江霞说道：

"上海也不过如是，这一天到晚吵吵闹闹轰里轰东的……我觉着有点登不惯……唉！还是我们家乡好……"

在继续与大哥的谈话中，江霞知道了家乡的情形：年成不好，米贵得不得了，土匪遍地尽是……大刀会曾闹了一阵，杀了许多绅士和财主……幸而一家人还平安，父母也很康健……家中又多生了几个小孩子……江霞这时很想回家去看一看，看一看这出外后五六年来的变迁。他又甚为叹息家乡的情形也闹到了这种地步：唉！中国真是没有一片干净土！这种社会不把它根本改造还能行么？江霞想到此，又把回家的念头停止住了，而专想到一些革命的事情。

江霞的大哥过了几天，无论如何，是要回家了。江霞就是想留也留不住。在离别的三等沪宁车厢中，已经是夜十一点钟了，在乘客嘈杂的声中，江霞的大哥握着江霞的手，很镇静地说道：

"老三，你放心！家事自有我问。你在外边尽可做你自己所愿意做的事，不过处处要放谨慎些！……"

1926 年 7 月 4 日

（原载小说集《鸭绿江上》，

上海亚东图书馆 1927 年 1 月版，署名蒋光赤）

作者简介：蒋光慈（1901—1931），原名蒋如恒，河南固始人。革命
文学先驱者之一。1922 年加入中国共产党。著有小说
《少年飘泊者》《短裤党》《冲出云围的月亮》，诗集《新
梦》《哀中国》等。

奶 妈

魏金枝

　　住在这小客栈里的，差不多都是些没有职业的客人。有一小部分虽是机关里的小职员，如科员以下的事务员之类的脚色，但有时也领不到他们恰恰够一人生活的月薪的，这实在可以说是一种有职业的穷人。此外，或是退了伍的下级军官，或是来受检定的小学教师，或是已被辞歇的店伙。他们盘据着，仿佛一群全没有秩序性的狼，或者赤足，或者袒胸，从早到晚，一直俯下头不作一声地彷徨在静肃又狭窄的走廊上，有时只将右面或左面的一只眼，斜上去看看太阳，打一个喷嚏。此外便去躺在床上吸吸烟，或者喝杯浓郁的茶。自然有时也去打几个铜子的白烧来，慢慢地剥着花生的红衣，喝着喝着，消磨他们的时光。

　　这没有纪律的颓败的生活，正比夏天时疫病菌还容易传染到旁人身上去。许多新来的客人，在新来时自然也非常像一个人，至少他们也有一顶帽子，一个铺盖，一只箱子，一件长衫的。然而不久之后，便慢慢跟着那些前辈们的样子了，起初是将袜子长衫除下来，只预备舒意一下子的，但终于便成了习惯，竟也将长衫之类不常应用的东西，叫茶房送到当铺里去，成为不得不然的落拓了。这样，便当作一个合格的伙伴，添到这般闲散人里去了。虽然有时也有找着一个恰恰够一人吃饭的小差的人，从这伙里退了出去，但社会总始终在那里把人们排挤，并且选择，将这种格式的人送到这小客栈里来的。换句话说，在这小客栈里的循环簿上，永远循环着这一类人的名字。

在这些人里住得时间最长，资格最老的，要算鹏飞先生。他在一年以前，一边抱着他的孩子，一边指挥着车夫，将他的行李铺盖搬进以后，一直就住到现在。不但见了不少的客人，住进来又搬出去；就是茶房，他也看见换过二三十个了。但是他住着——起初也非常困难，一边丢不下那刚才三岁的儿子，一边自然也找不到一点职业。然而机会很巧，那些空闲不过的住客们，渐渐地喜欢了他的孩子，去逗他哄他，有时也抱到街上去买些糖果给他吃。这样，孩子便渐渐可以离开他父亲，鹏飞先生也可以一人走到外边去了。接着又靠了一位朋友，给找到一个差不多挂名的每天只做二小时工的小差，虽然薪给少，却也刚刚可以足够生活。所以他就一直住到现在。

鹏飞先生这样闲空着，除了和住客们谈论这个客栈的小史以外，他萎然地像一只湿了翅毛的孤鸟般，蜷缩在自己的房间里——他当这是他的家——他补洗着孩子和自己的衣服，来消磨他的时光。显然地他比旁的那些住客们安静些。所以从这种气氛，和他那差不多快秃的发根和打皱了的额角看来，十足有四十岁光景了，然而据他自己说，却只有三十二岁。

"看来，你总不止三十二岁了吧？"闲散的住客们往往这样地问他。

"不要问这些好么？这是因为经过了忧患，死了妻子的缘故呀！"鹏飞先生悲戚地回答了以后，便又去抱起他的孩子，将嘴凑上去狠狠地亲着，好像他想从这动作中，去忘记了他的不堪的回忆似的。于是住客们也就颓然地走开去了。

那孩子虽然没有了母亲，但因鹏飞先生的闲空，却给料理得还算清楚。并且有着一双大的眼，高高的鼻子，颇显露着他并不卑下的品格，而且又伶俐，使人们喜欢他。就是鹏飞先生不在家，闲空的住客们也就给他去料理，痴痴地抱起他，凝视他这朴质的小生命，使他们起了一种渺茫然而实在的快感。

因这缘故，在夜间或是星期日，便聚集在较大的然而也发着湿气的鹏飞先生的房里。他们对于大饼、油条、纸烟、白烧那些他们所最切要的东西，开始发表各人自己的意见。一半借以讨论那家的东西便宜，那家的东西靠得住；一半自然借以消遣他们自己的无聊。有时候他们也谈到和他们不相关联的政治的问题。并且激烈地辩论起来，趁着他们喝了不久的白烧的力量，涨起紫红的脸，互相断断地诅骂着。自然问题是为着毫不紧要的一种空想的不能同意——有些人主张用墨索里尼的法西斯主义，有些人是主张用日本人的大亚洲主义。可是到终末，仍旧归到一个没有办法的结局，于是大家静默下来，起来倒出浓郁的苦味的茶来喝，嘴里发出一声"拨"的声音，表示无可奈何。

"中国是再也没有办法的，除非卖给外国人。"民政厅书记李先生，他正受了长官的气，现在将手重重地搁在桌子上，仿佛报复似的又开始提出他的意见。

"然而我们去卖给谁呢？"随便那儿都用"然而"的小学教师王先生，实在并不能赞成卖国这主张，因为恐怕那寂寞罩住了他们，无意义地发问了。

"日本人！"大亚细亚主义的崇拜者说。

"意大利人吧！"法西斯主义的徒孙喊。

"美国人,美国人最富庶,以他们的机器和资本,合着我们的劳力和原料,像菲律宾那样来训练一下吧!"房主人鹏飞先生想出了这十分切当的主张,几乎使他自己惊异起来。

"索性卖给俄国人,将这世界来扰乱一下吧!"李书记余怒未息地说,发着胜利似的狂笑。

"可是我不赞成,提起俄国人,难道我们中国还给害得不够么?"一个小商人凄然地提抗议了。

于是他们也有人谈到共产党的暴虐,也有人说将来共产党一定要得了中国的,从半路上将题目引到另一方面去了。

"然而我们连卖的力量也没有呵!"然而先生忽然又凄然地将他们的议论关了门。马上鹏飞先生的房里开始沉寂下来,又可以听到他们的"拨"的那种表示无可奈何的声音。

第二天,同样地他们又谈论着各人自己的意见,循环着,只要客栈老板不将他们赶出去,就永远地保住了他们的循环,好像社会已将他们决绝地撵了出来,他们也便决绝地安心住着,将这客栈的四周,用他们自己的意识,圈筑了堵圆围的厚的墙壁。

"十八号鹏飞先生在家吗?"一天,有一个女人的声音,在账房里问。

有客人来,并且是个女人,这不是很意外么?立刻有人去通知了鹏飞先生。鹏飞先生正咬着一块夹着油条的大饼,将嘴塞得满满的,甚至把眼珠也睁突了,对于这报告,他天然地现出惊异的疑问的神情。他踱出来了。住客们,马上隐到自己的门帐里去,单用一只眼睛从缝里看出来,有几个还轻轻地走到鹏飞先生的间壁的一间,将面孔贴在积满了尘埃的板壁上,预备从壁缝里看个仔细。

不过对于这女客,鹏飞先生并不欢迎,简直是还有些嫌恶,在他脑子里不断地映演出对于她的无耻的回忆,皱起他的眉毛,俯下头,茫茫然地走在女人的前头,等走到自己的房门口,侧转身来萎然地停住了。那带着笑脸的跟在他后面的女人,却立刻挨过他眼前走进房里去了。

"宝宝! 你还认得你的奶妈么?"她敏捷地放下手上的纸包,将孩子抱了起来,一屁股坐在鹏飞先生的床上,一手去打开纸包,取出一些糖果蛋饼……一样一样地放到孩子的手上。她哄着他爱抚着他,也不向鹏飞先生来寒暄。那种倾注着的媚悦的神气,立刻又使鹏飞先生想起她的淫荡,她的无耻,他几乎要这样地骂出来:"你这无情义的下流女人,你又坐在我的床上,这么淫荡的,替我滚了出去吧!"但那女人一边将左脚稍稍地弯起来斜靠在床沿上,使这孩子的体重可以减轻一点,一边侧转头来的时候,鹏飞先生的茫然的神气,即刻被她看见了。

"喂! 你幻想些什么呵! 我是特意来看看这孩子的。"她说着又注意到孩子的身上去了。这问语的单纯,使鹏飞先生稍稍地放了心,然而却又不安起来——

"你现在究竟怎样过活呢?"鹏飞先生发问了。在这发问里,分明又带了虚伪而且冷酷的意味。然而他自己想,这是既亲热又滑稽的发问。那女人立刻将视线转移来,看见冷冷地笑着的鹏飞先生,先锋利地注视了一下,随即放出笑容来。这笑容在鹏飞先生心里,起了一种不快的感应。

"你问我,是不是因为你看见我和一个男人在路上走?"她问。鹏飞先生立刻被顿住了。他料不到这坐在他面前的女子,竟会下流到如此的赤裸的程度。"如今怎样回复呢?"——鹏飞先生想。

"请毋庸关心到这些事好么? 我虽然是曾经读过几句书的女

子,但我不能生活;但也因为必须生活,所以也养孩子,也做……自然现在仍为着生活……生活是各种各样的,此刻来看看这孩子,也是生活的一种。"女人正经地说,并且还威严似的注视着鹏飞先生。他自然有些愤怒,然而也不便发作起来,只默默坐着发呆,对于这对面的女人,起了一种捉摸不着的恐惧。那在间壁侦探着的住客们,时不时"率索率索"地发出些声音,在这静默中也能传到鹏飞先生的耳中来,这个越发使他脸红。这样不久,那女人也似乎觉着了,她将孩子抱住,立起来了。

"很对不起,这样使你为难,现在我要走了。但是,还请答应我常来看看这孩子!"

"可以。"鹏飞先生立刻答应了。在心里觉着一种得救似的光明。于是那女人又重新将孩子热热地抱了一次。——"好好地养着吧!"她说着,走出去了。

住客们马上闯进鹏飞先生的房里,有的说这女人是他的弃妇,也有说是情妇,各人有各人的理由,将鹏飞先生脸上气得铁青,满肚子涨着要发的火。他将手重重地拍在桌上,仅只没有哭出来。

"这女人,我又碰着这鬼了。嘿!"他说。

"然而你应该将她说个仔细。"然而先生提议了。

"自然我应该说个仔细。她是我孩子的奶妈,'我养过你的孩子',她自己也说过了,你们听清楚么?"

"听清楚了!"住客们滑稽地清脆地回应着。

"那是二年以前的事,那孩子……"鹏飞先生然后狠狠地透了口气,一面抚弄那孩子伸出在桌上玩弄茶杯的手,于是开始他的辩白了。

"唉!你们难道以为我没有过快乐的日子么?你们常常这样

地问难我。然而我是曾经光荣过来，有过妻子，有过家，有过快乐的两个人生活的小家庭——那时我做中学校的教员，妻便料理家务，我们适意地活着。可是后来，这孩子生下了。这孩子影响着我们，我们的家，我们的命运，于是一切都变动起来了。

"这小东西，他是一生下来，就毫不客气地直着喉咙，张开没有牙齿，红得像洋火的嘴巴，皱着唇，闭着眼，将红嫩得像一只剥皮的狸猫那样的脸，挤得像一块凝结着的血似的号哭着的。他始终哭着。不时地在妻的手里一挣一挣地振动他的身体，似乎在喊——'要乳！要乳！'

"我那妻子呢，却是一个虚弱的身体。怀孕以后，脸上便更无血色。直到这孩子落地，她早已像一张残秋的落叶似的了，她的生命全般地掉入暗淡沉肃的境地中。虽然当时有她将枯干的嘴唇触到那哭到很久才睡去的孩子的嫩弱的脸上，她也微微地笑起来了，但那笑，却幽静地有如玫瑰的刺般刺痛了我这男子的良心。

"加之，一个孩子总是需要乳的呵。于是我提议雇奶妈了。

"但妻子并不赞成。她怕学校惯例欠薪，弄得不能生活。而且雇了奶妈，孩子一定便要钉住她，弄得不能散场。她这样的忧虑着，我的提议也就没有效果。她整天地抱着，哄着这孩子，也坐在天井里洗这孩子的尿布，并且故意地要现出她的身体的强健。然而有一次她竟晕倒在天井里，头触到阶石上，流出了很多的血，连喊我去扶起她来的声音都很低微了。等我跑去的时候，她是萎然地倒在地上，再也没有力能够自己起来，用那半开半闭的低迷无力的眼钉着我，使我觉着一种所谓诀别与死的幻象。

"'答应我去雇一个奶妈，给我放心点好么？'我第二次提议了。其实事实上也没有办法，于是便雇了那个女人。

"妻将孩子递给她,用微睨的沉默的神情打量着。这孩子立刻摇动他的头,挤进那女人袒开的胸间的乳房,拼命地一上一下鼓动他的小项颈,哭即刻止住了,只听见一种急速的'啜啜'的快乐的声音。看见这样,无论是谁都会觉得一种放下心肠来的满足。我这才大大地透了一口气。于是妻也笑起来了,当孩子重新交到她手里时,她是发着温和的笑对孩子显出嗔怨似的久未见过的娇态——我想,好了,现在是平安了。第一次使我觉着由金钱而发生的奇特的效果,以及为这社会的争夺之原动力的那东西的魔力。

"'可是你自己的孩子呢?'妻似乎是很久以后,才发现了那女人是舍了自己的儿子来做奶妈的事情,惊奇地这样发问。

"'太太,没有了!'她简单地回答。

"'那么丈夫呢?'

"'丈夫,也和你这位先生一样,在一个学校里教书!'那女人指着我说。

"'教书?'妻立刻惊奇起来,从这教书的丈夫与做奶妈的妻子这不调和的事实中,生了一种无限而又密切的同情和苦痛,房子里即刻静寂而且黑暗的了。

"'然而在现在这样穷的世间,教书的丈夫也并不是能够绝对不使他的妻子做奶妈的。因为我们穷,并且合不来,你想那有什么法子呢?'那女人似乎在申明,也想把'教书'二字所放进我妻的脑子里的光荣幻灭去,同时引到另一方面,她想出有她的身份——我很看得出这个意思。妻是渐渐地沉默了下去,又在那里幻想,大约要幻想到那坐在她面前的和她同是教师的妻子的女人的风格,用来凭吊她自己。

"'那么你是识字的了?'这是完全用自己做模型的妻的问话。

"'识得几个字,但是现在已经荒废了。'那女人的答话,增加了我妻的惆怅,也增加了对于那女人的哀怜和同情。于是就好好地过了不少日子。

　　"然而不久,在家中又开始听见孩子的哭声了。我从学校回到家里时,常常看见身体未全恢复的妻,走下床来抱着孩子在那里打旋,哄着这小东西,嘴里呜呜地吟着。于是我问:'奶妈呢?'

　　"'说是兄弟有病,来问我请假,所以便答应她了。'妻不耐烦地轻微地回答着。一半是怕我要生气。

　　"'我说,不准请假,为什么要给了假呢?'我这样说,自然有些嗔怪妻子,也有些心痛她,同时也心痛钱。可是没有相干,妻子不但只给了一次假,并且以后还常常地给假,有时还瞒着我,说是教她到街上买东西去了,说是不久便会回来的。那里呵,有几次是直到天黑,也还是见不到她的影子。于是妻又抱着哭着的孩子在哄,用忧愁的神情时时探首到后门去望。我是一边可怜哭着的孩子,一边又在心里难过着那委屈得连声音也低微下去的妻子。可是气恼是我这一面的,那女人却照常地一礼拜二三次地出她的门。

　　"并且后来又来了她的丈夫了!

　　"有一次我从学校回家的时候,在我百步之遥的前面,便走着一个中等身材,穿着不很洁净的制服,挟了一包不知什么东西的男子。那家伙似乎觉到了他后面跟着人,敏捷地掉转他的头来看我,我也立刻看见了他的瘦削而还清秀的微白的脸,他将我打量了一下,便走进我们的后门了。但我急速地跟进去的时候,四面一看,却见不到他的影子。等我走到客厅背后的退壁间的地方,见门闭着,我立住脚了,听见里边也将细微的声音停了下来,觉到有人立在门外,那门是突然地开开来了。在那里,我看见方才进来的男子,对着正抱着孩子的我们的奶妈站着。

"'这是我的丈夫!'女人毫不迟疑地对我介绍。那男子便很和气地走前了一步,向我鞠了一个躬,说请我原谅他的年轻妻子的无知。然后便略略地侧转了头,对着他妻子,说下去了。

"'我什么都不管你,只要你自己做你的人。虽然做奶妈,这职务可并不下贱。所以,你拿了人家的钱,就该尽你的义务呵。可是你却常常跑出去,虽然主人宽恕你,你可不虐待了这孩子了吗?'这样说了,还从他妻子手上抱过了孩子,亲热地爱抚了一回,他自己和悦地笑起来,在我的面前。

"'呵!'我叹息着,几乎感激得滴下了眼泪。我是一时说不出话,只玩味着他的话语,一句句在我心头温暖着,我那时似乎第一次尝着了所谓人类这东西的情味,也被他的真挚的礼貌所软化。于是我也不自觉地向他鞠了一躬,说:'很感激,现在就请自便吧!'走进了自己的房里。

"妻子坐在房里发愁,我想,那一定怕因为那男子被我发见,我又要发脾气的缘故。其实这是错的,妻子也并不知道那男子现在又来到我家的。

"'你总隐瞒着,并且还容许奶妈的丈夫到家里来,在现在这样的时世,杂人是容许不得的哩。'我竟开心得有闲情地向妻子打趣。

"'但我那里知道呢?就是知道,也是没法的,难道你能够忍心去赶散了人家夫妻的谈话么?虽然他们并不见得和协,在房里也时常争论着,然而他们总是夫妻。你要想想他们是夫妻呀!并且我相信给他们聚会得多一点,定会减少了夫妻间的隔膜,能够将女人从邪道里挽转来的。'妻仿佛牢骚似的板起脸来向我说。

"'今朝我却没有反对你容许那男子进来的意思呵。老实说,我已经见过他了,实在是个非常和气的、识礼的人。不必发气了,好么?'我陪着笑说。于是有点活气的血液马上往她的脸上泛起来,发出一种媚悦的光彩,表示她的胜利似的。

"'然而我终于不能同意这女人!'我见了,我便这样说。

"'我也不能完全同意那男子。'妻回答,'你没有知道吧,那男子是因为时常生病,是靠着妻子生活的,常到妻子这里来拿钱,还将妻子的衣服挟去当,一包一包的,一当了钱,便将当票送了来,等妻子将东西一包一包赎了回来的时候,他又来拿去当了。这样,他们这才款款起来的。她配了这样的男子,还好怪她么?'

"我的妻子的见解也并不十分错的,但我以为这男子的这种不得已的行为,是命运的乖舛吧。所以却原谅他,在那时我就原谅他。可是女人却是不能原谅的,她自己便暗暗地告诉我妻子,说她有一个情人。她是一个不贞节的可耻的女人。

"是的,这女人果然不是好东西,即刻有事实来证明了。

"一个傍晚,天还未黑,约莫是五点钟,我听见后门轻轻地发着响声,我那时正坐在还未上灯的客厅上,于是注意一下。我看见我们的奶妈开了门出去了。从那半开着的门里,我看一只着皮鞋的男子的脚。我想,大约是她的丈夫来了吧?预备立起来去欢迎,但接着只是女人独自掩了门进来,而且一直到楼上去了。我忽然想,不知又出了什么鬼,一定又到妻子面前去告假,要幽会她的情人去了。

"'方才奶妈来说,有人来通知,是她的老娘死了,要去奔丧,只要请三天假,你答应不答应呢?'妻来征求我的同意。

"'似乎不见得有什么重要吧!'我冷冷地讽刺着。

"'答应不答应,是你们的主意,我可不能不走。'那女人简直地接应着了。

"'那么两天可以么？孩子是不能长久地吃着牛奶过活的。'我简直感到莫大的压迫,对于这淫荡的说诳的女人,冒起了心火。但因为孩子的缘故,终于用了差不多恳求似的口气。

"'很好!'她答应了。然而很奇怪,她急速地从妻子手里抱过孩子去亲他,吻他,现出异样的爱护的,和今朝差不多的神情。我几乎想叫出来——'你这淫荡的妇人呀,你在发狂了!这孩子可还不到年纪呢!'我马上走过去,将孩子从她的手里夺了过来了。

"妻将工钱给了她,她急速地,几乎慌张地拿了她的包袱,在后门跳上了车,大约当夜就去会她的情人去了。

"第二天早上,后门有'笃笃'的声音在响了。我想,可不是那女人满足了她的肉欲,提早回来了吗?是的,她又会造出一些诳语来,说她的母亲并没有病,她是受了人家的骗,所以今朝又为着孩子的缘故,赶了回来了的。妻子也要张开嘴笑了吧。我这样想着,去开了门。那知在门外立着的,却是在公安局做巡官的我的老朋友 T 君,身后还站着八个荷着装了实弹的枪的警察。设使带领的不是老朋友 T 君,我想他们一定要捣坏了后门进来了吧,这是从他们的凶狠的神气上可以看得出来的。

"'你们雇了一个很好的女佣人,现在有公事要拿她!' T 君马上告诉我了。

"'可是她昨晚已经走了。'我回答。

"'走了?' T 君说。在他这'走了?'的一语里,显然有着严重的意思。他用手移了移戴在头上的帽,露出逡巡的神气,我于是便请他进到客厅里了。

"'难道这是个女绑匪么?'我轻轻地试问着。中国实在是给绑匪和×××装满了的，然而我不曾疑心到她是×××的嫌疑人。

"'你知道，她的丈夫是个×××，被人告发，因而拿住了。还有人说到他的女人呢。'在我脑上马上浮起那和气的青年的脸孔，却渐渐模糊起来，狞恶起来，仿佛一个有角的魍魉，然而不久之后我耳鼓里又清晰地听见他那天所讲过的话语，也幻想起他抱我的孩子的情形来。这实在使我寒颤起来，觉着自己和儿子都被别人的手臂挟着似的。

"'那女人，那下流东西，难道她也配有×××的嫌疑么？'我简直有些愤慨。接着我便将他的淫荡的行为告诉了 T 君。

"'然而我们还得到她住过的房子去看一看。'T 君这样地说。我引了他们走进那黑暗的她的房里。开亮了灯，一切都已拿光了，只剩了我们给她的那被褥。在那被褥上有一个纸条——'请你们另外去雇一个奶妈吧！虽然我和丈夫并不和睦，但终归是夫妻，定要被累的。只得和你们分离了，再会！'从那秀媚细软的字迹，也令我想起了她的不良的品性。而从她的措词里，使我疑心，她的丈夫的告发人，一定是她和她的那情人，在 T 君临去的当儿，我竟愤怒地说："'那去告发的人，一定就是这女人了。'

"'然而你总该留心些，他们是到处潜伏着的呵。'T 君这样地警告了我，便走了。

"接着，一切的变动便来了。那男子被结果了。实在我的境遇也不会比那死了的青年好，开始死了我的妻，家庭便起了莫大的变化。单剩了这个瘦削的孩子，啼着哭着，我只好用牛奶自己来灌他。每当我独坐时，我便幻想起来，我看见自己的亡了的妻，也看见了那青年的和气的脸孔。他们常常憧影着在我的四周，像一张色彩调和的幽艳而有古香的画，向我展开来又卷拢去，宛然如在招诱我一般。我于是便常做梦,也常饮酒,也……真是不堪设想。

"可是那女人呢,她是在丈夫死了不久之后,我就在一条马路上看见,和一个武装的军官并肩地走着,穿得像春天的蝴蝶,笑着谈着,公然地向我走来,熟视着走去了,一点不觉得脸红。丧服是当然不穿的。死了什么老娘呀! 死了什么丈夫呀! 我想,那军官一定便是密告人了——'那贼!'我那时曾回转头去,这样重重地骂了一声。

"接着就是今年了,我又在这里的马路上看见她和另一个纨绔子弟照样地并肩走着,我真没有胆量再去看见她,我远远地避开了。今天,今天真不知又怎样会到这里来。她真仿佛是一个鬼,专门来扰乱我的心胸。你们想,这样的女人,我会和她发生关系么?"

鹏飞先生用眼瞭望着四周,看见同伙们正同样地发着愤慨。他就胜利地笑起来了。

"呵! 那个蛇蝎呀!"同伙们同声地诅咒着。

"那么,她以后再来时,我们侮辱她!"有人提议。

"然而她又会告发我们是×××的呀!"然而先生立刻锐敏地想到这一层,自然这议论是即刻终止了。

住客们过着他们照旧的生涯,义形于色地谈论着,咬着他们的大饼,喝着他们的茶。自然有时候也想起那可恶的女人,以及那女人的一切薄行,不免望她再来,可以使他们侮辱她。但也有些怕,并且终于没有来。

"十八号鹏飞先生在么?"又有人在账房里问。

住客们立刻竖起耳朵,来留心这新鲜的消息。可是那来的并不是女人,却是两个着了司法制服的人。他们走进鹏飞先生的房里去了。住客们马上从门帐里躲了进去。不久之后,鹏飞先生就抱着孩子走在前面,哭丧着脸,被押着走出去了。住客们惊呆了很久之后,这才小心地,脸上一青一白的失了血色,从门帐里探了出来,头儿向着前面,像一群竖了长嘴巴的兔子。

"恐怕又是犯了和他所说的那男子的同样案件了!"民政厅书记李先生开始了他的推测。住客们立刻在他们脑子里将鹏飞先生所叙述的那男子的印象提了出来,玩味着鹏飞先生的话语的气味,大家不期而然地点了头,忽然在心里不安起来,甚至茫茫然地幻想到他们亲眼见过的所谓杀人的情景,仿佛鹏飞先生的头,正红红地滚在地上。

"然而现在我们该来想想自己和他的关系!"然而先生,不单只会结论,也会提议。在这种什么都可以算是犯罪的世界,然而先生说的,也并不错。可是怎么办呢? 立刻全客栈里都不安起来,而那一些常到鹏飞先生房间里去坐去闲谈的人,是更非有个办法不可的。于是,有的便将略略贵重一点的东西,包了起来,拿到当铺里去,预备到别处去住几天再说;有的忙着将唯一的几封毫无关涉的信件,付之于一根洋火;有的频频地打电话,探听着消息。

然而事实并没有如他们所想的那样凶,两个钟头以后,鹏飞先生好好地抱着他的孩子安然地回来了。客栈里立刻便又兴旺起来,住客们的脸子有了光彩, 齐闯进了鹏飞先生的房里,将房子挤得密密的,包住了鹏飞先生的四周。

"仍旧是为着那女人的事情。"鹏飞先生颓然地报告了。

"从被窝里捉了去,要你去做保人,是不是?"住客们猜度着。

"谁也不会相信,她乃是一个×××呀!"

"也是个×××?"住客们发出惊呼声,立时肃静了下来。

"她被捕了。明朝就要执行,她要求法官要看看我的孩子,也见见我。这样我便被带了去，在法庭上见了她来了！……

"至于那女人呀！她还会笑，她还会笑，照样地穿了那天穿来的衣服，始终安闲地望着我。我却可有些昏了，也不知她怎样地将孩子接了去，她怎样地在那里亲他吻他……

"'朋友！没有你的事。'她镇定地说，'虽然我是个×××，难道×××就没有亲戚，朋友，以及一切人情的事么？现在一切都已说明了，我说我曾经养过你的孩子，所以要见见我养过的孩子。"她提醒了我。

"'这究竟是怎样一回事呢？'我心里恐惧，惭惶，也有些昏乱，然而也似乎有些感动了，我便说了这样一句话。

"'我说，我是个×××呀！'她忽然兴奋起来，高声地说了，'我从来就干着这工作，在你家里，我瞒着你们，一切真相，你们都没有知道。你记得，一切你以为可耻的我的行为，这都是我的工作。然而现在，现在我被捕了。你是一直总当我是个下流的不贞的女人呀！'

"'那么，我……'我似乎什么也说不出来了。

"'不要紧，这是我自己要走到地狱里去的缘故。我走入了你们所不能见不能闻的地狱的底层里，我想救起那些人类！'

"'呵！你们呀！你们呀！'我无意识地叹息着。

"'然而这个不是我要求你们来的原意。我不一定要你知道我。为的是，我自己也有过一个孩子，然而为着工作的便利起见，夫妻两人协议将孩子送给育婴堂，我们以后一直没有看见那孩子了。为着事实上的便利起见，我来养你们的孩子。现在是一切都已完了！……我的工作……我从心底里想起了那失落在人间的孩子，再也没有像这样的时候，我心痛我的孩子得利害……我们为着要救被压迫的人们……现在是一切都已完了……'她忽然悲伤起来,断续地说,眼泪粒粒地滚了下来,滴在我孩子的身上。'为的是,我要见见这孩子。'她这样说了,声音是有些啜泣了,还将孩子吻着。孩子是一半似乎受了感动,一半像受了惊吓,悲戚地哭了出来了。

"最后,她将孩子递还我,还说:'好好地去养着吧!大半的人类都已没有希望,像你们,像你们,难道还有希望么?让他们长起来!你们呢,领受着你们的苦痛吧!'

"我重新清醒了转来,知道我是被带到一个决定杀人罪名的法堂上的。那女人的毫无血色的脸上的肌肉,我重新看见正苦痛地在那里颤动;等到我被原来的那两个人带出来的时候,仿佛觉到自己和孩子是被送到杀人的场所去,也不敢再返顾那女人的形态了。"

住客们被沉没在鹏飞先生所叙述的奇特而有悲剧性的那女人的追想中,一边想在心里幻想那女人的形态;一边在耳里却响起了那女人的"让他们长起来"的话。他们从悲苦中来凝视着鹏飞先生所抱着的孩子,想在他身上看出一些奇异的东西来。

1929 年 10 月 6 日

(原载 1930 年 1 月《萌芽月刊》第一卷第一期)

作者简介: 魏金枝(1900—1972),原名魏义荣,浙江嵊县人。1930年参加"左联"。著有短篇小说集《七封书信的自传》《奶妈》《白旗手》等。

一九三〇年春上海（之二）

丁　玲

一

初春的清晨，湿润润的风轻轻地扫着，从敞着的玻璃窗处窜了进来，微微地拂着一切，又悄悄地跑走了。淡白的天光，也占据着每个角落，给房间涂上一层梦幻的颜色。市声还没有轰起，正是安睡着的好时辰呢，而床上却惊醒了夜来睡得很迟的望微。他惺忪地张着倦眼，憨憨地望了天空一会儿，像无所用其思虑地又合着眼皮，翻过身去，朦胧地睡着了。这是一个可爱的棕色的年轻男人。眼皮刚合了下来，在心上却蓦地跳过了一个美丽的影儿，于是他又像骇着了似的再翻过身，坐起来了。他不信似的从枕头底下抽出一封简单的电报来，他重复的又念了一遍：

　　今夜乘大连丸赴沪，约后早可到，望来接。玛。

于是在那棕色的脸上，便耀着快乐的光辉。他摸着下巴上丛生着的短须，便更笑意浓厚地边嘘着唇，边穿起那黑色的旧呢裤来，而且在心里不断地自语着：

"这家伙真怪，望她的信，不来；等你忙得要死的时候，她自己却来了。唉，玛丽，你这东西真怪呢。"

他一念着那可爱的名字时，就更遏制不住那得意的欢容。

他匆忙地用冷水洗了一个脸，便在笼罩着薄雾的马路上，冲向着外滩跑去了。

马路上非常安静，只有寥落的几辆装垃圾的马拉的大车，和几个缺少精神的清道夫。间或有一两家小商店的学徒在睡意朦胧地半张着眼去下那门板。地下全为雾气弄湿了。四处也氤氲着不厚的云似的淡白。空气很凉，然而却正宜人。望微走到电车站，等了一会儿才跳上一辆往外滩去的车。铁的轮轧出的大声，在这安静而寥廓的空间，更显得震耳。而且似乎摇摆得也更厉害了。他没有计较到这些，他忽略了一切，只注目向着那雾浓的地方望去，在那白的雾中，是仍然不断地显着那花似的一个妩媚玲珑的脸儿。他认识她是在去年暑假一个不重要的宴会上。那时她是没有注意到他的，她说得很多，她非常活泼，她很惹人注意，吃了许多酒，但她却望他得非常之少。然而他不知为什么，对于这种骄傲的洒脱、媚人的侮慢却特别中意了。他看见了那不经意的偶尔要微蹙着的眉头，他觉得她一定非常寂寞，非常人所能了解的寂寞。因此他仿佛是与她更亲近了一些。他听到她的笑声便不期然地心里会随着颤起来。他在第二天便勇敢地去访问了，他受到了欢迎。不过不久，几天之后她便离开了而到北平念书去了。他还不敢相信他们之间是树起了坚固的友谊的。那时他本来有点悲观，从此更颓废了。但是后来，几次的断续的通信，给予了他一种异常的不安和犹疑，而那更奢的欲望却坚强了起来。他为一种身体上的苦痛压迫着，他跑到了北平。终于他们尽情地生活了一阵，又同着回南了。这是寒假的时候，所以她坚决又离了他而回到家去，是约好过了旧历年便又来上海的。可是她失约了，在过了好久之后他才接到一封她从北平来的短信，没有说一句理由，只请他原谅她，那时他真急，几乎又重新坠入那巨大的不安里。不过同时又有着一层新的希望在鼓舞他，他对于现在的政治和经济发生了很浓厚的兴趣，他刻苦地贪婪地读着许多书，而且慢慢和实际的斗争发生关系了，所以他虽说也还是常常在为她写信，也常常想到她，想到自己失了她的缺憾，不过没有时间，慢慢地信也短了，思念得也不深了，有时竟好几天把她忘了也有过的。这是无法的事，实在那美丽的影儿却很深地埋在他心中，为他劳苦后的一种慰藉，只有他自己才知道，他是多么承认他的爱她的。直到这天的头一天接到这电报，突如其来的，重新又给予了他许多希望和幻想，他重复了许多过去的甜蜜，他恨不得一下就见着她，他要告诉她许多，尤其是他近来的工作。

车不久就到了外滩了。

黄浦江里的许多大船都在预备起碇，铁链不断地哗啦啦地响着。尖锐的，宏大的喇叭也叫起。小的舢板都划到江中了，满载着一些渡河的工人。太阳已经出来了，淡黄色的温和的光从对江投射了过来，将人的影瘦长地印在柏油的路上。望微深深地呼吸着这清晨的空气，兴奋的脸孔时时同着清凉的微风相揉摸，觉得非常舒适，而且自己都觉到，仿佛全身都充满了什么，只想炸了出来似的。他又悠然，又匆忙地在找那日清公司的码头。

码头找到了，可是出乎意外的清静，只看见荡荡的一片江水，没有船停在那里。他茫茫地望着江水出神，他不知是自己来迟了，还是来早了，他深怕那电报只是玛丽逗着他玩的一套把戏，因为依她的脾气和趣味，这样残酷地害人是可能的，她常常只为自己一时的兴趣的满足的。他几乎失去了主意，最后才决定还是到公司里去打听一下。

公司的答复是船要下午二时半才能到,他仿佛才又有了希望似的无力地拖回家去。

吃过了饭便到一间房子里去坐两个钟头,翻译几份报纸,将英文的译成中文,又将中文的译成英文,有时又要送一些文件到别一个机关去,常常还要开会讨论种种社务的进行,又要常常讨论一些理论上的问题,和关于最近政治路线之准确与否的详细的商讨,所以他常常要忙到夜晚十二点才能回家去,而且有些上午也得不到休息,常常起草一些什么计划大纲啰,组织大纲啰,以及一些宣言通讯之类的东西。他是一连有好几夜都没有得到足够的睡眠了,所以这天去到办事的地方更显得过分疲倦的样子。

房子是一间写字间似的房子,是暂时做着×社的机关的,这×社是在×××的指导之下成立的一个会社,干着一些工人的和知识分子的无产文艺运动的一个团体。因为还是不能公开地在现政府底下活动的团体,所以这房子是挂上了一个什么绣货公司的招牌。来办公的固定有几个人,不过每天都不误时,而又不缺席的人,则只有年轻的望微最得人信任。这天他来的时候除了那个打扫房子的之外,还有一个矮矮的书记冯飞,冯飞因为住得比较远,常常都来迟,这大却还只有他一人悠闲地坐着在吸烟。望微进来不免稍稍有点惊诧地问:

"喂,早呀,老冯!"

"吭……"

在那稍扁的脸上,也映起一道稀有的光辉。所以望微又问他:

"什么事,你这样快乐?"

"没有什么……"

然而他却又想到他的奇遇去了。他在一个月前便认识了一个公共汽车上的女卖票员，可是却没有说话的机会。他每天都可以按时地见着她一次，每次的见面都加强了他对于她的尊敬，她是那么朴素，那么不带一点脂粉气，而她又能干，脸色非常红润，一种从劳动和兴奋之中滋养出来的健康的颜色。他从她的形态上和言语中（因为她常常会为一点事同乘客争执而尽量发挥她的意见），断定她不是一个没有受教育的女子，而是有着阶级意识的，对政治有着一种单纯的正确的了解的。他好多次都想和她谈话，因为他觉得已是同她很亲热了，可是他习惯上的胆怯，使他总失掉机会。而这天他因为还有点别的事，早出来了一些时候，他正低着头在汽车站上的地方翻一张小报，忽然却听到一些声息，他转过头来时，可不正是这女卖票员站在他后面，很坦然地望着他笑吗？他有点局促似的，而她却向他说：

"喂，我想你今天出来得早了一点。"

他回答是：

"哎……对了……"

她接下去说：

"我今天真忙呢，还要代替一个女同事，简直一天都没有休息的时间。她病了，却不能请假，夜晚我还得去替她买药煎。先生你是在哪里做事呢？"

"在公司里当职员。"

她望了他全身一下，便摇着头笑说道：

"不像呢，你还只像一个学生。我辨别人是很准确的。"

他们又说了几句话，而车便来了，她轻捷地跳了上去，和另外一个卖票的打了招呼之后，便接过那夹票的木板和帆布的铜板袋来。他在下车的时候,也能极顺口地同她说"再会",像在一个熟人前一样。

这时他便又想到这事了,他是一个很少同女性接交的人,他也不喜欢普通的一些学生小姐们,他对于这女卖票员还是第一次注意。他在她的身上,起了许多的推测,他替她造了一段光明动人的历史。他没有注意刚刮了脸的望微。望微虽说倦得厉害,却更使人在他脸上看出有极喜的事将要到来。

这天他比较早退了一点时候,还缺席了一个会议。他终究在轮船上接到了一个艳丽的女性,和几件行李一块儿装到家去。

二

一辆轿式的汽车从黄浦滩驶进了宽广的平坦的爱多亚路,望微握着了一只柔软的小手,他们无言地微笑地默默互相望着,都不知先说什么好,都感到了幸福在心里。过了好久,她才说道:

"近来你的生活怎样?我看你瘦了好些。"

他便摸了那新刮的脸颊一下,笑着答应:

"我想今天还只有会显得好些的。"他想起近来那容易生长的短髭来,他又笑了,他预备告诉她,但他没有说出,等她慢慢在他脸上去发现吧。他只握紧了她的手说:

"玛丽,你越发丰艳了!"

他举起那纤手来放在嘴唇上。

她便也将身子靠紧了一点过来。

他幸福地叹着气,他可怜地望着她,他又说:

"唉,玛丽! 你不要再离开我了!"

她也非常使人动心地偏过脸来，于是渴望着合拢的一对唇儿便紧紧地贴在一块儿了。都醉了似的，晕了似的，紧紧地，又无力地抱着，他们都忘记一切了。

车急骤地转了一个大弯，车身猛烈地震动了一下，于是他俩便清醒地分开了，他还慌张地去扶那摇摆得很凶的小箱子。他从前面的那小块圆镜子里，看见车夫的一副忍俊不住的笑容，他有点生气，又有点难为情，却也只好向那镜子中的刁滑的笑脸笑一下。

到了他的住宅前，两人都高兴地跳下了车。他来回地跑了四趟，从小小的后门边跑上那三层楼。箱子铺盖堆满了楼梯边，他在口袋里找钥匙去开锁，他望着玛丽说道：

"这房子两人住，或者是小了一点，以后我们慢慢再搬吧。"

房子是不大，很简单地放着一张床，一张桌，两把椅，一张书架和一个衣柜。因为东西很少，却也不显得十分小，只是矮了一点，有点闷气，他因为在家的时候少，又多半是睡觉，所以不觉得，不过刚刚在辽阔的海面生活了两天的玛丽，却立刻感到了。但她不愿说，她还称赞这房子还干净，称赞这房主人还爱干净。他分辩说：

"这都是二房东太太的成绩，她替我清理打扫一切，家具也是她的，茶水也向她要，我完全是贪图这一切方便所以才住在这里的。对了，等我去叫她拿点开水来吧。"

但是玛丽止住了他，她看了腕上的表，是快五点了，她问：

"你每天吃饭是怎么吃法？"

"没有一定的，时间和地点都没有一定，你饿了吗？"

"饿得要死，还是早上吃了一碗稀饭，中午因为急得很，没有吃东西，我看我们还是想法先把肚皮弄饱了再说吧。"

"好。"于是他拿起那顶帽子就预备走。

她又问：

"到哪里去呢？你常在什么地方？"

那些小的、脏的、拥挤的饭馆，便在他眼前闪了一下。他望着她那镶有贵重的皮领的外国丝绒大衣和整洁的手套、玲珑的放光的缎鞋，他笑起来了，他说：

"那些地方你不能去的，玛丽，我近来很平民化呢。今天算我替你接风，我们到一个好的地方去，明天我们再想长久的办法吧！你说到什么地方去？"

玛丽望着他嫣然一笑，说：

"你请我吗？预备了多少钱？"

他计算着袋中所剩下的，大约还该有四块吧，他想省俭点，多半也够了。玛丽喜欢吃广东菜，于是他们雇了洋车到很远的地方去。

饭吃得非常好，又非常慢，因为玛丽这时的心情很舒适，她一点也不吝惜她的美丽，她常为了一些稍稍有点荡佚的媚态，弄得更迷人了起来。这时她已脱了那件值一百二十块的大衣，只穿一件薄薄的葱绿色软缎的紧身旗袍，那些身体上动人的部分，都隐隐在衣服下面微微显了出来。她说了许多她想念他的可笑的情形，她说她不能再离开他了，她解释了她过去的失约，虽说他是能够原谅她，然而她却得了加倍的惩罚了。唉，她最近在北平的生活，是多么的苦痛，这苦痛是不愿让别人知道，而以前连自己也没有了解到的，她说这苦痛只要他知道，他多给她一点爱情便算是偿还了。她说得非常动人，她不免有点卖弄，他简直为她弄得有点痛苦了起来。一种身体上本能的压迫，使他恨不得一下便把她压倒，在那美的肉体上重得一次疯狂的麻醉，他无须用口来表白爱情的。他几次说：

"我们快点吃吧！"

她的意见不与他一致，这里酒馆的空气很能刺激她，红的灯映着他俩，他显得美了些，他是个沉毅的男性，她自己呢，感觉得有点发烧，她相信这样她更使人动心，而且时时放点甜的酒和浓的茶到口中去，更加强了她的兴奋。她与她的爱人同坐在这软的沙发上，说一点能使对方更心醉的话，忘记了一切，只慢慢互相撩拨着，撩拨着燃烧的心，这种难制的动心，她非常愿意延长，她不愿离开这境地，她怕回去，回去会把这种情绪冲断。那种地方，冷清清的，而且还有许多琐碎的事，不是她的行李还乱堆在房子当中吗？她只慢慢地吃着酒。

望微却慢慢沉默下来了，以前呢，他为一种美的欲望，却又不能达到所苦，他压制着自己，他感觉得他全身都在发烧，红丝充满了他的眼睛，几乎放出火来。他只有默着，而且他试着不听她的话，不受她的诱惑，因为那在他却实在痛苦超过了甜蜜。他更试着去想一点别的不关紧要的事，来缓和这难堪的情调。他默着，做得好像是在听她，而其实他却将思想慢慢散开去，想到许多细小的事去了。

这是应该给他以原谅的，玛丽真还不了解一个年轻男人常常在美的爱人前所忍受的难过。

酒馆里的大挂钟，这时铛铛地打了七下，望微吓得一跳，他想起这晚他非到不可的一个会议，时间是七点半，将近有二十个人要等着他，等这主席。他踌躇地对这美丽的人儿望着，他不知怎样好。他实在非去不可了，立刻动身，还恐怕要迟到，但他能够吗，他怎么好将玛丽一人丢在这酒馆。他焦急得非常，他有点发怒似的叱着堂倌：

"快点拿饭来。"

玛丽不解地望着他，她依然带点妩媚，她说：

"好，吃饭吧！"

匆忙地把饭吃好，他站起身就走。这时玛丽还没穿好大衣，她也有点生气，却没露出来，只无言地随着他急走到街上。他们跳上了两部洋车，便飞着向家里跑去了。她有点说不出的懊恼，但是她原谅了他，她还是随着他回去了。

一到了家，他简直可怜地来抱着玛丽吻着，他将她横放在床上，他说，恳求的：

"我心爱的！一百个原谅我吧！我要离开你一会儿，我马上会转回来的。等下回来后我再告诉你理由和详情吧，总之，你得了解我，我是太爱你的，只是我的事是太多了，以后我或者可以想法减少点，现在是真无法。好，你安睡吧，你的东西等我回来会替你清理。好，闭着眼睛，不要恨我！我走了。"

玛丽被他弄糊涂了，失神地躺在床上望着他。

他转身便跳出了房门，只听见楼梯上咚咚地急响下去。

他一离了玛丽，便忘记了玛丽。只焦躁地在马路上跑着，他想起那些等着他的人，一定是比他还着急。

<h1 style="text-align:center">三</h1>

剩下这美丽的活泼的年轻女人一人在那宽大的床上，她是正有着一颗柔美的心，她有许多浓厚的情趣，她老远地带了来，她能慷慨地给予这男人许多好处，许多温柔，只要这男人能好好奉承

她。她实在也是需要这种体贴和不过分的鲁莽,才肯耐着奔波的劳苦从老远跑了来的。现在呢,她得了什么,她是被冷待了。他丢下她一人在这里,他去到别的地方,有什么事还会比与久别的爱人重逢还要紧?她怅惘地躺在床上好一会儿,十六枝的电灯光黄黄地映在天花板上,她想着望微,不解的,但她总不免要生气,他的这种举动是微微损害了她的骄傲的。她很想赌气一人将这些东西又搬到旅馆去,不过她自己觉得,她是太爱他了,她失去了许多过去的强悍,她要常常委屈一点自己来原谅他。或许真的他是有更紧要的事,或许他马上就会转来。她振起精神爬起来去清理自己的东西。因为她觉得脸上有点不好过,她要洗脸,而且最要紧的是要换衣服了,这大衣要在这样房中擦来擦去,是太不适宜了。于是她打开了一只最精致的皮箱,一些红红绿绿的小玩意都显了出来,她清检了出来,一样一样放在他的书桌上,她才发现他桌上是一无所有,她又取出一些扎得很好的纸包,这里面的一些讲究东西都是她给他带来的,一条漂亮的领带,两条花绸小手帕,还有一些什么纽子之类的东西。她拿着这些东西,心中便又温和了下来。她想他等下见着这些东西时,一定多么快活,一定觉得她是多么可爱呵!她爱惜地又将这些东西堆在桌子的一角。最后她才又从箱子底下拖出一件薄的棉旗袍,是稍稍旧了一点黑绸子面子的。她面向着衣柜,将那大衣脱了下来,她从不明的光线中看见自己那美丽的身躯,微红的颜面,被掩覆在浓厚的黑发之下,又亭亭托在葱绿的高领上,真是又显得骄贵,又显得动人。于是她又慢慢地去解那单袍的纽子,一缕粉红衬衣的边缘便钻了出来。她又向自己的半裸的肉体投射着爱慕和玩弄的眼光,她欣赏了那白的颈项和臂膀好一会儿,她才不舍地将那件棉袍罩上来。这袍子很长,裙边都覆在脚背上了,因此更将人显得顾长了起来。她真是美丽,真是宜人,仿佛不拘穿着什么样色的衣服,都是只有增加她的美的。她打开衣柜去看,里面几乎完全是空的,一件衣服也没有,只剩几双袜子丢在角落里,几个衣架,孤零零地吊在那儿。她不免愕了一下,她疑心望微还有一个放东西的箱子,她把她华美的衣服去挂在可怜的衣柜里后,便去找望微的箱子。箱子是还有两个,躺在床底下,而书架上还是堆满的他的书,她想他或者没有将衣服拿出来,都还塞在箱子里,她又想起望微这人是太不修边幅了,常常将好的衣服糟蹋,常常总是穿得怪破乱的。她又清检了一些别的,虽说有些要用的东西,都已安置在方便去取用的地方了,只是房子里还是乱糟糟的,几口箱子都大张着口摊在地上,满地都是些包过了东西的纸张。她非常疲乏,她实在不能立刻清理干净,其实东西又并不多,可是她失去了方法,她生气地不愿看这垃圾堆的样子,她又躺到床上去睡了。

时间是真走得快,已经到十一点了,她因为忙着找她心爱的东西去了,又悠闲地欣赏自己去了,倒不觉得时间的长,及至人倦了躺在床上之后,又绝对不能一下睡着去,于是开始便寂寞起来。她悬悬地想着望微,比在船上的焦急还难过,她到底不了解他,为什么还不回米,为什么会将她一人丢在这冷清的屋子里如此之久。她不能不疑惑他了,她想他们的过去,那实在只有热烈和甜蜜的。

她很年轻,她又美貌,自然地在好久以前她便为好多男人所注目了。她并不缺乏这方面的智慧,她了解这些,她都快乐地接受了。但她却什么人也不爱,她只爱她自己。她知道她是全凭她自己的青春所赠给自己的荣耀。她要永远保持着这王位,她不愿自己让任何人攫去。她看过许多小说,也看过许多电影,她知道女人一到同人结了婚，一生便算终结了。做一个柔顺的主妇，接着便做一个好母亲，爱她的丈夫，爱她的儿女，所谓的家庭的温柔，便剥蚀去许多其余的幸福，而且一眨眼，头发白了，心也灰了，一任那还健壮的丈夫在外面浪游，自己只打叠起婆婆的慈心，平静地等着做祖母……这有什么意义！她不需要。她很满足她现有的，一种自由的生活，家庭里能给她一点钱，虽说不能十分浪费，却很是够用了。她又有许多朋友，臣仆似的，都唯她的喜怒是从。她这么快乐地生活了好久，虽然在旁观的人也许觉得她有了很丰富的经验，受了一些波折，其实她的心是一动也没有动过，只将容颜更滋养得美了，将态度更习成一种特有的典型了。她更惹人注目了。她如果要依照着她的理想的生活是可能的，她不会很快便失去她对于异性的吸引力，可是她在望微的热情之下便被征服了。她改变了她一切观念，她本来很贱视男性的爱情的，但望微的一举一动，都表示出他男性的不可侮的爱，而且她为了这些举动而动心起来，她很把持不住，但她不愿就屈服，她逃回北平了。北平有许多更爱她的人在，她从前在那里生活得是非常适意的，这次她虽说还是能如往常一样的同人玩笑，可是她总不能忘去一个沉毅的，少言的影。这男性的特长给了她很深的印象，她实在希望还能同他在一块儿。他给予她的，像不是爱情，却是无止的对于生活的新的希望，却是真真的，她还不曾了解过的生命。正在这时，她想望他的时候，他便正像传奇中的多情之士，英雄般的追到北平来了。这更投中了她的嗜好，所以她竟会慷慨地接受了他大胆的表示，并且她还回报了他，他们就那么浪漫地热情地生活了一阵。那时她真快乐，她享有得真多，可是她是自由惯了的人，她慢慢又觉得她的牺牲是太大了。她怕，怕她生活会平凡，怕做母亲，而且怕没有朋友，究竟为一个男人而失去许多臣仆,是不值得的事。她是爱望微的,她愿保持着这好的印象,她愿暂时同他分离,他们可以做一对自由的情人,可以终身做一对亲昵的朋友,但她不愿做一对夫妇,像柔顺的鸽子似的,紧紧地抱在一团,所以她下决心又逃走了。她回到家,住了一小段时候,她更觉得家庭之可厌,她更加增了离开望微的勇气。所以她竟失了约,她仍然跑到那寒冷的北平去,她要留在那和平的古国去生活两年,一直到她的大学毕业。她住了一阵,先是还好,可是不久便又想着望微了。望微的通信越见减少,她便越见不安,她怕这热的人会离她跑去。到最后,她是决定牺牲一切了,她要来上海,她实在不能离开这男人。她骂自己愚蠢,她想起那过去一段的生活,唉!那才叫生活,这些算什么!于是她动身了,她带着她的一颗热的心来投在她的爱人怀里来了!这爱人是曾被她爱过,尊敬过,很合了她理想中的一个多情的爱人。

可是现在呢,他实在太抱歉了,他对待她如此的出于她的意料之外。她很生气,她又难过,她等到十二点,又等到一点,她才听见楼梯上有个踮着脚尖快跑上来的声响,她知道是望微的脚步,却忽然心伤起来,她不觉让一滴眼泪悄悄地落在黑棉袍的袖子上了。

四

望微轻声地踅了进来,这时他把一切的问题,一切棘手的进行都丢开在脑子外了。他只打叠起一颗耐烦的心,预备在这女人前,多多地忍受一点她的爱情的磨折,多多地给予她一些温柔。他知道他今夜的行为,是难得她的谅解的,因为她还没有了解他近来的人生观的转变。不过以后他可以使她知道的,她会同情他,鼓励他,而且她也与他一致。他轻声地走到床前,俯着头望了一下玛丽,玛丽没有做声,好像睡着了似的。他于是便坐在她身边,不敢惊动她。他望着房中的一切杂乱情形,正如他脑中的思绪一样,太多了,太乱了,他还不能清理出来。譬如他又想着工作,又想着怎样和玛丽生活,他觉得能力不够,时间也不够,他想顶好是立刻能同玛丽说好,而玛丽也高兴,他们可以常常在一处工作,他们除了爱情还要时时讨论许多重要的问题,那是世界的经济问题,政治问题,怎样为劳苦群众求解放的问题。他们的意见不一致,还要激烈地争辩,也许玛丽是对的,他们终于又和解了,他们还是一对爱人……他又俯首看玛丽,玛丽是太美了,一种骄贵的美,她的肉体的每一部分,都证明她只宜于过一种快乐生活,都只宜于营养在好的食品中,和呼吸在刚刚适合的空气中,而她的每一动作,也只能应用在上等的交际场合。不过他又想也许玛丽剥掉了这些华美的服装,而穿起粗布大衣来,却更显出她的特质,她若更能学得粗野点,反生出另一种说不出的美来,是可能的。他再看玛丽,玛丽显然便似乎改了样,一副他理想中的强倨的粗健的,稍稍带点男性,却还保持着她原来妩媚的美的形状,他只想吻下去,但他怕扰醒她便又停止了。他又去想,想了许多,却是些不能离开玛丽的幻想,唉,那些幸福的幻想,都还不是玛丽能够了解到的。

时间不知过去了好多,他倦极了地伏在她身边,然而他的心却清醒极了,他看见他未来的生命的充实和光辉,他把握着他的幸福像一个舵夫把握着船舵似的。但他不能睡去,他疲倦过度了,脑胀痛得很。他还要不断地想,他时时闻到从玛丽身上发散出来的香气,他还要兴奋,还要在她的身上生起恣野的欲念来。

他睡得挨她太近,她可以听到他急跳的心,他的短促的呼吸,也微微噓着她,使她发痒。她本来没有睡着,不过有点生他的气,不愿理他,这时实在有点忍不住了,便轻声转侧着,想离他远一点,他还以为她已睡着了。

"醒了吗,玛丽?我等你好一会儿了。"

他的臂膀便伸了过来。

她摆脱了他,她冷冷地细声地说:

"我并没有睡着过。"

他从声音里便明白了一切。他怜悯地又去抱她,他恳求地不断地说:

"玛丽,你肯听我的解释吗?你应该知道你误会我了,我是多么的可怜!你已经给我太多了,仅仅就你这一次从北平跑来看我,纵是只做一点钟的逗留,也够我一生感恩不尽,所以你现在纵是又给我许多痛苦,只要你有那么残忍,我都是该受的。可是,玛丽,你莫冤枉我,我受冤枉不要紧,你冤枉生气才真使我心痛无法呢。我知道你是生我的气,也许你还疑心我,但是你肯听我的解释吗?我实实在在是因为——"

"不,不必说下去,我不喜欢听解释的,所谓解释当然只是些冠冕的话。我并不生你的气,你有你的自由,你可以任意支配你的时间,我只恨我自己太懦弱,我将爱情太看重了。"

"玛丽,我不希望我们来糟蹋我们的生活,我不愿意在开始的第一个幸福的晚上来拌嘴。我错了,但你终究会原谅我的,你真不知我是多么地爱你的。"他又将手伸过去牵她。

她的气还没有平,但她也不愿再说了,她便让他牵着。

于是他起始用爱情的气息来慢慢地将她吹软了转来,他不惮烦地重复着一些动人的句子,他又在适宜的时候,做得顽皮一点,就是可爱一点,并不是他好如此虚伪,是他了解怎么才能将爱的人更哄得爱他些,这是些不可少的技巧,然而却是诚实的技巧。果然,玛丽不久便忘了适才的一些不快,她将头倚在他腕上,她只说:

"你回来得太迟了,我等得真心急,你常常都是这么迟地回来吗?"

他答应常常都是这样,多半是有事,有些时候纵是早回来了,他仍然一样的不能睡。他说一人在房里真寂寞。

他的头俯着,时时又来摸玛丽的发和脸。玛丽觉得他比以前瘦了好多,她把手放在他颊上,她说道:

"你瘦了,望微!"

"现在可以慢慢地又养好起来了,因为有你在这里。"

但是他却想到他是更忙迫更没有休息的时间了。

这时两人都忘了疲倦,他们不知说了许多话,一些好似小孩们才能说出的话,一些可笑的话,然而只有在爱里面的人才能了解这话的意义。他们一直等到东方发白才抱着睡去,勉强地静静地躺着养神。

因为他们都太相爱了,他还是热烈得很,她更温柔,所以他们是很幸福地很相安地又过了一小段时日。

五

照例每天他起身得要早一点,总是八点多钟吧。他要稍稍整理一下房子,然后他看报,这里有许多消息都攒集到他脑中了。他要归纳一下这些关于世界经济的材料。他又要去搜罗中国革命的进展的报告,和统治阶级日益崩溃的现象,来证明现在所决定的政治路线之有无错误。他还要在许多反动的报纸上去找那些相反的言论,找出那些造谣的、欺骗的痕迹。他最喜欢看《字林西报》,因为那里的消息比中国的各大报纸都准确,而又比一些小报更灵通迅速,有好些更动人的消息,是在中国的这些报纸上找不出的。他们不隐瞒地用着大号字刊载着那骇人的新闻,而他们也毫不掩饰地站在他们资本帝国主义的立场来讨论中国的革命,并且来喊醒中国的军阀,告诉他们那另一势力的发展和强厚,那并不是他们所认为的土匪之流,乌合之众……自然,望微并不是喜欢他们的这论调,他只要找那些使他兴奋的确实的新闻。他当然还要看几份别的报,在这里找出那些演说,那些报告,那些关于国际的、中国的、建设的、革命的方针的议决,还有那些工厂的消息。有时他又还要写一点别的东西,草一些什么计划大纲,工作大纲之类,这时,他的脑便又膨胀得几多大,许多思想,许多建议,都涌到了脑中,但是他还得容纳,还得详细地想,还得一条一条地归纳起来,有次序地写在纸上,因为这一类的工作,在他并不是很习惯了的,在三个月前他还是一个多愁的书生呢。若是做什么诗,像这样差不多的东西,那他倒是会很容易地很快地写出一些动人的、聪明的、缠绵的绮句。

他匆忙将这日常的功课做得快完的时候,于是醒了那美丽的人儿。她真娇慵得很,头发散在枕头上,她望见她的人儿不在她面前,于是她细声地哼起来。望微便知道是收束的时候了,将手中的一切都丢下了,他去到她的床边。有两条雪藕也似的白的长臂伸出来压在绿的被面上。从白的,有时是粉红的绣花的坎肩领口中露出一些细腻的胸肉。她那在酣睡后所泛出的一层恬静的微红,将她的眉、眼、鼻、唇的轮廓更划得分明了,那些阴影的地方也就更显著,他便又为这美的形体迷惑着了。他有时会猛烈地吻她,有时又不敢吻她,只静静地带着一种虔敬的爱慕的眼光来望她,她一定会又媚又怨地撒着娇说:"你又悄悄地起去了。"

于是他便要来解释,有时是用言语,有时动作比言语还多。他还是这么始终倾心着她,热爱着她,她纵有时会稍稍不满意他的不如以前那么多的时间滞留在她面前,也只好给他以原谅了。

她还要躺一会儿才肯起身,他便陪着她。这是温柔的享受呀!他们便怎样都不计较到什么,忘情地,不断地接着吻,不断地说一些梦话。她真天真得可爱!

睡得时间是太久,她的头有点痛起来,于是她任性地伸着懒腰,她又跳出被窝来了,她要起来。雪白的裸着的小脚,便在软被上跳动着。他更忙迫了起来,他来回地奔走,为她找着一些必须的玲珑的东西,什么袜带呀,短的丝裤呀,还有一些不知应该叫什么名字的属于女人的小玩意。她又要梳洗,又要换衣,他当然都招呼得很体贴,很周到,她非常满意他,满意这温柔的奴隶,然而也正是幸福的奴隶呀!

时间不早了,他们便携着手到附近的小餐馆去吃饭,有时是到广东馆,因为她喜欢吃广东菜,有时又到小西餐馆,也是因为她喜欢那里比较清静点。这时,他便有点暗暗焦急起来,看见那馆子里的壁钟,是很快地在走着,他没有多的时间好陪她了,而每天在离开她的那时候,实在是一个难处的时候。

他们吃了饭回来。他不免便又匆忙了起来,她也知道又是分离的时候了,而他的那急急的神态,很使她不高兴,于是她便好久默着不做声。他只好又迟一点再动身,但这也绝不是愉快的时日了,所以他还是抱歉地在她冷冷的面孔上吻了一下便快快地跑走了。

到了那每天必到的地方，现在总是他迟到了。他更是显得匆忙地动手去翻译那些稿件。另外还有几个在另外的桌边讨论一些事，他要听也不得空，只时时抬一下头去望他们。这时那矮矮的冯飞总是显出一副喜笑的脸向着他：

"怎么，你近来怕是有点别的事太忙着了吧，我看你一天一天显得更劳累的样子了。"

他只不注意地"唔"了一声。他真是从来便缺少时间去审察那一天一天光辉起来了的有点扁的脸。

冯飞是已经同那女卖票员做了很好的朋友了。

赶快做完了这些，他便又要跑到一些另外的地方去，不是一定的地点，有时要跑很远去开会，这需要时间得很，又需要精神，又需要脑力，不知有多少问题都在这里集聚了拢来，咬着一些人的心，意见总是不会一致的，于是又要辩论，时间拖长了，到吃饭时才能结束好，距离远了，不能赶回家去，有大半的时候是不能陪玛丽吃晚饭的。而且晚上大半也有事，他虽极力想减少，但是又都是不得已的事，于是他顶快要到十一点才能回家，这都使他心里不安。

偶尔他也很空闲地在晚饭的时候回到家了。这在玛丽是最愉快的时候。整个的晚上她占有了他。在爱情的娱乐上，她是永远不会有厌足的一刻。她拖着他在马路上跑，找一些没有到过的小餐馆，有时也到比较大一点的。吃完了饭，便又在那电灯辉煌，人影杂乱的街市上游行，因为时间还早，到夜场电影开映的时候还有一会儿，她常常逗留在一些陈设有最精致器具的玻璃柜前，用惊叹的声调指点着：

"唉，那才好呀！"

望微对于这些一点也不感到趣味，然而也只好笑着来敷衍她，她有时还会感到这应付的不满足，她一定会更翻着眼来反问他：

"难道不好吗？唉，多么精致的东西！"

于是望微只好答应她：

"是的，是太好了，有钱的人真会享受。只是总有一天，我们要将这些没收了来的！"

他实只为要逗她快活这样说着玩。可是她却生气了，她正色地来回报他：

"只有你才那样想，我是并不想占有这些奢靡的东西的！"

她便噘着嘴，做出一副不屑的神气离了这些玻璃柜，这时她便生出另一种美来，宛如一个骄贵的皇后。他正好来赞美她几句，她慢慢地便又会不介意地像个小孩天真地笑着了。

时间还有多的时候，她便又要跑到那些大商店去买水果。这里的水果自然是好，可是贵，但她不是计较到一点小数目的人，她便毫不吝惜地命令着望微给钱。望微近来固然是太穷，常常都要走了好远才搭三等电车，不过这种时候大半都是用的她的钱，他纵觉得消耗得太多了一点，也只好不说一句话，一切服从了她。

后来便走到那顶阔气的影戏馆，他们买了票，从雕饰得很讲究的扶梯上，和站着有漂亮的侍者的门边走到坐位去。这时，她是很快乐了，不必定要电影开映，也不必定要影片的合意。她花了好多钱，挥霍最能提高虚荣的满足。她现在坐在上海仅有的高贵的娱乐的场所，隔她不远坐了些爱装饰的外国太太，时时送来一些上品的香水的气息。她比她们还美丽，她也不用贱价的化妆品的。有些人还在看她，也看望微。望微是很美的，一种男性的美，他表示出男性的不可动摇的坚毅和不可侮的尊严，她就爱他这点，但他却不漂亮,常常穿得很褴褛,不怕她每次说,他仍然还是弄不好,他几年来了,都没有做一套新衣,现在因为更穷了,更没有这希望。她曾经要送他一件比较好点的夹大衣,他又拒绝了,实际上他没有穿夹大衣的必要,也没有时间去定衣裳。

影片开映了,无论影片怎样,她都是满意的,她不是来找那动人的情节的。因为她理想的总比这些更好,她更不需要在这里去找到美国人的思想或艺术,这银幕上的一套,她都是熟悉了的,她若要找什么思想和艺术,她说她可以去看书的。她完全只为的是享乐。她花了一块钱来看电影,是有八毛花在那软的椅垫上,放亮的铜栏杆上,天鹅绒的幔帐上,和那悦耳的音乐上。要乡下人才是完全来看电影的。

望微呢,过去也曾迷恋过这些映画,在许多无聊的时候,他来看过,他要的是那些浪漫的情节,那些奇突的悲喜剧,和那些美丽的袒着的半身。现在呢,他很忙,他无情趣来鉴赏这些,而且这些无意义的作品,管你是花费了几百万、几千万的本钱,在他都变成了无聊的东西,有时竟是可痛恨的东西,因为它太容易麻醉人,它给社会的影响,是太坏了。这实在不是他,不是他们一类人所能过目的,这只是资本家的一些无识的太太小姐们的消遣品!然而他为了玛丽,他爱的人,他常忍受了,想起他是常常将她一人很可怜地丢在家里,他只好在这些地方,为她的快乐,委屈着自己算为补偿。

玩到夜很深了,才回去,玛丽似乎还不够。但看到那疲倦得要死的望微,也只好将那未阑的意兴收束着了。望微真是太乏了,眼睛很红,头脑又涨,一身骨头都在痛,到家后总是一倒上床便睡着了。这在玛丽是又稍稍以为遗憾的。

六

生活像这样,也算很快乐,不过时间一拖久了,就支持不来,望微是太劳苦了,永远得不到足够的睡眠。而玛丽是太空闲了,寂寞使她烦闷,她常常向他说:

"我觉得过去是太好了,怎么得你又回到我这里来,永远属于我,但是我想,这只是属于女人们的幻想罢了,唉,望微!我常常一想起我的弱点,女人的弱点,我就会恨起男人们来。"

望微是知道他们中的不调协的,玛丽若是一个乡下女人,工厂女工,中学学生,那他们是会很相安的,因为那便会只有一种思想,一种人生观,他可以领导她,而她便听从他。可是玛丽只是一种出身在比较有钱的人家,从没有受过一点困难,她的聪明只更造成她的傲慢,她的学识却固定了她的处世态度,一种极端享乐的玩世思想。她信仰自己,她不屈服人,有时她还会更倔强更坚固起来。望微眼看到这危机,像世界经济危机一样的摆在眼前,但他爱玛丽,玛丽第一是毫无瑕疵的美丽,而且她确实聪明,她又有手段,有胆量,她的缺点便是环境太好,她只耽于一些幻想的美梦里,她不愿接触实际,因为这些都太麻烦了,都太劳人,尤其是在她看来是不美,太俗气了。她已经二十岁了,她最要紧的是保留她的年轻,她不愿为一些事来把她的青春抢走了。望微深深地了解这些,他常常都在找挽救的方法,方法用得稍微笨了一点,她便会知道,她便嘲笑了起来,她说:

"总之,望微!你又白费了,玛丽若要参加革命工作,是会在很早便动手了的,你可以相信我是不会缺少机会的。只是,现在,我不是不相信，我有点厌烦这些，你真不必来宣传，而且你，我说在这里，以后看吧，你是一定会牺牲的。唉，这不是值得的事；因为，假使要认真讲起来，你留着是很有作用的。"

她讲的没有错，她真是有点厌烦这些，她从不曾一次同他谈讲过他工作的事，她不看他拿回来的书报。她整个的情趣都放在她自己的身上，她还看一些小报，那些关于女学生或者皇后的事，那些关于运动选手的事，还有那些关于电影明星、长三妓女的事。望微很不喜欢她这样，有时忍不住也要说她几句：

"玛丽！这种趣味的享乐，我看也不高明吧！你从前似乎还没有这种倾向。"

玛丽一定这样答应：

"只要你在家里，我可以不看这些，我实在太寂寞了，我需要消遣，而你的那些书，却不是消遣的。"

"那你同我一块儿在外面跑去，好不好，也只当好玩一样？"

玛丽撇着嘴笑了。

经过几次的怂恿，玛丽也有点动心了，实在她是太寂寞了。于是有一天望微同她到一个并不重要的会上去。

吃过中饭，她便开始打扮，精意地打扮，她料想到会的人，一定都是破烂得很，比望微还可怜，听说这些人都是穷得很的。而她呢，她并不是去骄傲，或炫示，但她要他们惊诧，惊诧她的美丽。她要将那些革命者的头脑扰乱。她很快乐她这些浪漫的设想，这些设想中的胜利的实现。

在镜子中来回地照着，竟看不出一点缺点来，她认为满意了。他坐下等，等得非常心焦，直到三点的时候望微才气喘嘘嘘地跑回来邀她。她还想再照一次镜，想征得望微对于她的打扮的匠心的

赞赏,也没有时间了。望微看到她已穿着停当,只高兴地说:

"好极了,我还怕你没有预备,好,走吧,我是又迟到了。"

他忽略了她的衣饰的一切,慌张地便在前走着了。

果然到迟了,已经是在讨论关于某项工作进行的方略和步骤,因此他们对于这迟到者并没有表示欢迎的热烈,大家只交换了一次眼光,便又继续下去了。望微带着玛丽坐到桌的一角去,有个小的声音送过来:

"望微,好家伙! 你总不按时到会,以后再这样,恐怕要受处罚了!"

没有人理她,只有一两个人的眼光,稍稍在她脸上掠了一下,这不是一个愉快的感觉。

她去望这些人,大约有七八个吧,有两个穿着哔叽长袍,其余都穿着洋服,年纪都很轻,还有两个竟像小瘪三的样子,可是他们都有一种同样的特色,都显得非常兴奋,一股澎澎湃湃的生气,泛漾在脸上。这是她已经意识到,只有她缺少这生气。

她呢,她也常常兴奋过的,然而却是怎么样的一种兴奋呀! 没有一丝一毫是对于生命的进取,而全是满充着淫荡,佚乐,一种肉欲的追求和享受,那固然在某一时、某一种地方是显得动人和迷人,可是一到了这地方,是多么的显得无色和丑劣啊! 她又隐微地意识到这里,她开始有一种说不出的不痛快来。

而且这时的望微,似乎全忘了她一样。他更显得沉毅,他发表的意见最多,又最简要,他不理会她,也不望她,她有几次去稍稍碰他肘子,表示她的不适。他没有觉到,却还将肘子让开些了。于是她慢慢地对他生起恨怨的心来。

越坐越无聊了。她没有心去听他们,那与她无关。而且不知为什么,她还憎恨起那些人了。她只想离开这里,又没有机会同望微说一句话。时间是五点,六点,天黑下来了。她看情形,还是一个没有休止的情形,她已坐得一身都不舒服,她只想发一次脾气就好,最后她取了一副决然的神气,她站立了起来,望微才来问道:

"你要什么?"

她傲慢地答道:

"我还有点事情,我要先走了。"

"好,我一会儿也就完事了。"

望微只稍稍站起了一下,递给她一只大红皮包,是她忘记拿了的。

这时全体都望了她,目送着她,可是并不是爱慕的眼光。

她故意骄矜地,摆出贵妇人专有的一种步调,走出了大门。

会议是毫无阻碍地继续下去了。直到七点半才完事。望微拿起帽子预备走时,那适才当主席的叔茵却问他说:

"晚上有事没有?"

他想了一下:

"没有。"

"我们一块儿吃饭去。"

叔茵这样说,还从口袋里拿出一块钱来看了一下。

他想到玛丽。于是他回说他要回去。

"时间不够了,从这里到你家,至少也要一个钟头,你怕你的那人儿还在等你吗?"

他有点犹豫起来。

于是叔茵又说道:

"你说的那位你预备介绍入会的女士,便是今天的这位小姐吗？"

"是的，我想她很能工作，而且我真希望她这样。"

叔茵把眉头皱了一下，他不觉地放低了声音说：

"我想，望微！你是要失败的！她是一个有成见的女性呢。"

望微也黯然地点了一下头，他回答道：

"我最怕那痛苦的一刻的到来，因为那不是玛丽所能忍受的。现在我知道的，她是已经太忍耐了。"

于是他决定还是回家吃饭去。他等了好一会儿，她都没回来，真是难堪的时日呀！他想起玛丽常常是这么等他，他越觉得她可怜，他预备等她回来，他多多地给她一点温柔。

七

到十二点的时候，望微倦得几乎睡着了，才听得那高跟皮鞋的咯咯——咯咯的声音，从楼梯下一直响了上来。望微很不安地爬起来去迎她，在电灯光底下，他没有看出有一点不愉快的痕迹留在她脸上，她只快乐地高声叫着：

"你没有睡吗？真对不起，劳你久等了！"

她站到衣柜前，去审视自己的发烧的颜面。

望微安心地问着她：

"玛丽，你到什么地方去了？"

"你不必知道的，与你没有关系。你说，我几时盘问过你呢？"

"但是……"望微走到她面前，做出一副可怜的颜色，"唉，玛丽，你生了我的气吗？"

"没有。"玛丽笑起来，而且在他脸上吻了一下。

"但是,玛丽,你必得告诉我的!"

玛丽只快乐地笑着,她看见那几缕悲苦的纹络,深深刻在他的脸上,她禁止不住自己的胜利的欢容。她实在对于他已起了一种复仇的残酷的心。她要折磨他,要他痛苦,因为他冷待了她,这不是一个热情的女子所能忍受的!

她永远不忘那在会场的一刻,在那个时候,她可以说,她是不存在的,尤其是不存在望微的心中。她坐得挨他是那么近,为什么好几个钟头他都会不想到她,望也不望她一眼,明明知道她是不惯于那种生活的。而且她走的时候,他也不送她,不同她说几句话。这施之于一个骄傲的女性,未免是有点虐待了。当时,玛丽走出了会场的门,几乎要哭出来了。她恨望微,她恨那些人,她恨那所谓会议!她曾坐在那里几个钟头,听了许多,但是,没有一句话是可以使她佩服的!什么说成天那样坐坐,谈谈,便是革命的工作,那真使她灰心,她并不是不革命,并不是不可以耐劳工作,不过她假如要干,她是不愿像这么坐坐就完事!

自然,这种思想还是基于她的虚荣,然而从此她对望微便失去了一种敬意。因为她看不起他的工作,完全是一种无理的、敌忾的蔑视。而且他的离开她,也只成为一种不可忍的事实。从前,她容许过了,那是因为她爱他,不愿干涉他,尊重他的意思,现在呢,她明白了,她一定要把他抓回来,他应该除了她不能有第二种生命,若果他要强抗,她便要使他痛苦,为她所给予他的许多没有酬答的爱情报仇。她决定了,于是她起始一人去游逛,她预备先给他一点苦味尝尝,使他也来不安地在家里等她。于是她一人跑到饭馆里去吃饭。饭馆里尽拥挤着一对一对的年轻人,或是成群的。只有她一人孤零零的,许多人都用诧异的眼光望她,她心中也难过,她时时都还要想到望微。但是，不久，忽地从对座送来一声惊异的快乐的呼声：

"呵，玛丽，是你！"

她抬起头去，一个身材适中，穿西服的女人便跑了过来。她也欢喜得心跳了，她也叫起来：

"呀！茉兰！"

她们紧紧握着手，互相望着。好久，茉兰才又诧异地问着：

"一个人吗？"

她有点惭愧起来，只好说本来还有一个女友，因为有事，先走了，现在只有她一人。

"唉，那太寂寞了，到我们那边去。"

玛丽想推辞，可是茉兰已经招呼那穿白衣的侍者了。玛丽只好随着她走到对座去，还有两个男人和一个女人在，茉兰替她一一介绍，玛丽看他们，都是些漂亮的，打扮得很入时的男女，可是她觉得都不如望微好看，望微是一点也不俗气的，但是她也振作了起来，因为那些人的眼睛都是时时跟踪着她的。茉兰向她说，一半是奉承，一半是真的赞赏：

"唉，我们是快一年没见面了，可是，玛丽，你怎么更变得美起来了。"

大家都对她那身精心打扮的服装望了一眼，这是她今天花了好几个钟头的工夫，预备去博得一声赞美的。

她同茉兰过去是很好的朋友，现在又重新遇合了，还正当着寂寞的时候，她怎么能不高兴，所以她虽说不免时时都挂念着望微，然而她很快乐地吃了这晚饭。

茉兰愿意到她住的地方去看她，但她不想就回去，她请茉兰同去看影戏,茉兰也是好玩的人,自然便答应了。她还特意到一处离家较远的地方,好回来得更迟,更让望微多等一会儿。

一切都正如她的意想,望微是很苦地等着她,她无须审视,便知道是应该她满意的时候了。虽说她后来为他逼不过,告诉了他她是在什么地方,但她没有说出茉兰来。他还很为她难过,他说以后他愿意陪她玩,因为一人太寂寞,而且在玛丽也是太可怜了。不过玛丽不多说,仿佛这在她都是一样。她懒懒地伸了几个呵欠,她褪了长袍躺在床上,很安心地睡着去了。

第二天,当然还是照旧的一天。望微不能等到睡够就爬起来了,可是玛丽接着便也惊醒了。她一点也不迟延地跳了起来。她一点也不帮他的忙,一任他很艰难地做着打扫的琐事。她只专心地又对着镜子将自己打扮起来,望微几次问她:

"玛丽,为什么起这么早?"

"睡不着。"她只淡淡地答。

到十点半的时候,她穿着停当了,她问道:

"我们好不好去早点吃饭?"

"没有什么不好,去吧!"他心里有一丝不快乐。因为这天早上的功课,已被她耽误了。

两人同去吃了饭,互相说的话极少,像没有什么必须要说的。转来时,玛丽却向他嫣然一笑说道:

"我看我们都不必回去了,你可以去工作的,或许你还有更多的事。我呢,我要去看一个朋友,好久没有见面了的。"

她给予了他一个"再见"的眼光,便朝着与家相反的方向很快地跑去了。望微赶上去问她。她显出一副坚决的神气,怒声地说:

"为什么你要管我?"

望微还想再问她，还想同她说几句话，可是她却很迅速地跳上一辆黄包车了。他只好怅怅地望着她的后影，然后无力地又转回家来。家里乱糟糟的，一切都无次序，只看见四处都是她换下的衣服和袜子，脸盆里也满装着脏水，脂粉的腻垢，浮漾在那上面。他本想趁着这余空的时间，再来做点事，可是思想都尽缠绕在玛丽身上。他不恨她，他只为她难过，他断定她之所以要这样离开他，是因为她还在生他的气，而她虽装得那么冷淡，其实她是非常痛苦的。他躺在床上，那还留有她的香气的床，他想着她的一切，想着她的前途，她是那么聪明的，他不愿他们有分手的一天，他要同她携手在同一条路上走，他希望玛丽会随着时代而转变，她不能再游惰下去，而他也实在需要与她在一块儿生活。

八

从此玛丽不常在家了。她去找茉兰玩，还有许多别的旧识的友人。她离了他是并不怎样寂寞的，可是她还在爱他，隐微地常感着苦痛。望微也苦恼，他比她还看得清，他想，假如有一天，玛丽是离了他而飞去，那在他自然是难堪，但在玛丽是更残酷，因为他太忙，他还可以更忙些，他的信仰是依然存在，他的思想不会为一个女人去留而改变，他虽说在当时是会很难过，然而他一定会用别一种力，他的理性来克服这残留着的爱情的弱点。可是玛丽呢，只是一个好幻想好佚乐的女性，环境坏了她，她一定无力自拔，她或许会为她的悲苦所打倒。他想到她的一切，他完全为她，他要把她拖转来。但是，太缺少机会了，玛丽每晚都回来太迟，有时他竟已经睡着了。而白天玛丽则常常比他还早的就爬了起来。她冷淡得很,他想说几句温存的话,她便用方法挡住了。他虽说有那么一番好心,但他也不是时间富余的人,他怎么能将整个心思全放在这上面。直到有一晚,他刚刚展开被窝,预备去睡的时候,玛丽回来了。玛丽似乎多吃了一点酒,脸红红的,他不觉地说道:

"玛丽,你自己照照吧,唉,你真美!"

这在从前,玛丽听了这赞美,一定非常快乐,一定报答他以更娇媚的巧笑,可是现在她只冷冷地说:

"不要瞎说吧!"

她像一个自私者似的紧闭着嘴又去睡下了。望微虽然睡在她侧边,却得不到一点温柔的气息,他想着过去他们的热情和欢爱,他不免也叹气了。

"为什么这样叹气?你扰乱我的瞌睡了!"玛丽这样说。

"我想起我们的过去……"

"过去,过去了!有什么想的!"

"那是甜蜜的时日呵!而现在,我不忍说,玛丽!你真使我痛苦得够了!"

玛丽却发起怒来,用着她希有的一种粗暴得怕人的态度,她大声地吼:

"我使你痛苦了吗?笑话!是你在使我痛苦呢!你有什么痛苦!在白天,你去'工作',你有许多同志!你有希望!你有目的!在夜晚,你回到家来,你休息了,而且你有女人,你可以不得我的准许便来同我接吻!而我呢,我什么都没有,我成天游混,我有的是无聊!是寂寞!是失去了爱情后的悔恨!然而我还忍受着,陪着你,为你的疲倦后的消遣。我没有说一句抱怨的话。现在,哼,你倒叹气了,还来怨我……"

怒气噎住了她未完的话。她完全在一种可怕的痉挛中。

望微为一些无理的话也只想发气，但看见这么一种神经病的状态，在这女人面前，他只好忍耐住，只好说：

"唉，不要这样吧！不要这样吧！"

玛丽好久没做声，只把被蒙着头在睡。后来，望微已听到有小小的抽咽，从被中传出来。他忍不住用手去扳她，还怕要被拒绝。不过玛丽虽说没有理他，却也没有别种动作，她是为眼泪打倒了。他便轻轻把她抱住，柔声地说：

"是我不好，我知道了，你原谅我吧，玛丽！我求你莫哭！你把我心爱的眼睛哭坏了！"

她不理他，只嘤嘤地不住地啜泣。

他无法，除了耐心地等待着，而且不断地悔过，责骂着自己，发一些可笑的誓言。到最后，她还是不止地哭，他不免很难过起来，他们是从认识起，便从来都是很和洽的，现在是破裂开始了，而玛丽却这么痛苦，他想起这些因果，他觉得已是无法挽救的事实！唉，也许他们是不能复合了，也许就在现在，玛丽便会离了他去。他禁不住也滴着难过的泪，他是已有好多年没有哭过了。

眼泪掉到玛丽的脸上，重重地打着她的心，她的心软了起来。她举手去摸他的脸，脸上湿湿的，而且那棱着的颊骨，使她更难过起来，她便纵声地哭着。

他便紧紧地抱了她，而且将湿脸凑过去，压在她更湿的脸上，说：

"玛丽！我爱你！"

玛丽又让他接了吻，还抱着他，后来也说：

"我永远爱你的，望微！"

于是，那隔离两人的东西消失了，仇恨的心从玛丽那里跑走，她倒在他的怀里，细细说她的苦痛。他便说他的希望。玛丽又觉得他很爱她，又觉得幸福。他也快乐了，因为他得到机会向她表白，而且这女人相信他，信赖他，他仿佛觉得那种想象已离实际不远了。他觉得女人总是这样，与其用理智说服她，毋宁用爱情去感化她。这种现象，并不是他所希望于女人的，并且还相反；不过玛丽是这样，他便也非常满意了，因为如此是证明了她是爱他的。

两人便极温柔地，一种伤心后的柔情，互相紧紧搂着说了一夜，而且睡了一上午。

九

下午，他设法赶早跑回家来，玛丽还很疲倦没有起身，眼皮微微有点浮肿，脸放出一种净白的光，显得稍稍有点衰弱，却更可爱得可怜了。他去握她的手，手一点也没有力。她只问：

"怎么就回来了？"

他笑着答：

"当然是怠工了！"

她很快乐，但是却说道：

"以后不要这样，我并不希望。"

有好几天，望微都回来得比较早，夜晚也不出去。他对人说他有点病，这可以取得相信的，因为他已比前两个月憔悴多了，而且他过去的劳瘁也可以证明他不至于是故意推托。真真实实他实在也需要一个暂时的休息了。不过在他心里是始终感到不安的，因为他只陪着一个女人在家里坐。

玛丽不再出外乱跑，她常等着他，当他不在家的时候，她也为他稍稍清理一下房子。她只想搬一个家，要稍稍比这个好一点的，她要设法弄得一两副精致点的家具，望微也同意了，他并不希望她是也要像他一样吃苦的。而且天气也温暖起来了，她要预备一点入时的单衣，穿得好一点才有兴致在外面玩，而春天要人不玩真是使人难过的事。再呢，她还要读几本小说，是望微特意买回来的，都是些苏俄的作品。望微是想从这些作品上给她一点影响，希望她慢慢地将思想和趣味变更过来，她是也知道望微的这一番苦心的，可是她仍然当着消遣的读过了，她说里面的情节很新鲜。望微还要讨论一点别的，她便说出许多那文字上的美点来，望微也没有法，只好抱着那原来的主张："慢慢来吧！"

这样平和地过了有一阵，可是时候已到了四月，因为望微同总工会有一点关系，工作加紧，便也不给望微以多的时间了。而且还超过了常例，大半只有睡觉在家里。开始的时候，玛丽是忍耐住了。不过在过了几天之后，她便有点忿忿起来，她邀他出去玩，他拒绝了，她留他在家里稍微多一点儿，他竟显出一副不耐的样儿，她问他搬家的事，他便摇着头。玛丽有几次竟恐吓着他，她说：

"望微！总有一天，当你回来时会找不到我的，假使你还是这么的全不在家，你以为我是一个好老婆吗？你以为同女人讲爱情是不要一点时间的吗？望微！怎么样，现在我非要你在家不可。否则……"

望微没有办法地摇着头，他不得不说：

"为什么你会这样想？玛丽！我希望你是一个有理性的人！你去思索一下吧，现在我确实是不能再等了，我马上便要出去。你应该了解我，原谅我，而且你也应该不要再这么下去了。只要你愿意,说一句话,我立刻可以替你找到于你很适宜的工作,现在实在是需要工作人员的时候。"

玛丽生气地倒在床上,望微却趁着这时候跑走了。这更使她伤心! 无须分辩的,望微是太将工作看重了,而爱情却不值什么! 她怎么能同不爱她的人同住下去!

她又想望微说的话,"只要你愿意,说一句话,我立刻可以替你找到于你很适宜的工作……"哈,什么是于她适宜的工作呢? 她又想起那会议的一幕,多么无聊的时间呵! 她不能参入那集团中去的,她深深了解她自己。那里没有虚荣和赞美,只是呆笨,那不能鼓励她的兴趣的。是的,她没有理性,她一切全凭感情,她不否认,她生来便是如此,现在他既没有感情的冲动,她不必要为着望微的希望去勉强委屈自己的。何况,她断定,无论她是怎样,纵是离了他,他也不会怎样的,因为照实际看来,他是无需乎她了。

不愉快的时日,是又在磨折着她,她觉得自己都几乎老了许多。她实在不能再这么拖下去了,尤其是当她发现他并没有什么苦痛的时候。她已不再向他多说了,她知道那都无用! 他也同她说得极少,因为缺少时间,他又知道她还缺少兴趣,若是他要说一点他工作方面的话。现在房子是凄惨了,不过这凄惨的空气,只包围着玛丽一人,因为他是难得在家的。他虽说更兴奋,但玛丽却对于这兴奋起着很浓厚的反感。玛丽也看清了他们的不协调处,而且也想不出补救的方法来。她若不能将自己抹杀,变成他一般的头脑,她便应设法将他拖回来,转到她身边,像过去曾有过的一样。但是,她能吗? 她不敢相信,因此她更痛苦了! 他原来实在并不是这样的,而她只离开他没有好久,他便全盘变了,变得这样厉害。是什么东西能有这样的力,这不是使她猜想得到的。这只使她害怕。而她却实在不能随着他变的。她的环境与个性都太不同了。

十

时间是无限地逝去了，可是苦痛却越积压了起来。玛丽实在
到了无可忍耐的时候，她不得不采取她最后的手段，也是无可奈何
的手段。所以在有一天晚上当望微回家时，便发现房里有点异样，
他还没有想到玛丽真的便这么走了，直到他去睡的时候，他才看见
床上已空空的，只剩下他的旧的脏的棉絮，而那玛丽的软绸的薄
被，却不见了，他才开始诧异起来。他打开衣柜，那些耀目的华衣
也不见了，只剩几个乱了的他的衣架，和他的一件旧大衣。她的箱
子也不见了，那些精致的化妆的玩意，也从抽屉里跑走了。他才明
白他所最担心的一日到来了。他出神地望着这空空的房子，他想
不出办法来，上海是这么大，他能到什么地方去找她，何况，他也知
道纵是他能把她找回来，他到底能怎样对付她，就是说他可能成天
陪她玩？他尽着说：

"唉，这是太快了！"

他想他们的相见，他们的甜蜜的生活，他们的分离，以及她的
来沪……他难过。他更替她难过。是他毁了她！他若不爱她，不
追她，她是仍在一种快乐的生活中过一种无忧的处女生活，而现在
呢，他并没有将她改变过来，他只给了她许多苦痛的记忆。她不会
再快乐的，除非她能再得到最纯洁更热烈的爱情，只有爱情能救转
她，一种至高的爱情，不是像望微的。他是太薄待她了，他知道，他
对她无限地抱歉，但是他不能，他已永远都不能给她以安慰了。

他无限惆怅地躺在床上，默念着那可爱的名字：

"玛丽,玛丽……"

到第二天早晨,他倦得厉害,他还和衣睡在床上,眼睛大大地睁着,却爬不起来。他听到那房东老太太在叩他的门,他大声地喊:

"进来!"

那白发婆娑的老太婆进来了,红的颜面上带着一丝永远不去的微笑,是和祥的容貌,她说:

"先生,对不起,我忘了,昨天小姐走的时候有一封信,说等你回来后便交给你,可是我等了你好久,你回来得太迟了!"她从怀里摸出一封信来。

他急急地抢过来。

"小姐说,家里有电报来,她家里有人害病。小姐说,事情都写在这信上,你一看便会明白。是不是她家里有病人了呢?唉!小姐还给了我两块钱,谢谢她,她人真好。"

他打开信来,老太婆还站在床头,他只好说:

"对了! 她家里有事。你下去吧。"

老妇人才慢步走了出去。

信很简单:

望微:

我走了,我知道这不会出于你的意外,然而我得告诉你。现在我将住在一个朋友家里,等你的回信,若是你还爱我的话,则希望你的答复能使我满意。否则,我们不会有见面的机会了。你所应该知道的,便是使我有不得不走的动机,全是你爱情的不忠实,和你的工作;假如你不能在这方面彻底地给我以充分的解释和善后的方法,则你不必答复我,因为那不是解决,你应该知道我的个性,而且知道使我们分离的究竟是哪一点!总之,说明白一点,便是,望微!若果望微不是玛丽的,则玛丽宁肯一人吃苦!

玛丽留字

再,通信地方:总邮局信箱一七八二号。

望微看了这信一句话也没说,他不能否认这女人在他还有许多诱惑,想起当躺在她手膀时,是多么的使人忘忧呵!

下午,他抽空到邮局跑了一趟,但邮局是绝对的守秘密,他探听不到一点消息。不过到了晚上,他还是决意要回她一封信,无论能不能使她满意。她再回来了,他当感激她,她若不转来,他自然很难过,不过他却不能担负这分离的责任,这一切都是不能怪他的。他一边擦着疲倦的眼,一边又看了玛丽的信,他在一张白纸上写着:

唉!玛丽,你可以想象得出的,这时间所给我的意义是多么残酷呵!这房子,你留下了许多回忆给我的,是只显得像坟墓一样的荒墟。我挣着痛得要晕倒下去的头,和扎扎生酸的眼,来尝试这痛心的工作,依你的命令来为你写封信。我不必多所表白,玛丽终有一天会知道的,她的望微到底是否对于爱情尽了忠实的责任没有。玛丽当然知道的,她爱的人是不至于有过一丝一忽的欺骗的。我相信这不是夸张,玛丽是能原谅到这一层的,然而事实却逼走了玛丽。玛丽不满意望微的行为,就是说望微已不能使玛丽欢喜了。这不是出于你的希望,这深深痛苦了你。但是这自然也不是出于我的愿意,我不能独负这罪咎。而且我也很痛苦过,这或者还在你开始痛苦之前。我还设法,为解除我们这可怕的时日的到来,你是聪明的,你当早就了解我这苦心,但是那一切只是我的幻想,你对于你旧有的人生观念,丝毫不可变更,你是那样自负的一种天秉!我不好再多说到这方面。现在这隙缝已成为鸿沟,你竟决绝地去了,我不忍有一句话怨你对无辜的望微太残忍了,因为我知道玛丽是更陷在一种无救的悲苦中。因为玛丽对于望微最后的希望,他不能给她怎样大的满意的答复。是的,只要你转来,我可以说我将放弃我的一切而只陪伴着你,同你度着无忧的时日,然而实际,我不愿骗你(我从没有扯过谎,你当知道),纵使我设法解除了我现在的工作,但望微的信仰是永远不会磨灭的,他恐怕永远都不是一个可爱的人,在玛丽看来。

最后,我不愿多说了,一切都在你的洞鉴之中,我怎么好像一个天真的小孩,痛喊着要他的玛丽呢?现在是一切都听命于你,等你最后的裁决!

待罪的望微

信去了好几天,他不安地等着,焦急地盼望着,可是没有回信来,他四处去打听,得不到一点音息。他的答复显然使玛丽下了最后的决心,她宁肯吃更多的苦,而不愿再转来了。从此他们隔绝着,谁也想不出方法能补救这可悲的故事。

十一

一切的生活,又恢复到原来的样子,恢复到玛丽没有来的时候一样。他忙,更忙,然而在忙的当儿,虽说玛丽的影是由浓而淡,竟至有时完全消逝了,不过一到一人躺在床上的时候,却不免要很苦地想起她来。他不放心她,不能放心,她的生活,真不是他能揣想得出的,知道是怎么样的一种茹苦的心情呵!他曾四处打探过,希望得到一点可以安慰自己的消息,可是失败了,自从玛丽走后,关于她的一切便也随着消去了。他唯有一颗不安的心,常常还系在那缥缈的人儿身上。

这月末的一天,大约是玛丽走后第三个星期开始的时候,他被派到一个热闹的地方去演讲。他到那地方的时候,只见满马路都散布着他们自己的群众,街市旁边,商店门口,电车站的月台上,还有来来去去不断的游行着的人,全是学生和工人。高大的印度巡捕,在这严肃的空气中,紧张了心,恍如无事地来回走着。他因为时间还没有到,便也慢着脚步在马路旁走着,一边心里审度今天的情形。他微微有点兴奋,压抑不住的,他仿佛看到那将起的汹涌的波涛,排山倒海地倾来。他又仿佛看到那爆炸的火山,烈焰腾腾地来烧毁这都市。这是可能的,立刻便要发生,这么多的人都在预备着!而他呢,他要推动这大的风暴和火炬!有一些认识的人也在这里,他们也开始在心中燃烧起来,那镇静的地方总掩不住那兴奋的地方,都为一种预感而快乐着,脸都不免有点红起来了。这时从他对面冲过一对人影来,他举目去看,那是书记冯飞,他特别显得高兴,圆的脸上堆满了都是得意的笑容。他左手紧挽着一个精神颇好,身体颇好的女性,那便是那卖票员。他一看见望微,便笑着跑拢来,像有许多话要说的神气,望微给他使了个眼色,稍稍向他一点头便走过去了。不过那冯飞的欢容不是普通的,却还留在他心上。同时,玛丽的影子,很快地便在他心上跳了一下,唉!那是他曾有过的幻想呵!于今却实现在冯飞身上!那女性,完全像一个革命的女性呢。但是时间已快到了,他不能尽想这事。他走到一个公所的外面,这里的人是更多了,而且许多熟识的都聚集在这儿。他们都等着这一个号令。时间一分一分地度着,到那整整九点的时候,在马路那边,蓦地噼噼啪啪响起巨大的炮竹声,只听见各种口号便如雷地响应着。在他耳边一个大的惊人的喊声嘶叫着:

"打进去!我们先占住会场!打呀!"

他用力地往公所里挤,同时他是被一种巨大的力拥着,他们打进去了。立刻一个大的宣讲堂便排满着人头了。许多嘈杂的人声占领了这空间。他和另外两个人还在这里面挤,要挤到讲台上去,那喊声又在叫着:

"安静一点!现在开会了!主席团!"

群众立刻便安静了下来,他已挤到台边,台上已站了好些人,一个声音向他送来:

"望微同志!你先来!"

他一下便跳了上去,站在主席的位置上,一阵欢呼和拍掌又潮涌起来了。他大声喊着,用着手势,才又使群众慢慢安静下来。他安定地严肃地大声说:

"今天我们来到这里开会,第一,应该先明了这会的意义和使命!这是……"

公所门前连续响了两声枪声,拥进许多巡捕来,于是群众的阵线,开始动摇和纷乱,有许多叫"打"的声音,一些激昂的、抖颤的音波在空中响着。还有一些逃避铁棍和子弹的,便慌张地四处窜走,扰乱了这会场的空气。望微眼看这剧变,他极力想镇压下来,但拥进来的巡捕却越多了,群众更慌乱起来。他旁边的一个人向他小声说道:

"情形不很好,我们走到人丛中去吧。"

他随着跳下来，可是却正从人丛中伸出一只大手，扑向他来，紧紧地抓着他臂膀，一个巨大的身体也挤到他面前，只听那人骂道：

"你这王八，老子跟你半天了，看你还能跑到那里去？哼，要捣乱，到巡捕房去捣吧。"

他的手膀被扭得痛得厉害，但他望了那暗探的脸，觉得不必说什么，便仍然向群众那方喊道：

"我们要赶紧预备××的总示威！我们要打倒帝国主义！"

大的拳头打在他脸上，把他的气也噎住了，他被拖着在马路上跑。还有许多群众在马路上散着。他看见他们都有副激昂的脸，他们用着安慰的又是鼓舞的眼光来望他。他还听到一些断续的口号。还有一些地方，群众在和巡捕鏖战。他被迫到一辆大的黑的铁车旁，他被丢到上面，那里已挤满了被捕的战士。他从那铁丝网里望出来。他忽然看见那大的百货商店的门口出现了一个娇艳的女性。唉，那是玛丽！她还是那么耀目，那么娉婷，恍如远国皇后。她还是显得那么一副欢乐的，然而却不是轻浮的容仪。她显然是买了东西出来，因为她手里好像拿了许多包包，而且，的的确确的，是正有着一个漂亮的青年在揽着她。他惊慌地望着，他心想：

"好的，她已又幸福了，她终究是她那一类人物，我不必再为她担心了！好的，玛丽！"

这时车里已乱了起来，因为又被丢进了两个人，几乎全压在他身上，只听见有许多声音骂道：

"他妈的，要走就走呀，还等什么？"

嗷的一下，车开动了。人群全摔了一下，但立即都又爬了起来，而且都齐声地喊着口号：

"打倒……"

"……"

（原载 1930 年 11 月 10 日、12 月 10 日

《小说月报》第二十一卷第十一、十二号）

作者简介：丁玲（1904—1986），女，原名蒋伟，湖南临澧人。1932 年
加入中国共产党，1936 年赴陕北。著有中篇小说《梦珂》
《莎菲女士的日记》，长篇小说《韦护》《太阳照在桑干河
上》等。

丰　收

叶　紫

一

时间是快要到清明节了。天，下着雨，阴沉沉的没有一点晴和的征兆。

云普叔坐在"曹氏家祠"的大门口，还穿着过冬天的那件破旧棉袍；身子微微颤动，像是耐不住这袭人的寒气。他抬头望了一望天，嘴边不知道念了几句什么话，又低了下去。胡须上倒悬着一线一线的涎沫，迎风飘动，刚刚用手抹去，随即又流出了几线来。

"难道再要和去年一样吗？我的天哪！"

他低声地说了这么一句，便回头反望着坐在戏台下的妻子，很迟疑地说着：

"秋儿的娘呀！'惊蛰一过，棉裤脱落！'现在快清明了，还脱不下袍儿。这，莫非是又要和去年一样吗？"

云普婶没有回答，在忙着给怀中的四喜儿喂奶。

天气也真太使人着急了，立春后一连下了三十多天雨没有停住过，人们都感受着深沉的恐怖。往常都是这样：春分奇冷，一定又是一个大水年岁。

"天啦！要又是一样……"

云普叔又掉头望着天,将手中的一根旱烟管,不住地在石阶级上磕动。

"该不会吧!"

云普婶歇了半天工夫,随便地说着,脸还是朝着怀中的孩子。

"怎么不会呢? 春分过了,还有这样的寒冷! 庚午年、甲子年、丙寅年的春天,不都是有这样冷吗? 况且,今年的天老爷是要大收人的!"

云普叔反对妻子的那种随便的答复,好像今年的命运,已经早在这儿卜定了一般。关帝爷爷的灵签上曾明白地说过了:今年的人,一定是要死去六七成的!

烙印在云普叔脑筋中的许多痛苦的印象,凑成了那些恐怖的因子。他记得:甲子年他吃过野菜拌山芋,一天只能捞到一顿。乙丑年刚刚好一点,丙寅年又喊吃树根。庚午、辛未年他还年少,好像并不十分痛苦。只有去年,我的天呀! 云普叔简直是不能作想啊!

去年,云普叔一家有八口人吃茶饭,今年就只剩了六个:除了云普婶外,大儿了立秋二十岁,这是云普叔的左右手! 二儿子少普十四岁,也已经开始在田里和云普叔帮忙。女儿英英十岁,她能跟着妈妈打斗笠。最小的一个便是四喜儿,还在吃奶。云普爷爷和一个六岁的虎儿,是去年八月吃观音粉吃死的。

这样一个热闹的家庭中,吃呆饭的人一个也没有,谁不说云普叔会发财呢? 是的,云普叔原是应该发财的人,就因为运气太不好了,连年的兵灾水旱,才把他压得抬不起头来。不然,他也不会那么示弱于人哩!

去年,这可怕的去年啦!云普叔自己也如同过着梦境一样。为了连年的兵灾水旱,他不得不拼命地加种了何八爷七亩田,希图有个转运。自己家里有人手,多种一亩田,就多一亩田的好处;除纳去何八爷的租谷以外,多少总还有几粒好捞的。能吃一两年饱饭,还怕弄不发财吗?主意打定后,云普叔就卖掉了自己仅有的一所屋子,来租何八爷的田种。

二月里,云普叔全家搬进到这祠堂里来了,替祖宗打扫灵牌,春秋二祭还有一串钱的赏格。自家的屋子,也是由何八爷承受的。七亩田的租谷仍照旧规,三七开,云普叔能有三成好到手,便算很不错的。

起先,真使云普叔欢喜。虽然和儿子费了很多力气,然而禾苗很好,雨水也极调和,只要照拂得法,收获下来,便什么都不成问题了。

看看地,禾苗都发了根,涨了苞,很快地便标线了,再刮二三日老南风,就可以看到黄金色的谷子摆在眼前。云普叔真是喜欢啊!这不是他日夜辛劳的代价吗?

他几乎欢喜得发跳起来,就在他将要发跳的第二天哩,天老爷忽然翻了脸。蛋大的雨点由西南方直向这垄上扑来,只有半天工夫,池塘里的水都起膨涨。云普叔立刻就感受着有些不安似的,恐怕这好好的稻花,都要被雨点打落,而影响到收成的不丰。午后,雨渐渐地停住了,云普叔的心中,像放落一副千斤担子般的轻快。

半晚上,天上忽然黑得伸手看不见自家的拳头,四面的锣声,像雷一般地轰着,人声一片一片地喧嚷奔驰,风刮得呼呼地叫吼,云普叔知道又是外面发生了什么意外的事变,急急忙忙地叫起了立秋,由黑暗中向着锣声的响处飞跑。

路上,云普叔碰到了小二疤子,知道西水和南水一齐暴涨了三丈多,曹家垄四围的堤口,都危险得厉害,锣声是喊动大家去挡堤的。

云普叔吃了一惊,黑夜里陡涨几丈水,是四五十年来少见的怪事。他慌了张,锣声越响越厉害,他的脚步也越加乱了。天黑路滑,跌倒了又爬起来。最后是立秋扶住他跑的,还不到三步,就听到一声天崩地裂的震响,云普叔的脚像弹棉花絮一般战动起来。很快地,如万马奔驰般的浪涛向他们扑来了。立秋急急地背起云普叔返身就逃。刚才回奔到自己的头门口,水已经流到了阶下。

新渡口的堤溃开了三十几丈宽一个角,曹家垄满垸子的黄金都化成了水。

于是云普叔发了疯。半年辛辛苦苦的希望,一家生命的泉源,都在这一刹那间被水冲毁得干干净净了。他终天地狂呼着:

"天哪,我粒粒的黄金都化成了水!"

现在,云普叔又见到了这样希奇的征兆,他怎么不心急呢? 去年五月到现在,他还没有吃饱过一顿干饭。六月初水就退了,垸上的饥民想联合出门去讨米,刚刚走到宁乡就被认作了乱党赶出境来,以后就半步大门都不许出。县城里据说领了三万洋钱的赈款,乡下没有看见发下一颗米花儿。何八爷从省里贩了七十担大豆子回垸济急,云普叔只借到五斗,价钱是六块三,月息四分五。一家有八口人,后来连青草都吃光了,实在不能再挨下去,才跪在何八爷面前加借了三斗豆子。八月里华家堤掘出了观音粉,垸上的人都争先恐后地跑去挖来吃,云普叔带着立秋挖了两三担回来,吃不到两天,云普爷爷升天了,临走还带去了一个六岁的虎儿。

后来,垄上的饥民都走到死亡线上了,才由何八爷代替饥民向县太爷担保不会变乱党,再三地求了几张护照,分途逃出境来。云普叔一家被送到一个热闹的城里,过了四个月的饥民生活,年底才回家来。这都是去年啦!苦,又有谁能知道呢?

这时候,垄上的人都靠着临时编些斗笠过活。下雨,一天每人能编十只斗笠,就可以捞到两顿稀饭钱。云普叔和立秋剖篾;少普、云普婶和英英日夜不停地赶着编。编呀,尽量地编呀!不编有什么办法呢?只要是有命挨到秋收。

春雨一连下了三十多天了,天气又寒冷得这么厉害,满垄上的人,都怀着一种同样恐怖的心境。

"天啦!今年难道又要和去年一样吗?……"

二

天毕竟是晴和了,人们从蛰伏了三十多天的阴郁的屋子里爬出来。菜青色的脸膛,都挂上了欣欢的微笑。孩子们一伴一伴地跑来跑去,赤着脚在太阳底下踏着软泥儿耍着。

水全是那样满满的,无论池塘里、田中或是湖上。遍地都长满了嫩草,没有晒干的雨点挂在草叶上,像一颗一颗的小银珠。杨柳发芽了,在久雨初晴的春色中,这垄上,是一切都有了欣欣开展的气象。

人们立时开始喧嚷着,活跃着。展眼望去,田畦上时常有赤脚来往的人群,徘徊观望;三个五个一伙的,指指池塘又查查决口,谈这谈那,都准备着,计划着,应该如何动手做他们在这个时节里的功夫。

斗笠的销路突然地阻塞了，为了到处都天晴。男子们白天不能在家里剖篾，妇人和孩子的工作，也无形中松散下来，生活的紧箍咒，随即把这整个的农村牢牢地套住。努力地下田去工作吧，工作时原不能不吃饭啊！

整日祈祷着天晴的云普叔，他的目的总算是达到了。然而微笑是很吝啬地只在他的脸上轻轻地拂了一下，便随着紧蹙的眉尖消逝了。棉袍还是不能脱下，太阳晒在他的身上，只有那么一点儿辣辣的难熬，他没有放在心上。他只是担心着，怎样地才能够渡过这紧急的难关——饱饱地捞两餐白米饭吃了，补一补精神，好到田中去。

斗笠的销路没有了，眼前的稀饭就起了巨大的恐慌，于是云普叔更加焦急。他知道他的命苦，生下来就没有过一时舒服的生涯。今年五十岁了，苦头总算吃过不少，好的日子却还没有看见过。算八字的先生都说：他的老晚景很好；然而那是五十五岁以后的事情，他总不能十分相信。两个儿子又都不懂事，处在这样大劫数的年头，要独立支持这么一家六口，那是如何困难的事情啊！

"总得想个办法啦！"

云普叔从来没有自馁过，每每到了这样的难关，他就把这句话不住地在自己的脑际里打磨旋，有时竟能想到一些很好的办法。今天，他知道这个难关更紧了，于是又把这句话儿运用到脑里去旋转。

"何八爷，李三爷，陈老爷……"

他一步一步地在戏台下踱来踱去，这些人的影子，一个个地浮上他的脑中。然而那都是一些极难看的面孔，每一个都会使他感受到异样的不安和恐惧。他只好摇头叹气地把这些人统统丢开，将念头转向另一方面去。猛然地，他却想到了一个例外的人：

"立秋，你现在就跑到玉五叔家中去看看好吗？"

"去做什么呢，爹？"

立秋坐在门槛边剖篾，漫无意识地反问他。

"明天的日脚很好啦！人家都准备下田了，我们也应当跟着动手。头一天做功夫，总得饱饱吃一餐，兆头能来好一些，做起功夫来也比较起劲。家里现在已经没有了米，所以……"

"我看玉五叔也不见得有办法吧！"

"那么，你去看看也不要紧的喽！"

"这又何必空跑一趟呢？我看他们的情形，也并不见得比我们要好！"

"你总欢喜和老子对来！你能知道他们和我们一样吗？我是叫你去一趟呀！"

"这是实在的事实啊！爹，他们恐怕比我们还要困难哩！"

"废话！"

近来云普叔常常会觉得自己的儿子变差了，什么事情都欢喜和他抬杠。为了家中的一些琐事，不知道发生过多少次龃龉。儿子总是那样懒懒地不肯做事，有时候简直是个忤逆的，不孝的东西！

玉五叔的家中并不见得会和自己一般地没有办法。因为除了玉五婶以外，玉五叔的家中没有第三个要吃闲饭的人。去年全垄上的灾民都出去逃难了，玉五叔就没有同去，独自不动地支持了一家两口的生存。而且，也从来没有看见他向人家借贷过。大前天在渡口上曹炳生肉铺门前，还看见了他提着一只篮子，买了一点酒肉,摇头晃脑地走过。他怎么会没有办法呢?

于是云普叔知道了,这一定又是儿子发了懒筋,不肯听信自己的吩咐,不由得心头冒出火来:

"你到底去不去呢?狗养的东西,你总喜欢和老子对来!"

"去也是没有办法啦!"

"老子要你去就去,不许你说这些废话,狗入的!"

立秋抬起头来,将篾刀轻轻放下,年轻人的一颗心里蕴藏着深沉的隐痛。他不忍多看父亲焦急的面容,回转身子来就走。

"你说:我爹爹叫我来的,多少请玉五叔帮忙一点,过了这一个难关之后,随即就替五叔送还来。"

"唔!……"

月亮刚从树桠里钻出了半边面孔来,一霎儿又被乌云吞没。没有一颗星,四周黑得像一块漆板。

"玉五叔怎样回答你的呢?"

"他没有说多的话。他只说:请你致意你的爹爹,真是对不住得很,昨天我们还是吃的老南瓜。今天,喽!就只有这一点点儿稀饭了!"

"你没有说过我不久就还他吗?"

"说过了的,他还把他的米桶给我看了。空空的!"

"那么,他的女人哩?"

"没有说话,笑着。"

"妈妈的!"云普叔在小桌子上用力地击了一拳。随即愤愤地说道,"大前天我还看见了他买肉吃,妈妈的!今天就说没有米了,鬼才相信他!"

大家都没有声息。云普婶也围了拢来，孩子们都竖着耳朵，听爹爹和哥哥说话，偌大的一所祠堂中，连一颗豆大的灯光都没有。黑暗把大家的心绪，胁迫得一阵一阵地往下沉落……

　　"那么明天下田又怎么办呢？"

　　云普婶也非常担心地问。

　　"妈妈的，只有大家都饿死！这杂种出外跑了这么大半天，连一颗米花儿都弄不到。"

　　"叫我又怎么办呢，爹？"

　　"死！狗入的东西！"

　　云普叔狠狠地骂了这句之后，心中立刻就后悔起来："死！"啊，认真地要儿子死了又有什么办法呢？心中只感到一阵阵酸楚，扑扑地不觉掉下两颗老泪！

　　"妈妈的！"

　　他顺手摸着了旱烟管儿，返身朝外就走。

　　"到哪儿去呢，老头子？"

　　"妈妈的！不出去明天吃土！"

　　大家用了沉痛的眼光，注视着云普叔的背影，渐渐被黑暗吞蚀。孩子们渐次地和睡魔接吻了，在后房中像猪狗一般地横七竖八地倒着。堂屋中只剩了云普婶和立秋，在严厉的恐怖中，张大那失去了神光的眼睛，期待着云普叔的好消息回来。心上的弦，已经重重地扣紧了。

　　深夜，云普叔带着哭丧的脸色跑回来，从背上卸下来一个小小的包袱：

　　"妈妈的，这是三块六角钱的蚕豆！"

六条视线，一齐投射在这小小的包袱上，发出了几许饥饿的光芒！云普叔的眶儿里，还饱藏着一包满满的眼泪。

三

在田角的决口边，立秋举着无力的锄头，懒洋洋地挥动。田中过多的水，随着锄头的起落，渐渐地由决口溢入池塘。他浑身都觉得酥软，手腕也那样没有力量，往常的勇气，现在不知跑到哪里去了。

一切都渺茫哟！他怅望着原野。他觉得：现在已经不全是要下死力做功夫的时候了；谁也没有方法能够保证这种工作，会有良好的效果。历年的天灾人祸，把这颗年轻人的心房刺痛得深深的。眼前的一切，太使他感到渺茫了，而他又没有方法能把自己的生活改造，或是跳出这个不幸的圈围。

他拖着锄头，迈步移过了第三条决口，过去的事件，像潮水般地涌上他的心头。每一锄头的落地，都像是打在自家的心上。父亲老了，弟妹还是那么年轻。这四五年来，家中的末路，已经成为了如何也不可避免的事实。而出路还是那样的迷茫。他不知道要用什么方法，才可以开拓出这条迷茫的出路来。

无意识地，他又想起不久以前上屋癞大哥对他鬼鬼祟祟说的那些话来，现在如果细细地把它回味，真有一些说不出来的道理：在这个年头，不靠自己，还有什么人好靠呢？什么人都是穷人的对头，自己不起来干一下子，一辈子也别想出头。而且癞大哥还肯定地说过：不久的世界，一定是我们穷人的！

这样，又使立秋回想到四年前农民会当权的盛况：

"要是再有那样的世界来哟!"

他微笑了。突然地有一条人影从他的身边掠过,使他吃了一惊! 回头来看,正是他所系念的上屋癞老大。

"喂! 大哥,到哪里去呢?"

"呵! 立秋,你们今天也下了田吗?"

"是的,大哥! 来,我们谈谈。"

立秋将锄头停住。

"你爹爹呢?"

"在那边挑草皮子,还有少普。"

"你们这几天怎样过门的呀?"

"还不是苦,今天家里已经没有人编斗笠,我们三个都下田了,昨晚,爹爹跑到何八那里求借了一斗豆子回来,才算是把今天下田的一餐弄饱了,要不然……"

"还好还好! 何八的豆子还肯借给你们!"

"谁愿意去借他的东西! 妈妈的,我爹爹不知道说了多少好话! 磕了头! 又加了价! ……唉! 大哥,你们呢?"

"一样地不能过门啊!"

沉静了一刹那。癞大哥又恢复了他那种经常微笑的面容,向立秋点头了一下:

"晚上我们再谈吧,立秋!"

"好的。"

癞大哥匆匆走后,立秋的锄头,仍旧不住地在田边挥动,一条决口又一条决口。太阳高高地悬在当空,像是告诉着人们已经到了正午。大半年来不曾听见过的歌声,又悠扬地交响着。人们都拖着疲倦的身子回来,很少的屋顶上,能有缕缕的炊烟冒出。

云普叔浑身都发痛了，虽然昨天只挑了二三十担草皮子。肩和两腿的骨髓中间，像着了无数的针刺，几乎终夜都不能安眠。天亮爬起来，走路还是一阵阵地酸软。然而，他还是镇静着；尽量地在装着没事的样子，生怕儿子们看见了气馁！

"到底老了啊！"他暗自地伤心着。

立秋从里面捧出两碗仅有的豆子来摆在桌子上，香气把云普叔的口水馋得欲流出来。三个人平均分配，一个只吃了上半碗，味道却比平常的特别好吃。半碗，究竟不知道塞在肚皮里的哪一个角角儿。

勉强跑到田中去挣扎了一会儿，浑身就像驮着千斤闸一般地不能动弹。连一柄锄头，一张耙，都提不起来了，眼睛时时欲发昏，世界也像要天旋地转了一样。兜了三个圈子，终于被肚子驱逐回来。

"这样子下去，怎么得了呢？"

孩子和大人都集在一块儿，大大小小的眼睛里通通冒出血红的火焰来。互相地怅望了一会儿，都觉得没有什么好说的话。

"天哪！……"

云普叔咬紧牙关，鼓起了最后的勇气来，又向何八爷的庄上走去。路上，他想定了这一次见了八爷应当怎样地向他开口，一步一步地打算得妥贴了，然后走进那座庄门。

"你到底有什么事情呢，云普？"

八爷坐在太师椅上问。

"我，我，我……"

"什么？……"

"我想再向八爷……"

"豆子吗？那不能再借给你了！垄上这么多人口，我单养你一家！"

"我可以加利还八爷！"

"谁稀罕你的利，人家就没有利吗？那不能行呀！"

"八爷！你老人家总得救救我，我们一家大小已经……"

"去，去！我哪里管得了你这许多！去吧！"

"八爷，救救我！……"

云普叔急得哭出声来了。八爷的长工跑出来，把他推到大门外。

"号丧！你这老鬼！"

长工恶狠狠地骂了一句，随即把大门掩上了。

云普叔一步挨一步地走回来，自怨自艾地嘟哝着：为什么不遵照预先想定的那些话，一句一句地说出来，以致把事情弄得没有一点结果。目前的难关，还有什么方法能够渡过呢？

走到四方塘的口上，他突然地站住了脚，望了一望这油绿色的池塘。要不是丢不下这大大小小的一群，他真想就是这么跳下去，了却他这条残余的生命！

云普婶和孩子们倚立在祠堂的门口，盼望着云普叔的好消息。饥饿燃烧着每个人的内心，像一片狂阔的火焰。眼睛红得发了昏，巴巴地，还望不见带着喜信回来的云普叔。

天哪！假如这个时候有一位能够给他们吃一顿饱饭的仙人！

镜清秃子带了一个满面胡须的人走进屋来，云普叔的心中，就像有千万把利刀在那儿穿钻。手脚不住地发抖，眼泪一串一串地滚下来。让进了堂屋，随便地拿了一条板凳给他们坐下，自己另外一边站着。云普婶还躲在里面没有起来,眼睛早已哭得红肿了。孩子们,小的两个都躺着不能爬起来,脸上黄瘦得同枯萎了的菜叶一样。

立秋靠着门边,少普站在哥哥的后面,眼睛都湿润润的。他们失神地望了一望这满面胡须的人,随即又把头转向另一方面去。

沉寂了一会儿,那胡子像耐不住似的:

"镜清,那孩子现在在哪里呢?"

"还在里面啊!十岁,名叫英英姐。"秃子点点头,像叫他不要性急。

云普婶从里面踱出来,脚有一千斤重,手中拿着一身补好了的小衣裤,战栗得失掉了主持。一眼看见秃子,刚刚喊出一声"镜清伯!……"便哇的一声,迸出了两行如雨的眼泪来,再说不出一句话了。云普叔用袖子偷偷地扪着脸。立秋和少普也垂头呜咽地饮泣着!

秃子慌张了,急急地瞧了那胡子一眼,回头对云普婶安慰似的说:

"嫂嫂!你何必要这样伤心呢?英英同这位夏老爷去了,还不比在家里好吗!吃的穿的,说不定还能落得一个好主子,享福一生。桂生家的菊儿,林道二家的桃秀,不都是好好地去了吗?并且,夏老爷……"

"伯伯!我,我现在是不能卖了她的!去年我们讨米到湖北,那样吃苦都没有肯卖。今年我更加不能卖了,她,我的英儿,我的肉!呜!……"

"哦!"

夏胡子盯了秃子一眼。

"云普！怎么？变了卦吗？昨晚还说得好好的……"秃子急急地追问云普叔。话还没有说完，云普婶连哭带骂地向云普叔扑来了：

"老鬼！都是你不好！养不活儿女，做什么鸡巴人！没有饭吃了来设法卖我的女儿！你自己不死！老鬼，来！大家拼死了落得一个干净，想卖我女儿万万不能！"

"妈妈的！你昨晚不也说过了吗？又不是我一个人作主的。秃子，你看她泼不泼！"云普叔连忙退了几步，脸上满糊着眼泪。

"走吧！镜清。"

夏胡子不耐烦似的起身说。秃子连忙把他拦住了：

"等一等吧，过一会儿她就会想清的。来！云普，我和你到外面去说几句话。"

秃子把云普叔拉走了。云普婶还是呜呜地哭闹着。立秋走上来扶住了她，坐在一条短凳子上。他知道，这场悲剧构成的原因并不简单，一家人足足的有三天没有吃东西了。斗笠没有人要，田中的耕种又不能荒芜。所以昨晚镜清秃子来游说的时候，他并没有表示如何激烈的反对。虽然他伤心妹子，不愿意妹子卖给人家，可是，除此以外，再没有方法能够解救目前的危急。他在沉痛的矛盾心理中，憧憬一终夜，他不忍多看一眼那快要被卖掉的妹子，天还没有亮，他就爬起来。现在，母亲既然这样地伤心，他还有什么心肝敢说要把妹子卖掉呢？

"妈妈，算了吧！让他们走好了。"

云普婶没有回答。秃子和云普叔也从头门口走进来，大家又沉默了一会儿。

"嫂嫂！到底怎么办呢？"秃子说。

"镜清伯伯呀！我的英英去了她还能回来吗？"

"可以的，假如主子近的话。并且，你们还可以常常去看她！"

"远呢？"

"不会的哟！嫂嫂。"

"都是这老鬼不好，他不早死！……"

英英抱着四喜儿从里面跑出来了，很惊疑地接触了这个奇异的环境！随手将四喜儿交给了妈妈，瞪着一双圆溜溜的眼睛四围张望。

大家又是一阵心痛。除了镜清秃子和夏胡子以外。

"就是她吗？"夏胡子被秃子拌了一下，望着英英说。

几番谈判的结果，夏胡子一岁只肯出两块钱。英英是十岁，二十块。另外双方各给秃子一块钱的介绍费。

"啊啊！这是一个什么世界哟！"

十九块雪白的光洋，落到云普叔的手上，他惊骇得同一只木头鸡一样。用袖子尽力地把眼泪擦干，仔细地将洋钱看了一会儿。

"天啊！这洋钱就是我的宝宝英英吗？"

云普婶把补好了的一套衣裤给英英换上，告诉她是到夏伯伯家中去吃几天饭就转来，然而英英的眼泪究竟没有方法止住。

"妈妈，我明天就可以回来吗？我不要一个人吃饱饭啊！"

大家都目不转睛地噙着泪水对英英注视着。再多看一两眼吧，这是最后的相见啊！

秃子把英英带走，云普婶真的发了疯，几回都想追上去。远远地还听到英英回头叫了两声：

"妈妈呀！我不要一个人吃饱饭！"

"我明天就要转来的呀！"

"…………"

生活暂时地维持下来了,十九块钱,只能买到两担多一点谷,五个人,可够六七十天的吃用。新的出路,还是要靠父子们自己努力地开拓出来。

清明泡种期只差三天了,垄上都没有一家人家有种谷,何八爷特为这件事亲自到县库里去找太爷去商量。不及时下种,秋季便没有收成。

大家都伫望着何八爷的好消息,不过这是不会失望的,因为年年都借到了。县太爷自己也明白:"官出于民,民出于土!"种子不设法,一年到了头大家都捞不着好处的。所以何八爷一说就很快地答应下来了。发一千担种谷给曹家垄,由何八爷总管。

"妈妈的,种谷十一块钱一担,还要四分利,这完全是何八这狗杂种的盘剥!"

每个人都是这样地愤骂,每个人都在何八爷庄上挑出谷子来。生活和工作,加紧地向这农村中捶击起来。人们都在拼命地挣扎,因为他们已将一切的希望,完全寄托在这伟大的秋收。

四

插好田,刚刚扯好二头草,天老爷又要和穷人们作对。一连十多天不见一点麻麻雨,太阳悬在空中,像一团烈火一样。田里没有水了,仅仅只泥土有些湿润的。

卖了女儿,借了种谷,好容易才把田插好,云普叔这时候已经忙碌得透不过气来,肥料还没有着落,天又不肯下雨了,实在急人!假如真的要闹天干的话,还得及早准备一下哩!

他吩咐立秋到戏台上把车叶子取下,修修好。再过三天没有雨,不车水是不可能的事啊!

人们心中都祈祷着:天老爷啊,请你老人家可怜我们降一点儿雨沫吧!

一天,两天,天老爷的心肠也真硬!人们的祈祷,他竟假装没有听见,仍旧是万里无云。火样的太阳,将宇宙的存在都逗引得发了暴躁。什么东西,在这个时候,也都现出了由干热而枯萎的象征。田中的泥土干涸了,很多的已经绽破了不可弥缝的裂痕,张开着,像一条一条的野兽的口,喷出来阵阵的热气。

实在没有方法再挨延了,张家宅、新渡口都有了水车的响声,禾苗垂头丧气地在向人们哀告它的苦况。很多的叶子已经卷了筒。去年大水留下来的苦头还没有吃了,今年谁还肯眼巴巴地望着它干死呢!就是拼了性命也是要挣扎一下子的啊!

吃了早饭,云普叔亲自肩着长车,立秋扛了车架,少普提着几串车叶子,默默地向四方塘走来。太阳晒在背上,只感到一阵热热的刺痛,连地上的泥土,都烫得发了烧。

"妈妈的!怎么这样热。"

四面都是水车声音,池塘里的水,尽量在用人工转运到田中去。云普叔的车子也安置好了。三个人一齐踏上,车轮转动着,水都由车箱子里爬出来,争先恐后地向田中飞跑。

汗从每一个人的头顶一直流到脚跟。太阳看看移到了当顶,火一般地燎烧着大地。人们的口里,时常有缕缕的青烟冒出。脚下也渐渐地沉重了,水车踏板就像一块千斤重的岩石,拼性命都踏不下来。一阵阵的酸痛,由脚筋传布到全身,到脑顶。又像是有人拿着一把小刀子在那里割肉挖筋一般的难过。尤其是少普,在他那还没有发育得完全的身体中,更加感受着异样的苦痛。云普叔又何尝不是一样呢?衰老的几根脚骨头,本来踏上三五步就有些挨不起了的,然而,他不能气馁呀!老天爷叫他吃苦,死也得去!儿子们的勇气,完全要靠他自己鼓起来。况且,今天还是头一次上紧,他怎么好自己首先叫苦呢?无论如何受罪,都得忍受下来哟!

"用劲呀,少普!……"

他常常是这样地提醒着小的儿子,自己却咬紧牙关地用力踏下去。真是痛得忍不住了,才将那含蓄着很久了的眼泪流出来,和着汗珠儿一同滴下。

好容易云普婶的午饭送来了,父子们都从车上爬下来。

"天啊!你为什么偏偏要和我们穷人作对呢?"

云普叔抚摸着自己的腿子。少普哭丧脸地望着他的母亲:

"妈妈,我的这两条腿子已经没有用了呢!"

"不要紧的哟!现在多吃一点饭,下午早些回来,憩息一会儿,就会好的。"

少普也没有再作声,顺手拿起一只碗来盛饭吃。

连日的辛劳,云普叔和少普都弄得同跛脚人一样了。天还一样的狠心!一天功夫车下来的水,仅仅只够维持到一天禾苗的生命。立秋算是最能得力的人了,他没有感到过父亲和弟弟那般的苦痛。然而,他总是懒懒地不肯十分努力做功夫,好像车水种田,并不是他现在应做的事情一样。常常不在家,有什么事情要到处去寻找。因此使云普叔加倍地恼恨着:"这是一个懒精!忤逆不孝的杂种!"

月亮从树尖上涌出来,在黑暗的世界中散布了一片银灰色的光亮。夜晚并没有白天那般炎热,田野中时常有微风吹动。外面很少有纳凉的闲人,除了妇人和几个孩子。

人们都趁着这个风清月白的夜晚来加紧他们的工作。四面水车的声音,杂和着动人的歌曲,很清晰的可以送入到人们的耳鼓中来。夏夜是太适宜于农人们的工作了,没有白昼的嚣张、炎热、喧扰……

云普叔又因为寻不着立秋,暴躁得像一条发了狂的蛮牛一样。吃晚饭时曾好好地嘱咐他过,今夜天气很好,一定要做做夜工,才许再跑到外面去。谁知一转眼就不看见人,真把云普叔的肚皮都气破了。近来常有一些人跑来对云普叔说:立秋这个孩子变坏了,不知道他天天跑出去,和癞老大他们这班人弄做一起干些什么勾当。个个都劝他严厉地管束一下,以免弄出大事。云普叔听了,几回硬恨不得把牙门都咬碎下来。现在,他越想越暴躁,从上村叫到下村,连立秋的影子都没有看到。他回头吩咐少普先到水车上去等着他,假如寻不到的话,光老小两个也是要车几线水上田的。于是他重新地把牙根咬紧,准备去和这不孝的东西拼一拼老性命。

又兜了三四个大圈子还没有寻到,只好气愤愤地走回来。远远地,忽然听到自己的水车声音响了,急忙赶上去,车上坐的不正是立秋和少普吗?他愤恨得说不出一句话米,半晌,才下死劲地骂道:

"你这狗入的杂种!这会子到哪里收尸去了?"

"噎!我不是好好地坐在这里车水吗?"立秋很庄严地回答着。

"妈妈的!"

云普叔用力地盯了他一眼,随即自己也爬上来,踏上了轮子。

月亮由村尖升到了树顶,渐渐地向西方斜落!田野中也慢慢地慢慢地沉静了下来。

东方已经浮上了鱼肚色的白云,几颗疏散的星儿,还在天空中挤眉弄眼地闪动。雄鸡啼过两次了,云普叔从黑暗里爬起来,望望还没有天亮,悠长地舒了一口冷气。日夜的辛劳,真使他有些感到支持不住了。周身的筋骨,常常在梦中隐隐地作痛。但他无论如何也不肯懈怠一刻工夫,或说几句关于疲劳痛痒的话。因为他怕给儿子们一个不好的印象。

生活鞭策着他劳动,他是毫不能怨尤的哟!现在他算是已经把握到一线新的希望了:他还可以希望秋天,秋天到了,便能实现他所梦想的世界!

现在,他不能不很早就爬起来啦。这还是夏天,隔秋天,隔那梦想的世界还远着哩!

孩子们正睡得同猪猡一样。年轻人在梦中总是那么甜蜜哟!他真是羡慕着。为了秋收,为了那个梦想的世界,虽然天还没有十分发亮,他不得不忍心地将儿子们统统叫起来:

"起来哟,立秋!"

"…………"

"少普,少普!起来哟!"

"什么事情呀?爹!天还没有亮哩!"少普被叫醒了。

"天早已亮了,我们车水去!"

"刚刚才睡下,连身子都没有翻过来,就天亮了吗?唔!……"

"立秋!立秋!"

"…………"

"起来呀!……"

"唔!"

"喂！起来呀！狗入的东西！"

最后云普叔是用手去拖着每一儿子的耳朵，才把他们拉起来的。

"见鬼了，四面全是黑漆漆的！"

立秋揉揉眼睛，才知道是天还没有光，心中老大不高兴。

"狗杂种！叫了半天才把你叫起来，你还不服气吧！妈妈的！"

"起来！起来！不知道黑夜里爬起来做些什么事？拼死了这条性命，也不过是替人家当个奴隶！"

"你这懒精！谁作人家的奴隶？"

"不是吗？打禾下来，看你能够落到手几粒捞什子？"

"鬼话！妈妈的，难道会有一批强盗来抢去你的吗？你这个咬烂鸡巴横嚼的杂种！你近来专在外面抛尸，家中的什么事情都不要管！只晓得发懒筋，你变了！狗东西！人家都说你专和癫老大他们在一起鬼混！你一定变做了什么××党！……"

云普叔气急了，恨不得立刻把儿子抓来咬他几口出气。声音愈骂愈大了。云普婶也被他惊醒来：

"半夜三更闹什么呀，老头子？儿子一天辛苦到晚，也应该让他们睡一睡！你看，外边还没有天亮哩！"

"都是你这老猪婆不好，养下这些淘气杂种来！"

"老鬼！你骂谁啊？"

"骂你这偏护懒精的猪婆子！"

"好！老鬼，你发了疯！你恶他们，你把他们一个一个都拿去杀掉好了，何必要这样地来把他们慢慢地磨死呢？要不然，把他们统统都卖掉，免得刺痛了你的眼睛。半夜里，天南地北的吵死！"

云普叔暴躁得发了疯，他觉得老婆近来更加无理地偏护着孩子，丝毫不顾及到家中的生计：

"你这猪婆疯了！你要吃饭吗？你！……"

"好！我是疯了！老鬼，你要吃饭，你可以卖女儿！现在你又可以卖儿子。你还我的英英来！老鬼，我的命也不要了！……啊啊啊！……"

"好泼的家伙，你妈妈的！……"

"老忘八！老贼！你自己没有能力就不要养儿女，养大了来给他们作孽。女的好卖了，男的也要逼死他们，将来只剩了你这老忘八！我的英英！老贼，你找回来！啊啊啊！……"

她连哭带骂地向着云普叔扑来，想起了英英，她恨不得把云普叔一口吞掉。

"妈妈的！英英，英英，又不是单为了我一个！"

云普叔连忙躲开她，想起英英来，眼泪也不由自主地掉下了。

"还我的英英，你这老鬼！啊啊！……"

"…………"

"啊啊啊！……"

"…………"

东方发白了。儿子木鸡一般地站着。听见爹爹妈妈提及了妹子，也陪着流下几阵酸痛的眼泪来。

天色又是一样的晴和。立秋偷偷地扯了少普一下，提起锄耙就走。云普叔也带着懊恼伤痛的面容，一步一拖地跟出了大门。

"啊啊啊！……"

晨风在田野中掠过，油绿色的禾苗，掀起了层层的浪涛，人们都感到一阵清晨特有的凉意。

"今天车哪一方呢？"

"妈妈的,到华家堤去!"

<h2 style="text-align:center">五</h2>

"立秋! 你的心不诚,不要你抬!"

"云普叔顶万民伞,小二疤子打锣!"

"吹唢呐的没有,王老大你的唢呐呢?"

"妈妈的! 好像是哪一个人的事一样,大家都不肯出力,还差三个轿夫。"

"我来一个。高鼻子大爹!"

"我也来!"

"我也来一个!"

"好了,就是你们三个吧! 大家都洗一个脸。小二疤子,着实洗干净些,菩萨见怪!"

"打锣! 把唢呐吹起来!"

"打锣呀! 小二疤子听见没有? 婊子的儿子!"

"当! 当! 当!……"

"呜咽啦!……"

几十个人蜂拥着关帝爷爷,向出野中飞跑去了。

二十多天没有看见一点云影子,池塘里,河里的水都干透了,田中尽是几寸宽的裂口,禾叶大半已经卷了筒。这样再过三四天,便什么都完了。

关帝爷爷是三天前接来的。杀了一条牛,焚了斤半檀香,还是没有一点雨意。禾苗倒烊倒得更加多了。

所以,大家都觉得菩萨不肯发雨下来,一定是有什么原故。几个主祭的首事集合起来商量了很久，求了无数枝签，叩了千百个头，卦还是不能打顺。

"那么今年不完了吗？"

"高鼻子大爹，不要急！我们且把菩萨抬到外面去跑一路，看他老人家见了这个样子心中忍也不忍？"

"好的！也许菩萨还没有看见田中的情况吧！大前年天干，也是请菩萨到外面去兜了一个圈子才下雨的。云普，你去叫几个小伙子来！还有锣鼓唢呐！"

"啊！"

很快地，便把临时的队伍邀齐了。高鼻子大爹在前面领队，第二排是旗锣鼓伞，菩萨的绿呢大轿跟在后头。

从新渡口华家堤，一直弯到红庙，兜了四五个圈子回来，太阳仍旧是同烈火一样，烫得浑身发烧。地上简直热得不能落脚。四面八方都是火，人们是在火中颠扑！

雨一点还没有求下来，菩萨反被磨子湾抬去了。处处都忙着抬菩萨求雨哩！

"天老爷呀！一年大水一年干，究竟欲把我们怎么办呢？"

风色陡然变了，由东北方吹来呼呼地响着。没有星光也没有月亮，很多的人都站在屋外看天色。

"那方扯闪子哩！"

"东扯西合，有雨不落。"

"那是北方呀！"

"好了！南扯火门开，北扯有雨来！今夜该有点雨下吧，天哪！……"

"总要求天老爷开恩啦!"

"还不是,我们又都没有做过恶人,天老爷难道真的要将我们饿死?"

"不见得吧!"

大家喧嚷一会儿之后,屋顶上已有了滴沥的声音,人们只感到一阵凉意。每一滴雨声,都像是打落在开放的心花上。

"这真是天老爷的恩典啦!"

横在人们心中的一块巨石,现在全被雨点溶化了。随即,便是暴风雨的降临!

雷跟在闪电的后面发脾气。

大雨只下了一日夜,田中的水又饱满起来。禾苗都得了救,卷了筒子的禾叶边开展了,像少女们解开着胸怀一样地迎风摆动。长,很迅速地在长,这正是禾苗飞长的时候啊!每个人都默祷着:再过二十来天不出乱子,就可以看到粒粒的黄金,那才算是到了手的东西哩。

雨只有西南方上下得特别久,那边的天是乌黑的。恐怖像大江的波浪,前头一个刚刚低落下去,后面的一个又涌上来。西南方上的雨太下大了,又要担心水患。种田人真是一刻儿也不能安宁啊!

西水渐渐地向下流膨涨,然而很慢。堤局只派了一些人在堤岸上逡巡,光是西水没有南水助势,大家都可不必把它放在心上。让它去高涨吧!

一天,两天,水总是涨着。渐渐地差不多已经平了堤面了,云普叔也跟着大家着起急来:

"怎么！光是西水也有这么大吗？"

人们都同样地嚷着：

"哎哟！大家还是来防备一下吧！千万不要又和去年一样呀。"

去年的苦痛告诉他们，水灾是要及早防备的哟！锣声又响了，一批一批的人都扛着锄头被絮，向堤边跑去！

"哪一个家里有男人不出去来上堤的，他妈妈的拖出来打死！"云普叔忙得满头是汗地说，"连堂客们都不许躲着，妈妈的，今年要再和去年一样，一个也别想活！……"

"大家都挡堤去呀！"

"当！当！当！……"

夜晚上，火把灯笼像长蛇一样地摆在堤上，白天里沿岸都是骚动的人群。团防局里的老爷们，骑着马，带着一群副爷往来地巡视着，他们负有维持治安的重大责任，尤恐这一群人中间，潜伏着有闹事的暴徒分子，这是不能不提防的。

"妈妈的，作威作福的贱狗，吃了我们的粮没有事做，日夜打主意来害我们！一个个都安得……"

"我恨不得咬下这些狗入的几块肉！总有一天老子……"

多数被团防加害过的人，让他们走过之后，都咬牙切齿地暗骂着。很远了，立秋还跟在他们的后面装鬼脸儿。

水仍旧是往上涨，有些已经漂过了堤面。黄黄的水，是曾劫夺过人们的生命的，大家都对它怀着巨大的恐怖。眼睛里都有一把无名的烈火，向这洪水掷投。

"只要南水不再下来就好了！"

人们互相地安慰着。锄头铲耙，还是不住地加工。

水停住了！

突然地，有些地方在倒流，当有人把几处倒流的地方指出来的时候，人群中间，立刻开始了庞大的骚动。

"哪里倒流？"

"兰溪小河口吗？"

"该死！一个也活不成！"

"天啦！你老人家真正要把我们活活地弄死吗？……"

"关帝爷爷呀！今年要再和去年一样……"

南水涨了，西水受着南水的胁迫，立即开始了强烈的反攻，双方冲突的结果，是不断地向上膨胀！

锣声响得紧！人们心中还没有弥缝的创口，又重新地被这痛心的锣锤儿敲得四分五裂，连孩子妇人都跑到堤边去用手捧着一合一合的泥土向堤上堆。老年人和云普叔一道的，多数已经跪下来了：

"天哪！救苦救难的观世音菩萨呀！今年的大水实在再来不得了啊！"

"盖天古佛！你老人家保过了这场水灾，准还你十本大戏！……"

"天收人啦！"

"…………"

经过了两日夜拼命的挣扎，每个人的眼睛里都暴出了红筋。身体像弹熟了的软棉花一样，随处倒落。西水毕竟是过渡了汹涌的时期，经不起南水的一阵反攻，便一泻千里地崩溃下去了！于是南水趁势地顺流下来，一些儿没有阻碍。

水退了！

千万颗悬挂在半空中的心，随着洪水的退落而放下。每个人都张开了口，吐出了一股恶气。提起锄头被絮，拖着软棉花似的身子，各别地踏上了归途。脸上，都挂上着一丝胜利的微笑。

"喂！癫大哥，夜里到我这里来谈天啊！"

立秋在十字路上分岔时对癫老大说。

六

生活和工作，双管齐下地夹攻着这整个的农村。当禾苞标出线来时，差不多每个农民都在拼着他们的性命。过了这严重的一二十天，他们便全能得救！

家中虽然没有一粒米了，然而云普叔的脸上却浮上着满面的笑容。他放心了，经过了这两次巨大的风波，收成已经有了九成把握。禾苗肥大，标线结实，是十多年来所罕见的好，穗子都有那样长了。眼前的世界，所开展在云普叔面前的尽是欢喜，尽是巨大的希望。

然而云普叔并没有作过大的幻想，他抓住了目前的现势来推测二十天以后的情形那是真的。他举目望着这一片油绿色的原野，看看那肥大的禾苗，一线一线快要变成黄金色的穗子，几回都疑是自己的眼睛发昏，自己在做梦。然而穗子禾苗，一件件都是正确地摆在他的面前，他真的欢喜得快要发疯了啊！

"哈哈！今年的世界，真会有这样的好吗？"

过去的疲劳，将开始在这儿作一个总结了：从下种起，一直到现在，云普叔真的没有偷闲过一刻工夫。插田后便闹天干，刚刚下雨又吓大水，一颗心像七上八下的吊桶一般地不能安定。身子疲劳得像一条死蛇，肚皮里没有充过一次饱。以前的挨饿现在不要说，单是英英卖去以后，家中还是吃稀饭的。每次上田，连腿子都提不起，人瘦得像一堆枯骨。一直到现在，经过这许多许多的恐怖和饥饿，云普叔才看见这几线长长的穗子，他怎么不欢喜呢？这才是算得到了手的东西呀，还得仔细地将它盘算一下哩！

开始一定要饱饱地吃它几顿。孩子们实在饿得太可怜了，应当多弄点菜，都给他们吃几餐饱饭，养养精神。然后，卖几担出去，做几件衣服穿穿，孩子们穿得那样不像一个人形。过一个热热闹闹的中秋节。把债统统还清楚。剩下来的留着过年，还要预备过明年的荒月，接新……

立秋少普都要定亲，立秋简直是处处都表示需要堂客了。就是明年下半年吧，给他们每个都收一房亲事，后年就可养孙子，做爷爷了……

一切都有办法，只少了一个英英，这真使云普叔心痛。早知今年的收成有这样好，就是杀了他也不肯将英英卖掉啊！云普叔是最疼英英的人，他这许多儿女中只有英英最好，最能孝顺他。现在，可爱的英英是被他自己卖掉了啦！卖给那个满脸胡须的夏老头子了，是用一只小划子装走的。装到什么地方去了呢？云普叔至今还没有打听到。

英英是太可怜了啊！可怜的英英从此便永远没有了下落。年岁越好，越有饭吃，云普叔越加伤心。英英难道就没有坐在家中吃一顿饱饭的福命吗？假如现在英英还能站在云普叔面前的话，他真的想抱住这可怜的孩子号啕大哭一阵！天呵！然而可怜的英英是找不回来了，永远地找不回来了！留在云普叔心中的，只有那条可怜的瘦小的影子，永远不可治疗的创痛！

还有什么呢？除此以外，云普叔的心中只是快乐的，欢喜的，一切都有了办法。他再三地嘱咐儿子，不许谁再提及那可怜的英英，不许再刺痛他的心坎！

　　家里没有米了，云普叔丝毫也没有着急，因为他已经有了办法，再过十多天就能够饱饱地吃几餐。有了实在的东西给人家看了，差了几粒吃饭谷还怕没有人发借吗？

　　何八爷家中的谷子，现在是拼命地欲找人发借。只怕你不开口，十担八担，他可以派人送到你的家中来。价钱也没有那样昂贵了，每担只要六块钱。

　　李三爹的家里也有谷子发借。每担六元，并无利息，而且都是上好的东西。

　　垄上的人都要吃饭，都要度过这十几天难关，可是谁也不愿意去向八爷或三爹借谷子。实在吃得心痛，现在借来一担，过不了十多天，要还他们三担。

　　还是硬着肚皮来挨过这十几天吧！

　　"这就是他们这班狗杂种的手段啦！他们妈妈的完全盘剥我们过生活。大家要饿死的时候，向他们叩头也借不着一粒谷子，等到田中的东西有把握了，这才拼命地找人发借。只有十多天，借一担要还他们三担。这班狗杂种不死，天也真正没有眼睛。……"

　　"高鼻子大爹，你不是也借过他的谷子吗？哼！天才没有眼睛哩！越是这种人越会发财享福！"

　　"是的呀！天是不会去责罚他们的，要责罚他们这班杂种，还得依靠我们自己来！"

　　"怎样靠自己呢？立秋，你这话里倒有些玩意儿，说出来大家听听看!"

"什么玩意儿不玩意儿,我的道理就在这里:自己收的谷子自己吃,不要纳给他们这些狗杂种的什么捞什子租,借了也不要给他们还去!那时候,他还有什么道理来向我们要呢?"

"小孩子话!田是他家的呀!"二癞子装着教训他的神气。

"他家的?他为什么有田不自己种呢?他的田是哪里来的?还不是大家替他做出来的吗?二癞子你真蠢啊!你以为这些田真是他的吗?"

"那么,是哪个的呢?"

"你的,我的!谁种了就是谁的!"

"哈哈!立秋!你这完全是十五六年时农民会上的那种说法。你这孩子,哈哈!"

"高鼻子大爹,笑什么?农民会你说不好吗?"

"好,杀你的头!你怕不怕?"

"怕什么啊!只要大家肯齐心,你没有看见江西吗?"

"齐心!你这话是很有道理的,不过,哈哈!……"

高鼻子大爹,还有二癞子、壳壳头、王老六大家和立秋瞎说一阵之后,都相信了立秋的话儿不错。民国十六年的农民会的确是好的;就可惜没有弄得长久,而且还有许多人吃了亏。假如要是再来一个的话,一定硬要把它弄得久长一些啊!

"好!立秋,还有团防局里的枪炮呢?"

"咄!到了那个时候,我们就不好把他妈妈的缴下来吗?"

儿子整天地不在家里,一切都要云普叔自己去理会。家中没有米了,不得不跑到李三爹那里去借了一担谷子来。

"你家里五六个人吃茶饭,一担谷就够了吗?多挑两担去!"

"多谢三爹!"

云普叔到底只借了一担。他知道,多吃一担,过不了十来天就要还三担多。没有油盐吃,曹炳生店里也可以赊账了。肉店里的田麻拐,时常装着满面笑容地来慰问他:

"云普哥,你要吃肉吗?"

"不要啊,吃肉还早哩。"

"不要紧的,你只管拿去好了!"

云普叔从此便觉得自己已经在渐渐地伟大,无论什么人遇见了他,都要对他点头微笑地打个招呼。家中也渐渐地有些生气了。就只恨自己的儿子不争气,什么事都要自己操心。妈妈的,老太爷就真的没有福命做吗?

穗子一天一天地黄起来,云普叔脸上的笑容也一天一天地加厚着。他真是忙碌啊!补晒簟,修风车。请这个来打禾,邀那个来扎草,一天到晚,他都是忙得笑迷迷的。今年的世界确比往年要好上三倍,一担田,至少可以收三十四五担谷。这真是穷苦人走好运的年头啊!

去年遭水灾,就因为是堤修得不好,今年首先最要紧的是修堤。再加厚它一尺土吧,那就什么大水都可以不必担心事了。这是种田人应尽的义务呀!堤局里的委员早已来催促过。

"曹云普,你今年要出八块五角八分的堤费啦!"

"这是应该的,一石多点谷!打禾后我亲自送到局里来!劳了委员先生的驾。应该的,应该的!……"

云普叔满面笑容地回答着。堤不修好,免不了第二年又要遭水灾。

保甲先生也衔了团防局长的使命,来和云普叔打招呼了:

"云普叔,你今年缴八块四角钱的团防捐税啦!局里已经来了公事。"

"怎么有这样多呢?甲老爷!"

"两年一道收的!去年你缴没有缴过?"

"啊!我慢慢地给你送来。"

"还有救国捐五元七角二,剩共捐三元零七。"

"这!又是什么名目呢?甲,甲老爷!"

"咄!你这老头子真是老糊涂了!东洋鬼子打到北京来了,你还在鼓里困。这钱是拿去买枪炮来救国打共匪的呀!"

"啊呀!……晓得,晓得了!我,我,我送来。"

云普叔并不着急,光是这几块钱,他真不放在心上。他有巨大的收获,再过四五天的世界尽是黄金,他还有什么要着急的呢?

七

儿子不听自己的指挥,是云普叔终身的恨事。越是功夫紧的当口,立秋总不在家,云普叔暴躁得满屋乱跑。他始终不知道儿子在外面干些什么勾当。大清早跑出去,夜晚三更还不回来。四方都有桶响了,自家的谷子早已黄熟得滚滚的,再不打下来,就会一粒粒地自行掉落。

"这个狗养的,整天地在外面收尸!他也不管家中是在什么当口上了。妈妈的!"

他一面恨恨地骂着,一面走到大堤上去想兜一张桶。无论如何,今天的日脚好,不响桶是非常可惜的事情。本来,立秋在家,父子三个人还可勉强地支持一张跛脚桶,立秋不回来就只好跑到大堤上去叫外帮打禾客。

打禾客大半是由湘乡那方面来的,每年的秋初总有一批这样的人来:挑着简单的两件行李,四个一伴四个一伴地向这滨湖的几县穿来穿去,专门替人家打禾割稻子,工钱并不十分大,但是要吃一点儿较好的东西。

云普叔很快地叫了一张桶。四个彪形大汉,肩着憔悴的行囊跟着他回来了。响桶时太阳已经出了两丈多高,云普叔叫少普守在田中和打禾客作伴,自己到处去寻找立秋。

天晚了,两斗田已经打完,平白地花了四串打禾工钱。立秋还是没有寻到,云普叔更焦急得无可如何了。收成是出于意外的丰富,两斗田竟能打到十二担多毛谷子。除了恼恨儿子不争气以外,自己的心中倒是非常快活的。

叫一张外帮桶真是太划不来的事情啊!工钱在外,一大碗一大碗的白米饭,都给这些打禾客吃进肚里去了,真使云普叔看得眼红。想起过去饥饿的情形来,恨不得把立秋抓来活活地摔死。明天万万不能再叫打禾客了,自己动手,和少普两个人,一天至少能打几升斗把田。

夜深了,云普叔还是不能入梦。仿佛听到了立秋在耳边头和人家说话。张开眼睛一看,心中立刻冒出火来:

"你这杂种!你,你也要回来呀!妈妈的,家中的事情你一点都不管,剩下我这个老鬼来一个人拼命!妈妈的,我的命也不想要了!今朝不是鱼死就是网破!老子一定要看看你这杂种的本事!……"

云普叔顺手拿着一条木棍,向立秋不顾性命地扑来。四串工钱和那些白米饭的恶气,现在统统要在这儿发作了。

"云普叔叔,请你老人家不要错怪了他,这一次真是我们请他去帮忙一件事情去了!"

"什么鸡巴事?你,你,你是谁?……癞大哥你难道不知道吗?我家中的工夫这样忙!他妈妈的,他要去收尸!"云普叔气急了,手中的木棍儿不住地战动。

"不错呀!云普伯伯。这回他的确是替我们有事情去了啊!……"又一个说。

"好!你们这班人都帮着他来害我。鸡肚里不晓得鸭肚里的事!你们都知道我的家境吗?你们?……"

"是的,伯伯!他现在已经回来了,明天就可以帮助你老人家下田!"

"下田!做死了也捞不到自己一顿饱饭,什么都是给那些杂种得现成。你看,我们做个要死,能够落得一粒捞什子到手吗?我老早就打好了算盘!"立秋愤愤地说。

"谁来抢去了你的,猪杂种?"

"要抢的人才多呢!这几粒捞什子终究会不够分配的!再做十年八年也别想落得一颗!"

"猪人的!你这懒精偏有这许多辩说,你不做事情天上落下来给你吃!你和老子对嘴!"

云普叔重新地把木棍提起,恨不得一棍子下来,将这不孝的东西打杀!

"好了,立秋,不许你再多说!老伯伯,你老人家也休息一会儿!本来,现在的世界也变了,作田的人真是一辈子也别想抬起头来。一年忙到头,收拾下来,一担一担送给人家去!捐呀!债呀!

饷呀！……哪里分得自己还有捞呢？而且市面的谷价这几天真是一落千丈，我们不想个法子是不可能的啊！所以我们……"

"妈妈的！老子一辈子没有想过什么鸡巴法子，只知道要做，不做就没有吃的……"

"是呀！……立秋你好好地服侍你的爹爹，我们再见！"

三四个后生子走后，立秋随即和衣睡下。云普叔的心中，像卡着一块硬磞磞的石子。

从立秋回来的第二天起，谷子一担一担地由田中挑回来，壮壮的，黄黄的，真像金子。

这垄上，没有一个人不欢喜的。今年的收成比往年至少要好上三倍。几次惊恐，日夜疲劳，空着肚皮挣扎出来的代价，能有这样丰满，谁个不喜笑颜开呢？

人们见着面都互相点头微笑着，都会说天老爷有眼睛，毕竟不能让穷人一个个都饿死。他们互相谈到过去的苦况：水，旱，忙碌和惊恐，以及饿肚皮的难堪！……现在他们全都好了啦。

市面也渐渐地热闹了，物价只在两三天工夫中，高涨到一倍以上。相反地，谷米的价格倒一天一天地低落下来。

六块！四块！三块！一直低落到只有一元五角的市价了，还是最上等的迟谷。

"当真跌得这样快吗？"

欢欣、庆幸的气氛，于是随着谷价的低落而渐渐地消沉下来了。谷价跌下一元，每个人的心中都要紧一把。更加以百物的昂贵，丰收简直比常年还要来得窘困些了。费了千辛万苦挣扎出来的血汗似的谷子，谁愿那样不值钱地将它卖掉呢？

云普叔初听到这样的风声，并没有十分惊愕，他的眼睛已经看黄黄的谷子看昏了。他就不相信这样好好的救命之宝会卖不起钱。当立秋告诉他谷价疯狂地暴跌的时候，他还瞪着两只昏黄的眼睛怒骂道：

"就是你们这班狗牛养的东西在大惊小怪地造谣！谷跌价有什么稀奇呢？没有出大价钱的人，自己不好留着吃？妈妈的，让他们都饿死好了！"

然而，寻着儿子发气是发气，谷价低，还是没有法子制止。一块二角钱一担迟谷的声浪，渐渐地传播了这广大的农村。

"一块二角，婊子的儿子才肯卖！"

无论谷价低落到一钱不值，云普叔仍旧是要督促儿子们工作的。打禾后晒草，晒谷，上风车，进仓，在火烈的太阳底下，终日不停地劳动着。由水汪汪地杂着泥巴乱草的毛谷，一变而为干净黄壮的好谷子了。他自己认真地决定着：这样可爱的救命宝，宁愿留在家中吃它三五年，决不肯烂便宜地将它卖去。这原是自己大半年来的血汗呀！

秋收后的田野，像大战过后的废垒残墟一样，凌乱得没有一点次序。整个的农村，算是暂时地安定了。安定在那儿等着，等着，等着某一个巨大的浪潮来毁灭它！

八

为着几次坚决的反对办"打租饭"，大儿子立秋又赌气地跑出了家门。云普叔除了怄气之外，仍旧是恭恭敬敬地安排着。无论如何，他可以相信在这一次"打租"的筵席上，多少总可以博得爷们一点同情的怜悯心。他老了,年老的人,在爷们的眼睛里,至少总还可以讨得一些便宜吧!

一只鸡,一只鸭子,两碗肥肥的猪肉,把云普叔馋得拖出一线一线的唾沫来。进内换了一身补得规规矩矩了的衣裤,又吩咐少普将大堂扫得清清爽爽了,太阳还没有当空。

早晨云普叔到过何八爷家里,又到过李三爹庄上;诚恳地说明了他的敬意之后,八爷三爹都答应来吃他们一餐饭,堤局里的陈局长也在内,何八爷准许了替云普叔邀满一桌人。

桌上的杯筷已经摆好了,爷们还没有到。云普叔又恭恭敬敬地站在大门口观望了一回,远远地似乎有两行黑影向这方移动了。连忙跑进来,吩咐少普和四喜儿暂时躲到后面去,不要站在外面碍了爷们的眼。四条长凳子,重新地将它们揩了一阵,自己觉得没有什么不干净的地方了,才安心地站在门边侍候爷们的驾到。

一路总共七个人,除了三爹八爷和陈局长以外,各人还带了一位算租谷的先生。其他的两位不认识,一个有兜腮胡须的像菩萨,一位漂漂亮亮的后生子。

“云普!你费了力呀!”满面花白胡子,眼睛像老鼠的三爹说。

“实在没有什么,不恭敬得很!只好请三爹,八爷,陈老爷原谅原谅!唉!老了,实在对不住各位爷们!”

云普叔战战兢兢地回答着,身子几乎缩成了一团。“老了”两个字说得特别的响。接着便是满脸的苦笑。

“我们叫你不要来这些客气,你偏要来,哈哈!”何八爷张开着没有血色的口,牙齿上堆满了大粪。

“八爷,你老人家……唉!这还说得上客气吗?不过是聊表佃户们一点孝心而已!一切还是要请八爷的海量包涵!”

"哈哈!"

陈局长也跟着说了几句勉励劝慰的话,少普才从后面把菜一碗一碗地捧出来。

"请呀!"

筷子羹匙,开始便像狼吞虎咽一样。云普叔和少普二人分立在左右两旁侍候,眼睛都注视着桌上的菜肴。当肥肥的一块肉被爷们吞嚼得津津有味时,他们的喉咙里像有无数只蚂蚁在那里爬进爬出。涎水从口角里流了出来,又强迫把它吞进去。最后少普简直馋得流出来眼泪了,要不是有云普叔在他旁边,他真想跑上去抢一块来吃吃。

像上战场一般地挨过了半点钟,爷们都吃饱了。少普忙着泡茶搬桌子,爷们都闲散地走动着。五分钟后,又重新地围坐拢来。

云普叔垂着头,靠着门框边站着,恭恭敬敬地听候爷们说话。

"云普,饭也吃过了,你有什么话,现在尽管向我们说呀!"

"三爹,八爷,陈老爷都在这里,难道你们爷们还不明白云普的困难吗?总得求求爷们……"

"今年的收成不差呀!"

"是的,八爷!"

"那么,你打算要说些什么呢?"

"我想,想求求爷们!……"

"啊!你说。"

"实在是云普去年的元气伤狠了,一时恢复不起来。满门大小天天要吃这些,云普又没有力量赚活钱,呆板地靠田中过日子。总得要求求求八爷,三爹……"

"你的打算呢?"

"总求八爷高抬贵手,在租谷项下,减低一两分。去年借的豆子和今年种谷项下,也要请八爷格外开恩!……三爹,你老人家也……"

"好了,你的意思我统统明白了,无非是要我们少收你几粒谷。可是云普,你也应当知道呀!去年,去年谁没有遭水灾呢?我们的元气说不定还要比你损伤得厉害些呢!我们的开销至少要比你大上三十倍,有谁来替我们赚进一个活钱呢?除了这几粒租谷以外!……至于去年我借给你的豆子,你就更不能说什么开恩不开恩。那是救过你们性命的东西啦!借给你吃已算是开过恩了,现在你还好意思说一句不还吗?……"

"不是不还八爷,我是想要求八爷在利钱上……"

"我知道呀!我怎能使你吃亏呢?借豆子的不止你一个人。你的能够少,别人的也能够少。这是万万做不到的事情啊!至于种谷,那更不是我的事情,我仅仅经了一下手,那是县库里的东西,我怎么能够做主呢?"

"是的,八爷说的也是真情!云普老了,这次只要求八爷三爹格外开一回恩,下年收成如果好,我决不拖欠!一切沾爷们的光!……"

云普叔的脸色十分地沮丧了,说话时的喉咙也硬酸酸的。无论如何,他要在这儿尽情地哀告。至少,一年的吃用是要求到的。

"不行!常年我还可以通融一点,今年半点也不能行!假使每个人都和你一样的麻烦,那还了得!而且我也没有那许多精神来应付他们。不过,你是太可怜了,八爷也决不会使你吃亏的。你今年除去还捐还债以外,实实在在还能落到手几多?你不妨报出来给我听听看!"

"这还打得过八爷的手板心吗？一共收下来一百五十担谷子，三爹也要，陈老爷也要，团防局也要，捐钱，粮饷……"

"哪里只有这一点呢？"

"真的！我可以赌咒！……"

"那么，我来给你算算看！"

八爷一面说着，一面回头叫了那位穿蓝布长衫的算租先生：

"涤新！你把云普欠我的租和账算算看。"

"八爷，算好了！连租谷，种子，豆子钱，头利一共一百零三担五斗六升！云普的谷，每担作价一块三角六。"

"三爹你呢？"

"大约也不过三十担吧！"

"堤局约十来担光景！"陈局长说。

"那么，云普你也没有什么开销不来呀！为什么要这样啰苏呢？"

"哎呀！八爷！我一家老小不吃吗？还有团防费，粮饷，捐钱都在里面！八爷呀！总要你老人家开恩！……"

云普叔的眼泪跑出来了！在这种紧急关头中，他只有用最后的哀告来博取爷们的怜悯心。他终于跪下来了，向爷们像拜菩萨一样地叩了三四个响头。

"八爷三爹呀！你老人家总要救救我这老东西！……"

"唔！……好！云普，我答应你。可是，现在的租谷借款项下，一粒也不能拖欠。等你将来到了真正不能过门的时候，我再借给你一些吃谷是可以的！并且，明天你就要替我把谷子送来！多挨一天，我便多要一天的利息！四分五！四分五！……"

"八爷呀！"

第二天的清早,云普叔眼泪汪汪地叫起来了少普,把仓门打开。何八爷李三爹的长工都在外面等待着。这是爷们的恩典,怕云普叔一天送去不了这许多,特地打发自家的长工来帮忙挑运。

黄黄的,壮壮的谷子,一担一担地从仓孔中量出来,云普叔的心中,像有千万利刀在那里宰割。眼泪水一点一点地淌下,浑身阵阵地发颤。英英满面泪容的影子、蚕豆子的滋味、火烈的太阳,狂阔的大水、观音粉、树皮……都趁着这个机会,一齐涌上了云普叔的心头。

长工的谷子已经挑上肩了,回头叫着云普叔:

"走呀!"

云普叔用力地把谷子挑起来,像有一千斤重。汗如大雨一样地落着!举眼恨恨地对准何八爷的庄上望了一下,两腿才跨出头门。勉强地移过三五步,脚底下活像着了锐刺一般地疼痛。他想放下来停一停,然而头脑昏眩了,经不起一阵心房的惨痛,便横身倒下来了!

"天啦!"

他只猛叫了这么一句,谷子倾翻了一满地。

"少普!少普!你爹爹发痧!"

"爹爹!爹爹!爹爹呀!……"

"云普,云普!"

"妈妈来呀,爹爹不好了!"

云普婶也急急地从里面跑出来,把云普叔抬卧在戏台下的一块门板上,轻轻地在他的浑身上下捶动着:

"你有什么地方难过吗?"

"唔!……"

云普叔的眼睛闭上了。长工将一担一担的谷子从云普叔的身边挑过,脚板来往的声音,统统像踏在云普叔的心上。渐渐地,在他的口里冒出了鲜血来。

保甲正带着一位委员老爷和两个佩盒子炮的大兵闯进来了。后面还跟着五六个备有箩筐扁担的工役。

"怎么! 云普生病了吗?"

少普随即走来打了招呼:

"不是的,刚刚劳动了一下,发痧!"

"唔! ……"

"云普! 云普!"

"有什么事情呀,甲老爷?"少普代替说。

"收捐款的! 剿共,救国,团防,你爹爹名下一共一十七元一角九分。算谷是一十四担三斗零三合。定价一元二角整!"

"唔! 几时要呢?"

"马上就要量谷的!"

"啊! 啊啊! ……"

少普望着自己的爹爹,又望望大兵和保甲,他完全莫明其妙地发痴了! 何李两家的长工,都自动地跳进了仓门那里量谷。保甲老爷也赶着钻了进去:

"来呀!"

外面等着的一群工役统统跑进来了。都放下箩筐来准备装谷子。

"他们难道都是强盗吗?"

少普清醒过来了,心中涌上着异样的恼愤。他举着血红的眼睛,望了这一群人,心火一把一把地往上冒。他始终不明白,为什么自己辛辛苦苦种下来的谷子,都一担一担地送给人家挑走。这些人又都那样地不讲理性。他咬紧了牙齿,想跑上去把这些强盗抓几个来饱打一顿,要不是旁边两个佩盒子炮的向他盯了几眼。

"唔!……唔!……哎呀!……"

"爹爹! 好了一点吗?……"

"唔!……"

只有半点钟工夫,工役长工们都走光了。保甲慢慢地从仓孔中爬出来,望着那位委员老爷说道:

"完了,除去何李两家的租谷和堤费外,捐款还不够三担三斗多些。"

"那么,限他三天之内自己送到镇上去! 你关照他一声。"

"少普! 你等一会儿告诉你爹爹,还差三担三斗五升多捐款,限他三天内亲自送到局里去! 不然,随即就会派兵来抓人。"保甲恶狠狠地传达着。

"唔!"

人们在少普蒙眬的视线中消失了。他转身向仓孔中一望:天哪! 那里面只剩了几块薄薄的仓板子了。

他的眼睛发了昏,整个的世界都好像在团团地旋转!

"唔……哎哟! ……"

"爹爹呀!"

九

立秋回来了,时候是黑暗无光的午夜!

"真的有抢谷的强盗啊!"

云普叔又接连地发了几次昏。他紧紧地把握着立秋的手腕，颤动地说道：

"立秋！我们的谷子呢？今年，今年是一个少有的丰年呀！"

立秋的心房创痛了！半晌，才咬紧牙关地安慰了他的爹爹：

"不要紧的哟！爹爹。你老人家何必这样伤心呢？我不是早就对你老人家说过了吗？迟早总有一天的，只要我们不再上当了。现在垄上还有大半没有纳租谷还捐的人，都准备好了不理他们。要不然，就是一次大的拼命！今晚，我还要到那边去呢！"

"啊！……"

模糊中云普叔像做了一场大梦。他隐约地了解儿子立秋不常在家的原因。十五六年农民会的影子，突然地浮上了他的脑海里，勉强地展开着眼睛，苦笑地望了立秋一眼，很迟疑地说道：

"好，好，好啊！你去吧，愿天老爷保佑他们！"

（原载 1933 年 6 月 1 日《无名文艺》月刊创刊号）

作者简介：叶紫（1910—1939），原名俞鹤林，湖南益阳人。1933 年
加入中国共产党。著有短篇小说集《丰收》《山村一夜》，
长篇小说《太阳从西边出来》等。

差半车麦秸

"瞧,这家伙,又是一个'差半车麦秸'!"

在我们的游击队里,近来最喜欢把别人叫"差半车麦秸"。有时我们问队长要烟吸,如果队长把烟卷藏在腰包里不肯拿出来,我们就向他叫道:"喂,队长,差半车麦秸!"当着别人面前猛不防打个喷嚏,鼻涕从鼻孔窜出来,你随手把鼻涕抹在袖子上,或撸下来抹在鞋底上,别人就会向你取笑地叫道:"差半车麦秸!"我们全队的人没有一个不长虱子。平常不论虱子在身上怎样的爬呀,咬呀,我们只隔着衣服用手搓一搓,搔一搔,至多伸手到衣服里边捏死一个两个。到我们真正休息的时候,也就是说到我们能够安心睡一觉的时候,我们决不放弃歼灭敌人的机会。我们的两大敌人是:鬼子和虱子。在歼灭战开始的时候,我们照例围绕着一堆烈火,把内衣脱下来在火头上烤着,搣着。我们的敌人像炒焦的芝麻似的一个个的肚子膨胀起来,落到火里。火里哔哔剥剥地响着爆裂声,腾起来一股难闻的气息。这时候我们每个人都为胜利而快活得乱蹦乱跳,互相打着,推着,还互相叫着:"差半车麦秸,格崩,格崩,用牙咬呀!"总之,我们用"差半车麦秸"这个词儿来取笑别人的机会非常多,几乎任何人都可以被我们称做"差半车麦秸"。我们把"差半车麦秸"这词儿广泛地引用着,并不顾到它是否恰当。当我们叫出这词儿的时候,并不含一点恶意,只不过觉得这样一叫就怪开心罢了。假若在我们队里没有这一个宝贝词儿,生活也许会像冬天的山色一样的枯燥无味。

虽然我们把"差半车麦秸"这绰号互相地叫着,但真正的"差半车麦秸"他本人却早就离开我们的队伍了。

他是一个顶有趣的庄稼人。从他入伍的时候起,他就开始做了我们最有趣的好同伴,一直到他昏昏迷迷地躺在担架上离开我们的时候。他走了以后,我们不断地谈着他,想念着他。队长保存他的那支小烟袋,像保存爱人的情书似的,珍惜得不肯让别人拿去。当"差半车麦秸"还没有挂彩的时候,一天到晚他总在衔着他的小烟袋,也不管烟袋锅里有烟没烟。有时候他一个人离开屋子,慢吞吞地走到村边,蹲在一棵小树下面,皱着眉头,眼睛茫然地望着面前的原野,衔着他的小烟袋,隔很长的时候把两片嘴唇心不在焉地吧嗒一咂,就有两缕灰色的轻烟从鼻孔里呼了出来。同志们有谁走到他的跟前问他:"嗨,'差半车麦秸'呀,你是不是在想你的黄脸老婆哩?"于是"差半车麦秸"的脸皮微微地红了起来。"怎么不是呢?"他说,"没有听队长说俺的屋里人跟小孩子到哪儿啦?"在"差半车麦秸"看来,我们的队长是一个万能的人物,无论什么事情都知道,不肯把女人和小孩子的下落告诉他,不过是怕他偷跑罢了。有时候"差半车麦秸"并不想念他的女人和孩子,他用一种抱怨的口气望着田里说:"你看这地里的草呀,唉!"他大大地吸了一口烟,然后再把下边的话和着烟雾吐出来:"平稳年头,人能安安生生地做活,好好的地里哪能会长这么深的草!"

他拭去了大眼角上的白色排泄物,向前边挪了几步,从地里捏起来一小块垃圾,用大拇指和食指把垃圾捻碎,细细地看一看,拿近鼻尖闻一闻，再放一点到舌头尖上品品滋味，然后他把头垂下去轻轻地点几点，喃喃地说：

"这地是一脚踩出油的好地……"

"差半车麦秸"在游击队里始终连一句歌子也没有学会。有一次他只跟着唱了一句，惹得一个同志把眼泪都笑出来，以后他就永远不再开口了。当我们大家唱歌的时候，他嘬着他的小烟袋，微笑着，两只网满血丝的眼睛滴溜溜地跟随着我们的嘴巴乱动。无论在高兴或苦闷的时候，在平常的行军或放心休息的时候，他最爱用悲凉的声调，反复地唱着两句简单的戏词，这戏词是他从做小孩子时候就学会了的：

> 有寡人出京来多不幸，
>
> 不是呵下雨便刮风……

他的小烟袋正像他本人一样的给我们留下了深刻的印象。每次我看见了他的小烟袋，就不由得想起来一段有趣的故事。

一个寒冷的黄昏，忽然全队的弟兄们兴奋得发狂一般的呐喊着跳到天井里，把一个新捕到的汉奸同队长密密地围了起来。汉奸两只手背绑着，脸黄得没一丝血色，两条腿战抖得几乎站立不住。他的脖颈后插一把旧镰刀，腰里插一根小烟袋，头上戴一顶古铜色的破毡帽。队长手里拿着一面从汉奸身上搜出来的太阳旗，他的表情严肃得像一尊铁人。同志们疯狂地叫着：

"他妈的打扮得多像庄稼人！"

"枪毙他！枪毙汉奸呀！"

不知谁猛地照汉奸屁股上踢了一脚，汉奸打了个前栽，像患瘫痪症似的顺势跪倒在队长面前。这意外的结果使同志们很觉失望，开始平静下来。有人低声地讥讽说：

"原来是一泡鸭子屎!"①

队长还是像一尊铁人似的立着不动,浓黑的眉毛下有一双冷峻可怕的眼光在汉奸身上掘发着一切秘密。

"老爷,俺是好人呐!"汉奸战抖着替自己辩护,"我叫王哑,哑巴,人人都知道的。"

"是小名字吗?"队长问,左颊上的几根黑毛动了几动。

"是小名字,老爷。小名字是爷起的,爷不是念书人。爷说起个坏名字压压灾星吧……"

"你的大名字叫什么? ……站起来说!"

"没有,老爷。""哑巴"茫然地站立起来,打了个噎气,"爷说庄稼人一辈子不进学屋门儿,不登客房台儿,用不着大名儿。"

"有绰号没有?"

"差,差,老爷,'差半车麦秸'。"

"嗯?"队长的黑毛又动了几动,"差什么?"

"'差半车麦秸',老爷。"

"谁差你半车麦秸?"

"人们都这样叫我。""哑巴"的脸红了起来,"这是吹糖人的王二麻子给我起的外号。他一口咬死说我不够数儿……"②

"嗡!"同志们都笑了起来。

队长不笑。队长一步追一步地问他的家乡居住和当汉奸的原因。

"俺是王庄人,""哑巴"说,"是大王庄不是小王庄。北军来啦,看见屋里人就糟蹋,看见外厢人就打呀,砍呀,枪毙呀。③小狗子娘说:'小狗子爹呀,庄里人跑空啦,咱也跑吧。跑出去,唉,一天喝一碗凉水也是安生的!'俺带着俺的屋里人跟俺的小狗子跑出来啦。

小狗子娘已经两天两夜水米没打牙,肚子两片塌一片。小狗子要吃奶,小狗子娘的奶瘪啦。小狗子吸不出奶来,就吱咩咩地哭着……"

被绑着的农人把头垂下去,有两行眼泪从他的鼻凹滚落到嘴角。我们的队长用低声命令说:

"说简单一点吧。你说你为什么拿着小太阳旗?"

"老爷,小狗子娘说,'小狗子爹呀,处在这兵荒马乱的年头儿,咱们死啦没要紧,可是能眼巴巴地看着小孩子饿死吗?'是的,老爷,小孩子没做过一件亏心事,凭啥饿死呢? 小狗子娘说:'你回去吧,'她说我,'你回去到庄子边把咱地里的红薯挖几根拿来度度命,全当是为着救救小孩子!'大清早我回去了一趟,可是离庄子还有二里远,有几个戴铜盆帽子的北军就开枪向我打起来,我又跑回来啦。回来听着小狗子在他妈怀里吱咩咩,吱咩咩……"他开始哽咽起来,不能够再说下去了。

"不要哭!"队长低声又命令说,"因此你就当汉奸了,是不是?"

"鬼孙才是汉奸呐! 我要是做了汉奸,看,老爷,上有青天,日头落——我也落!""差半车麦秸"耸了耸肩膀,兴奋地继续说下去,"别人告我说,要拿一个太阳旗北军就不管啦。小狗子娘自己做了个小旗交给我,她说:'小狗子爹,快走吧,快去快回来!'我说:'混账旗子多像膏药呐,南军看见了不碍事么?'她说:'怕啥呢,我们跟南军都是中国人呐,你这二百五!'老爷,你想,我是中国人还会当汉奸吗? 小狗子娘真坏事,她叫我拿他妈的倒楣的太阳旗!"他一边哽咽着,一边愤怒地咬着牙齿,一边又用恐惧的眼光看着队长。

队长又详详细细地盘问了一忽儿,渐渐松开了脸皮,不再像一尊铁人了。其实我早就想对队长说:"得啦,这家伙是个有趣的大好人,还有什么可疑呢?再盘问下去连同志们都不耐烦了。"队长终于吩咐我们把"差半车麦秸"手上的绳子解开。一解开绳子,"差半车麦秸"就擤了一把鼻涕,一弯腰抹在鞋尖上。这时我才发现他穿着一双半新的黑布鞋,鞋尖和鞋后跟涂抹着厚厚的鼻涕,干的地方微微地发亮。

"以后别再把鬼子兵叫做'北军'了,"队长和善地告他说,"现在打仗不同往年一样。现在——一边是咱们中国军队,一边是日本鬼子。你懂吗,'差半车麦秸'?"

"怎么不懂呢?"他点点头,"我不是不够数儿呵!"

队长把小太阳旗还给他,吩咐道:

"你就在我们这里'喝汤'④吧。喝了汤,你安心地去挖你的红薯去,敌人在夜间已经给我们打窜了。小太阳旗你还带着去,万一遇着鬼子时你就拿出来让他们瞧瞧,可别说出我们在这儿……"

吃饭的时候,同志们都争着要同"差半车麦秸"蹲在一块儿,几乎把他的棉裤子撕毁了。起初他还非常拘束,后来看我们大家都对他十分亲热,渐渐地胆壮起来。他吃得又快又多,碗里边舐得干干净净的。吃毕饭,他又擤了一把鼻涕抹在鞋尖上,打了一个饱嗝,用右手食指指甲往牙上一刮,刮下来一片葱叶,又一弹,葱叶同牙花子从一个同志的头上飞了过去。

隔了一天,刚吃过午饭以后,我又看见"差半车麦秸"在我们的院里出现。队长告诉我们说他已经加入我们的队伍了。我们大家高兴得疯狂地叫着,跳着,高唱着我们的游击队歌。可是"差半车麦秸"一直老老实实地站立着,茫然地微笑着,嘴里噙着一只小烟袋。

晚上我同"差半车麦秸"睡在一块儿,我问他:

"你为什么要加入我们的游击队？"

"我为啥不加入呢？"他说，"你们都是好人呵。"

停一停，他大大地抽了一口烟，又加上这么一句：

"鬼子不打走，庄稼做不成！"

我忽然笑着问："你的小太阳旗子哩？"

"给小狗子做尿布了。"他仿佛毫不在意地回答说。

"差半车麦秸"同我悄声地谈着家常。从谈话中我知道他为着要安生地做庄稼而热烈地期望着把鬼子早日打跑，并且知道他已经决定叫他的女人和孩子在最近随着难民车逃到后方。他同我谈话的时候，眼光不断地向墙角的油灯飘着，似乎有一种什么感触使他难以安下心去。我装着睡熟的样子偷偷地观察着他的举动。我看见他噙着小烟袋，默默地坐了半天，不时地向灯光瞟一眼，神情越发地不安起来。最后他偷偷地站起来向灯光走去，但只走了两步就折回头走出屋子，在院里撒了一泡尿，故意地咳了一声，又回到我的身边。于是他又看了我一眼，磕去烟灰，把小烟袋放到枕头的东西下面，倒下去睡了。

"这是多么一个古怪的人物，"我心里说，"而且还粗中有细哩！"

在我们游击队住下的时候，只要我们能找到灯火，我们总是要点着灯火睡觉。从"差半车麦秸"入伍的第二天起，连着有两夜都发生了令人很不痛快的事情。第一夜，灯火在半夜熄灭了，一个同志起来撒尿时踏破了别人的鼻子。第二夜，哨兵的枪走了火，把大家从梦中惊起来，以为是敌人来了，在黑暗中乱碰着，乱摸着，一两只手电是不济事的，有的误摸走了别人的枪支，有的摸到枪支却找不到刀子。等惊慌平息之后，大家都愤怒得像老虎似的，谩骂并追究熄灯的人。队长把同志们一个一个地问了一遍,却没有一个人承认。我心里有一点约摸,便向"差半车麦秸"偷看了一眼。"差半车麦秸"的脸色苍白得怕人,两条腿轻轻地打战。队长向他的面前走去,一切愤怒的眼光也都跟随着集中在他的身上。"糟糕,"我心里说,"他要挨骂了!"他的腿战栗得越发厉害,几乎又要跪下去。可是队长忽然笑起来,温和地问他说:

"这样的生活你能过不能过?"

"能的,队长!""差半车麦秸"从腰里抽出来他的小烟袋,送到队长的胸前,"你老抽袋烟吧?"

同志们全笑了,有的笑得捧着肚子蹲了下去。队长也笑得连连地打着喷嚏。可是"差半车麦秸"自己却不笑。他搔了搔头皮,顺便用手往脖子里一摸,摸出来一个虱子,又用指头捻了一下,送到嘴里"格崩"一声咬死了。

第二天,我把"差半车麦秸"拖到没人的地方,悄悄地问他为什么每夜要把灯亮熄掉。他的脸色红了起来,一边微笑着,一边吞吞吐吐地咕哝说:

"香油贵得要命呐,比往年……"他忽然搔了一下脖子,"点着灯我睡不惯。呵,你抽袋烟吧?"

可是集团生活对于他渐渐地习惯了。他开始胆壮起来,对同志们的生活也会提出来不满的见解。他懂得很多北方土匪的黑话,比如他把路叫做"条子",把河叫做"带子",把鸡叫做"尖嘴子",而把月亮叫做"炉子"。他批评同志们说:

"有许多话说出口来不吉利,你可不能不忌讳。你们在做铁路工人的时候马虎一点不要紧,现在是在玩枪呐,干这道生活可不能不小心!"

同志们有时也故意地说几句黑话,大部分的时候却同他抬杠,向他解释着我们是革命的游击队,既不迷信,又不是土匪,所以不能说土匪的黑话。"差半车麦秸"虽然心里不完全同意,却也不再坚持自己的意见。他带着讽刺的口气说:"俺是庄稼人,俺不懂新规矩呐!"于是他就沉思起来。

　　"喂,"有一次我对他说,"你应该称别人做'同志'呐!"

　　他微笑着,摇摇头,擤了一把鼻涕抹在鞋尖上,喃喃地争辩说:

　　"二哥,咱山东人叫'二哥'是尊称呐。"

　　"可是咱们是革命队伍呐!"我说,"革命军人都应该按着革命的称呼才是的。"

　　"唏,又是新规矩!"他不满意地加了一句,"我不懂……"

　　"同志就是'大家一条心'的意思。"我给他解释说,"你想,咱们同生死,共患难,齐心齐力地打鬼子,不是'同志'是什么?"

　　"对啦,二哥,"他快活地叫道,"咱们就怕心不齐!"

　　在晚上出发的时候,"差半车麦秸"在我的肩膀上轻轻地拍了一下,用非常低的声音叫道:"同志!"随即又羞涩地,像小孩子似的笑了起来。

　　"同志,"一忽儿他又用膀子尖把我碰一下,"我们要去摸鬼子吗?"

　　我点点头:"你怕么?"

　　"不,"他说,"俺打过土匪……"

　　我同他膀靠膀地走着,听见他的心口跳得非常厉害,便忍不住吃吃地笑了起来。

　　"喂,你撒谎!"我小声叫道,"我听见你的心跳啦!"

　　他露出来慌窘的样子,把小烟袋滴溜溜地轮转着,喃喃地说:

"我一点也不怕,怕死不算好汉!以前打土匪也是这样子,才出发时总是心跳呀,腿战呀,可是走着走着就好啦。二哥,乡下人就怕官呐……"

约摸离敌人住的村庄有三四里远的光景,我们在一座小坟园里停下了。队长征求两个同志自告奋勇走在前边探路,其余的大部分跟在后面,一小部分绕到村子后面埋伏。出乎我意外的,"差半车麦秸"忽然从队长面前站了起来,抢着说:

"队长,我'条子'熟,让我先进村子去!"

片刻间,全队的同志都茫然了。队长愣怔了一忽儿,左颊上的黑毛动了几动,怀疑地问道:

"你是说要做探子吗?"

"是的。以前我常摸土匪呐。"

有人在队长的背后咕哝道:"他不行,别让他坏事吧!"可是队长立刻不再迟疑地对"差半车麦秸"说:"好吧,可是你得特别小心!"他又扭过脸来命令我说:"你得跟他一道去,千万不要大意了!"

"差半车麦秸"拖着我像猴子似的跳出坟园,在我们背后留下了一些悄声的埋怨。我听见是队长的声音说道:

"不碍事的,他粗中有细。"

我们走到离敌人的村子有一箭远近,便爬在地上,凭着星光向前边仔细地察看一忽儿,又侧着耳朵仔细地听一听。村子里一点动静也没有。"差半车麦秸"附着我的耳朵说:

"鬼子们全睡着了。你等着我……"

他把鞋子从脚上脱掉,插在腰里,弯着腰向村里走去。我非常替他担心,往前爬了十来步,伏在一株柳树的下面,把停机钮弄开,注意着周围的动静。约摸有二十分钟光景，还不见"差半车麦秸"出来，我心里非常的焦急，一直向前边爬去。在一座车棚前边，我发现了一个晃动的黑色影子，并且有一种东西拉在地上的微声。我的心口像马蹄般的狂跳起来。我把枪口瞄准了黑影子，用一种低而严厉的调子喝问：

"谁？"

"是我呀，同志！"是"差半车麦秸"的声音回答，"鬼子们早就跑光啦，咱们是白来一趟！"

一个箭步跳到他的跟前去，我不放心地问：

"全村子都看过了？"

"家家院里都看过啦，连一根人毛也找不到。"

"你为什么不早咳嗽一声呢？"

"我，我……""差半车麦秸"用膀子尖谄媚地贴着我的膀子尖，吞吞吐吐地说，"俺家里还少一根牛绳哩，拿回去一根碍事么？俺以前打土匪的时候拿老百姓一点东西都不算事的。"随即他把牛绳头举到我的眼前，嘻嘻地笑了起来。

"放下！"我命令说，"队长看见要枪毙你了！"

"差半车麦秸"眼光失望地看看我，迟疑着把围在腰里的牛绳解下来。我大声地咳嗽三声，村周围立刻有几道电光划破了黑暗，同志们从四下里跑进村来。

"二哥，""差半车麦秸"用一种恐怖的，将要哭泣的低声说，"你看，我把牛绳放下啦！……"

在回去的路上，"差半车麦秸"一步不离地跟着我，非常沉默，非常胆怯，像一个打破茶盅等待着母亲责罚的孩子似的。我知道"差半车麦秸"的不安，就悄声地告他说我决不向队长报告。他轻轻地叹息一声，把小烟袋塞到我的手里。我一边抽着烟，一边问他：

"你知道我们为什么不能拿老百姓的东西？"

"我们是革命的队伍呐。"他含糊地回答说。

又沉默一忽儿，"差半车麦秸"忽然擤了一把鼻涕，用一种感慨的声调问我：

"同志，干革命就得不到一点好处么？"

"革命是为着自己也为着大家的，"我向他解释说。"革命是要自己受点子苦，打下了江山，大家享福呐。我们要能把鬼子打跑，几千万人都能够过安生日子，咱们不也一样能得到好处吗？"

"自然呐，千千万万人能过好日子，咱们也……"

"到那时咱们也就有好日子过了。以后咱们的孩子、孙子，子子孙孙都能够伸直腰儿走路的了。"

"我说呢，革命同志不敬神……不敬神也能当菩萨呐！"于是他又快活地笑了起来。

从此他越发地活泼起来，工作得非常紧张，为挂念女人和孩子而苦闷的时候也不多了。他开始跟着我学习认字，每天认会一个字。不幸刚认会了三十个字，他就受了沉重的枪伤了。

一个月色苍莽的夜晚，我们二十个游击队员奉派去破坏铁道。敌人驻扎在离铁道只有三里远的村子里。我们并没有带地雷，也没有带新式的家伙，只凭着我们的力气去打算把铁轨掘毁两三根，然后出其不意地袭击敌人的兵车。我们尽可能小心地进行工作，谁知终于没法使铁轨不"钢朗"地响了起来。这响声在午夜的原野上清脆地向远处飞去，立刻引回来几响比这更清脆、更尖锐的枪声，从我们的头上急速地掠过，惊得月色突然地暗了下来。

"卧倒！"

分队长的口令刚刚发出，敌人的机关枪就哒哒地响了起来。枪弹有时落在我们的背后，有时在我们的前面划了一道弧线，沿弧线飞腾着尘土的烟雾。机关枪响了十来分钟便忽然止住。铁轨微微地战抖着，敌人的一辆铁甲车开来了……

分队长原是胶济路工程工人，是一个非常能干的家伙。他连二赶三地把五六个炸弹绑在一块儿，放到铁轨下面去，跟着发了一道命令："快跑！"我们像飞一般的离开了铁道，躲到一座小坟园里，静静地伏在地上。"差半车麦秸"若无其事地拿出来他的小烟袋，预备往嘴里塞去，给分队长用枪托照他屁股上敲了一下，便又把小烟袋插进腰里了。他带着不满意的口气向我咕哝说：

"枪子儿有眼睛的。只要不做亏心事，怕啥呢？"

猛地像打了个霹雷似的，铁轨下的炸弹爆裂了。敌人的铁甲车带着一些灰尘，弹烟，破片，从地上狂跳起来，倒进路旁的矮树丛里……

"好！"二十个人的声音重新把原野震得一跳。

跟着，片刻间，一切寂静。

跟着寂静而来的是同志们的欢乐的谩骂，和迅速的，简短的，几乎不为同志们注意的，从分队长嘴里发出来的命令。在这些纷乱的声音中，有一道低哑而悲凉的歌声：

"有寡人出京来……"

我们跳出了小坟园，向铁道跑去。就在这时候，敌人的机关枪比先前更凶猛地响了起来。"差半车麦秸"在我的面前正跑着，叫了声"不好！"便倒了下去。但我们并不去管他，只顾拼命地前进。我们还没有达到铁道线，敌人的马蹄声已经分明地从左右临近了。

于是我们只好开始退却……

我跑过"差半车麦秸"的身边,看见他拼命地向着马蹄响处射击。我说:"挂彩了么?能跑不能跑?""腿上呐,"他说,"我留下换他们几个吧……"我不管他的反抗挣扎,把他背起来就跑,有时跌了一跤,有时滚下沟里……枪声,马蹄声,背上的负担,仿佛对于我全不相干,我只知道拼命地跑,而且是非跑不可……

回到队里,才发现"差半车麦秸"的背上中途又中了一弹,他已经昏迷不醒啦。我们把他救醒过来,知道枪弹并没有射进致命的地方,便决定把他送到后方医院去医治。当把他抬上担架床的时候,他的热度高得怕人,嘴里不住地说着胡话:

"嗒嗒! 咧咧! 黄牛呀……嗒嗒! ……"

1938 年 4 月初写于武汉旅次

注释:

① 鸭子屎是稀的,北方人拿它比不够强硬、没勇气的人物。
② "差半车麦秸"是表示不够数儿,也就是不够聪明的意思。
③ "屋里人"是女人,"外厢人"是男人。
④ 北方人把吃晚饭叫做"喝汤"。

(原载 1938 年 5 月《文艺阵地》第一卷第三期)

作者简介: 姚雪垠(1910—1999),原名姚冠三,河南邓州人。1981年加入中国共产党。著有小说集《差半车麦秸》,多卷本长篇小说《李自成》等。

黄　河

萧　红

　　悲壮的黄土层茫茫地顺着黄河的北岸延展下去,河水在辽远的转弯的地方完全是银白色,而在近处,它们则扭绞着旋卷着和鱼鳞一样。帆船,那么奇怪的帆船! 简直和蝴蝶的翅子一样:在边沿上,一条白的,一条蓝的,再一条灰色的,而后也许全帆是白的,也许全帆是灰色的或蓝色的,这些帆船一只排着一只,它们的行走特别迟缓,看上去就像停止了一样。除非天空的太阳,就再没有比这些镶着花边的帆更明朗的了,更能够眩惑人的感官的了。

　　载客的船也从这边继续地出发,大的,小的,还有载着货物的,载着马匹的。还有些响着铃子的,呼叫着的,乱翻着绳索的。等两只船在河心相遇的时候,水手们用着过高的喉咙,他们说些个普通话:太阳大不大,风紧不紧,或者说水流急不急,但也有时用过高的声音彼此约定下谁先行,谁后行。总之他们都是用着最响亮的声音,这不是为了必要,是对于黄河他们在实行着一种约束。或者对于河水起着不能控制的心情,而过高地提拔着自己。

　　在潼关下边,在黄土层上垒荡着的城围下边,孩子们和妇人用着和狗尾巴差不多的小得可怜的笤帚,在扫着军队的运输队撒留下来稀零的、被人纷争着的、滚在平平的河滩上的几颗豆粒或麦稞。河的对面就像孩子们的玩具似的,在层层叠叠生着绒毛似的黄土层上爬着一串微黑色的小火车。小火车,平和地,又急喘地吐着白汽,仿佛一队受了伤的小母猪样地在摇摇摆摆地走着。车上同猪印子一样打上两个淡褐色的字印:同蒲。

黄河的唯一的特征,就是它是黄土的流,而不是水的流。照在河面上的阳光反射得也不强烈。船是四方形的,如同在泥上滑行,所以运行的迟滞是有理由的。

早晨,太阳也许带着风沙。也许带着晴朗来到潼关的上空,它抚摸遍了那广大的土层,它在那终年昏迷着的静止在风沙里边的土层上,用晴朗给摊上一种透明和纱一样的光彩,又好像月光在八月里照在森林上一样,起着远古的、悠久的、永不能够磨灭的悲哀的雾障。在夹对的黄土床中流走的河水相同,它是偷渡着敌军的关口,所以昼夜地匆忙,不停地和泥沙争斗着。年年月月,日日夜夜,时时刻刻,到后来它自己本身就绞进泥沙去了。河里只见了泥沙。所以常常被诅咒成泥河呀!野蛮的河,可怕的河,簸卷着而来的河,它会卷走一切生命的河,这河本身就是一个不幸。

现在是上午,太阳还与人的视线取着平视的角度,河面上是没有雾的,只有劳动和争渡。

正月完了,发酥的冰排流下来,互相击撞着,也像船似的,一片一片的。可是船上又像堆着雪,是堆起来的面袋子,白色的洋面。从这边河岸运转到那边河岸上去。

阎胡子的船,正上满了肥硕的袋子,预备开船了。

可是他又犯了他的老毛病,提着砂做的酒壶去打酒去了。他不放心别的撑篙的给他打酒,因为他们常常走在半路矜持不住,空嘴白舌,就仰起脖儿呷了一口,或者把钱吞下一点儿去喝碗羊汤,不足的分量,用水来补足。阎胡子只消用舌头板一压,就会发现这些年轻人们的花头来的,所以回回是他自己去打酒。

水手们,备好了纤绳,备好了篙子,便盘起膝盖坐下来等。

凡是水手没有不愿意靠岸的,不管是海航或是河航。但是,凡是水手,也就没有一个愿意等人的。

因为是阎胡子的船,非等不可。

"尿骚桶,喝尿骚,一等等到罗锅腰!"一个小伙子直挺挺地靠在桅杆上立着,说完了话,便光着脊背向下溜,直到坐在船板上,咧开大嘴在笑着。

忽然,一个人,满头大汗的,背着个小包,也没打招呼,踏上了五寸宽那条小踏板,过跳上船来了。

"下去,下去!上水船,不让客!"

"老乡……"

"下去,下去,上水船,不让客!"

"让一让吧,我帮着你们打船。"

"这可不是打野鸭子呀,下去!"水手看看上来的是一个灰色的兵。

"老乡……"

"是,老乡,上水船,吃力气,这黄河可不同别的河……撑杆一下去就是一身汗。"

"老乡们!我不是白坐船,当兵的还怕出力气吗!我是过河去赶队伍的。天太早,摆渡的船哪里有呢!老乡,我早早过河赶路的……"他说着,就在洋面袋子上靠着身子,那近乎圆形的脸还有一点发光,那过于长的头发,在帽子下面像是帽子被镶了一道黑边。

"八路军怎么单人出发的呢?"

"我是因为老婆死啦，误了几天……所以着急要快赶的。"

"哈哈！老婆死啦还上前线。"于是许多笑声跳跃在绳索和撑杆之间。

水手们因为趣味的关系，互相的高声地骂着。同时准备着张帆，准备着脱离开河岸，把这兵士似乎是忘记了，也似乎允许了他的过渡。

"这老头子打酒在酒店里睡了一觉啦……你看他那个才睡醒的样子……腿好像是给石头绊住啦……"

"不对。你说的不对，石头就挂在他的脚跟上。"

那老头子的小酒壶像一块镜子，或是一片蛤蜊壳，闪烁在他的胸前。微微有点温暖的阳光和黄河上常有的缭乱而没有方向的风丝，在他的周围裹荡。于是他混着沙土的头发跳荡得和干草似的失去了光彩。

"往上放罢！"

这是黄河上专有的名词，若想横渡，必得先上行，而后下行。因为河水没有正路的缘故。

阎胡子的脚板一踏上船身，那种安适、把握，丝毫其他的欲望可使他不宁静的，可能都不能够捉住他的。他只发了和号令似的这一句话，而后笑纹就自由地在他皱纹不太多的眼角边流展开来。而后他走下舵室去，那是一个黑黑的小屋，在船尾的舱里，里面像是供着什么神位，一个小龛子前有两条红色的小对联。

"往上放罢！"

这声音因为河上的冰排格凌凌地作响的反应，显得特别粗壮和苍老。

"这船上有坐闲船的，老阎，你没看见？"

"那得让他下去,多出一分力量可不是闹着玩的……在哪地方?他在哪地方?"

那灰色的兵士,他向着阳光微笑:

"在这里,在这里……"他手中拿着撑船的长杆站在船头上。

"去,去去……"阎胡子从舱里伸出一只手来,"去去去……快下去……快下去……你是官兵,是保卫国家的,可是这河上也不是没有兵船。"

阎胡子是山东人,十多年以前因为黄河涨大水逃到关东,又逃到山西的。所以山东人的火性和粗鲁还在他身上常常出现。

"你是哪个军队上的?"

"我是八路的。"

"八路的兵,是单个出发的吗?"

"我的老婆生病,她死啦……我是过河去赶队伍的。"

"唔!"阎胡子的小酒壶还捏在左手上。

"那么你是山西的游击队啦……是不是?"阎胡子把酒壶放下了。

在那士兵安然地回答着的时候,那船板上完全流动着笑声,并且分不清楚那笑声是恶意的还是善意的。

"老婆死啦还打仗!这年头……"

阎胡子走上船板来:

"你们,你们这些东西!七嘴八舌头,赶快开船吧!"他亲手把一只面粉口袋抬起来,他说那放的不是地方,"你们可不知道,这面粉本来三十斤,因为放的不是地方,它会让你费上六十斤的力量。"他把手遮在额前,向着东方照了一下:

"天不早啦,该开船啦。"

于是撑起花色的帆来。那帆像翡翠鸟的翅子，像蓝蝴蝶的翅子。

水流和绳子似的在撑杆之间扭绞着。在船板上来回跑着的水手们把汗珠被风扫成碎沫而掠着河面。

阎胡子的船和别的运着军粮的船遥远地相距着。尾巴似的这只孤船系在那排成队的十几只船的最后。

黄河的土层是那么原始的，单纯的，干枯的，完全缺乏光彩地站在两岸。正和阎胡子那没有光彩的胡子一样，土层是被河水、风沙和年代所造成，而阎胡子那没有光彩的胡子，则是受这风沙的迷漫的缘故。

"你是八路的……可是你的部队在山西的哪一方面？俺家就在山西。"

"老乡，听你说话是山东口音。过来多少年啦？"

"没多少年，十几年……俺家那边就是游击队保卫着……都是八路的，都是八路的……"阎胡子把棕色的酒杯在嘴唇上湿润了一下，嘴唇不断地发着光。他的喝酒，像是并没有走进喉咙去，完全和一种形式一样，但是他不断地浸染着他的嘴唇。那嘴唇在说话的时候，好像两块小锡片在跳动着：

"都是八路的……俺家那方面都是八路的……"

他的胡子和春天快要脱落的牛毛似的疏散和松放。他的红的近乎赭色的脸像是用泥土塑成的，又像是在窑里边被烧炼过，显着结实，坚硬。阎胡子像是已经变成了陶器。

"八路上的……"他招呼着那兵士，"你放下那撑杆吧！我看你不会撑，白费力气……这边来坐坐，喝一碗茶……"方才他说过的那些去去去……现在变成来来来了："你来吧，这河的水性特别，与众不同……你是白费气力，多你一个人坐船不算么！"

船行到了河心，冰排从上边流下来的声音好像古琴在骚闹着似的。阎胡子坐在舱里佛龛旁边，舵柄虽然拿在他的手中，而他留意的并不是这河上的买卖，而是"家"的回念。直到水手们提醒他船已走上了急流，他才把他关于家的谈话放下。但是没多久，又零零乱乱地继续下去……

"赵城，赵城俺住了八年啦！你说那地方要紧不要紧？去年冬天太原下来之后，说是临汾也不行了……赵城也更不行啦……说是非到风陵渡不可……这时候……就有赵城的老乡去当兵的……还有一个邻居姓王的，那小伙子跟着八路军游击队去当伙夫去啦……八路军不就是你们这一路的吗？……那小伙子我还见着他来的呢！胳臂上挂着这'八路'两个字。后来又听说他也跟着出发到别的地方去了呢！……可是你说……赵城要紧不要紧？俺倒没有别的牵挂，就是俺那孩子太小，带他到这河上来吧，他又太小，不能做什么……跟他娘在家吧……又怕日本兵来到杀了他。这过河逃难的整天有，俺这船就是载面粉过来，再载着难民回去……看看那哭哭啼啼的老的小的……真是除了去当兵，干什么都没有心思！"

"老乡！在赵城你算是安家立业的人啦，那么也一定有二亩地啦？"兵士面前的茶杯在冒着气。

"那能够说到房子和地，跑了这些年还是穷跑腿……所好的就是没把老婆孩子跑去。"

"那么山东家还有双亲吗？"

"哪里有啦？都给黄河的水卷去啦！"阎胡子擦了一下自己的胡子，把他旁边的酒杯放在酒壶口上，他对着舱口说：

"你见过黄河的大水吗？那是民国几年……那就铺天盖地地来了！白亮亮地,哗哗地……和野牛那么叫着……山东那黄河可不比这潼关……几百里,几十里一漫平。黄河一到潼关就没有气力啦……看这山……这大土崖子……就是它想要铺天盖地又怎能……可是山东就不行啦！……你家是哪里？你到过山东？"

"我没到过,我家就是山西……洪洞……"

"家里还有什么人？咱两家是不远的……喝茶,喝茶……呵……呵……"老头子为着高兴,大声地向着河水吐了一口痰。

"我这回要赶的部队就是在赵城……洪洞的家也都搬过河来了……"

"你去的就是赵城,好！那么……"他从舵柄探出船外的那个孔道口看出去……河简直就是黄色的泥浆,滚着,翻着……绞绕着……舵就在这浊流上打击着。

"好！那么……"他站起来摇着舵柄,船就快靠岸了。

这一次渡河,阎胡子觉得渡得太快。他擦一擦眼睛,看一看对面的土层,是否来到了河岸？

"好,那么。"他想让那兵士给他的家带一个信回去,但又觉得没有什么可说的。

他们走下船来,沿着河身旁的沙地向着太阳的方向进发。无数条的光的反刺击撞着阎胡子古铜色的脸面,他的宽大的近乎方形的脚掌把沙滩印着一些圆圆洼陷。

"你说赵城可不要紧？我本想让你带一个回信去……等到饭馆喝两盅,咱二人谈谈谈谈……"

风陵渡车站附近,层层转转的是一些板棚或席棚,里边冒着气,响着勺子,还有一种油香夹杂着一种咸味在那地方缭绕着。

一盘炒豆腐,一壶四两酒,蹲在阎胡子的桌面上。

"你要吃什么,你只管吃……俺在这河上多少总比你们当兵的多赚两个……你只管吃……来一碗面片汤,再加半斤锅饼……先吃着,不够再来。……"

风沙的卷荡在太阳高了起来的时候,是要加甚的。席棚子像有笤帚在扫着似的,嚓嚓地在凸出凹进地响着。

阎胡子的话,和一串珠子似的咯啦咯啦地被玩弄着,大风只在席棚子间旋转,并没有把阎胡子的故事给穿着。

"……黄河的大水一来到俺山东那地方,就像几十万大军已经到了……连小孩子夜晚吵着不睡的时候,你若说'来大水啦!',他就安静了一刻。用大水吓唬孩子就像用老虎一样使他们害怕。在一个黑沉沉的夜里,大水可真的来啦;爹和娘站在房顶上,爹说:'……怕不要紧,我活四十多岁,大水也来过几次,并没有卷去什么。'我和姐姐拉着娘的手……第一声我听着叫的是猪,许是那猪快到要命的时候啦,哽哽的……以后就是狗,狗跳到柴堆上……在那上头叫着……再以后就是鸡……它们那些东西乱飞着……柴堆上,墙头上,狗栏子上……反正看不见,都听得见的……别人家的也是一样。还有孩子哭,大人骂。只有鸭子,那一夜到天明也没有休息一会,比平常不涨大水的时候还高兴……鸭子不怕大水,狗也不怕,可是狗到第二天就瘦啦……也不愿睁眼睛啦……鸭子正不一样,胖啦! 新鲜啦! ……呱呱的叫声更大了! 可是爹爹那天晚上就死啦,娘也许是第二天死的……"

阎胡子从席棚通过了那在锅底上乱响着的炒菜的勺子而看到黄河上去。

"这边,这河并不凶。"他喝了一盅酒,筷子在辣椒酱的小碟里点了一下。他脸上的筋肉好像棕色的浮雕经过了陶器的制作那么坚硬,那么没有变动。

"小孩子的时候,就听人家说,离开这河远一点吧!去跑关东吧(即东三省)!一直到第二次的大水……那时候,我已经二十六岁……也成了家……听人说,关东是块福地,俺山东人跑关东的年年有,俺就带着老婆跑到关东去……关东俺有三间房,两三亩地……关东又变成了'满洲国'。赵城俺原本有一个叔叔,打一封信给俺,他说那边,慢慢地日本人都想法子把中国人治死,还说先治死这些穷人。依着我就不怕,可是俺老婆说俺们还有孩子啦,因此就跑到俺叔叔这里来,俺叔叔做个小买卖,俺就在叔叔家帮着照料照料……慢慢地活转几个钱,租两亩地种种……俺还有个儿,俺儿一年一年地眼看着长成人啦!这几个钱没有活转着,俺叔要回山东,把小买卖也收拾啦,剩下俺一个人,这心里头可就转了圈子……山西原来和山东一样,人们也只有跑关东……要想在此地谋个生活,就好比苍蝇落在针尖上,俺山东人体性粗,这山西人体性慢……干啥事干不惯……"

"俺想,赵城可还离火线两三百里,许是不要紧……"他问着兵士,"咱中国的局面怎么样?听说日本人要夺风陵渡……俺在山西没有别的东西,就是这一只破船……"

兵士站起来,挂上他的洋瓷碗,油亮的发着光的嘴唇点燃着一支香烟,那有点胖的手骨节凹着小坑的手又在整理着他的背包。黑色的裤子,灰色的上衣,衣襟上涂着油渍和灰尘。但他脸上的表情是开展的,愉快的,平坦和希望的。他讲话的声音并不高朗,温和而宽弛,就像他在草原上生长起来的一样:

"我要赶路的,老乡!要给你家带个信吗?"

"带个信……"阎胡子感到一阵忙乱，这忙乱是从他的心底出发的，带什么呢？这河上没有什么可告诉的。"带一个口信说……"好像这饭铺炒菜的勺子又搅乱了他。"你坐下等一等，俺想一想……"

他的头垂在他的一只手上，好像已经成熟了的转茎莲垂下头来一样。席棚子被风吸着，凹进凸出的好像一大张海蜇飘在海面上。勺子声，菜刀声，被洗着的碗的声音，前前后后响着鞭子声。小驴车、马车和骡子车拖拖搭搭地载着军火或食粮来往着。车轮带起来的飞沙并不狂猾，而那狂猾着的，是跟着黄河而来的，在空中它漫卷着太阳和蓝天，在地面它则漫卷着沙尘和黄土，漫卷着所有黄河地带生长着的一切，以及死亡的一切。

潼关，背着太阳的方向站着，因为土层起伏高下，看起来，那是微黑的一大群，像是烟雾停止了，又像黑云下降，又像一大群兽类堆集着蹲伏下来。那些巨兽，并没有毛皮，并没有面貌，只相同读了埃及大沙漠的故事之后偶尔出现在夏夜的梦中的一个可怕的记忆。

风陵渡侧面向着太阳站着，所以土层的颜色有些微黄，及有些发灰，总之有一种相同在病中那种苍白的感觉，看上去，干涩，无光，无论如何不能把它制伏的那种念头，会立刻压住了你。

站在长城上会使人感到一种恐惧，那恐惧是人类历史的血流又鼓荡起来了！而站在黄河边上所起的并不是恐惧，而是对人类的一种默泣，对于病痛和荒凉永远的诅咒。

同蒲路的火车，好像几匹还没有睡醒的小蛇似的慢慢地来了一串，又慢慢地去了一串。

那兵士站起来向阎胡子说：

"我就要赶火车去……你慢慢地喝吧……再会啦……"

阎胡子把酒杯又倒满了。他看着杯子底上有些泥土,他想,这应该倒掉而不应该喝下去。但当他说完了给他带一个家信,就说他在这河上还好的时候,他忘记了那杯酒是不想喝的也就走下喉咙去了。同时他赶快撕了一块锅饼放在嘴里,喉咙像是有什么东西在胀塞着,有些发痛。于是他就抚弄着那块锅饼上突起的花纹,那花纹是画的"八卦"。他还识出了哪是"乾卦",哪是"坤卦"。

奔向同蒲站的兵士,听到背后有呼唤他的声音:

"站住……站住……"

他回头看时,那老头好像一只小熊似的奔在沙滩上:

"我问你,是不是中国这回打胜仗,老百姓就得日子过啦?"

八路的兵士走回来,好像是沉思了一会,而后拍着那老头的肩膀:

"是的,我们这回必胜……老百姓一定有好日子过的。"

那兵士都模糊得像画面上的粗壮的小人一样了,可是阎胡子仍旧在沙滩上站着。

阎胡子的两脚深深地陷进沙滩去,那圆圆的涡旋埋没了他的两脚了。

1938.8.6 汉口

(原载 1939 年 2 月 1 日《文艺阵地》第二卷第八期)

作者简介:萧红(1911—1942),原名张秀环,又名张乃莹,黑龙江呼兰人。著有长篇小说《生死场》《呼兰河传》《马伯乐》等。

李有才板话

赵树理

一、书名的来历

阎家山有个李有才,外号叫"气不死"。

这人现在有五十多岁,没有地,给村里人放牛,夏秋两季捎带看守村里的庄稼。他只是一身一口,没有家眷。他常好说两句开心话,说是"吃饱了一家不饥,锁住门也不怕饿死小板凳"。村东头的老槐树底有一孔土窑还有三亩地,是他爹给留下的,后来把地押给阎恒元,土窑就成了他的全部产业。

阎家山这地方有点古怪:村西头是砖楼房,中间是平房,东头的老槐树下是一排二三十孔土窑。地势看来也还平,可是从房顶上看起来,从西到东却是一道斜坡。西头住的都是姓阎的;中间也有姓阎的也有杂姓,不过都是些在地户;只有东头特别,外来的开荒的占一半,日子过倒霉了的杂姓,也差不多占一半,姓阎的只有三家,也是破了产卖了房子才搬来的。

李有才常说:"老槐树底的人只有两辈——一个'老'字辈,一个'小'字辈。"这话也只是取笑:他说的"老"字辈,就是说外来的开荒的,因为这些人的名字除了闾长派差派款在条子上开一下以外,别的人很少留意，别人叫起来只是把他们的姓上边加个"老"字，像"老陈""老秦""老常"等。他说的"小"字辈，就是其余的本地人，因为这地方人起乳名，常把前边加个"小"字，像"小顺""小保"等。可是西头那些大户人家，都用的是官名，有乳名别人也不敢叫——比方老村长阎恒元乳名叫"小囤"，别人对上人家不只不敢叫"小囤"，就是该说"谷囤"也只得说成"谷仓"，谁还好意思说出"囤"字来？一到了老槐树底，风俗大变，活八十岁也只能叫小什么小什么，你就起上个官名也使不出去——比方陈小元前几年请柿子洼老先生给起了个官名叫"陈万昌"，回来虽然请闾长在闾账上改过了，可是老村长看账时候想不起这"陈万昌"是谁，问了一下闾长，仍然提起笔来给他改成"陈小元"。因为有这种关系，老槐树底的本地人，终于还都是"小"字辈。李有才自己，也只能算"小"字辈人，不过他父母是大名府人，起乳名不用"小"字，所以从小就把他叫成"有才"。

在老槐树底，李有才是大家欢迎的人物，每天晚上吃饭时候，没有他就不热闹。他会说开心话，虽是几句平常话，从他口里说出来就能引得大家笑个不休。他还有个特别本领是编歌子，不论村里发生件什么事，有个什么特别人，他都能编一大套，念起来特别顺口。这种歌，在阎家山一带叫"圪溜嘴"，官话叫"快板"。

比方说：西头老户主阎恒元，在抗战以前年年连任村长，有一年改选时候，李有才给他编了一段快板道：

> 村长阎恒元，一手遮住天，
>
> 自从有村长，一当十几年。
>
> 年年要投票，嘴说是改选，
>
> 选来又选去，还是阎恒元。

不如弄块板，刻个大名片，

每逢该投票，大家按一按，

人人省得写，年年不用换，

用他百把年，管保用不烂。

恒元的孩子是本村的小学教员，名叫家祥，民国十九年在县里的简易师范毕业。这人的相貌不大好看，脸像个葫芦瓢子，说一句话眨十来次眼皮。不过人不可以貌取，你不要以为他没有出息，其实一肚肮脏计，谁跟他共事也得吃他的亏。李有才也给他编过一段快板道：

鬼眨眼，阎家祥，

眼睫毛，二寸长，

大腮蛋，塌鼻梁，

说句话儿眼皮忙。

两眼一忽闪，

肚里有主张，

强占三分理，

总要沾些光。

便宜占不足，

气得脸皮黄，

眼一挤，嘴一张，

好像母猪打哼哼！

像这些快板，李有才差不多每天要编，一方面是他编惯了觉着口顺，另一方面是老槐树底的年轻人吃饭时候常要他念些新的，因此他就越编越多。他的新快板一念出来，东头的年轻人不用一天就都传遍了，可是想传到西头就不十分容易。西头的人不论老少，没事总不到老槐树底来闲坐,小孩们偶尔去老槐树底玩一玩,大人知道了往往骂道:"下流东西!明天就要叫你到老槐树底去住啦!"有这层隔阂,有才的快板就很不容易传到西头。

抗战以来,阎家山有许多变化,李有才也就跟着这些变化作了些新快板,又因为作快板遭过难。我想把这些变化谈一谈,把他在这些变化中作的快板也抄他几段,给大家看看解个闷,结果就写成这本小书。

作诗的人,叫"诗人";说作诗的话,叫"诗话"。李有才作出来的歌,不是"诗",明明叫做"快板",因此不能算"诗人",只能算"板人"。这本小书既然是说他作快板的话,所以叫做《李有才板话》。

二、有才窑里的晚会

李有才住的一孔土窑,说也好笑,三面看来有三变:门朝南开,靠西墙正中有个炕,炕的两头还都留着五尺长短的地面。前边靠门这一头,盘了个小灶,还摆着些水缸、菜瓮、锅、匙、碗、碟;靠后墙摆着些筐子、箩头,里面装的是村里人送给他的核桃、柿子(因为他是看庄稼的,大家才给他送这些);正炕后墙上,就炕那么高,打了个半截套窑,可以铺半条席子:因此你要一进门看正面,好像个小山果店;扭转头看西边,好像石菩萨的神龛;回头来看窗下,又好像小村子里的小饭铺。

到了冷冻天气,有才好像一炉火——只要他一回来,爱取笑的人们就围到他这土窑里来闲谈,谈起话来也没有什么题目,扯到那里算那里。这年正月二十五日,有才吃罢晚饭,邻家的青年后生小福,领着他的表兄就开开门走进来。有才见有人来了,就点起墙上挂的麻油灯。小福先向他表兄介绍道:"这就是我们这里的有才叔!"有才在套窑里坐着,先让他们坐到炕上,就向小福道:"这是哪里的客?"小福道:"是我表兄!柿子洼的!"他表兄虽然年轻,却很精干,就谦虚道:"不算客,不算客!我是十六晚上在这里看戏,见你老叔唱焦光普唱得那样好,想来领领教!"有才笑了一笑又问道:"你村的戏今年怎么不唱了?"小福的表兄道:"早了赁不下箱,明天才能唱!"有才见他说起唱戏,劲上来了,就不客气地讲起来。他讲:"这焦光普,虽说是个丑,可是个大角色,唱就得唱出劲来!"说着就举起他的旱烟袋算马鞭子,下边虽然坐着,上边就抡打起来,一边抡着一边道:"一出场:当当当当当令×令当令×令……当令×各拉打打当!"他煞住第一段家伙,正预备接着打,门"拍"一声开了,走进来个小顺,拿着两个软米糕道:"慢着老叔!防备着把锣打破了!"说着走到炕边把胳膊往套窑里一展道:"老叔!我爹请你尝尝我们的糕!"(阴历正月二十五,此地有个节叫"添仓",吃黍米糕)有才一边接着一边谦让道:"你们自己吃吧!今天煮的都不多!"说着接过去,随便让了让大家,就吃起来。小顺坐到炕上道:"不多吧,总不能像启昌老婆,过个添仓,派给人家小旦两个糕!"小福道:"雇不起长工不雇吧,雇得起人管不起吃?"有才道:"启昌也还罢了,老婆不是东西!"小福的表兄问道:"哪个小旦?就是唱国舅爷那个?"小福道:"对!老得贵的孩子给启昌住长工。"小顺道:"那么可比他爹那人强一百二十分!"有才道:"那还用说?"小福的表兄悄悄问小福道:"老得贵怎么?"他虽说得很低,却被小顺听见了,小顺道:"那是有歌的!"接着就念道:

　　　张得贵,真好汉,

　　　跟着恒元舌头转:

恒元说个"长"，

得贵说"不短"；

恒元说个"方"，

得贵说"不圆"；

恒元说"砂锅能捣蒜"，

得贵就说"打不烂"；

恒元说"公鸡能下蛋"，

得贵就说"亲眼见"。

要干啥，就能干，

只要恒元嘴动弹！

他把这段快板念完，小福听惯了，不很笑。他表兄却嘻嘻哈哈笑个不了。

小顺道："你笑什么？得贵的好事多着哩！那是我们村里有名的吃烙饼干部。"小福的表兄道："还是干部啦？"小顺道："农会主席！官也不小。"小福的表兄道："怎么说是吃烙饼干部？"小顺说："这村跟别处不同：谁有个事到公所说说，先得十几斤面五斤猪肉，在场的每人一斤面烙饼，一大碗菜，吃了才说理。得贵领一份烙饼，总得把每一张烙饼都挑过。"小福的表兄道："我们村里早二三年前说事就不兴吃喝了。"小顺道："人家哪一村也不兴了，就这村怪！这都是老恒元的古规。老恒元今天得个病死了，明天管保就吃不成了。"

正说着，又来了几个人：老秦（小福的爹）、小元、小明、小保。一进门，小元喊道："大事情！大事情！"有才忙道："什么？什么？"小明答道："老哥，喜富的村长撤差了！"小顺从炕上往地下一跳道："真的？再唱三天戏！"小福道："我也算数！"有才道："还有今天？

我当他这饭碗是铁箍箍住了！谁说的？"小元道："真的！章工作员来了，带着公事！"小福的表兄问小福道："你村人跟喜富的仇气就这么大？"小顺道："那也是有歌的：

> 一只虎，阎喜富，
> 吃吃喝喝有来路，
> 当过兵，卖过土，
> 又偷牲口又放赌，
> 当牙行，卖寡妇……
> 什么事情都敢做。
> 惹下他，防不住，
> 人人见了满招呼！

你看仇恨大不大？"小福的表兄听罢才笑了一声，小明又拦住告诉他道："柿子洼客你是不知道！他念的那还是说从前，抗战以后这东西趁着兵荒马乱抢了个村长，就更了不得了，有恒元那老不死给他撑腰，就没有他干不出来的事，屁大点事弄到公所，也是桌面上吃饭，袖筒里过钱，钱淹不住心，说捆就捆，说打就打，说教谁倾家败产谁就没法治。逼得人家破了产，老恒元管'贱钱二百'买房买地。老槐树底这些人，进了村公所，谁也不敢走到桌边。三天两头出款，谁敢问问人家派的是什么钱；人家姓阎的一年四季也不见走一回差，有差事都派到老槐树底，谁不是荒着地给人家支？……你是不知道，坏透了坏透了！"有才低声问道："为什么事撤了的？"小保道："这可还不知道，大概是县里调查出来的吧？"有才道："光撤了差放在村里还是大害，什么时候毁了他才能算干净，可不知道县里还办他不办？"小保道："只要把他弄下台，攻他的人可多啦！"

远远有人喊道："明天到庙里选村长啦，十八岁以上的人都得去……"一连声叫喊，声音越来越近，小福听出来了，便向大家道："是得贵！还听不出他那贱嗓？"进来了，就是得贵。他一进来，除了有才是主人，随便打了个招呼，其余的人都没有说话，小福小顺彼此挤了挤眼。得贵道："这里倒热闹！省得我跑！明天选村长啦，凡年满十八岁者都去！"又把嗓子放得低低的道："老村长的意思叫选广聚！谁不在这里，你们碰上告诉给他们一声！"说着抽身就走了。他才一出门，小顺抢着道："吃烙饼去吧！"小元道："吃屁吧！章工作员还在这里住着啦，饼恐怕烙不成！"老秦埋怨道："人家听见了！"小元道："怕什么？就是故意叫他听啦。"小保道："他也学会打官腔了：'凡年满十八岁者'……"小顺道："还有'老村长的意思'。"小福道："假大头这回要变真大头啦呀！"小福的表兄问小福道："谁是假大头？"小顺抢着道："这也有歌：

刘广聚，假大头：

一心要当人物头，

抱粗腿，借势头，

拜认恒元干老头。

大小事，强出头，

说起话来歪着头。

从西头，到东头，

放不下广聚这颗头。

一念歌你就清楚了。"小福的表兄觉着很奇怪，也没有顾上笑，又问道："怎么你村有这么多的歌？"小顺道："提起西头的人来，没有一个没歌的，连那一个女人脸上有麻子都有歌。不只是人，每出一件新事，隔不了一天就有歌出来了。"又指着有才道："有我们这位老叔，你想听歌很容易！要多少有多少！"

小元道："我看咱们也不用管他'老村长的意思'不意思，明天偏给他放个冷炮，攒上一伙人选别人，偏不选广聚！"老秦道："不妥不妥，指望咱老槐树底人谁得罪得起老恒元？他说选广聚就选广聚，瞎惹那些气有什么好处？"小元道："你这老汉真见不得事！只怕柿叶掉下来碰破你的头，你不敢得罪人家，也还不是照样替人家支差出款？"老秦这人有点古怪，只要年轻人一发脾气，他就不说话了。小保向小元道："你说得对，这一回真是该扭扭劲！要是再选上个广聚还不是仍出不了恒元老家伙的手吗？依我说咱们老槐树底的人这回就出出头，就是办不好也比搓在他们脚板底强得多！"小保这么一说，大家都同意，只是决定不了该选谁好。依小元说，小保就可以办；老陈觉得要是选小明，票数会更多一些；小明却说在大场面上说个话还是小元有两下子。李有才道："我说个公道话吧：要是选小明老弟，保管票数最多，可是他老弟恐怕不能办。他这人太好，太直，跟人家老恒元那伙人斗个什么事恐怕没有人家的心眼多。小保领过几年羊（就是当羊经理），在外边走的地方也不少，又能写能算，办倒没有什么办不了，只是他一家五六口子全靠他一个人吃饭，真也有点顾不上。依我说，小元可以办，小保可以帮他记一记账，写个什么公事……"这个意见大家赞成了。小保向大家道："要那样咱们出去给他活动活动！"小顺道："对！宣传宣传！"说着就都往外走。老秦着了急，叫住小福道："小福！你跟人家逛什么能？给我回去！"小顺拉着小福道："走吧走吧！"又回头向老秦道："不怕！丢了你小福我包赔！"说了就把小福拉上走了。老秦赶紧追出来连声喊叫，也没有叫住，只好领上外甥（小福的表兄）回去睡觉。

窑里丢下有才一个人，也就睡了。

三、打虎

第二天吃过早饭，李有才放出牛来预备往山坡上送，小顺拦住他道："老叔你不要走了！多一票算一票！今天还许弄成，已经给小元弄到四十多票了。"有才道："误不了！我把牛送到椒洼就回来。这时候又不怕吃了谁的庄稼！章工作员开会，一讲话还不是一大晌？误不了！"小顺道："这一回是选举会，又不是讲话会。"有才道："知道！不论什么会，他在开头总要讲几句'重要性'啦，'什么的意义及其价值'啦，光他讲讲这些我就回来了！"小顺道："那你去吧！可不要叫误了！"说着就往庙里去了。

庙里还跟平常开会一样，章工作员、各干部坐在拜厅上，群众站在院里，不同的只是因为喜富撤了差，大家要看看他还威风不威风，所以人来得特别多。

不大一会儿，人到齐了，喜福这次当最后一回主席。他虽然沉着气，可是嗓子究竟有点不自然，说了几句客气话，就请章工作员讲话，章工作员这次也跟从前说话不同了，也没有讲什么"意义"与"重要性"，直截了当说道："这里的村长，犯了一些错误，上级有命令叫另选。在未选举以前，人家对旧村长有什么意见，可以提一提。"大家对喜富的意见，提一千条也有，可是一来没有准备，二来碍于老恒元的面子，三来差不多都怕喜富将来记仇，因此没有人敢马上出头来提，只是交头接耳商量。有的说："趁此机会不治他，将来是村上的大害。"有的说："能送死他自然是好事，送不死，一旦放虎归山必然要伤人。"……议论纷纷，都没有主意。有个马凤鸣，当年在安徽卖过茶叶，是张启昌的姐夫，在阎家山下了户。这人走过大地方,开通一点,不像阎家山人那么小心小胆。喜富当村长的第一年,随便欺压村民,有一次压迫到他头上,当时惹不过,只好忍过去。这次喜富已经下了台,他想趁势算一下旧账,便悄悄向几个人道:"只要你们大家有意见愿意提,我可以打头一炮!"马凤鸣说愿意打头一炮,小元先给他鼓励道:"提吧!你一提我接住就提,说开头多着哩!"他们正商量着,章工作员在台上等急了,便催道:"有没有?再限一分钟!"马凤鸣站起来道:"我有个意见:我的地上边是阎五的坟地,坟地堰上的荆条、酸枣树,一直长到我的地后,遮住半块地不长庄稼。前年冬天我去砍了一砍,阎五说出话来,报告到村公所,村长阎喜富给我说的,叫我杀了一口猪给阎五祭祖,又出了二百斤面叫所有的阎家人大吃一顿,罚了我五百块钱,永远不准我在地后砍荆条和酸枣树。猪跟面大家算吃了,钱算我出了,我都能忍过去不追究,只是我种地出着负担永远叫给人家长荆条和酸枣树,我觉着不合理。现在要换村长,我请以后开放这个禁令!"章工作员好像有点吃惊,问大家道:"真有这事?"除了姓阎的,别人差不多齐声答道:"有!"有才也早回来了,听见是说这事,也在中间发冷话道:"比那更气人的事还多得多!"小元抢着道:"我也有个意见!"接着说了一件派差的事。两个人发言以后,意见就多起来,你一款我一款,无论是花黑钱、请吃饭、打板子、罚苦工……只要是喜富出头做的坏事,差不多都说出来了,可是与恒元有关系的事差不多还没人敢提,直到晌午,意见似乎没人提了,章工作员气得大瞪眼,因为他常在这里工作,从来也不会想到有这么多的问题。他向大家发命令道:"这个好村长!把他捆起来!"一说捆喜富,当然大家很有劲,也不知道上来多少人,七手八脚把他捆成了个倒缚兔。他们问送到哪里,章工作员道:"且捆到下面的小屋里,拨两个人看守着,大家先回去吃饭,吃了饭选过村长,我把他带回区上去!"小顺、小福还有七八个人抢着道:"我看守! 我看守!"小顺道:"迟吃一会儿饭有什么要紧?"章工作员又道:"找个人把上午大家提的意见写成个单子作为报告,我带回去!"马凤鸣道:"我写!"小保道:"我帮你!"章工作员见有了人,就宣布散了会。

这天晌午,最着急的是恒元父子,因为有好多案件虽是喜富出头,却还是与他们有关的。恒元很想吩咐喜富一下,叫他到县里不要乱说,无奈那么许多人看守着,没有空子,也只好罢了。吃过午饭,老恒元说身体有点不舒服,只打发儿子家祥去照应选举的事,自己却没有去。

会又开了,章工作员宣布新的选举办法道:"按正规的选法,应该先选村代表,然后由代表会里产生村长,可是现在来不及了。现在我想了个变通办法:大家先提出三个候选人,然后用投票的法子从三个人中选一个。投票的办法,因为不识字的人很多,可以用三个碗,上边画上记号,放到人看不见的地方,每人发一颗豆,愿意选谁,就把豆放到谁的碗里去;这个办法好不好?"大家齐声道:"好!"这又出了家祥意料之外;他仗着一大部分人离不了他写票,谁知章工作员又用了这个办法。办法既然改了,他借着自己是个教育委员,献了个殷勤,去准备了三个碗,顺路想在这碗上想点办法。大家把三个候选人提出来了:刘广聚是经过老恒元的运动的,自然在数,一个是马凤鸣,一个就是陈小元。家祥把一个红碗两个黑碗上贴了名字向大家声明道:"注意! 一会把这三个碗放到里边殿里,次序是这样:从东往西,第一个,红碗,是刘广聚! 第二个是马凤鸣,第三个是陈小元。再说一遍:从东往西,第一个,红碗,是刘广聚! 第二个是马凤鸣,第三个是陈小元。"说了把碗放到殿里的供桌上,然后站东过西每人发了一颗豆,发完了就投起来。一会儿,票投完了,结果是马凤鸣五十二票,刘广聚八十八票当选,陈小元八十六票,跟刘广聚只差两票。

选举完了,章工作员道:"我还要回区上去。派两个人跟我相跟上把喜富送去!"家祥道:"我派我派!"下边有几个人齐声道:"不用你派,我去!我去!"说着走出十几个人来。工作员道:"有两个就行!"小元道:"多去几个保险!"结果有五个去。工作员又叫人取来了马凤鸣跟小保写的报告,就带着喜富走了。

刘广聚当了村长,送走工作员之后,歪着个头,到恒元家里去——一方面是谢恩,一方面是领教,老恒元听了家祥的报告,知道章工作员把喜富带走,又知道小元跟广聚只差两票,心里着实有点不安,少气无力向广聚道:"孩子!以后要小心点!情况变得有点不妙了!马凤鸣,一个外来户,也要翻眼;老槐树底人也起了反了!"说着伸出两个指头来道:"你看危险不危险?两票!只差两票!"又吩咐他道:"孩子!以后要买一买马凤鸣的账,拣那不重要的委员给他当一个——就叫他当个建设委员也好!像小元那些没天没地的东西,以后要找个机会重重治他一下,要不就压不住东头那些东西。不过现在还不敢冒失,等喜富的事有个头尾再说!回去吧孩子!我今天有点不得劲,想早点歇歇!"广聚受完了这番训,也就辞出。

这天晚上,李有才的土窑里自然也是特别热闹,不必细说。第二天便有两段新歌传出来,一段是:

> 正月二十五,打倒一只虎;
>
> 到了二十六,虎老更吃苦,
>
> 大家提意见,尾巴藏不住,

咕咚按倒地,打个背绑兔。

家祥干映眼,恒元屙一裤。

大家哈哈笑,心里满舒服。

还有一段是:

老恒元,真混账,

抱住村长死不放。

说选举,是假样,

侄儿下来干儿上。

（喜富是恒元的本家侄儿,广聚是干儿。）

四、丈地

自从把喜富带走以后,老恒元总是放心不下,生怕把他与自己有关的事攀扯出来,可是现在的新政府不比旧衙门,有钱也花不进去,打发家祥去了几次也打听不着,只好算了。过了三个月,县里召集各村村长去开会,老恒元托广聚到县里,顺便打听喜富的下落。

隔了两天,广聚回来了,饭也没有吃,歪着个头,先到恒元那里报告。恒元躺着,他坐在床头毕恭毕敬地报告道:"喜富的事,因为案件过多,喜富不愿攀出人来,直拖累了好几个月才算结束。所有麻烦,喜富一个人都承认起来了,县政府特别宽大,准他呈递悔过书赔偿大众损失,就算完事。"恒元长长吐了口气道:"也算!能不多牵连别人就好!"又问道:"这次开会商议了些什么?"广聚道:"一共三件事:第一是确实执行减租,发了个表格,叫填出佃户姓名,地主姓名,租地亩数,原租额多少,减去多少。第二是清丈土地,办法是除了政权、各团体干部参加外，每二十户选个代表共同丈量。第三是成立武委会发动民兵，办法是先选派一个人，在阳历六月十五号以前到县受训。"老恒元听说喜富的案件已了，才放心了一点，及至听到这些事，眉头又打起皱来。他等广聚走了，便跟儿子家祥道："这派人受训没有什么难办，依我看还是巧招兵，跟阎锡山要的在乡军人一样，随便派上个谁就行了。减租和丈地两件事，在阎家山说来，只是对咱不利。不过第一件还好办，只要到各窝铺上说给佃户们一声，就叫他们对外人说是已经减过租了，他们怕夺地，自然不敢不照咱的话说；回头村公所要造表，自然还要经你的手，也不愁造不合适。只有这第二件不好办，丈地时候参加那么多的人，如何瞒得过去？"家祥眨着眼道："我看也好应付！说各干部吧！村长广聚是自己人。民事委员教育委员是咱父子俩，工会主席老范是咱的领工，咱一家就出三个人。农会主席得贵还不是跟着咱转？财政委员启昌，平常打的是不利不害主义，只要不叫他吃亏，他也不说什么。他孩子小林虽然算个青救干部，啥也不懂。只有马凤鸣不好对付，他最精明，又是个外来户，跟咱都不一心，遇事又敢说话，他老婆桂英又是个妇救干部，一家也出着两个人……"老恒元道："马凤鸣好对付：他们做过生意的人最爱占便宜，叫他占上些便宜他就不说什么了。我觉得最难对付的是每二十户选的那一个代表，人数既多，意见又不一致。"家祥道："我看不选代表也行。"恒元道："不妥！章工作员那小子腿勤，到丈地时候他要来了怎么办？我看代表还是要，不过可以由村长指派，派那些最穷、最爱打小算盘的人，像老槐树底老秦那些人。"家祥道："这我就不懂了，越是穷人，越出不起负担，越要细丈别人的地……"恒元道："你们年轻人自然想不通：咱们丈地时候，先尽那最零碎的地方丈起——比方咱

'椒洼'地，一亩就有七八块，算的时候你执算盘，慢慢细算。这么着丈量，一个椒洼不上十五亩地就得丈两天。他们那些爱打小算盘的穷户，那里误得起闲工？跟着咱们丈过两三天，自然就都走开了。等把他们熬败了，咱们一方面说他们不积极不热心，一方面还不是由咱自己丈吗？只要做个样子，说多少是多少，谁知道？"家祥道："可是我见人家丈过的地还插牌子！"恒元道："山野地，块子很不规矩，每一处只要把牌子上写个总数目——比方'自此以下至崖根共几亩几分'，谁知道对不对？要是再用点小艺道买一买小户，小户也就不说话了——比方你看他一块有三亩，你就说'小户人家，用不着细盘量了，算成二亩吧！'这样一来，他有点小虚数，也怕多量出来，因此也就不想再去量别人的！"

恒元对着家祥训了这一番话，又打发他去请来马凤鸣。马凤鸣的地都是近二十年来新买的，不过因为买得刁巧一点，都是些大亩数——往往完一亩粮的地就有二三亩大。老恒元说："你的地既然都是新买的，可以不必丈量，就按原契插牌子。"马凤鸣自然很高兴。恒元又叫家祥叫来了广聚，把自己的计划宣布了一番。广聚一来自己地多，二来当村长就靠的是恒元，当然没有别的话说。

第二天便依着计划先派定了丈地代表，第三天便开始丈地。果不出恒元所料，章工作员来了，也跟着去参观。恒元说："先丈我的！"村长广聚领头，民事委员阎恒元、教育委员阎家祥、财政委员张启昌、建设委员马凤鸣、农会主席张得贵、工会主席老范、妇救主席桂英、青救主席小林，还有十余个新派的代表们，带着丈地的弓、算盘、木牌、笔砚等，章工作员也跟在后边，往椒洼去了。

广聚管指划，得贵执弓，家祥打算盘。每块地不够二分，可是东伸一个角西打一个弯，还得分成四五块来算。每丈量完了一块，休息一会儿,广聚给大家讲方的该怎样算,斜的该怎样折,家祥给大家讲"飞归得亩"之算法。大家原来不是来学习算地亩,也都听不起劲来,只是觉着丈量得太慢。章工作员却觉着这办法很细致,说是"丈地的模范",说了便往柿子洼编村去了。

果不出恒元所料,两天之后,椒洼地没有丈完,就有许多人不来了。到了第五天,临出发只集合了七个人:恒元父子连领工老范是三个,广聚一个,得贵一个,还有桂英跟小林,一个没经过事的女人,一个小孩子。恒元摇着芭蕉扇,广聚端着水烟袋,领工老范捎着一张镢,小林捎着个镰预备割柴,桂英肚里怀着孕,想拔些新鲜野菜,也捎着个篮子,只有得贵这几天在恒元家里吃饭,自然要多拿几件东西——丈地弓、算盘、笔砚、木牌,都是他一个人抱着。丈量地点是椒洼后沟,也是恒元的地,出发时候,恒元故意发脾气道:"又都不来了!那么多的委员,只说话不办事,好像都成了咱们七八个人的事了!"说着就出发了。这条沟没有别人的地,连样子也不用装,一进了沟就各干各的:桂英吃了几颗青杏,就走了岔道拔菜去了,小林也吃了几颗,跟桂英一道割柴去了,家祥见堰上塌了个小壑,指挥着老范去垒,得贵也放下那些家具去帮忙,恒元跟广聚,到麦地边的核桃树底趁凉快,说闲话去。

这天有才恰在这山顶上看麦子,见进沟来七八个人,起先还以为是偷麦子的,后来各干其事了,虽然离得远了认不清人,可是做的事也都看得很清楚,只有到核桃树底去的那两个人不知是干什么的。他又往前凑了一凑,能听见说说笑笑,却听不见说什么。他自言自语道:"这是两个什么鬼东西,我总要等你们出来!"说着就坐在林边等着。直到天快晌午,见有个人从核桃树下钻出来喊道:"家祥!写牌来吧!"这一下听出来了,是恒元。垒堰那三个人也过来了两个，一个是家祥，一个是老范。家祥写了两个木牌，给了老范一块，自己拿着一块；老范那块插在东圪嘴上，家祥那块插在麦地边。牌子插好，就叫来了桂英、小林，七个人相跟着回去了，有才见得贵拿着弓，才想起来人家是丈地，暗自寻思道："这地原是这样丈的？我总要看看牌上写的是什么！"一边想，一边绕着路到沟底看牌。两块牌都看了，麦地边那块写的是："自此至沟掌，大小十五块，共七亩二分二厘。"东圪嘴上那块写的是："圪嘴上至崖根，共三亩二分八厘。"他看完了牌，觉着好笑。回来在路上编了这样一段歌：

> 丈地的，真奇怪，
> 七个人，不一块；
> 小林去割柴，桂英去拔菜，
> 老范得贵去垒堰，家祥一旁乱指派，
> 只有恒元和广聚，核桃树底趁凉快，
> 芭蕉扇，水烟袋，
> 说说笑笑真不坏。
> 坐到小晌午，叫过家祥来，
> 三人一捏弄，家祥就写牌，
> 前后共算十亩半，木头牌子插两块。
> 这些鬼把戏，只能哄小孩；
> 从沟里到沟外，平地坡地都不坏，
> 一共算成三十亩，管保恒元他不卖！

五、好怕的"模范村"

过了几天，地丈完了，他们果然给小户人家送了些小便宜，有三亩只估二亩,有二亩估作亩半。丈完了地这一晚上,得贵想在小户们面前给恒元卖个好,也给自己卖个好,因此在恒元家吃过晚饭,跟家祥们攀谈了几句,就往老槐树底来。老槐树底人也都吃过了饭,在树下纳凉,谈闲话,说说笑笑,声音很高。他想听一听风头对不对,就远远在路口站住步,侧耳细听,只听一个人道:"小旦!你不能劝劝你爹以后不要当恒元的尾巴?人家外边说多少闲话……"又听见小旦拦住那人的话抢着道:"哪天不劝他?可是他不听有什么法?为这事不知生过多少气!有时候他在老恒元那里拿一根葱、几头蒜,我娘也不吃他的,我也不吃他的,就那他也不改!"他听见是自己的孩子说自己,更不便走进场,可是也想再听听以下还说些什么,所以也舍不得走开。停了一会儿,听得有才问道:"地丈完了?老恒元的地丈了多少?"小旦道:"听说是一百一十多亩。"小元道:"哄鬼也哄不过!不用说他原来的祖业,光近十年来的押地也差不多有那么多!"小保道:"押地可好算,老槐树底的人差不多都是把地押给他才来的!"说着大家就七嘴八舌,三亩二亩给他算起来,算的结果,连老槐树底带村里人,押给恒元的地,一共就有八十四亩。小元道:"他通年雇着三个长工,山上还有六七家窝铺,要是细丈量起来,丈不够三百亩我不姓陈!"小顺道:"你不说人家是怎样丈的?你就没听有才老叔编的歌?'丈地的,真奇怪,七个人,不一块……'"接着把那一段歌念了一遍,念得大家哈哈大笑。老秦道:"我看人家丈得也公道,要宽都宽,像我那地明明是三亩,只算了二亩!"小元道:"那还不是哄小孩?只要把恒元的地丈公道了,咱们这些户,二亩也不出负担,三亩还不出负担;人家把三百亩丈成一百亩,轮到你名下,三亩也得出,二亩也得出!"

得贵听到这里,知道大家已经猜透了恒元的心事,这个好已经卖不出去,就返回来想再到恒元这里把方才听到的话报告一下。他走到恒元家,恒元已经睡了,只有家祥点着灯造表,他便把方才听到的话和有才的歌报告给家祥,中间还加了一些骂恒元的话。家祥听了,沉不住气,两眼眨得飞快,骂了小元跟有才一顿,得贵很得意地回去睡了。

第二天,不等恒元起床,家祥就去报告昨天晚上的事。恒元听了,倒不在乎骂不骂,只恨他们不该把自己的心事猜得那么透彻,想了一会儿道:"非重办他几个不行!"吃过了饭,叫来了广聚,数说了小元跟有才一顿罪状,末了吩咐道:"把小元选成什么武委会送到县里受训去,把有才撵走,永远不准他回阎家山来!"

广聚领了命,即刻召开了个选人受训的会,仿照章工作员的办法推了三个候选人,把小元选在三人里边,然后投豆子,可是得贵跟家祥两个人,每人暗暗抓了一把豆子都投在小元的碗里,结果把小元选住了。

村里人,连恒元、广聚都算上,都只说这是拔壮丁当兵。小元家里只有一个老娘,又没有吃的,全仗小元养活,一见说把小元选住了,哭着去哀求广聚。广聚奉的是恒元的命令,哀求也没有效。得贵很得意,背地里卖俏说:"谁叫他评论丈地的事?"这话传到老槐树底,大家才知道原来是这么一回事。

小明见邻居们有点事,最能热心帮助。他见小元他娘哀求也无效,就去找小保、小顺等一干人来想办法。小保道:"我看人家既是有计划的,说好话也无用。依我说就真当了兵也不是坏事,大家在一处都不错,谁还不能帮一把忙?咱们大家可以招呼他老娘几天。"小明向小元道:"你放心吧!也没有多余的事!烧柴吃水,一个人能费多少?你那三亩地,到了忙时候一个人抽一晌工夫就给你捎带了!"小元的叔父老陈为人很痛快,他向大家谢道:"事到头上讲不起,既然不能不去,以后自然免不了麻烦大家照应,我先替小元谢谢!"小元也跟着说了许多道谢的话。

在村公所这方面,减租跟丈地的两份表也造成了,受训的人也选定了,做了一份报告,吃过午饭,拨了个差,连小元一同送往区上。把这三件工作交代过,广聚打发人把李有才叫到村公所,歪着个头,拍着桌子大大发了一顿脾气,说他"造谣生事",又说"简直像汉奸",最后下命令道:"即刻给我滚蛋!永远不许回阎家山来!不听我的话我当汉奸送你!"有才无法,只好跟各牛东算了算账,搬到柿子洼编村去住。

隔了两天,章工作员来了,带着县里来的一张公事,上写道:"据第六区公所报告,阎家山编村各干部工作积极细致,完成任务甚为迅速,堪称各村模范,特传令嘉奖,以资鼓励……"自此以后,阎家山就被称为"模范村"了。

六、小元的变化

两礼拜过后,小元受训回来了,一到老槐树底,大家就都来问询,在地里做活的,虽然没到晌午,听到小元回来的消息的也都赶回来问长问短。小元很得意地道:"依他们看来这一回可算把我害了,他们哪里想得到又给咱们弄了个合适?县里叫咱回来成立武委会,发动民兵,还允许给咱们发枪,发手榴弹。县里说:'以后武委会主任跟村长是一文一武,是独立系统,不是附属在村公所。'并且给村长下的公事教他给武委会准备一切应用物件。从今以后,村里的事也有咱老槐树底的份了。"小顺道:"试试!看他老恒元还能独霸乾坤不能?"小明道:"你的苗也给你锄出来了。老人家也没有饿了肚,这家送个干粮,那家送碗汤,就够他老人家吃了。"小元自是感谢不提。

吃过午饭,小元到了村公所,把县里的公事取出来给广聚看。广聚一看公事,知道小元有权了,就拿上公事去找恒元。

恒元看了十分后悔道:"想不到给他做了个小合适?"又皱着眉头想了一会儿道:"既然错了,就以错上来——以后把他团弄住,叫他也变成咱的人!"广聚道:"那家伙有那么一股扭劲,恐怕团弄不住吧!"恒元道:"你不懂! 这只能慢慢来! 咱们都捧他的场,叫他多占点小便宜,'习惯成自然',不上几个月工夫,老槐树底的日子他就过不惯了。"

广聚领了恒元的命,把一座庙院分成四部分,东社房上三间是村公所,下三间是学校,西社房上三间是武委会主任室,下三间留作集体训练民兵之用。

民兵动员起来了,差不多是老槐树底那一伙子,常和广聚闹小意见,广聚觉得很难对付。后来广聚常到恒元那里领教去,慢慢就生出法子来。比方广聚有制服,家祥有制服,小元没有,住在一个庙里觉着有点比配不上,广聚便道:"当主任不可以没制服,回头做一套才行!"隔了不几天,用公款做的新制服给小元拿来了。广聚有水笔,家祥有水笔,小元没有,觉着小口袋上空空的,家祥道:"我还有一支回头送你!"第二天水笔也插起来了。广聚不割柴,家祥不割柴,小元穿着制服去割了一回柴,觉着不好意思,广聚道:"能烧多少? 派个民兵去割一点就够了!"

从此以后,小元果然变了,割柴派民兵,担水派民兵,自己架起胳膊当主任。他叔父老陈,见他的地也荒了,一日就骂他道:"小元你看！近一两月来像个什么东西！出来进去架两条胳膊，连水也不能担了，柴也不能割了！你去受训，人家大家给你把苗锄出来，如今莠了一半穗了，你也不锄二遍，草比苗还高，看你秋天吃什么？"小元近来连看也没有到地里看过，经老陈这一骂，也觉得应该到地里看看去。吃过早饭，扛了一把锄，正预备往地里走，走到村里，正碰上家祥吃过饭往学校去。家祥含笑道："锄地去啦？"小元脸红了，觉着不像个主任身分，便喃喃地道："我到地里看看去！"家祥道："歇歇谈一会儿闲话再去吧！"小元也不反对，跟着家祥走到庙门口，把锄放在门外，就走进去跟家祥、广聚闲谈起来，直谈到响午才回去吃饭去。吃过饭，总觉着不可以去锄地，结果仍是第二天派了两个民兵去锄。

这次派的是小顺跟小福，这两个青年虽然也不敢不去，可是总觉着不大痛快，走到小元地里，无精打采慢慢锄起来。他两个一边锄一边谈。小顺道："多一位菩萨多一炉香！成天盼望主任给咱们抵些事，谁知道主任一上了台，就跟人家混得很热，除了多派咱几回差，一点什么好处都没有！"小福道："头一遍是咱给他锄，第二遍还教咱给他锄！"小顺道："那可不一样。头一遍是人家把他送走了，咱们大家情愿帮忙，第二遍是人家升了官，不能锄地了，派咱给人家当差。早知道落这个结果，帮忙？省点气力不能睡觉？"小福道："可惜把个有才老汉也撵走了，老汉要在，一定要给他编个好歌！"小顺道："咱不能给他编个试试？"小福道："可以！我帮你！"给小元锄地，他们既然有点不痛快，所以也不管锄到了没有，留下草了没有，只是随手锄过就是，两个人都把心用在编歌子上。小顺编了几句，小福也给他改了一两句，又添了两句，结果编成了这么一段短歌：

陈小元，坏得快，

当了主任耍气派，

改了穿，换了戴，

坐在庙上不下来，

不担水，不割柴，

蹄蹄爪爪不想抬，

锄个地，也派差，

逼着邻居当奴才。

小福晚上悄悄把这个歌念给两三个青年听，第二天传出去，大家都念得烂熟，小元在庙里坐着自然不得知道。

这还都是些小事，最叫人可恨的是把喜富赔偿群众损失这笔款，移到武委会用了。本来喜富早两个月就递了悔过书出来了，只是县政府把他应赔偿群众的款算了一下，就该着三千四百余元，还有几百斤面、几石小米。这些东西有一半是恒元用了，恒元就着人告喜富暂且不要回来，有了机会再说。

恰巧"八一"节要检阅民兵，小元跟广聚说，要做些挂包、子弹袋、炒面袋、还要准备七八个人三天的吃喝。广聚跟恒元一说，恒元觉着机会来了，开了个干部会，说公所没款，就把喜富这笔款移用了。大家虽然听说喜富要赔偿损失，可是谁也没听说赔多少数目。因为马凤鸣的损失也很大，遇了事又能说两句，就有些人怂恿着他去质问村长。马凤鸣跟恒元混熟了，不想得罪人，可是也想得赔偿，因此借着大家的推举也就答应了。但是他知道村长不过是个假样子，所以先去找恒元。他用自己人报告消息的口气说："大家对这事情很不满意，将来恐怕还要讨这笔款！"老恒元就猜透他的心事，便向他道："这事怕不好弄，公所真正没款，也没有日子了，四五天就要用,所以干部会上才那么决定,你不是也参加过了吗?不过咱们内里人好商量;你前年那一场事,一共破费了多少,回头叫他另外照数赔偿你!"马凤鸣道:"我也不是说那个啦,不过他们……"恒元拦他的话道:"不不不!他不赔我就不愿意他!不信我可以垫出来!咱们都是个干部,不分个里外如何能行?"马凤鸣见自己落不了空,也就不说什么了;别人再怂恿也怂恿不动他了。

事过之后,第二天喜富就回来了。赔马凤鸣的东西恒元担承了一半,其余应赔全村民众,那么大的数目,做了几条炒面袋、几个挂包、几条子弹袋,又给民兵拿了二十多斤小米就算完事。

"八一"检阅民兵,阎家山的民兵服装最整齐,又是模范,主任又得了奖。

七、恒元广聚把戏露底

过了阴历八月十五,正是收秋时候,县农会主席老杨同志,被分配到第六区来检查督促"秋收工作"。老杨同志叫区农会给他介绍一个比较进步的村,区农会常听章工作员说阎家山是模范村,就把他介绍到阎家山去。

老杨同志吃了早饭起程,天不晌午就到了阎家山。他一进公所,正遇着广聚跟小元下棋。他两个因为一步棋争起来,就没有看见老杨同志进去。老杨同志等了一会儿,还没有人跟他答话,他就在这争吵中问道:"哪一位是村长?"广聚跟小元抬头一看,见他头上箍着块白手巾,白小布衫深蓝裤,脚上穿着半旧的硬鞋至少也有二斤半重。从这服装上看,村长广聚以为他是哪村派来的送信的,就懒洋洋地问道:"哪村来的?"老杨同志答道:"县里!"广聚仍问道："到这里干什么?"小元棋快输了,在一边催道："快走棋吗!"老杨同志有些不耐烦,便道："你们忙得很! 等一会儿闲了再说吧!"说了把背包往阶台上一丢,坐在上面休息。广聚见他的话头有点不对,也就停住了棋,凑过来答话。老杨同志也看出他是村长,却又故意问了一句"村长哪里去了?"他红着脸答过话,老杨同志才把介绍信给他。信上写的是:

　　兹有县农会杨主席,前往阎家山检查督促秋收工作,请予

接洽为荷⋯⋯

广聚看过了信,把老杨同志让到公所,说了几句客气话,便要请老杨同志到自己家里吃饭。老杨同志道："还是兑些米到老百姓家里吃吧!"广聚还要讲俗套,老杨同志道："这是制度,不能随便破坏!"广聚见他土眉土眼,说话却又那么不随和,一时想不出该怎么对付,便道："好吧! 你且歇歇,我给你出去看看!"说了就出了公所来找恒元。他先把介绍信给恒元看了,然后便说这人是怎样怎样一身土气。恒元道："前几天听喜富说有这么个人。这人你可小看不得! 听喜富说,有些事情县长还得跟他商量着办。"广聚道："是是是! 你一说我想起来了! 那一次在县里开会,讨论丈地问题那一天,县干部先开了个会,仿佛有他,穿的是蓝衣服,眉眼就是那样。"恒元道："去吧! 好好应酬,不要冲撞着他!"广聚走出门来又返回去问道："我请他到家吃饭,他不肯,他叫给他找个老百姓家去吃。怎么办?"恒元不耐烦了,发话道："这么大一点事也问我? 那有什么难办? 他要那么执拗,就把他派到个最穷的家——像老槐树底老秦家,两顿糠吃过来,你怕他不再找你想办法啦?"广聚道："老槐树底那些人跟咱们都不对,不怕他说坏话?"恒元道："你就不看人? 老秦见了生人敢放个屁? 每次吃了饭你就把他招待回公

所,有什么事?"

广聚碰了一顿钉子,讨了这么一点小主意,回去就把饭派到老秦家。这样一来,给老秦找下麻烦了! 阎家山没有行过这种制度,老秦一来不懂这种管饭只是替做一做,将来还要领米,还以为跟派差派款一样;二来也不知道家常饭就行,还以为衙门来的人一定得吃好的。他既是这样想,就把事情弄大了,到东家借盐,到西家借面,老两口忙了一大会儿,才算做了两三碗汤面条。

晌午,老杨同志到老秦家去吃饭,见小砂锅里是面条,大锅里的饭还没有揭开,一看就知道是把自己当客人待。老秦舀了一碗汤面条,毕恭毕敬双手捧给老杨同志道:"吃吧先生! 到咱这穷人家吃不上什么好的,喝口汤吧!"他越客气,老杨同志越觉着不舒服,一边接一边道:"我自己舀! 唉! 老人家! 咱们吃一锅饭就对了,为什么还要另做饭?"老秦老婆道:"好先生! 啥也没有! 只是一口汤! 要是前几年这饭就端不出来! 这几年把地押了,啥也讲不起了!"老杨同志听她说押了地,正要问她押给谁,老秦先向老婆喝道:"你这老不死,不知道你那一张疯嘴该说什么! 可憋不死你! 你还记得啥? 还记得啥!"老杨同志猜着老秦是怕她说得有妨碍,也就不再追问,随便劝了老秦几句。老秦见老婆不说话了,因为怕再引起话来,也就不再说了。

小福也回来了。见家里有个人,便问道:"爹! 这是哪村的客?"老秦道:"县里的先生!"老杨同志道:"不要这样称呼吧! 哪里是什么'先生'? 我姓杨! 是农救会的! 你们叫我个'杨同志'或者'老杨'都好!"又问小福叫什么名字,多大了,小福一一答应。老秦老婆见孩子也回来了,便揭开大锅开了饭。老秦、老秦老婆,还有个五岁的女孩,连小福,四个人都吃起饭来。

老杨同志第一碗饭吃完，不等老秦看见，就走到大锅边，一边舀饭一边说："我也吃吃这饭，这饭好吃！"老两口赶紧一齐放下碗来招待，老杨同志已把山药蛋南瓜舀到碗里。老秦客气了一会儿，也就罢了。

小顺来找小福割谷，一进门碰上老杨同志，彼此问询了一下，就向老秦道："老叔！人家别人的谷都打了，我爹病着，连谷也割不起来，后晌叫你小福给俺割吧？"老秦道："吃了饭还要打谷！"小顺道："那我也能帮忙，打下你的来，迟一点去割我的也可以！"老杨同志问道："你们这里收秋还是各顾各？农救会也没有组织过互助小组？"小顺道："收秋可不就是各顾各吧？老农会还管这些事啦？"老杨同志道："那么你们这里的农会都管些什么事？"小顺道："咱不知道。"老杨同志自语道："模范村！这算什么模范？"五岁的小女孩，听见"模范"二字，就想起小顺教她的几句歌来，便顺口念道：

> 模范不模范，从西往东看；
> 西头吃烙饼，东头喝稀饭。

小孩子虽然是顺口念着玩，老杨同志却听着很有意思，就逗她道："念得好呀！再念一遍看！"老秦又怕闯祸，瞪了小女孩一眼。老杨同志没有看见老秦的眼色，仍问小女孩道："谁教给你的？"小女孩指着小顺道："他！"老秦觉着这一下不只惹了祸，又连累了邻居。他以为自古"官官相卫"，老杨同志要是回到村公所一说，马上就不得了。他气极了，劈头打了小女孩一掌骂道："可哑不了你！"小顺赶紧一把拉开道："你这老叔！小孩们念个那，有什么危险？我编的，我还不怕，就把你怕成那样？那是真的还是假的？人家吃烙饼有过你的份？你喝的不是稀饭？"老秦就有这样一种习惯，只要年轻人说他几句，他就不说话了。

吃过了饭，老秦跟小福去场里打谷子。老杨同志本来预备吃过饭去找村农会主任，可是听小顺一说，已知道工作不实在，因此又想先在群众里调查一下，便向老秦道："我给你帮忙去。"老秦虽说"不敢不敢"，老杨同志却扛起木掀扫帚跟他们往场里去。

　　场子就在窑顶上，是好几家公用的。各家的谷子都不多，这天一场共摊了四家的谷子，中间用谷草隔开了界。

　　老杨同志到场子里什么都通，拿起什么家具来都会用，特别是好扬家，不只给老秦扬，也给那几家扬了一会儿，大家都说："真是一张好木掀"（就是说他用木掀用得好）。一场谷打罢了，打谷的人都坐在老槐树底休息、喝水、吃干粮，蹲成一圈围着老杨同志问长问短，只有老秦仍是毕恭毕敬站着，不敢随便说话。小顺道："杨同志！你真是个好把式！家里一定种地很多吧？"老杨同志道："地不多，可是做得不少！整整给人家住过十年长工！"老秦一听老杨同志说是个住长工出身，马上就看不起他了，一屁股坐在墙根下道："小福！不去场里担糠还等什么？"小福正想听老杨同志谈些新鲜事，不想半路走开，便推托道："不给人家小顺哥割谷？"老秦道："担糠回来误得了？小孩子听起闲话来就不想动了！"小福无法，只好去担糠。他才从家里挑起篓来往场里走，老秦也不顾别人谈话，又喊道："细细扫起来！不要只扫个场心！"他这样子，大家都觉着他不顺眼，小保便向他发话道："你这老汉真讨厌！人家说个话你偏要乱吵！想听就悄悄听，不想听你不能回去歇歇？"老秦受了年轻人的气自然没有话说，起来回去了。小顺向老杨同志道："这老汉真讨厌！吃亏、怕事，受了一辈子穷，可瞧不起穷人。你一说你住过长工，他马上就变了个样子。"老杨同志笑了笑道："是的！我也看出来了。"

广聚依着恒元的吩咐，一吃过饭就来招呼老杨同志，可是哪里也找不着，虽然有人说在场子里，远远看了一下，又不见一个闲人（他想不到县农会主席还能做起活来）。从东头找到西头，西头又找回东头来，才算找到。他一走过来，大家什么都不说了。他向老杨同志道："杨同志！咱们回村公所去吧！"老杨同志道："好，你且回去，我还要跟他们谈谈。"广聚道："跟他们这些人能谈个什么？咱们还是回公所去歇歇吧！"老杨同志见他瞧不起大家，又想碰他几句，便半软半硬地发话道："跟他们谈话就是我的工作，你要有什么话等我闲了再谈吧！"广聚见他的话头又不对了，也不敢强叫，可是又想听听他们谈什么，因此也不愿走开，就站在圈外。大家见他不走，谁也不开口，好像庙里十八罗汉像，一个个都成了哑子。老杨同志见他不走开大家不敢说话，已猜着大家是被他压迫怕了，想赶他走开，便问他道："你还等谁？"他呶呶唧唧道："不等谁了！"说着就溜走了。老杨同志等他走了十几步远，故意向大家道："没有见过这种村长！农救会的人到村里，不跟农民谈话，难道跟你村长去谈？"大家亲眼看见自己惹不起的厉害人受了碰，觉着老杨同志真是自己人。

天气不早了，小顺喊叫小福去割谷，老杨同志见小顺说话很痛快，想多跟他打听一些村里的事，便向他道："多借个镰，我也给你割去！"小明、小保也想多跟老杨同志谈谈，齐声道："我也去！"小顺本来只问了个小福，连自己一共两个人，这会却成了五个。这五个人说说话话，一同往地里去了。

八、"老""小"字辈准备翻身

五个人到了地，一边割谷一边谈话。小顺果然说话痛快，什么也不忌讳。老杨同志提到晌午听的那四句歌,很夸奖小顺编得好。小保道:"他还是徒弟,他师父比他编得更好。"老杨同志笑道:"这还是有师父的?"向小顺道:"把你师父编出来的给咱念几段听一听吧?"小顺道:"可以! 你要是想听,管保听到天黑也听不完!"说着便念起来。他每念一段,先把事实讲清楚了然后才念,这样便把村里近几年来的事情翻出来许多。老杨同志越听越觉着有意思,比自己一件一件打听出来的事情又重要又细致,因此想亲自访问他这师父一次,就问小顺道:"这歌编得果然好! 我想见见这个人,吃了晚饭你能领上我去他家里闲坐一会儿吗?"小顺道:"可惜他不在村里了,叫人家广聚把他撵跑了!"接着就把丈地时候的故事从头至尾说了一遍,一直说到小元被送县受训,有才逃到柿子洼。老杨同志问道:"柿子洼离这里有多么远?"小顺往西南山洼里一指道:"那不是? 不远! 五里地!"老杨同志道:"我看这三亩谷也割不到黑! 你们着个人去把他请回来,咱们晚上跟他谈谈!"小明道:"只要敢回来,叫一声他就回来了! 我去!"老杨同志道:"叫他放心回来! 我保他无事!"小顺道:"小明叔腿不快! 小福你去吧!"小福很高兴地说了个"可以",扔下镰就跑了。小福去后,老杨同志仍然跟大家接着谈话,把近几年来村里的变化差不多都谈完了。最后老杨同志问道:"这些事情,章工作员怎么不知道?"小保道:"章工作员倒是个好人,可惜没经过事,一来就叫人家团弄住了。"他直谈到天快黑,谷也割完了,小福把有才也叫来了,大家仍然相跟着回去吃饭。

小顺家晚饭是谷子面干粮豆面条汤,给他割谷的都在他家吃。小顺硬要请老杨同志也在他家吃,老杨同志见他是一番实意,也就不再谦让,跟大家一齐吃起来。小顺又给有才端了碗汤拿了两个干粮,有才是自己人,当然也不客气。老秦听说老杨同志敢跟村长说硬话,自然又恭敬起来,把晌午剩下的汤面条热了一热,双手捧了一碗送给老杨同志。

晚饭吃过了,老杨同志向有才道:"你住在哪个窑里?今天晚上咱们大家都到你那里谈一会儿吧!"有才就坐在自己的门口,顺手指道:"这就是我的窑!"老杨同志抬头一看,见上面还贴着封条,不由他不发怒。他跳起来一把把封条撕破了道:"他妈的! 真敢欺负穷人!"又向有才道:"开开进去吧!"有才道:"这锁也是村公所的!"老杨同志道:"你去叫村公所人来给你开! 就说我把你叫回来谈话啦!"有才去了。

有才找着了广聚,说道:"县农会杨同志找我回来谈话,叫你去开门啦!"广聚看这事情越来越硬,弄得自己越得不着主意,有心去找恒元,又怕因为这点小事受恒元的碰。他想了一想,觉着农救会人还是叫农救会干部去应酬,主意一定,就向有才道:"你等等,我去取钥匙去!"他回家取上钥匙,又去把得贵叫来,暗暗嘱咐了一番话,然后把钥匙给了得贵,便向有才道:"叫他给你开去吧!"有才就同得贵一同回到老槐树底。

得贵跟着恒元吃了多年残剩茶饭,半通不通的浮言客套倒也学得了几句。他一见老杨同志,就满面赔笑道:"这位就是县农会主席吗? 慢待慢待! 我叫张得贵,就是这村的农会主席。晌午我就听说你老人家来了,去公所拜望了好几次也没有遇面……"说着又是开门又是点灯,客气话说得既叫别人搀不上嘴,小殷勤也做得叫别人帮不上手。老杨同志在地里已经听小顺念过有才给他编的歌,知道他的为人,也就不多接他的话。等他忙乱过后,大家坐定,老杨同志慢慢问他道:"这村共有多少会员?"他含糊答道:"唉! 我这记性很坏,记不得了,有册子,回头查查看!"老杨同志道:"共分几小组?"他道:"这这这我也记不清了。"老杨同志放大嗓子道:"连几个小组也记不得? 有几个执行委员?"他更莫名其妙,赶紧推托道:"我我是个老粗人,什么也不懂,请你老人家多多包涵!"老杨同志道:"你不懂只说你不懂,什么粗人不粗人? 农救会根本没有收过一个细人入会! 连组织也不懂,不只不能当主席,也没有资格当会员,今天把你这主席资格会员资格一同取消了吧! 以后农救会的事不与你相干!"

他一听要取消他的资格,就转了个弯道:"我本来办不了,辞了几次也辞不退,村里只要有点事,想不管也不行! ……"老杨同志道:"你跟谁辞过?"他道:"村公所!"老杨同志道:"当日是谁教你当的?"他道:"自然也是村公所!"老杨同志道:"不怨你不懂,原来你就不是由农救会来的! 去吧! 这一回不用辞就退了!"他还要啰嗦,老杨同志挥着手道:"去吧去吧! 我还有别的事啦!"这才算把他赶出去。

这天因为有才回来了,邻居们都去问候,因此人来得特别多,来了又碰上老杨同志取消得贵,大家也就站住看起来了。老杨同志把得贵赶走以后,顺便向大家道:"组织农救会是叫受压迫农民反对压迫自己的人。日本鬼子压迫我们,我们就反对日本鬼子! 土豪恶霸压迫我们,我们就反对土豪恶霸。张得贵能领导你们反对鬼子吗? 能领导着你们反对土豪恶霸吗? 他能当个什么主席? ……"老杨同志借着评论得贵,顺路给大家讲了讲"农救会是干什么的",大家听得很起劲。不过忙时候总是忙时候,大家听了一小会儿,大部分就都回去睡了,窑里只剩下小明、小保、小顺、有才四个人(小福没有来,因为后晌没有担完粪,吃过晚饭又去担去了）。老杨同志道："请你们把恒元那一伙人做的无理无法的坏事拣大的细细说几件，我把他记下来。"说着取出钢笔和笔记簿子来道："说吧！就先从喜富撤差说起！"小明道："我先说吧？说漏了大家补！"接着便说起来。他才说到喜富赔偿大家损失的事，小顺忽听窗外好像有人，便喊道："谁?"喊了一声，果然有个人咚咚咚跑了。大家停住了话，小保、小顺出来到门外一看，远远来了一个人，走近了才认得是小福。小顺道："是你？你不进来怎么跑了?"小福道："哪里是我跑？是老得贵！我担完了糠一出门就见他跑过去了!"小保道："老家伙，又去报告去了!"小顺道："要防备这老家伙坏事！你们回去谈吧，我去站个岗!"小顺说罢往窑顶上的土堆上去了，大家仍旧接着谈。老杨同志把材料记了一大堆，便向大家道："我看这些材料中，押地，不实行减租，喜富不赔款，村政权不民主，这四件事最大，因为在这四件事上吃亏的是大多数。咱们要斗争他们，就要叫恒元退出押地，退出多收的租米，叫喜富照县里判决的数目赔款，彻底改选了村政干部。其余各人吃亏的事，只要各个人提出，该怎么办就怎么办，只要这样一来，他们就倒台了，受压迫的老百姓就抬起头来了。"

小明道："能弄成那样，那可真是又一番世界，可惜没有阎家——如今就想不出这么个可出头的人来。有几个能写能算、见过世面、干得了敢说话的，又差不多跟人家近，跟咱远。"老杨同志道："现在的事情要靠大家，不只靠一两个人——这也跟打仗一样，要凭有队伍，不能只凭指挥的人。指挥的人自然也很要紧，可是要从队伍里提拔出来的才能靠得住。你不要说没有人，我看这老槐树底的能人也不少，只要大家抬举，到个大场面上，可真能说他几句!"小保道："这道理是对的，只是说到真事上我就懵懂了。就像咱们要斗争恒元,可该怎样下手?咱又不是村里的什么干部,怎样去集合人?怎样跟人家去说?人家要说理咱怎么办?人家要翻了脸咱怎么办?……"老杨同志道:"你想得很是路,咱们现在预备就是要预备这些。咱们这些人数目虽然不少,可是散着不能办事,还得组织一下。到人家进步的地方,早就有组织起来的工农妇青各救会,你们这里因为一切大权都在恶霸手里,什么组织也没有。依我说,咱们明天先把农救会组织起来,就用农救会出名跟他们说理。咱们只要按法令跟他们说,他们使的黑钱、押地、多收了人家的租子,就都得退出来。他要无理混赖,现在的政府可不像从前的衙门,不论他是多么厉害的人,犯了法都敢治他的罪!"小保道:"这农救会该怎样组织?"老杨同志就把《会员手册》取出来,给大家把会员的权利、义务、入会资格、组织章程等大概讲了一些,然后向大家道:"我看现在很好组织,只要说组织起来能打倒恒元那一派,再不受他们的压迫,管保愿意参加的人不少!"小保道:"那么明天你就叫村公所召开个大会,你把这道理先给大家宣传宣传,就叫大家报名参加,咱们就快快组织起来干!"老杨同志道:"那办法使不得!"小保道:"从前章工作员就是那么做的,不过后来没有等大家报名,不知道怎样老得贵就成了主席了!"老杨同志道:"所以我说那办法使不得。那办法还不只是没有人报名:一来在那种大会上讲话,只能笼统讲,不能讲得很透彻;二来既然叫大家来报名,像与恒元有关系那些人想报上名给恒元打听消息,可该收呀不收?我说不用那样做:你们有两个人会编歌,就把'入了农救会能怎样怎样'编成个歌传出去,凡是真正受压迫的人听了,一定有许多人愿意入会,然后咱们出去几个人跟他们每个人背地谈谈,愿意入会的就介绍他入会。这样组织起来的会,一来没有恒元那一派的人,二来入会以后都知道会是做什么的。"大家齐声道："这样好，这样好！"小保道："那么就请有才老叔今天黑夜把歌编成，编成了只要念给小顺，不到明天晌午就能传遍。"老杨同志道："这样倒很快，不过还得找几个人去跟愿意入会的人谈话，然后介绍他们入会。"小福道："小明叔交人很宽，只要出去一转还不是一大群？"老杨同志道："我说老槐树底有能人你们看有没有？"正说着，小顺跑进来道："站了一会儿岗又调查出事情来了：广聚、小元、马凤鸣、启昌都往恒元家里去了，人家恐怕也有什么布置。我到他门口看看，门关了，什么也听不见！"老杨同志道："听不见由他去吧！咱们谈咱们的。你们这几个人算是由我介绍先入了会，明天你们就可以介绍别人。天气不早了，咱们散了吧！"说了就散了。

九、斗争大胜利

自从老杨同志这天后晌碰了广聚一顿，晚上又把有才叫回，又取消张得贵的农会主席，就有许多人十分得意，暗暗道："试试！假大头也有不厉害的时候？"第二天早上，这些人都想看看老杨同志是怎么一个人，因此吃早饭时候，端着碗来老槐树底的特别多。有才应许下的新歌，夜里编成，一早起来就念给小顺了，小顺就把这歌传给大家。歌是这样念：

> 入了农救会，力量大几倍，
>
> 谁敢压迫咱，大家齐反对。
>
> 清算老恒元，从头算到尾；
>
> 黑钱要他赔，押地要他退；
>
> 减租要认真，一颗不许昧。

干部不是人，都叫他退位；

再不吃他亏，再不受他累。

办成这些事，痛快几百倍，

想要早成功，大家快入会！

　　提起反对老恒元，阎家山没有几个不赞成的，再说到能叫他赔黑款，退押地……大家的劲儿自然更大了，虽然也有许多怕得罪不起人家不敢出头的，可是仇恨太深，愿意干的究竟是多数。还有人说："只要能打倒他，我情愿再贴上一亩地！"他们听了这入会歌，马上就有二三十个入会的，小保就给他们写上了名。山窝铺的佃户们，无事不到村里来。老杨同志道："谁可以去组织他们？"有才道："这我可以去！我常在他们山上放牛，跟他们最熟。"打发有才上了山，小明就到村里去活动，不到晌午就介绍了五十五个会员。小明向老杨同志道："依我看来，凡是敢说敢干的，差不多都收进来了；还有些胆子小的，虽然也跟咱是一气，可是自己又不想出头，暂且还不愿参加。"老杨同志道："不少，不少！这么大个小村子，马上说话马上能组织起五十多个人来，在我做过工作的村子里，这还算第一次遇到。从这件事上看，可以看出一般人对他们仇恨太深，斗起来一定容易胜利！事情既然这么顺当，咱们晚上就可以开个成立大会，选举出干部，分开小组，明天就能干事。这村里这么多的问题，区上还不知道，我可以连夜回区上一次，请他们明天来参加群众大会。"正说着，有才回来了，有几家佃户也跟着来了。佃户们见了老杨同志，先问："要是生起气来，人家要夺地该怎么办？"老杨同志就把法令上的永佃权给他们讲了一遍，叫他们放心。小明道："山上人也来了，我看就可以趁着晌午开个会。"老杨同志道："这样更好！晌午开了会，赶天黑我还能回到区上。"小明道："这会咱们到什么地方开?"老杨同志道:"介绍会员不叫他们知道,是怕那些坏家伙混进来;开成立大会可不跟他们偷偷摸摸,到大庙里成立去!"吃过了午饭,庙里的大会开了,选举的结果,小保、小明、小顺当了委员。三个人一分工,小保担任主席,小明担任组织,小顺担任宣传。选举完了,又分了小组,阎家山的农救会就算正式成立。

老杨同志向新干部们道:"今天晚上,可以通知各小组,大家搜集老恒元的恶霸材料。"小顺道:"我看连广聚、马凤鸣、张启昌、陈小元的材料都可以搜集。"老杨同志道:"这不大妥当。马凤鸣、张启昌不是真心顾老恒元的人,照你们昨天谈的,这两个人有时候也反对恒元。咱们着个跟他说得来的人去给他说明利害关系,至少斗起恒元来他两人能不说话。小元他原来是你们招呼起来的人,只要恒元一倒,还有法子叫他变过来。把这些人暂且除过,只把劲儿用在恒元跟广聚身上,成功要容易得多。"老杨同志把这道理说完,然后叫他们多布置几个能说会道的人,预备在第二天的大会上提意见。

安顿停当,老杨同志便回到区公所去。他到区上把在阎家山发现的问题大致一谈,区救联会、武委会主任、区长,大家都莫名其妙,章工作员三番五次说不是事实。最后还是区长说:"咱们不敢主观主义,不要以为咱们没有发现问题就算没有问题。依我说咱们明天都可以去参加这个会去,要真有那么大问题,就是在事实上整了我们一次风。"

老恒元也生了些鬼办法:除了用家长资格拉了几户姓阎的,又打发得贵向农救会的个别会员们说:"你不要跟着他们胡闹!他们这些工作人员,三天调了,五天换了,老村长是永远不离阎家山的,等他们走了,你还出得了老村长的手心吗?"果然有几个人听了这话,去找小明要退出农救会,小明急了,跟小保小顺们商议。小顺道:"他会说咱也会说,咱们再请有才老叔编上个歌,多多写几张把村里贴满,吓他一吓!"有才编了个短歌,连编带写,小保也会写,小顺、小福管贴,不大一会儿就把事情办了,连老恒元门上也贴了几张。

第二天早上,满街都有人在墙上念歌:

> 工作员,换不换,
>
> 农救会,永不散,
>
> 只要你恒元不说理,
>
> 几时也要跟你干!

这样才算把得贵的谣言压住。

吃过早饭,老杨同志跟区长、救联主席、武委会主任、章工作员一同来了,一来就先到老槐树底溜了一趟,这一着是老恒元、广聚们没有料到的,因此马上慌了手脚。

群众大会开了,恒元的违法事实,大家一天也没有提完。起先提意见的还只是农救会人,后来不是农救会人也提起意见来了。恒元最没法巧辩的是押地跟不实行减租,其余捆人、打人、罚钱、吃烙饼⋯⋯他虽然想尽法子巧辩,只是证据太多,一条也辩不脱。

第二天仍然继续开会,直到晌午才算开完。斗争的结果,老恒元把八十四亩押地全部退回原主,退出多收了的租,退出有证据的黑钱。因为私自减了喜富的赔款,刘广聚由区公所撤职送县查办。喜富的赔款仍然如数赔出。在斗争的时候,自然不能十分痛快,像退押契、改租约⋯⋯也费了很大周折,不过这种斗争,人们差不多都见过,不必细叙。

吃过午饭,又选村长。这次的村长选住了小保,因此农救会又补选了委员。因为斗争胜利,要求加入农救会的人更多起来,经过了审查,又扩充了四十一个新会员。其余村政委员,除了马凤鸣跟张启昌不动外,老恒元父子也被大家罢免了另行选过。

选举完了,天也黑了,区干部连老杨同志都住在村公所,因为村里这么大问题章工作员一点也不知道,还常说老恒元是开明士绅,大家就批评了他一次,老杨同志指出他不会接近群众,一来了就跟恒元们打热闹,群众有了问题自然不敢说。其余的同志,也有说是"思想意识"问题或"思想方法"问题的,叫章同志作一番比较长期的反省。

批评结束了,大家又说起闲话,老杨同志顺便把李有才这个人介绍了一下,大家觉着这人很有趣,都说"明天早上去访一下"。

十、"板人"作总结

老杨同志跟区干部们因为晚上多谈了一会儿话,第二天醒得迟了一点。他们一醒来,听着村里地里到处喊叫,起先还以为出了什么事,仔细一听,才知道是唱不是喊。老杨同志是本地人,一听就懂,便向大家道:"你听老百姓今天这股高兴劲儿!'干梆戏'唱得多么喧!"(这地方把不打乐器的清唱叫"干梆戏")

正说着,小顺唱着进公所来。他跳跳打打向老杨同志跟区干部们道:"都起来了?昨天累了吧?"看神气十分得意。老杨同志问道:"这场斗争老百姓觉着怎样?"小顺道:"你就没有听见'干梆戏'?真是天大的高兴,比过大年高兴得多啦!地也回来了,钱也回来了,吃人虫也再不敢吃人了,什么事有这事大?"老杨同志道:"李有才还在家吗?"小顺道:"在!他这几天才回来没有什么事,叫他吧?"老杨同志道:"不用!我们一早起好到外边溜一下,顺路就溜到他家了!"小顺道:"那也好!走吧?"小顺领着路,大家就往老槐树底来。

才下了坡,忽然都听得有人吵架。区长问道:"这是谁吵架?"小顺道:"老陈骂小元啦!该骂!"区干部们问起底细,小顺道:"他本来是老槐树底人,自己认不得自己,当了个武委会主任,就跟人家老恒元打成一伙,在庙里不下来。这两天斗起老恒元来了,他没处去,仍然回到老槐树底。老陈是他的叔父,看不上他那样子,就骂起他来。"区干部们听老杨同志说过这事,所以区武委会主任也来了。区武委会主任道:"趁斗倒了恒元,批评他一下也是个机会。"大家本是出来闲找有才的,遇上了比较正经的事自然先办正经事,因此就先往小元家。老陈正骂得起劲,见他们来了,就停住了骂,把他们招呼进去。武委会主任也不说闲话,直接了当批评起小元来,大家也接着提出些意见,最后的结论分三条:第一是穿衣吃饭跟人家恒元们学样,人家就用这些小利来拉拢自己,自己上了当还不知道;第二是不生产、不劳动,把劳动当成丢人事,忘了自己的本分;第三是借着一点小势力就来压迫旧日的患难朋友。区武委会主任最后等小元承认了这些错误,就向他道:"限你一个月把这些毛病完全改过,叫全村干部监视着你。一个月以后倘若还改不完,那就没有什么客气的了!"老陈听完了他们的话,把膝盖一拍道:"好老同志们!真说得对!把我要说他的话全说完了!"又回头向小元道:"你也听清楚了,也都承认过了!看你做的那些事以后还能见人不能?"老杨同志道:"这老人家也不要那样生气!一个人做了错,只要能真正改过,以后仍然是好人,我们仍然以好同志看他!从前的事情已经过去了,尽责备他也无益,我看以后不如好好帮助他改过,你常跟他在一处,他的行动你都可以知道,要是见他犯了旧错,常常提醒他一下,也就是帮助了他了……"

谈了一会儿,已是吃早饭时候,老杨同志跟区干部们就从小元家里走出。他们路过老秦门口,冷不防见老秦出来拦住他们,跪在地上咕咚咕咚磕了几个头道:"你们老先生们真是救命恩人呀! 要不是你们诸位,我的地就算白白押死了……"老杨同志把他拉起来道:"你这老人家真是认不得事! 斗争老恒元是农救会发动的,说理时候是全村人跟他说的,我们不过是几个调解人。你的真恩人是农救会,是全村民众,哪里是我们? 依我说你也不用找人谢恩,只要以后遇着大家的事靠前一点,大家是你的恩人,你也是大家的恩人……"老秦还要让他们到家里吃饭,他们推推让让走开。

李有才见小顺说老杨同志跟区干部们找他,所以一吃了饭,取起他的旱烟袋就往村公所来。从他走路的脚步上可以看出比哪一天也有劲。他一进庙门,见区村干部跟老杨同志都在,便道:"找我吗? 我来了!"小保道:"这老叔今天也这么高兴?"有才道:"十五年不见的老朋友,今天回来了,怎能不高兴?"小明想了一想问道:"你说的是个谁? 我怎么想不起来?"有才道:"一说你就想起来了! 我那三亩地不是押了十五年了吗?"他一说大家都想起来了,不由得大笑了一阵。

老杨同志向有才道:"最好你也在村里担任点工作干,你很有才干,也很热心!"小明道:"当个民众夜校教员还不是呱呱叫?"大家拍手道:"对! 对! 最合适!"

老杨同志向有才道:"大家想请你把这次斗争编个纪念歌,好不好?"有才道:"可以!"他想了一会儿,向大家道:"成了成了!"接着念道:

阎家山,翻天地,

　　群众会,大胜利。

　　老恒元,泄了气,

　　退租退款又退地。

　　刘广聚,大舞弊,

　　犯了罪,没人替。

　　全村人,很得意,

　　再也不受冤枉气,

　　从村里,到野地,

　　到处唱起"干梆戏"。

　　大家听他念了,都说不错,老杨同志道:"这就算这场事情的一个总结吧!"

　　谈了一小会儿,区干部回区上去了,老杨同志还暂留在这一带突击秋收工作,同时在工作中健全各救会组织。

（原载《李有才板话》,华北新华书店 1943 年 12 月版）

作者简介:赵树理(1906—1970),原名赵树礼,山西晋城人。1937
　　　年加入中国共产党,从事党的宣传教育工作。著有小说
　　　《小二黑结婚》《李有才板话》《三里湾》等。

俘 虏

艾 青

一

团长刚放下晚饭的碗筷,作战参谋交给他今天上午在××庄附近的作战报告——

"……我军火力将敌人压在一个泥坑里,敌人想占领坑西的土墩子,我×营即先后占领高地,集中火力射击,使敌人不能抬头。当地老百姓都拿了切菜刀赶来,惟怕敌人发现要报复,临时借军装军帽混在战士们一起冲上去杀。敌×中队一百余人,已全部被我歼灭……"

团长把报告按在桌子上,拿自来水笔在"已全部被我歼灭"七个字上面,加上了"除有一人脱逃外"七个字。写完了向作战参谋说:"这样才正确……那个鬼子可能打伤躲起来了。"作战参谋接过了报告,跑进里面交给了译电员。这时候,守岗的进来,说外面有一个农夫要见他。

团长说:"你陪他进来吧。"

团长倒了一杯开水,端在手里。时候已黄昏了,村子里很静,团长朝着门口站着。

守岗的来了,他的后面跟着一个农夫,看去有三十多岁的样子,很瘦小,推着一架独轮车——车上并排地横摆着两只装得很饱满的麻袋。

"老乡,什么事,进屋里谈吧。"

农夫把车歇在门口,解下头上扎的毛巾,拍去尘土,跨进了房子。

二

今天吃过中饭之后,有一个日本兵,满身污泥,从高新庄那边通过高粱地,逃到××村一个穷苦农夫家里。农夫有事出去了,只留下母亲一个人在家。

当日本兵轻轻地把门推开的时候,里面的那个老太婆,突然看见了这么一个满身污泥的人,她被吓得全身都震动了。

"谁?跑进来干什么?"老太婆几乎要嚷起来了。

日本兵慌张地说:"给我水,我渴了的……"他怕老太婆听不清,用手指指着自己的嘴。

老太婆睁着害怕的眼睛,脸皮皱得很利害,由经验所唤起的恐怖窒息着她,她退缩到墙角,没有说话。

日本兵移动脚步,显得很笨重,走到灶边,捧起了一个罐子,向嘴里倒水。在喝够了水之后,他就用胆怯而尖锐的目光,在房子里找什么东西。

他的目光停落在一只装着粮的篓子上。

他走到篓子旁边,两手扶着篓口,伸了一只腿到篓子里去,脚站在篓底上,再把另一只腿也放进去,他的身体往下蜷曲,两手拿着一个高粱秆编做的盖子往自己的头上盖。篓子太小，他的半个头暴露在篓口上，为着这个缘故，他哀求老太婆坐在那个盖子上。

老太婆仍旧站在墙角不动，她的一只手像在抽筋似的痉挛着。

日本兵失望地从篓子里爬出来，就往老太婆的床上一躺，拉着那床破烂了的被絮，来蒙裹自己的全个身子。

老太婆很快地跑出门去。

在房屋转弯的地方，她碰上了她的儿子。他正从村里回来，脸上带着不可抑制的笑，当他看见他母亲的苍白而紧张的脸色，他问：

"出了什么事？"

"一个鬼子闯进家里来了！"

"快别嚷，想办法，怕要惹下祸事。"

农夫走进家里的时候，那日本兵仍缩在破被絮里。农夫把那破被絮很谨慎地揭开。日本兵转过脸来，张着两只很大的眼睛。

农夫马上露出了伪饰的笑，这是一种悬挂在一切不测的灾难的边沿上的笑。他说：

"啊，皇军……"

老太婆把门掩上，而且靠在门上听他儿子和日本兵的对话。

日本兵坐起来，两只脚挂在床前，他的两眼直看着农夫说：

"救救皇军，送到××村，我会给你钱的。"

农夫说："对，你放心，我送你回岗楼子去。"他的脸上显得有些忧愁，他接着说："听村上人说八路军刚过去不久，路很不好走……"

房子里是静寂。

忽然间，农夫咧开嘴笑了，他说：

"我想个办法，皇军你看好不好，我装做送粮的，推两只麻袋：一只装包壳，一只——把皇军藏在里面，碰上八路，我就让他摸着包壳的一只……"说完了,脸上装出了谄媚的样子。

日本兵低着头。他的眼睛透过睫毛很锐利地看着农夫的脸。他想了一下,接着抬起头说:"大大的好! 大大的好! 你的聪明的,就这样办。"

一刻钟之后,农夫就推着独轮车,往村外去;他的母亲很担心地看着他离开了村子。

从这个村往东走十五里,是敌人的据点。那里有很庞大、很坚固的一个岗楼,岗楼上飘着刺眼的太阳旗。从岗楼里每天有酗酒的日本人出来,蹒跚到附近的村庄去寻找财物和妇女。老百姓把岗楼子看做眼中钉。

但是,从这个村子往西走十五里,却是另外的一个地方,这地方今天住着打了胜仗的八路军。那里响起了人民的欢笑,四周的老百姓赶送慰劳品到那里去。

农夫是熟悉本乡的道路的,无数的灾难已教育了他该如何选择自己的道路。他抓着独轮车走到分岔口的时候,向东边望望,也向西边望望,他很快地挺了一下身子;握紧了车柄,把车向西边一转,车轮发生了细微的吱噶吱噶的声音,在两边都长满高粱的路上,迎着偏西的阳光,他迈着很快的步子,向××村走去……。

三

团长知道了这件事之后,向农夫说:"你真是个好老乡!"

农夫愉快地笑着说:"只要你们来了,咱村里大家都高兴了。你知道,咱这一带给鬼子糟蹋的不成样子了!"

农夫和团长走出了房子。农夫把一只麻袋从车上拖下来,俯下身去解绳子,而且向麻袋说:"皇军,快出来吧!"

那日本兵从麻袋口伸出了头,向站在他面前的团长和农夫看了一下,马上知道自己是被俘虏了,他的脸色显得很阴郁,眼睛发着红光盯住农夫。他十分颓丧地从麻袋里出来,衣服皱得不成样子,满身是干泥土。

团长说:"来人!"

日本兵惊吓得打颤了。两个膝盖骨互相碰击着站在那里。团长向那走拢来的勤务员说:"你把他送到敌工股去。"接着,他走近日本兵,很温和地对他说:"你不要怕,我们八路军是优待俘虏的。这里有你们十几个弟兄,说不定你还有认识的。"说到这里,他很关切地看着他在抖索的身体,他问:"你受伤了么? 受伤了,叫医生给你看一下。"

日本兵不回答,只很轻微地摇了一下头。

团长说:"好,到那里洗过澡,换换衣服再吃饭吧。"

团长目送日本兵移动着笨重的脚步,跟着那个勤务员,走到院子右边的房子里去。

农夫已经把麻袋折好,正在推动独轮车准备走了。

团长说:"老乡,天快要黑了,今天在这里歇一夜吧。"

"同志,天黑了不要紧,夜黑里走路方便些。"

"那也好。"他朝向那个刚从左面房子出来的勤务员说,"快陪老乡去吃饭,他吃了饭还要赶路呢。"

这时候,有几颗很亮的星子,浮在院子的上空。

(原载 1944 年 10 月 22 日延安《解放日报》)

作者简介:艾青(1910—1996),原名蒋正涵,浙江金华人。早年赴法学习绘画,回国后加入中国左翼美术家联盟,1941 年赴延安。著有诗歌集《北方》《大堰河》《火把》《向太阳》等。

荷花淀

——白洋淀纪事之一

孙　犁

　　月亮升起来，院子里凉爽得很，干净得很，白天破好的苇眉子潮润润的，正好编席。女人坐在小院当中，手指上缠绞着柔滑修长的苇眉子。苇眉子又薄又细，在她怀里跳跃着。

　　要问白洋淀有多少苇地？不知道。每年出多少苇子？不知道。只晓得，每年芦花飘飞苇叶黄的时候，全淀的芦苇收割，垛起垛来，在白洋淀周围的广场上，就成了一条苇子的长城。女人们，在场里院里编着席。编成了多少席？六月里，淀水涨满，有无数的船只，运输银白雪亮的席子出口，不久，各地的城市村庄，就全有了花纹又密、又精致的席子用了。大家争着买："好席子，白洋淀席！"

　　这女人编着席。不久在她的身子下面，就编成了一大片。她像坐在一片洁白的雪地上，也像坐在一片洁白的云彩上。她有时望望淀里，淀里也是一片银白世界。水面笼起一层薄薄透明的雾，风吹过来，带着新鲜的荷叶荷花香。

　　但是大门还没关，丈夫还没回来。

　　很晚丈夫才回来了。这年轻人不过二十五六岁，头戴一顶大草帽，上身穿一件洁白的小褂，黑单裤卷过了膝盖，光着脚。他叫水生，小苇庄的游击组长，党的负责人。今天领着游击组到区上开会去来。女人抬头笑着问："今天怎么回来得这么晚？"站起来要去端饭。水生坐在台阶上说：

"吃过饭了，你不要去拿。"

女人就又坐在席子上。她望着丈夫的脸，她看出他的脸有些红胀，说话也有些气喘。她问：

"他们几个哩？"

水生说：

"还在区上。爹哩？"

女人说：

"睡了。"

"小华哩？"

"和他爷爷去收了半天虾篓，早就睡了。他们几个为什么还不回来？"

水生笑了一下。女人看出他笑得不像平常。

"怎么了，你？"

水生小声说：

"明天我就到大部队上去了。"

女人的手指震动了一下，想是叫苇眉子划破了手，她把一个手指放在嘴里吮了一下。水生说：

"今天县委召集我们开会。假如敌人再在同口安上据点，那和端村就成了一条线，淀里的斗争形势就变了。会上决定成立一个地区队。我第一个举手报了名的。"

女人低着头说：

"你总是很积极的。"

水生说：

"我是村里的游击组长,是干部,自然要站在头里,他们几个也报了名。他们不敢回来,怕家里的人拖尾巴。公推我代表,回来和家里人们说一说。他们全觉得你还开明一些。"

女人没有说话。过了一会儿,她才说:

"你走,我不拦你,家里怎么办?"

水生指着父亲的小房叫她小声一些。说:

"家里,自然有别人照顾。可是咱的庄子小,这一次参军的就有七个。庄上青年人少了,也不能全靠别人,家里的事,你就多做些,爹老了,小华还不顶事。"

女人鼻子里有些酸,但她并没有哭。只说:

"你明白家里的难处就好了。"

水生想安慰她。因为要考虑准备的事情还太多,他只说了两句:

"千斤的担子你先担吧。打走了鬼子,我回来谢你。"

说罢,他就到别人家里去了,他说回来再和父亲谈。

鸡叫的时候,水生才回来。女人还是呆呆地坐在院子里等他,她说:

"你有什么话嘱咐我吧!"

"没有什么话了,我走了,你要不断进步,识字,生产。"

"嗯。"

"什么事也不要落在别人后面!"

"嗯,还有什么?"

"不要叫敌人汉奸捉活的。捉住了要和他拼命。"这才是那最重要的一句,女人流着眼泪答应了他。

第二天,女人给他打点好一个小小的包裹,里面包了一身新单

衣,一条新毛巾,一双新鞋子。那几家也是这些东西,交水生带去。一家人送他出了门。父亲一手拉着小华,对他说:

"水生,你干的是光荣事情,我不拦你,你放心走吧。大人孩子我给你照顾,什么也不要惦记。"

全庄的男女老少也送他出来,水生对大家笑一笑,上船走了。

女人们到底有些藕断丝连。过了两天,四个青年妇女集在水生家里来,大家商量:

"听说他们还在这里没走。我不拖尾巴,可是忘下了一件衣裳。"

"我有句要紧的话得和他说说。"

水生的女人说:

"听他说鬼子要在同口安据点……"

"哪里就碰得那么巧,我们快去快回来。"

"我本来不想去,可是俺婆婆非叫我再去看看他,有什么看头啊!"

于是这几个女人偷偷坐在一只小船上,划到对面马庄去了。

到了马庄,她们不敢到街上去找,来到村头一个亲戚家里。亲戚说:你们来得不巧,昨天晚上他们还在这里,半夜里走了,谁也不知开到哪里去。你们不用惦记他们,听说水生一来就当了副排长,大家都是欢天喜地的……

几个女人羞红着脸告辞出来,摇开靠在岸边上的小船。现在已经快到晌午了,万里无云,可是因为在水上,还有些凉风。这风从南面吹过来,从稻秧上菁尖吹过来。水面没有一只船,水像无边的跳荡的水银。

几个女人有点失望，也有些伤心，各人在心里骂着自己的狠心贼。可是青年人，永远朝着愉快的事情想，女人们尤其容易忘记那些不痛快。不久，她们就又说笑起来了。

"你看说走就走了。"

"可慌（高兴的意思）哩，比什么也慌，比过新年，娶新——也没见他这么慌过！"

"拴马桩也不顶事了。"

"不行了，脱了缰了！"

"一到军队里，他一准得忘了家里的人。"

"那是真的，我们家里住过一些年轻的队伍，一天到晚仰着脖子出来唱，进去唱，我们一辈子也没那么乐过。等他们闲下来没有事了，我就傻想：该低下头了吧。你猜人家干什么？用白粉子在我家影壁上画上许多圆圈圈，一个一个蹲在院子里，托着枪瞄那个，又唱起来了！"

她们轻轻划着船，船两边的水哗，哗，哗。顺手从水里捞上一棵菱角来，菱角还很嫩很小，乳白色。顺手又丢到水里去。那棵菱角就又安安稳稳浮在水面上生长去了。

"现在你知道他们到了哪里？"

"管他哩，也许跑到天边上去了！"

她们都抬起头往远处看了看。

"唉呀！那边过来一只船。"

"唉呀！日本鬼子，你看那衣裳！"

"快摇！"

小船拼命往前摇。她们心里也许有些后悔，不该这么冒冒失失走来；也许有些怨恨那些走远了的人。但是立刻就想，什么也别想了,快摇,大船紧紧追过来了。

大船追得很紧。

幸亏是这些青年妇女,白洋淀长大的,她们摇的小船飞快。小船活像离开了水皮的一条打跳的梭鱼。她们从小跟这小船打交道,驶起来,就像织布穿梭,缝衣透针一般快。

假如敌人追上了,就跳到水里去死吧!

后面大船来得飞快。那明明白白是鬼子!这几个青年妇女咬紧牙制止住心跳,摇橹的手并没有慌,水在两旁大声哗哗,哗哗,哗哗哗!

"往荷花淀里摇!那里水浅,大船过不去。"

她们奔着那不知道有几亩大小的荷花淀去,那一望无边际的密密层层的大荷叶,迎着阳光舒展开,就像铜墙铁壁一样。粉色荷花箭高高地挺出来,是监视白洋淀的哨兵吧!

她们向荷花淀里摇,最后,努力地一摇,小船窜进了荷花淀。几只野鸭扑楞楞飞起,尖声惊叫,掠着水面飞走了。就在她们的耳边响起一排枪!

整个荷花淀全震荡起来。她们想,陷在敌人的埋伏里了,一准要死了,一齐翻身跳到水里去。渐渐听清楚枪声只是向着外面,她们才又扒着船帮露出头来。她们看见不远的地方,那宽厚肥大的荷叶下面,有一个人的脸,下半截身子长在水里。荷花变成人了?那不是我们的水生吗?又往左右看去,不久各人就找到了各人丈夫的脸,啊!原来是他们!

但是那些隐蔽在大荷叶下面的战士们,正在聚精会神瞄着敌人射击,半眼也没有看她们。枪声清脆,三五排枪过后,他们投出了手榴弹,冲出了荷花淀。

手榴弹把敌人那只大船击沉,一切都沉下去了。水面上只剩下一团烟硝火药气味。战士们就在那里大声欢笑着，打捞战利品。他们又开始了沉到水底捞出大鱼来的拿手戏。他们争着捞出敌人的枪支、子弹带，然后是一袋子一袋子叫水浸透了的面粉和大米。水生拍打着水去追赶一个在水波上滚动的东西，是一包用精致纸盒装着的饼干。

妇女们带着浑身水，又坐到她们的小船上去了。

水生追回那个纸盒，一只手高高举起，一只手用力拍打着水，好使自己不沉下去。对着荷花淀吆喝："出来吧，你们！"

好像带着很大的气。

她们只好摇着船出来。忽然从她们的船底下冒出一个人来，只有水生的女人认得那是区小队的队长。这个人抹一把脸上的水问她们：

"你们干什么去来呀？"

水生的女人说：

"又给他们送了一些衣裳来！"

小队长回头对水生说：

"都是你村的？"

"不是她们是谁，一群落后分子！"说完把纸盒顺手丢在女人们船上，一泅，又沉到水底下去了，到很远的地方才钻出来。

小队长开了个玩笑，他说：

"你们也没有白来，不是你们，我们的伏击不会这么彻底。可是，任务已经完成，该回去晒晒衣裳了。情况还紧得很！"

战士们已经把打捞出来的战利品，全装在他们的小船上，准备转移。一人摘了一片大荷叶顶在头上，抵挡正午的太阳。几个青年妇女把掉在水里又捞出来的小包裹，丢给了他们，战士们的三只小船就奔着东南方向,箭一样飞去了。不久就消失在中午水面上的烟波里。

几个青年妇女划着她们的小船赶紧回家,一个个像落水鸡似的。一路走着,因过于刺激和兴奋,她们又说笑起来,坐在船头脸朝后的一个噘着嘴说:

"你看他们那个横样子,见了我们爱搭理不搭理的!"

"啊,好像我们给他们丢了什么人似的。"

她们自己也笑了,今天的事情不算光彩,可是:

"我们没枪,有枪就不往荷花淀里跑,在大淀里就和鬼子干起来!"

"我今天也算看见打仗了。打仗有什么出奇,只要你不着慌,谁还不会趴在那里放枪呀!"

"打沉了,我也会浮水捞东西,我管保比他们水式好,再深点我也不怕!"

"水生嫂,回去我们也成立队伍,不然以后还能出门吗!"

"刚当上兵就小看我们,过二年,更把我们看得一钱不值了,谁比谁落后多少呢!"

这一年秋季,她们学会了射击。冬天,打冰夹鱼的时候,她们一个个登在流星一样的冰船上,来回警戒。敌人围剿那百顷大苇塘的时候,她们配合子弟兵作战,出入在那芦苇的海里。

（原载 1945 年 5 月 15 日延安《解放日报》）

作者简介:孙犁(1913—2002),原名孙振海,又名孙树勋,河北安平人。1937 年投入抗日宣传工作,后赴延安。著有小说《芦花荡》《荷花淀》《风云初记》《铁木前传》,散文集《晚华集》《秀露集》等。

我的两家房东

康　濯

明天,我要从下庄搬家到上庄去。今天去上庄看房子,分配给我的那间靠上庄村西大道,房东老头子叫陈永年。回到下庄,旧房东拴柱问了问我看房子的情形,就说明天要送我去;我没有答应他:"我行李不多! 你个干部,挺忙;冬学又刚开头,别误了你的工作!"

他也没有答应我;他说:"五几里地嘛! 明儿我赶集去,又顺道。冬学动员得也不差甚了,不碍事。"

第二天,我到底扭不过拴柱的一片心。他把我的行李放在他牲口上,吆着驴,我们就顺着河槽走了。

这天,是个初冬好天气,日头挺暖和。河槽里结了一层冰的小河,有些地方冰化了,河水轻轻流着,声音像敲小铜锣。道上,赶集去的人不多不少,他们都赶到前面去了。我跟拴柱走得很慢,边走边谈,拴柱连牲口也不管了。他那小毛驴也很懂事,在我们前面慢慢走着,有时候停下来,伸着鼻子嗅嗅道上别的牲口拉的粪蛋蛋,或是把嘴伸向地边,啃一两根枯草,并且,有时候它还侧过身子朝我们望望,好像是等我们似的;等到拴柱吆喝一声,它才急颠颠地快走几步,于是又很老实地慢慢走了。

拴柱跟我谈得最多的,是他的学习。他说,我搬了家,他实在不乐意哩!

"往后,学习可真是没法闹腾啦! 再往那儿寻你这样的先生啊!"

"学习,主要的还是靠自己个嘛! 再说,这会儿你也不赖了,能自己个琢磨了!"

于是,他又说,往后他还要短不了上我那里去,叫我别忘了他,还得像以前那工夫一样教他;他并且又说开了,如今他看《晋察冀日报》还看不下,就又嘱托我:

"可别忘了啊老康! 买个小字典……呃,结记着呀!"

"可不会忘。"

"唉! 要有个字典,多好啊!"他自己个感叹起来,并且拍了拍我的肩膀,停下来望我一眼。他们这一湾子的青年们,也不知道在什么时候,从区青救主任那里,见到过一本袖珍小字典。又经过区青救主任的解说,往后就差不多逢是学习积极分子,一谈起识字学习什么的,就都希望着买个字典。可是,敌人封锁了我们,我为他们到处打听过,怎么也买不到,连好多机关里也找不到一本旧的;和我一个机关工作的同志,倒都有过字典,可是,他们不是早送给了农村出身的干部,就是反"扫荡"中弄丢了……

走在我们前面的小毛驴,迎面碰上了一头叫驴,它两个想要靠近亲密一下,不觉不三不四地挤碰起来;那个叫驴被主人往旁边拉开,就伸着脖子"喔喔……"嗥叫。拴柱跑上去拉开了牲口,我们又往前走。好大一会我们都没说什么;忽然,拴柱独自个"吃吃"笑了声,脸往我肩膀头上靠了靠,眯着眼问我:

"老康,你真的还没有对象么?"

"我……我……我什么时候骗过你?"我领会了他的话,不自觉

那靠门外站的一个,是我昨天见了的,见我望她,就半低了头,扯扯衣角,对我轻声说了句:"搬来了呀?"靠门里的一个,年岁大些,望我笑笑,还纳着她的鞋底。我又望望拴柱,他把头巾往肩上一搭,说:

"我……我走……"

"你送他来的么?"

我还没开口哩!可有谁问拴柱了:是靠门外站着的那个妇女。这会儿,她把门里那个往里挤了挤,也靠进门里来了。

"我……我赶集去,顺道给同志把行李捎来的!"

"你们认识么?"

他两个谁也没回答我,都笑了笑,拴柱又取下毛巾擦汗。那个小孩,这会儿才转过身来说:

"他是下庄青救会主任,我知道!姐姐你说是不?"

"是就是嘛!"那个纳底子的妇女随便说了一句。

老太太扫炕扫完了,翻身下地,拍打着自己的上衣,跟我聊了两句,就问开拴柱:"你是下庄的么?下庄哪一家呀?是你送这位同志来的么?……"

"人家是下庄大干部哩!青救会主任,又是青抗先队长!"门口那个年轻妇女,代替拴柱回答她娘;她仰起脸来,可又望着院子里说:"娘,集上捎什么不?"

"你爹才去了嘛,又捎什么?"

"人家也赶集去呀!"

"对,我……我得走了……"

拴柱说着,猛转过头朝那年轻妇女"闪"的一下偷望过去,就支支吾吾走了。当他走到房门口的时候,我看见那个年轻妇女脸一阵红,脑瓜子低得靠近了胸脯;我也看见拴柱走到院子里,又回头望了一眼,而那个年轻妇女,也好像偷偷地斜溜过眼珠子去,朝拴柱望了望。纳底子的妇女这才睃了身旁那个一眼,推着她走了。

人们都走了,我慢慢地摆设开我的行李和办公用具。连个桌子也没有啊!只小孩给我搬来了个炕桌。不一会,老太太抓了把干得挺硬挺硬的脆枣,叫我吃,一边又跟我拉开了闲话。

趁这个机会,我知道了:这家房东五口人,老头子五十岁,老太太比她丈夫大三岁,小孩叫金锁,那两个妇女是姐妹俩,妹妹叫金凤。老太婆头发灰白了,个子比较高大,脸上也不瘦,黄黄的脸皮里面还透点红,像是个精神好、手脚利落、能说会道的持家干才。小孩十一岁,见了我的文具、洗漱用具、大衣等等,都觉得新奇,并且竟敢大胆地拿起我的牙刷就往嘴里放;他娘拿眼瞪他,他也不管,又拿起我的一瓶牙膏,嚷着往外跑去了:

"姐姐,姐姐!看……看这物件儿……"

下午,我开会回来,拿了张报纸,坐在门槛上面看。我住的是东房,西屋是牲口圈;北屋台阶上面,那两个妇女都在做针线活。妹妹金凤,看样子顶多不过二十挂零,细长个子四方脸,眼珠子黄里带黑,不是那乌油油放光的眼睛,转动起来,可也"忽悠忽悠"地有神;可惜这山沟里,人家穷,轻易见不着个细布、花布的,她也跟别的妇女一样,黑布袄裤,裤子还是补了好几块的,浑身上下倒是挺干净;这会儿她还正在补着条小棉裤,想是她弟弟的吧!她姐姐看来却像平三十的年岁了,圆脸上倒也有白有红,可就是眼角边、额头上皱纹不少,棉裤裤脚口还用带子绑起来了,一个十足的中年妇人模样;她还在纳她的底子。我看看报,又好奇地偷望望她们,好几次可发现金凤也好像在偷望我;我觉得浑身不舒展,就进屋了。

晚饭后，我忙着把我们机关每个同志的房子都看了看，又领了些零碎家什，回得家来，天老晚了；我点上灯，打算休息一会儿。那时节，我们还点的煤油灯，怕是这吸引了房东的注意吧！老太太领着金锁进来了，大闺女还是靠门纳底子，金凤可端了个碗，里面盛了两块黄米枣糕，放到炕桌上，叫我吃，一边就翻看煤油灯下面我写的字。我正慌忙着，老头子也连连点着头，嘻嘻哈哈笑进来，用旱烟锅指点着枣糕说：

"吃……吃吧，同志，没个好物件。就这上下三五十里，唯独咱村有枣，吃个稀罕，嘿嘿！"

我推托了半天，就问老头：

"赶集才回来么？买了些什么物件？"

"回来工夫不大！呃，今……今儿个籴了几升子黄米，买了点子布。"

"同志！说起来可是……一家子，三几年没穿个新呀！这会儿才买点布，盘算着缝个被子、鞋面啦、袜子啦，谁们衣裳该换的换点，该补的补点嘛！唉！这光景可是'搁浅'着哩！"

老头子蹲在炕沿下面，催我吃糕，又一边打火镰吸烟，一边接着老太太的话往下说：

"今年个算是不赖哩！头秋里不是开展民主运动么？换了个好村长，农会里也顶事了。我这租子才算是真个二五减了！欠租嘛也不要了！这才多捞上两颗。"

"多捞上两颗吧，也是个不抵！"老太太嘴一翘，眼睛斜睖了丈夫一眼，对我说，"这一家子，就靠这老的受嘛！人没人手没手的，净一把子坐着吃的！"

"明年个我就下地!"金凤抢着说了句。金锁也爬在娘怀里说了:

"娘,我也拾粪割柴火,行吧? 娘!"

"行! 只怕你没那个本事!"

"只要一家子齐心干,光景总会好过的!"

我说了这一句,就吃了块糕。金锁问他爹要铅笔去了,金凤忙从口袋里掏出根红杆铅笔来,晃了晃:

"金锁,看这!"

姐弟俩抢开了铅笔,老太太就骂开了他们。门口靠着的妇女嚷着,叫别误了我的工作;老头子才站起来:

"锁儿! 你也有一根嘛,在你娘那针线盘里,别抢啦!"

锁儿跑去拿铅笔去了,人们也就慢慢地一个个出去。金凤走在最后,她掏出个白报纸订的新本本,叫我给写上名字,还说叫我往后有工夫教她识字;这么说了半天才走。我送到屋门口,望望回到了北屋的这一家子,觉着我又碰上了一家好房东,心眼里高兴了。实在说:下庄拴柱那房东,我也有点舍不得离开哩!

往后的日子,我又跟在下庄一样:白天紧张地工作,谁也不来打扰;黑夜,金凤、金锁就短不了三天两头地来问个字,或就着我的灯写写字。我又跟这村冬学担任讲政治课,跟这村人就慢慢熟识了,有的时候,金凤还领着些别的妇女来问字,她并且对我说:

"老康同志! 你可得多费心教我们哟! 要像你在下庄教……教拴柱他们一样!"

"你怎么知道我在下庄教拴柱他们?"

"我怎么不知道呀?"

另外两个妇女,不知道咬着耳朵叽叽了两句什么,大家就叽叽喳喳笑开来;金凤扭着她们就打闹,还骂道:"死鬼! 死鬼!"扭扭扯扯地出去了。

拴柱往后也短不了来。有一回,他来的时候,陈永年老头子出去了,老太太领着金锁赶着牲口推碾子去了。他还是皮带裹腿好装扮,随便跟我谈了谈,问了几个字,就掏出他记的日记给我看;那也是一个白报纸订的新本本,我好像在哪里见过这本本似的。我一面看,一面说,一面改,并且赞叹着他的进步。这工夫,房东姐妹俩又进来了,拴柱可又好像满身长了风疙瘩,周身不舒展起来。

今天,姐姐在做布袜子,她靠炕边的大红柜立着,还跟往日一样,不言不语,低头做活。金凤是给她爹做棉鞋帮;她可嘻嘻笑着,走近炕桌边,看拴柱的日记:

"这是你写的么? 拴柱?"

"可不!"

"写了这么半本本了呀!"

拴柱好像不乐意叫金凤看他的日记,想用手捂着,又扭不过我硬叫金凤看。拴柱只好用巴掌抹了一下脸,离开炕边,在屋子里走来走去。我对金凤说:

"人家拴柱文化可比你高哩!"

"人家大干部嘛!"

"别说啦,别说啦!"拴柱把他的日记本抢走,就问金凤:

"你学习怎么样啦? 也该把你的本本给我看看吧!"

"别着急! 我这会儿一天跟老康学三个字,怕赶不上你?"

"拴柱,我说你怎么知道她也有个本本啊?"

我这么一问,拴柱脸血红了,就赶忙说开了别的事。后来,又瞎扯了半天,他又问了问我买小字典的事,就往外走。金凤追了上去：

"拴柱！你回去问问你村妇救会……"

下面的话，听不清，只好像他们在院子里还叽咕了半天。金凤她姐望了我一眼，又望了望院子外面，忽然不出声地叹息一声，也往外走。

"我说，你怎么也不识个字？"我无意地问了问金凤她姐，她又叹息了一声：

"唉，见天愁楚得不行，没那个心思……人也老啦！"

她对我笑了笑，就走了。这个女人有什么愁楚心事啊？她那笑，就好像是说不尽的辛酸似的……说她老么？我搬来以后，还见到过好多回，她和她妹子，和村里青年妇女们一道，说笑开了的时候，她也是好打好闹的，不过像二十五六子年岁呀！她……她很像个妇人了，她出嫁了么？

那时节，是一九四〇年，晋察冀边区刚刚在这年进行了民主大选举；八路军又打了好些胜仗，消灭了不少日本鬼子；中国共产党中央晋察冀分局，还在这年八月十三，公布了对边区的施政纲领二十条。冬学的政治课，就开始给老百姓讲解这"双十纲领"了。边区老百姓是多么关心这个纲领啊！我每回讲完了一条纲领以后，第二天或是第二天晚上，金凤就要跑到我那里来，叫我再把讲过的一条给她讲一遍；她爹也每回来听，老太太金锁也短不了来，连对学习是那么冷淡的那个房东大闺女，偶尔也来听听。他们一边听，有时候还提出许多问题来；讲到深夜，他们好像也不困。有时候金锁听着听着，就趴在娘怀里睡着了；有时候，他又会站在炕上，抱着我的脖子，一连串问我："共产党是怎么个模样的啊？你见过共产党么？怎么共产党就这么好啊……"逢当这时候，坐在我对面的金凤,就要瞪着眼横她弟弟,直到老太太把金锁拉走了,她才又静静地望着我,眼珠子"忽悠忽悠"地转着,听半天,又趴在炕桌上,在她的小本本上记个什么……

这是个平静的家庭。冬闲时节,女人们做针线,老头喂喂猪,闹闹粪,小孩也短不了跟爹去坡里割把柴火,老太太就是做饭、推碾、喂鸡。边区民主好天地,他家租种的地又减了租,实在说:光景也不赖啊!一个月里面,他们也吃了个三两顿子白面哩!

可是,凭我的心眼捉摸,这个家庭好像还有点什么问题:一家子好像还吵过几回嘴。只是他们并没有大嚷大闹,而且又都是在屋子里嚷说的,我怎么也闹不清底细。我问过他家每一个人,大家可都不说什么,只金锁说了句:

"姐姐的事咻!"

"姐姐的什么事?"

"我不知道!"

有一回,我又听见他们吵了半天,忽然老头子跑到院子里嚷起来了。我忙跑出去,只见陈永年对着他家北屋,跳着脚,溅着唾沫星子直嚷:

"我……我不管你们这事!你们……你们自己个拿主意吧,我不白操这份心!"

说着,就气冲冲地往外走去,我问他,他也没理。北屋里干什么呢?谁抽抽搐搐地不舒展啊?我问金锁,他说是他大姐啼哭啦!我不好再问,只得回到屋子里发闷。

不过,他家一会儿也就没了什么,好了,又回复平常的日子,我也就不再发急了。

这一天,晌午我给妇女冬学讲了"双十纲领",晚上,房东们早早地就都来了。我还有工作哩！我说明儿讲行么？大闺女却忽然跟平常不同，笑着说了话：

"就今儿个吧！你讲了我们就……"

"讲吧，老康同志！"金凤也催我，我只好讲。一看，老头子没来，我问了问他是不是要听？人们都说别管他啦，我就讲开了。

今天讲的是"双十纲领"第十四条。我隔三五天讲一条，讲的日子也不短了！这会儿，已经是腊月初，数九天气，这山沟里冷起来了，今天早上飞了些雪片，后来日头也一直没出来，我觉得浑身凉浸浸的；我把炕桌推开，叫他们一家子都上炕，围着木炭火炉坐着。房东的大闺女，把手里的活计搁在大红柜上，但不上炕，站在炕沿边，低头静听。老太太的眼一直没离开我，我说几句，她就"呵！呵！"念叨着；金凤可有好多问题。今天我讲的是关于妇女问题的一条：妇女社会地位啦，婚姻啦，童养媳啦，离婚结婚啦……金凤就一个劲儿问："怎么个才算童养媳？为什么男二十女十八才叫结婚啊……"她姐姐，也不时抬起头来，偷偷地望我。

外面忽然刮起一阵大风，"呜——呜"地绞着，我的房门没关严实，突地被刮开了，炕桌上的煤油灯火苗也晃了两下。爬在我大衣里面睡着了的金锁，往我身边更紧地挤了挤，迷糊地哼着："娘，娘……"我的窗子外面，可好像有个什么老头子被风刮得闷咳了两声。我忙问是谁，金凤也突然叫了声："爹！"却没人答应。房东大闺女关了门，我又说开了。

今天说的时间特别长，金凤的问题也特别多。他们走了，我实在累了，但不得不还开了个夜车，完成了工作。

第二天，我起得很晚。胡乱吃了点饭，出去开了个会，回来，房东家已经做午饭了。房东大闺女在北屋外面锅台边拉风箱，屋子

里,老太太好像又跟谁在嘀咕什么。只听见大闺女忽然把风箱把手一推,停下来,对屋里嚷:

"娘!你那脑筋别那么磨化不开呀!眼看要憋死我了,又还要把金凤往死里送么……你,你也看看这世道!"

屋里说了些什么,我没听见。我这两天工作忙一些,也没心思留心他们的事了。

我们机关里整整开了三天干部会。会完了,我松了口气;吃过早饭,趁天气好,约了几个同志,去村南球场上打球。就在那道口上,忽然看见陈永年老头子骑着牲口往南去。我好像觉着这几天他心眼里老不痛快似的,而且差不多好几天没跟他说话了!这会儿,就走上去问了问他:

"上哪去?"

"嘿嘿,看望个亲戚!"

看他那模样,还是不怎么舒展。到底是怎么回事啊!我打了会子球,回到家里,刚进院,房东大闺女就望着我笑;金凤忙扯她姐姐的衣角,打她姐姐,她姐姐可还对我笑,我也不自觉地笑起来,问是怎么回事,金凤可低着头跑进屋里去了。金锁问我:"你们这几天吃什么饭啊?"他大姐也问我:"明儿你们不吃好的吗?"我说:"这几天尽吃小米!"到底怎么回事?为什么又问这?我还是知不道。房东大闺女这几天不同得多,老是诡诡谲谲地对我笑;而金凤,见了我就低着头紧着溜走了,一句话也不说,也不问字了,也不学习了,连冬学上课的时候,我望她一眼,她就脸红:这才真是个闷葫芦!

第二天,我见金凤捉了只母鸡在杀,又见她家蒸白面馒头:这出了什么事?而且,这一天金凤更是见了我就红着脸跑了,她姐姐

还是望着我笑。我憋闷得实在透不过气来。下午,老太太忽然拖我上她家吃饭去。我吓得拼命推辞,她可硬拖,金锁也帮她拖。我说:

"那么着,我要受批评哟!"

"批评! 你挨揍也得去! 特地为你的,有个正经事哩!"

我红着脸,满肚子憋闷,上了北屋。屋里,炕桌擦得净净的,筷子摆好了,还放了酒盅,金锁提了壶热酒进来,老太太就给我满酒。我慌乱得话也说不出,可忽然听到窗子外面锅台旁边,两个女人细声地争吵起来了:"你端嘛!""我不!""你不端拉倒! 又不是我的事情!'吃吃吃'……"一阵不出声的笑,像是金凤她姐。又听见像金凤的声音:"我求求你!""求我干什么? 求人家吧!'吃吃吃'……""你个死鬼!"于是金凤脑瓜子低得快靠近胸脯,端了一大盆菜和馒头,进来了;她拼命把脸背转向我,放下盆,脸血红地就跑了,只听见外面又细声地吵笑起来。

老太太硬逼着我喝了盅酒,吃了个鸡爪子,才把金锁嚷出去,对我说开了话:

"那黑夜你不是说过么,老康? 这会儿,什么妇女们寻婆家,也兴自个出主意? 两口子闹不好,也兴休了……呃,你看我又忘了,是……是兴离婚么? 唉! 就为的这么个事! 你……老康,你不知道我是好命苦哟!"

老太太隔炕桌坐在我对面,上半身伸向我,说不两句,就紧着扯衣角擦眼睛;刚擦完,我见她的眼泪又"扑簌扑簌"往出涌。她狠狠地闭了下眼睛,就更俯身向我说:

"我那大闺女,十六上给了人家,到如今八年啦! 她丈夫比她大十岁,从过门那工夫起,公婆制的她没日没夜地受,事变啦,还是个打她哩！饭也不叫吃！唉……别说她整天愁楚得不行，我也是说起来就心眼痛哩！闺女，闺女也是我的肉啊！"

老太太又啼哭得说不下去了。我可吃了一惊：那个女人还只二十四岁！我问了：

"她什么工夫回来的？"

"打年上秋里就回了，不去了。婆家年上来接过一回，往后就音讯全无，听说她男人还……唉，还瞒着人闹了个坏女人哩！可怎么会想到她？她也发誓不回啦！婆家又在敌区的！"

"那就离婚嘛！条件可是不差甚呀！"

我心里头早被这些情由和老太太的啼哭闹得发急得不行，老太太可又说：

"老康，不，先说二闺女吧！大闺女闹下个这，二闺女差不大点也要闹下个这！金凤嘛，今年个十九啰，十四上就许给人家了呀！男的比她大七岁，听说这会儿不进步，头秋里闹选举那工夫，还被人们斗争来哩！那人嘛我也见过，呃……你，你吃吧，老康！"

她又给我满上酒，还夹了一大块鸡肉：

"人没人相没相的，不务庄稼活，也是好寻个人拉个胡话，吃吃喝喝，听说也胡闹坏女人哩！头几个月里，也不知道他赶哪儿见着我金凤一面，就催亲了，说是今年个冬里要人过门！金凤死不乐意，她姐也不赞这个成，我就一个劲儿拖呀！拖到这会儿，男家说过年开春准要娶啦！你说，老康，这，这可怎么着？唉，我这命也是……"

"那可以退婚嘛！"

"你说怎么个？"

"不只是说定了么？这会儿，金凤自己个不愿意，男的年岁又大那么些,要是男的真个不进步,那也兴退婚,也兴把这许给人家的约毁了呀!"

"那也兴么?"

"可兴哩!"

老太太眼一睁,嘘了口白气,像放下块大石头似的,又忙叫我喝酒。我喝了两口,也松了松劲,朝门口望望,见门槛上坐的好像是老太太的大闺女,半扇门板挡了,看不怎么真。忽然,我又发现我背后的纸窗外面,好像有个什么影子在隔窗偷听,就忙回过头望,于是那个人影子赶紧避开了;我又回过来给老太太说话,可好像觉得窗外的影子又闪回来了。我想起了那天黑夜,为什么我讲到离婚的时候,金凤她姐直楞楞地看着我。而"双十纲领"上是没有提到退婚这件事的,我也忘了说;金凤那黑夜直到走的时候,还好像有个什么问题要开口问可又没开口的……

"老康,我家计议着就是个先跟金凤办了这事,回头再说我大闺女的。那离婚,不是那条领上说兴的吗?自打那黑夜,我大闺女可高兴了哩!她那个,慢着点子吧!唉!那黑夜,你看,你又没说金凤这也行的!闹得咱们家好吵闹了一场!"

老太太抿着嘴,好像责备我,可又笑了。

"你想:结了婚还兴离,没结婚的就不兴退吗?"

"咱们这死脑筋嘛!唉……说是说吧,我可还是脑筋活化着点,我老头子可就是个不哩!这不是,争吵得他没法,他出门去打听金凤男家那人才去了哩!呃,等他回吧!"

"行!没问题!只要有条件,找村里、区里说说,就办了。"

院里,两个女人又吱吱喳喳吵闹开了。金锁进屋来,他娘抱他上炕吃饭,我就硬下炕走了。我走到院里,金凤她姐拍着巴掌笑起

来;我叫她们吃饭去,金凤脸血红地溜过我身边,就紧着跑进了北屋。她姐对我笑了笑,追着她妹子嚷:

"哈,兴啦,兴啦,兴啦……"

往后,他们一家好像都高兴了些,只是陈永年老头子回家来以后,还是不声不响,好几天没跟我说话;我只见他每天在街里不是蹲在这个角落跟几个老人们讲说什么,就是蹲在那个角落跟村干部讲说什么。不多日子以后,村干部们又跟我说过一回金凤的事,并且告诉我:金凤那男人着实不进步,还许有问题哩! 又过了几天,我从村干部那里打听到:区里已经批准金凤解除婚约了。我回到家来,又问了问金凤她姐,她也原原本本地告诉了我,她并且说:等开了春,她也要办离婚了哩!

想不到这么一件小事,也叫我高兴得不行,我并且也不顾金凤的害臊劲,就找她开玩笑了。这么一来,金凤变得一点也不害臊了,又是认字又是学习的,并且白天也短不了一个人就跑到我屋子里来,有时候是学习,有时候可随便来闹一闹。我觉着这不很好,又没恰当的话说,就支支吾吾地说过几句;这一来,金凤她姐就冲着我笑了:

"哟! 老康同志,你也害臊咧?"

"你是领导我们老百姓教育工作的呵! 你也封建吗?"

我不觉也红了脸。好在这么一说,往后金凤白天也不来了,晚上来,也总是叫上她娘、她弟弟,或是她姐,或是别的妇女们同来,这倒是好了。

日子过得快,天下了两场雪,刮了两回风,旧历年节不觉就到了。这天上午,我正工作,忽然,拴柱跑来了。他大约有二十来天子没来过了吧! 今儿个还是皮带裹脚打扮,脑袋上并且添了顶自己做的黑布棉军帽,手上还提了个什么小包包。

"没啥物件,老康,这二十个鸡蛋给你过年吃!"

我真要骂他! 又送什么东西啊! 他把日记本交给我看,一眼看见我炕桌上放了一本刚印好的"秧歌舞剧本",就拿去了:

"哈! 正说是没娱乐材料哩! 这可好了!"

我工作正忙,就说今天没时间看他的日记。他说不吃紧,过两天他再来拿。房门外,是谁来了,拴柱就跟外面的人说开了话:是金凤! 两个人细声细气地说什么啊? 后来还同到我屋子里,两个人靠大红柜谈着。可惜我埋头写字去了,一句也没听。

过了年,拴柱来得更勤,差不多三五天、七八天总得来一回。每回来,总是趁我晌午休息的时候,一进院子就叫我,我走出去,叫他进来,他又不肯进来;他总是在院里把日记给了我,或是讲说个什么事,就急急地走了。后来,我并且发现:白天,金凤姐妹俩总坐在北屋台阶上作针线的;每回拴柱来了,金凤马上就进北屋去了。他俩好多日子没打过招呼、说过话的;我可迷糊不清了! 到底又是怎么回事? 村里面可是谣传开来,说金凤和拴柱自由咧,讲爱情咧……我问金凤她姐,她只说:

"他们早就好嘛! 这些日子,不知道怎么个的,我问金凤,她也不说。你问问拴柱吧!"

拴柱也不跟我说什么,逢当我问到这,他只红着脸,笑笑,叫我往后看。

往后,村里面谣言更厉害,村干部和我们机关的同志还问起我来了。我知道什么啊? 我只知道:拴柱还是不断来找我,问学习什么的;也不进我住的屋子,也没见他跟金凤说过半句话;他一来,金凤又赶紧上北屋去了。再说别的嘛,只是我发现:这些日子金凤也

短不了出去。有一回,金锁忽然从外面急急地跑进来,大声嚷着:

"啊啊……二姐跟拴柱上枣树林里去了啊,啊……"

"嚷什么哩?"老头子向金锁一瞪眼,金锁又说:

"我见来着嘛!"

"你见,你见……你个狗日的!"

老头子踩着脚,就跑进北屋,乱骂开了。我拉过金锁问,也没问出个什么情由。只是村里谣言还很重,老头子陈永年脾气好像更大了:好多日子也没跟我说过什么话,还短不了随便骂家里人。但是,金凤来了,他可不骂金凤,只气冲冲出去了。

天气暖和起来,开春了!杨花飘落着,枣树冒出了细嫩嫩的小绿叶,也开出了水绿水绿的小花朵朵,村里人们送粪下地的都动起来了。这天后响,我吃过晚饭,也背了个铁锹,去村西地里,给咱们机关租的菜园子翻地。傍黑,我回来的时候,一个同志找我谈谈问题,我们就在地边一棵槐树下坐着,对面不远,大道那边,日头的余光正照在我们住的院子门口。那门口外面,一大群妇女挤着坐着,在赶做军鞋,吱吱喳喳地闹个不止。忽然我见拴柱背着个锹,从大道北头走来,我记起了他还有一亩山药地在上庄北沟里。正在这当口,我房东家门口的妇女怕也是发觉了他,都赶紧挤着扯着,没有一个说话的,而且慢慢地一个个都把小板床往大门里面搬,都偷偷溜到门里坐去了。拴柱忽然也周身不舒服似的,那么不顺当地走着,慢慢地,一步一个模样。门外面只剩下金凤一个人了,她好像啥也不知道,楞楞地回头一望,就赶紧埋下脑瓜子,抿紧嘴做活。我撇开了身边那个同志,望着前面,见拴柱一点也没看见我,只是一步一步地硬往前挪脚步;直到他走过那个大门口好远,要拐弯了,他才回过头朝门口望了望,又走两步,又停下来回头望;他停了好多回,也望了好多回;而大门口这边,我明明看见:金凤从埋着的脑瓜子下面,硬翻过眼珠子,"忽悠忽悠"地也直往前面望哩!

这天晚上,我没有睡好觉。第二天一大早,我就上下庄找拴柱去了。

拴柱还没起来,他娘、他哥、他嫂迎着我,一边给我端饭,一边说:

"他这几天也不知道怎么闹的!一句话也不说,身子骨老是不精神。说他有病吧,他说没,见天吃过饭还就是个下地里闷干!"

"不要紧,我给他说说就行的。"

我拉拴柱起来,吃过饭,就跟他一道下地。我们坐在地边上,我问他:

"怎么个的?干脆利落说说吧!"

他可一句话也不说。我动员了好久,他还是闷着个脑瓜子。我急了,跳起来嚷着:

"你怎么个落后了啊?你还是个主要干部哩!"

他这才对我笑笑,拉我坐下,说了一句:

"干脆说吧,我早就想请你帮个忙哩!"

"那还用说?一定帮忙嘛!你说吧!"

"我跟金凤早就好啰!我俩早就说合定了的哩!"

"那怎么不公开?"

"笨人嘛!臊得不行,谁也不知道怎么说,也不知道对给谁们说!"

"这会子你们怎么老不说话了呀?"

"嘿……说得才多哩!"

拴柱一把抱住我的脖子，笑开了。我问他，他说：他每回上我那里去，就是去约会金凤的：他们都在枣树林僻静角落里说话。他每回到了我住的院里，金凤就回北屋去，用缝衣裳的针给他做记号，要是针在窗子靠东第五个格子的窗纸上通三下，就是三天以后相会，通四下就是四天以后；在第七个格子上通三下，就是前晌，通五下，就是后晌。他这么说着，我可揍了他一拳头，仰着脖子大笑；他脸上一阵血红，马上把头埋在两个巴掌里，也"吃吃"笑。我跟他开了个玩笑：

"你们没胡来么？"

"可不敢！只像你们男女同志见面那样，握过手！"

我又揍了他一拳，他臊得不行，就做活去了。我向他保证：一定成功！就回到了他家。他娘、他哥听了我的解说，都没有什么意见。回到上庄，我跟房东老太太和金凤她姐说了，他们也说行，最不好办的，就是陈永年老头子了。晚上，我把他约来，很耐心地跟他谈了谈。他二话没说，直听到我说完，才开口：

"这事吧，我也不反对，反正……老康，我对你实说：咱们这老骨头，别看老无用啦，可这心眼倒挺硬，这死脑筋也轻易磨化不开的。嘿嘿，"他对我笑了笑，吸了口烟，"咱们这脑筋，比年轻人这新式脑筋可离着远点子哩！我跟我那些个老伙计们说道说道再说吧！你说行不？哈哈……"

这以后，事情还没有办妥，我可要下乡了。我把事情托给了村干部，又给区里青救会和妇救会写了封信，就往易县工作去了。

下乡时候，我还老惦记着这件事。好在，二十来天很快过去，我急急往回走。道儿上，在山北村大集上，无意中发现了一本从保定来的《学生袖珍小字典》，我马上买了。我很可惜：为什么这小字典只一本啊！回得家来，金凤见了这，听说是小字典，就抢过去了。我急得不行，我说那是拴柱叫我买了一年多的啊！她可硬不给我，只问我多少钱；我一气，就不搭理她了。

两天以后，我汇报完了工作，村干部告给我：拴柱和金凤的事成功了！两家都同意，区里也同意，正式订了婚。我回到我住的地方，高兴地就直叫金凤。金凤跟她娘推碾子去了，她姐出来告给了我；我马上问她：

"金凤他俩订了婚么？"

"订了。我也离婚了哩！"

我欢喜得跳起来。她又说：

"他们前儿个换的东西。拴柱给她的是两条毛巾、两双袜子，还有本本、铅笔的。她给拴柱的是抢了你的那本本小书，一对千层底鞋，一双纳了底子的袜子，也有本本、铅笔。"

"你们瞎叨叨什么哩？"金凤跑进来了。我大声笑着，拱着手给她作揖，她脸上一阵血红。她姐可从口袋里掏出条新白毛巾，晃了晃，给我送过来，对她妹子说：

"你这毛巾还不该送老康一条？我见老康回了，就拿了一条哩！怎么个？行吧？"

"那可是该着的哩！"她娘一进来，也就这么说。金凤从姐姐手里抢走了毛巾，斜溜了我一眼，说：

"他有哩！后晌拴柱来，白毛巾一条，还有我纳了底子的袜子也给他哩！那毛巾比我这还好啊！"

金锁也回了。大家笑着，他就一边跳，一边伸着脖子："呵，呵！"陈永年老头子一走进院，见了这情由，也一边笑着，一边跺着脚，嚷着："嗨，嗨……"不好意思似的朝我们这群望望，紧着往北屋里走去了。

1946 年 5 月 23 日夜改作于张家口

（原载《解放区短篇创作选》第一辑，东北书店 1947 年 9 月版）

作者简介：康濯（1920—1991），原名毛季常，湖南湘阴人。1938 年
赴延安，同年加入中国共产党。著有长篇小说《水滴石
穿》《东方红》，短篇小说《我的两家房东》《买牛记》等。

政治委员

团政治委员吴毅,身材不太魁梧,面色还有点黄瘦,虽然处事严肃,态度却十分和蔼,令人愿意接近。

他只有一只右臂。左臂在一九三六年,给阶级敌人的子弹打断了。那时,他还在红军里当班长,手上一支汉阳造,口袋里七颗子弹,身披一只老羊皮,渡过天险黄河。一次鏖战之中,他在危险关头向敌人猛冲,决定全军胜负,自己却昏迷在火线上。醒来以后,躺在医院,从医生的表情,他就明白了,他没讲旁的话,就只问:"怎样能快些上前线?"于是他忍痛把左臂割掉了,从那以后,他就一只手持枪作战。

"八一五"后,部队出关,他因为又一次负伤,还躺在关里休养。现在经过遥远旅途,来到东北,他是怀着满腔热情,奔赴战场,一路之上,不断传闻着东北战争胜利的消息,把他弄得兴奋万分。

到了哈尔滨,组织上跟他谈过一次话——临末尾,露出一点口风,为了照顾他身体,准备留他在后方工作。

可是吴毅急了,因为他有一种牢不可破的思想,他认为:只有在前线才是有用的人,何况他的老部队正在前方作战呢。

等候分派工作那几天,在那间白色洋房里,他过得很不舒服,甚至苦闷。每天展开报纸,首先跳入眼内,总是前方战争消息,他就急得转来转去。有一回,他在树荫凉下坐了半天,把自己的事左思右想——自从十四岁放弃放牛娃生活,在湖南参加革命起,没哪天不在火线上斗争。十年前在三原桥头镇,换下"五大洲"帽子(即红五星帽,一九三七年为了抗日统一战线换了帽子),哭得那样窝火,现在自卫战争,最后打倒蒋介石的时候到了,自己能够在后方蹲起来吗?这样,简直是对不起在火线上奔走的同志们!……晚上,他走去找组织上再谈话。他表面似乎很安宁,半天不响,最后有点愤愤不平地说:

"我落后了……"

和他谈话的同志说:"谁能那样说你呢?"

斗争把他炼得沉默、刚毅,不过这时,他的眼睛似乎蒙了薄薄一层泪水。

终于,组织上同意了,同意他像每个军队干部一样派到战斗部队里去。因为他虽然比一般人少一只胳膊,可是从思想到行动,他从没有一分钟时间考虑自己,他考虑的是整个革命斗争,党正需要这样的人,到尖锐的战线上去担负最重要的工作。夏天,有着淅沥小雨的傍晚,他登上火车,他高高兴兴走上前方。他的通讯员李宾,这几年来等于是他的左手,可是这回,他的行李是这样简单,以至用不到他的通讯员,他的一只单臂一抓就走了。临行之前,他把熟人送给他的一套茶绿色毛质军衣送回去了,他照常穿着关里带来、连队上常见的那种洗得发白了的布军衣,束紧皮带,整齐而且清洁,他觉得这样才像个战斗部队的人的样子。

一到前方,谁知领导上又照顾他,预备留他在纵队直属队工作。他从熟人地方听到有这种消息,他就不安起来。第二天,他在村庄上骑着马,遇到司令员,司令员看到了他,他也看到了司令员,他不但没下来,反而急驰而去。——马是一匹调皮马,发怒地尥起蹶子来。他坚决地拿一只手紧握了缰绳,另一只空袖筒在风中急急拂动……不错,他在马上露出他那英勇的身姿是十分动人的。司令员把手搭了个凉棚,站在那里,两眼朝红霞灿烂的地平线上,两眼追踪着,担心着瞧望了好半天。

第二天晚上,司令员约了他去。两年未见,从前的师长现在的司令员,脸上有了皱纹,三十几岁的人看起来就像四十几岁了,这无疑是关外两年作战的辛劳的结果,战争风霜总不免在人身上留下点痕迹。可是司令员爽朗的笑声和长沙口音,让他觉得还是十分亲切。在这间农民房子里,点着蜡烛,桌旁还站着一个不认识的人——高大,红脸,正在挺有劲地讲什么。这是纵队政委。政委和他紧紧、紧紧地握手。司令员把一杯酒和半根干香肠推给他。随后,他们根本没谈什么工作问题——因为正处在难得的战争间隙之中,他们乐于纵谈起从前的生活和现在的生活来——谈这个熟人和那个熟人,与这有关系的不免谈到什么时间,他们不说几年几月,而是说在山城镇战役或者兑九峪战役前后如何如何,正因为他们都共同熟悉这些,也就容易谈到现在跟过去的比较。——吴毅仔细听着,一方面他想了解部队,一方面他深以未一贯跟随部队作战为遗憾。只在最后,他们已经站起来,政委正式以征询口吻对他说:

"已经请示总部,你到×团去,怎么样?"

他点了点头就愉快地接受了任务。

"政委还有什么指示?"

"去吧!你比我还熟悉——有些干部问题你好好研究吧!"

吴毅敬礼,转身走出来。——那时正好一科长来报告什么,司令员举着蜡烛往贴地图的墙边走去。——他出来立刻把这次会见总结了一下：这个纵队首脑部，比从前还镇静，还乐观，这说明到东北来以后，他们仗打得是不坏的。司令员现在指挥的不是一个师而是几个师了。突然他记起司令员从前在战斗中常爱讲的话："看准了——狠狠揍他！"看样子，这两年一定把敌人干了个痛快。

吴毅不但到了×团，而且已经参加过两次作战了。

第一次作战的时候，因为是阻击的任务，从铁路线桥头开始，最后，敌人密集一处山岭上，战斗就达到剧烈的高潮了。团的指挥所在小树林里，子弹打得树叶纷纷落下……

团长——当过刘志丹红军的战士。此刻，他很费力地在电话上嚷吵了一阵，把电话停止，听了听，前面一片紧密的枪声，他迅速伏身到军用地图上来。根据敌情，他下决心，把原来掌握在二梯队的一个顽强善战的营，从左翼投入战斗——他觉得这个时机已经到了。他征询政治委员的意见，吴毅毫不迟疑地支持了团长的决心说："决定吧！同志。"（虽然他心里觉得自己对于部队了解还很不够。）团长把拳头向下捶了一下："那么——下家伙了！"又伸手抓起电话筒下了命令。这些事都在五分钟内做完，而后，他一阵风似的跑到突击部队那里去了。政治委员笑了笑，抽身走出树林来。望了望，距离不太远的山岭上烟火烧作一团，枪声稠密，差不多听不出什么间隙了。——可是他已经预见，在二十分钟以后，战斗就要基本解决。这一点，虽然没有交换意见，但与团长简单对话时，他们双方是完全默契了。

他呼了一口气。昨晚落过雨，秋天的野外，空气是那样清爽，有潮湿的树叶气味。刚才他觉得他还不了解部队，实际并不是那样，不过他总在细心考虑：当自己离开部队时期，部队有了一些什么变化了？自己又有了一些什么变化了？从前打游击战小部队作战的经验现在用得上吗？……他这种细心谨慎，是出于以下这种心情，就是他觉得：在这样光荣的部队里，是一种特殊的荣誉，他不能叫这种光荣在他手里有任何一点损失，因此，就特别谨慎。这一个团，其中有一个连，还是从井冈山时代就开始战斗的。十九年辗转在火线上，尽管不但在这个连，甚至在这个团，也没有一个那时候的人了，这个连却保持和发扬了从那时就有了的顽强善战的传统作风——政治委员亲切地想到这种作风，是毛主席直接带出来的。刚才团长决心投入解决战斗的那个营，就包括了这个连，所以政治委员非常放心。现在，子弹噗哧——噗哧在周围地下直响，他从口袋里掏出怀表，只有十分钟时间了，他现在自己应该到火线上去了。

可是他还没有到达，当他穿过山岭的小树林的时候，战斗结束了。

战场上，阳光枯燥刺目。他和蔼地慰问着每个战士。在一棵杉松下（五分钟前，是敌人指挥所主要的机枪阵地）与团长会在一起，吸了一支香烟，他很满意，他的老部队比从前还沉着坚定、勇猛善战了。

第二次作战的时候，仗打得非常顺利，可是解决战斗的最后五分钟，敌人突然发起反冲，一直冲到营指挥阵地前一百米远。这时，政治委员正在那里。——敌人把冲锋枪集中在前面，呼呼扫着、喊叫着，那火力、那声势都是十分凶猛吓人的。政治委员在那里一动不动，营长提着匣子枪，呼喝着往前面跑，三步以外，一扑就倒下了，政治委员还是未退一步。正在这危急关头，突然，一个连长本来在侧翼运动，并没得到任何命令，他就机动地带领部队，斜刺里扑向敌人,一声不响,一齐挺起白晃晃刺刀。——敌人经不住这勇猛的压力,一下,哗地崩溃下去了。在火线上,政治委员就对于这个连根据情况主动出击的行为赞不绝口。战斗结束了,他问清那个连长的名字,在日记本上写下"文希岗"三个字音。可是他抬起头,十分爱昵地对教导员说:"你不要把我的话告诉他——你回头叫他到我那里去一趟!"两个钟头以后,那个短小精悍的山东人文希岗到了他这里。他们总结了这一次文希岗在战场上的机动、勇敢的成功之后,政治委员微笑着,把自己思虑很久的一个问题提出来问这个连长:

"你作战隐蔽身体不?"

"不。"

"不,好不好呢?"

"不好。"

政治委员给这天真的答案,弄笑了。

在政治委员脑子里,从来区分出两种人:一种勇敢,一种怯懦;对怯懦的人他希望他勇敢起来,对勇敢的人他希望他能更多注意战术动作。

"你怎样也应该隐蔽一下——你想,把你打了,你的连怎么办呢? 一个指挥员不能光凭个人勇敢,今天,你做得是对的,因为到了关键时刻,胜负在此一举嘛! ——可是平时你得注意隐蔽,永远不能拿过时的经验处理现在的情况,现在敌人的火力跟过去可不同了,这就是一个具体的战术问题,你记着:勇敢加上艺术,才等于胜利,是的,要点艺术!"文希岗先望着他那光彩焕发的快乐和蔼的脸庞,又望着他那甩动的空袖筒。文希岗在想:这个人不知从何时起就把少去一只胳膊这件事忘记了。

至于政治委员却在想：自己说话太多了。本来一个勇敢的连长，用不到对他说这样多，他自己也应该在作战当中学会。问题是现在还有不少人认为指挥员如果隐蔽身体那是丢人的事。他这时确定要把这一条到处去宣传、去教育才对。

他们以后就坐下来吃饭。政治委员很灵巧地用一只手吃着，他忽然问：

"战士觉得现在生活怎么样？"

他举眼望着，等候回答。文希岗连想也没想就说：

"有的人，怎样好他也觉苦，有的人再苦他也不觉得苦。——在我看呢。现在算什么苦，比关里打游击吃树皮好多了。"

不知怎样，政治委员很欢喜这个回答。他不欢喜虚伪，比方对上级报告，总是顺口编造："我们那里每个人都好，没问题。"那时他就要追问：真的每一个吗？……那么，个别战士也没什么思想问题了，干部就没什么事可做了吗？不，打仗不是那么简单，有的时候是苦的，很苦，我们承认这种苦，问题是真正好战士，他经过思想斗争，他仇恨阶级敌人，他明白为一个崇高理想而战，他就不怕苦。只有每个战士都是这样，那队伍就最强最有力量。停了一会儿，他想起什么重要事似的说：

"你还记得——咱们一支枪，只有五六发子弹，谁都舍不得放，还咋唬：打炮啦！打炮啦！——可是统共才有三颗炮弹……"

"怎么不记得，现在不是没人捡子弹壳了！"文希岗笑了。

他这一笑，很引起政治委员注意。政治委员觉得在他的笑意里，包含两种意思：一种是过去斗争的光荣，一种是对于现在某些浪费子弹现象的不满意。政治委员很高兴，吃完了饭，他轻轻地说：

"对,不要忘记——论起来,现在比从前真是享福了。"他沉吟了一下,"子弹壳还是要捡呀!"

文希岗觉得政治委员十分了解他,像一齐蹲了多少次战壕的同班战士一样。他跟每一个同志一样,从这里走去,觉得总比来时多了点什么,兴奋,快乐,有信心。

但这不久以后,团里的一个严重问题提到他面前来了:二营教导员沈克,在他的工作岗位上表现了消极怠工情绪。

政治委员先了解了沈克的情况:一个在农村里当过小学教员的人,抗日战争中还负过一次伤,可是现在,半年之内,他已经三次写信提意见调工作。组织上分配旁的工作给他,他又不接受,而且他直截了当提出要离开这个团。到哪里去呢?政治委员心里明镜一样,知道他是要到后方去工作。因为他公开到处广播:过战争生活过腻了。最近他又第四次提出要求来。根据政治委员政治工作经验——他是了解,长期战争,战争是要死人的,现在战争更加频繁与残酷了,这都是事实。可是革命胜利就决定在这关头。个别意志薄弱的人,存着"不知哪天牺牲"的心理,就不能提高战斗性,时刻进取,而开始厌倦、疲苶起来了。加以到东北以后,进了大城市,周围环境影响,这种人首先在生活、作风上也露出弱点……他面对这一疑难问题,他决心和这现象作斗争。甚至他觉得作为一个政治委员,这是他最最重要的工作,因为这是敌对的阶级意识,跑到我们队伍里来作怪了。

作战之后,经过一段艰苦行军。从行军汇报上看,二营竟发生了减员现象。住进房子,政治委员到二营营部来了,沈克正坐在老百姓的炕上,带三个通讯员玩"骨牌扑克"。政治委员问:

"营长呢?"

“到五连去检查减员情形了。”

“副教导员呢?”

“到机枪连去检查减员情形了。”

政治委员是无法原谅这种人了,他的眼睛闪着威严的光芒,他在那里站了半天,但他终于控制了自己的感情。

这一天,在营里他发现沈克闹个人情绪的问题已十分严重。这次作战他还给通讯员一巴掌,通讯员哭了——全营战士议论纷纷,说上级太不像话,违犯政策,还打人呢!

傍晚,政治委员回到团部。——他和团长坐在点燃一支蜡烛的小桌旁,他把一只单臂搁在小桌上,他吐了一口气,他觉得既然见到团长,他可以诉诉他的苦衷了,于是他望也没望团长,自语着:“我真看不得这种人!——党把那样重要任务交给他,可是他在那里腐蚀党,他简直想出卖我们的光荣!”

“你说沈克吗?”

他抬起头:“老曹,我看得考虑,我问了战士们的意见,我看一人吃鱼,一锅沾腥——开始减员,后来就没有战斗力,再后来,你想……我们不要右倾,我们答应他的要求!后方是不能去,我们还要尽我们的责任,争取、教育,把他调到咱们身边观察观察他,你看怎么样?我们大胆提拔新人,我们需要真正为战士、不是为自己的人,来做政治工作。——我给师打电话,我建议提拔副教导员代替他,我好久就在了解他了!”提到副教导员,团长同意了他的意见,这时他脸上换过一层喜悦的颜色,他才兴致勃勃了。

沈克调到团部,营里从战士到干部,对这种处理,都有一种好的反映,可是他自己,见到人还是说:“咱们当思想干事啦(那意思是说因为他思想有问题)!”

实际,他不能忘记,他调到团部那一天和政治委员的一段谈话——他进去,政治委员正朝着墙上的地图在想什么,好半天时间,转过身来,望着他,政治委员的脸色是严峻的,一只空的袖子静静地垂在左面。他缓慢地开了口:

"你要好好在团部工作!"

隔了半天,沈克讷讷地说:

"我要求……休息……"

"什么?休息?——我们根本不应该提这两个字,我们是要斗争,不是要休息!"

但,沈克是陷在苦恼之中了。他觉得自己负过伤,自己为革命尽过力,革命快胜利了,歇一歇脚有什么了不起,打仗也不少他一个人,可是这又怎样对政治委员说呢?说我负过伤,可是政治委员是连一条胳膊都丢掉了……他就一点声音也没有地站在那里,他用沉默来反抗一切。政治委员突然走近他,他望见政治委员眼中的光辉那样和蔼、那样热情,甚至柔声和他谈起来:

"同志,你负过一次伤,不错,革命不会忘记你,可是正因为你负过一次伤,你要想一想,你想想,你流过血……我也流过血,难道我们的血白流了吗?"

实际,政治委员并没有严厉地责罚他,而是又耐心又和蔼,但这正打动了沈克的心,在他思想中投了一把火。那以后,他好几次下了决心,一直跑去找政委,到了门口还在咬牙、生气,可是每一次,政委态度都是那样和蔼,他也就一下又松了劲。加以那时正赶上部队进行阶级教育,展开诉苦运动。政治委员和多数战士一样,在诉苦当中,深深回味着自己从前和现在。他觉得这对沈克有好处,一天从连队回来,就把沈克派到警卫连去。沈克明白,名义上是帮助工作,实际是让群众教育他。他就抱了成见,天天吃完饭没事,到警卫连院落里一蹲,人家是诉苦,他是混日头。人家说:"苦!"他心里说:"苦算什么,也值得说。"人家流了泪。他心里说:"革命军人流什么泪。"可是不能不听,政治委员抽冷子就喊他去"汇报"。——一次,政治委员轻轻叹了口气望着他的眼睛说:

"革命这么多年,好像革懂了,原本大家都是穷人抱团结,闹革命——可是直到现在,听罢大家诉苦,才这般清醒:我自己是苦人,我们部队千千万万好同志都是同样的苦人。"

本来,从东北解放区土地改革中,大批翻身农民涌入部队。——他们从前用来受苦的两只手,现下拿起枪,这是天翻地覆,一点也不简单的事。久而久之,沈克也想到广大农民的苦楚,甚至也想到自己——他家虽是中农,前十年山东闹天灾,不一样吃树叶,啃树皮,饿得一张脸上只两只眼还有一丝活气。娘在那以后闹水臌症胀死了。还是后来八路军来闹减租减息,闹生产运动,才慢慢过了比较富裕的生活。人就怕不前思后想,沈克脑筋这样一开闸,渐渐也就不抱反感态度了。不过想来想去,一碰上自己疼处,他就不能拔自己那老根子,那是说不出口的自己思想深处一个生死问题,虽然他自己对自己也不肯坦然承认。另外他还有顾虑:闹到这样地步,难道再回到营部去吗?天天还是行军、打仗、开会、总结,然后又是行军、打仗,又是开会、总结,多么枯燥,多么麻烦。再说回去又有什么脸面呢?想到这上,他又烦恼了。因此,他就如同秋天的气候,时阴时晴,晴阴不定。在他一天又一天,反覆思想斗争着的时候,他改变了心情,他尽量回避政治委员。这心情真难讲,他想见到他,又怕见到他。可是实际上他差不多天天都看见了政治委员。政治委员就永远那样愉快,满身精力,永不倦怠,在那里忙碌着,而且生活得同样艰苦。他几次到团部,有一次,他听见政委在责备他们的炊事员:"你给我们又弄了一顿好饭,谢谢你!可是以后不要弄了! ——我们不能享受,多少农民吃不上饭,战士也很苦。"又一次,他和供给处长说:"有好的不要往我们这里送! ——送到连队里去,你眼睛里要以战士为主,不要只看见首长。"诉苦运动以后,这些特点也就愈发明显了。政委这样艰苦勤劳,十分地感动了他。而且每次还朝他笑,跟他谈话。他知道政治委员在等待着他,可是这种等待使他十分痛苦。

这天夜晚,有消息:黎明前要行动作战。沈克的思想就矛盾到极点了——走呢? 不走呢? 必得弄个清爽。——纠缠的结果,他无论如何不愿在这里呆下去,不如干脆提出"退伍",以后就什么问题也不考虑了,是陷坑也就踩这一下吧。他下了决心,立刻向团部走去。

团部窗上,灯光闪闪,人影憧憧。

他立刻停住脚——他想:政委在那里工作。

不错,人们在里面谈话——讨论问题——政委大声哈哈笑着,他在一一解决问题。电话铃不时叮铃铃响一阵……

沈克望了半天,就要把"报告"喊出口了,忽然,一阵冷风"飕"地吹透全身,心噗咚跳了一下——就像一个人顺着又黑又湿的井口往下沉落。他觉得这时只有政委是光明的,他永远不息地前进,自己呢? 只隔着一层窗纸,就这样黑暗。"黑暗?!"他几乎惊叫出声响来,他仔细嚼着这两个字:"黑暗?!"……从脑门上他抹下一把冷汗……

正在这时,他听见政委跟团长在讲话,政委高声说:

"好——一营向团委要求主攻任务,你记着! 一营所以是一营,就因为它永远走在前头。"

团长声音:"你等着,不会差五分钟,还有呢,老吴!"声音里含着无限热情与信心,沈克知道团长所指是自己原来所在的那个营。

立刻在沈克眼前出现了他自己的营部。他似乎看见连队要求任务的信一封跟一封送到他手里。一听打仗,战士就活跃起来了,连部这一晚不会睡好觉。班长、战斗英雄,挤着进来,跑得满头热汗,惟恐旁人跑到前面,争去突击班。然后连的干部中间争着谁带突击排,争得嗷嗷叫……他似乎还在那里,而且蹲在一道,分享着那英雄主义的快乐,和营长一封封拆着这许多热情的、战士笔迹的信。他感到十分兴奋。这时自己就该伸手抓着电话机了。因此,现在站在窗外他竟然出奇地着急起来,这一回我们的营为什么这样慢呢?

突然,屋里又在讲电话,他静静地听,政治委员先笑了,随即严肃地说话:

"二营吗?你们要求主攻……对,对,我知道,好好鼓励战士,忘不了你们。"

二营就是沈克原来所在的营——他想讲电话的可能是副教导员,从前是谁呢?

这样一来,他不能再站立,也不能再听下去了。他转过身急急忙忙走出院落。——北斗星正冷冷高悬空中,黑夜庄严而且寂静。他经过每间屋,窗上都闪着灯光。他知道所有的人都在为了这一个战争进行准备,只有他自己……自己好像向另外一个地方走。那么黎明一来……一,二,三,他心里计算着,还有五个钟头,他们就往前走,他就往后走,他就离开他们——不错,离开他们,又怎样呢?——从此部队上再也没人理,到后方,后方的干部,都要上前线,回关里,识字班妇女问起来怎样说呢?……

这时他一次又一次,一回又一回,想到他的营、连——战士们在一炕上睡,在一锅里吃,在火线上一齐奔走冲杀,你帮着我,我抱着你。他想到自己过去的错误——自己享受,疲沓,没好好领导部队,没好好作战,自己一个人的错误,已经影响多少人牺牲了……想到这里,突然浑身战抖了一下,一股热辣辣的火,从心里冲上来。最后每一个每一个战士英勇的面孔从他眼前飞过。政治委员单臂,昂头,在枪林弹雨中前进——“你,真的出去,算什么人呢?——谁还是你的亲兄弟……”他眼窝一热,竟落下泪来。

战争一来,政治委员便完全投身于战争之中,而把沈克的思想问题暂时忘掉了。

开始是攻坚,×营的×连,伤亡了一部分。因为情况紧急,团立刻又转移到另一个地方打援。×连以他们顽强善战的意志,写信给团党委坚决继续要求任务。团长刚刚骑马从师部赶回来,掀下帽子,一头热汗,威严地小声地说:“老吴——决定立刻干!”政治委员笑嘻嘻把手上的×连请求书递过去。团长愉快地哈了一声,转身要走。政治委员阻止着:“哪儿去?”“去×连——开始攻击!”政治委员坚决地说:“我去,你来主持整个团的出击,我们拿下山头,你们立刻插!”他作了一个迂回的手势。这天,落着小毛毛雨。政治委员口袋里揣着这封请求书,顺着泥泞小路,往他们已经守了一夜的山上走去。而且他带给他们攻击南面那一座被敌人占据的大山的任务。从他们那里攻击,一上一下三里地,可是这一次战争的全部胜利关键,就在于能或者不能夺下这一个险要的山峰。政治委员觉得自己亲自到来,是比一切话还都清楚,他们的任务是紧急的。攻击是下午三点钟开始的。第一次,第二次,第三次,都被敌人密集的火力打下来了。——可是连队发怒了,这里攻不动,从那里攻,那里攻不动,从这里攻,他们一刻不停,顽强地在各处冲杀,他们要不就拿下山头,要不就不回来了。枪弹炮弹把那一条山岭打得烟雾蒙蒙,什么也看不清楚了。

政治委员原来从小山上在用望远镜仔细观察。

太阳西下了,战事发展到最后一刻。就是说,如果攻不下,他们就要对峙,甚至比对峙还坏。因为敌人援兵也许赶来,这一团就吃不动了。他转过身,把望远镜交给通讯员李宾。他的空空的袖子摆动着,他走下小山,又走上大山。跟他来的干部两次拦阻他,他也没看是谁,只把手推开,照样向前走去。

六〇炮弹"吭""吭"把他周围的土和石块崩炸起来……但他是镇静的,他利用炮火每一次短促的间隙,迅速跑上了山。他一直往前走。子弹在他头上刺着空气,发出一种奇妙的"嗤""嗤"音响。他好久没听这音响了——他奇怪地抬起头望一望,但他从未停止一下脚步。负伤的战士在他旁边地下躺了一溜,都目送着他。没一个人在这时哼叫一声。一上去,他就从一个干部手里抢了一支匣枪,他现在要带领冲锋了。他要用他自己的力量,和战士一齐最后摧毁敌人了。——就在这时,一个人从他身后跑上去。他简直连看也没来得及看这是谁——但是他停了一下,他听见那人在大声叫喊:

"冲啊!拿下山头,打垮蒋介石啊!"

战士们跟在这勇敢的人后面,一拥而上,一下就冲上山峰。——短促的,不过五分钟吧,肉搏战,敌人溃退了,战士们狂热地喊叫着一直追下去了。——站在山峰之上,政治委员叫号兵吹了一次号,这是通知团长:"山头拿下来了。"政治委员从后面,顺着那到处是敌人尸体的斜坡走下去。山的那面枪声大作,出击的部队显然按着预定计划,顺利进行战斗。二十分钟以后,战斗结束了。政治委员满脸是尘土和热汗,他骄傲地走到×连的战士那里来。这时他才看清,原来那一个带头的人,不是旁人,却是沈克。政治委员在这一瞬之间,他在回想,他没发觉什么时候沈克曾经跟在他的身后边过。他是每一件事都要思想一下的人。现在他相信是自己那时太紧张了,一心一意只注意着这眼前战事的展开,他没注意自己周围的某一个人,现在他心中甚至暗暗责备自己太紧张了。这时,他仍然像每一次战斗之后一样,他走过去,战士围拢上来,他和沈克站在一起,吸着烟,他笑着小声说:

"平时我认识你们李四张三——在战场上,我可不认识你,我就看谁在那里完成任务……"

1947 年 12 月 14 日

(原载《政治委员》,东北书店 1948 年 3 月版)

作者简介:刘白羽(1916—2005),山东潍坊人。1938 年赴延安,同年加入中国共产党。著有长篇小说《第二个太阳》,小说集《草原上》《火光在前》,散文集《红玛瑙集》《风霜集》《海天集》等。

雨来没有死

管　桦

一

在冀察晋的东北部,有一道还乡河,河里长着很多芦苇。背后有一个小村庄。芦花开的时候,远远望去,碧绿的芦苇上,像盖了一层白白的厚雪。风一吹,鹅毛般的苇絮,就飘飘悠悠地飞起来,把这几十家小房屋,都罩在柔软的芦花里。因此,这村就叫芦花村。十二岁的孩子——雨来就是这村里的。

雨来最喜欢这道紧靠着村边的还乡河。每到夏天,雨来就和铁头、三钻儿,还有很多很多光屁股的小朋友,好像一群鱼,在河里钻上钻下,藏猫猫、狗刨、立浮、仰浮。雨来仰浮的本领最高。能够脸朝大在水里躺着,不但不沉底,还要把小肚皮露在水面上。

妈妈不叫雨来耍水。妈妈说河里有淹死的人,怕把雨来拉去当替死鬼。

有一天,妈妈见雨来从外面进来。身上连一丝布条也不挂,浑身的水锈,被太阳晒得油黑发亮。妈妈知道他又去耍水,把脸一沉,叫他"过来!"扭身就到炕上抓条帚。雨来一看要挨打啦,撒腿就往外跑。

妈妈紧跟着追出来。雨来一边跑着,一边回头。糟了!眼看要追上了。往哪儿跑呢!铁头正赶着牛从河沿回来,远远向雨来喊:"往河沿跑!往河沿跑!"雨来听出铁头话里面有道眼,就折转身,朝着河沿跑。妈妈还是死命追着不放。到底追上了。伸手一抓,可是雨来浑身光溜溜像个小泥鳅,一下没抓住,噗通,扎在河里不见了。河水卷起很多圆圈,渐渐扩大。妈妈立在河岸上,眼望着水圈发愣。

忽然,从老远地方,水面上露出个小脑袋来,像个小鸭子一样抖着头上的水,一边用手抹一下眼睛和鼻子,嘴里吹着气,望着妈妈笑。

二

秋天。

爸爸从集上卖苇子席回来,同妈妈商量说:"看见区上工作同志,说是孩子们不上学念书不行,起码要上夜校。叫雨来上夜校呀!要不,将来闹个睁眼瞎。"

夜校就在三钻儿家的豆腐房里。房子很破。教夜校的,是东庄学堂的女老师,穿着青布裤褂,胖胖的,剪着短发。女老师走到黑板前面,嗡嗡嗡嗡说话的声音就立时安静了,只听大家翻课本,哗啦哗啦掀纸的声音。雨来从口袋里掏出课本来。这是用加板纸油印的,软鼓囊囊,雨来怕揉搓坏了,向妈妈要了一块红布,包了个书皮。上面用铅笔歪歪斜斜写着"雨来"两个字。雨来把书放腿上,伸出舌头舔舔指头,掀开书。见女老师闪在一边,斜着身子,用手指着黑板上的白字,念着:

"我们是中国人,

"我们爱自己的祖国。"

大家就随着女老师的手指,用一个声音轻轻地念起来:

"我——们——是——中——国——人,

"我们——爱——自——己——的——祖——国。"

三

有一天,雨来从夜校回到家,躺在炕上,背诵当天晚上学会的书。可是,背不到一半就睡着了。

不知什么时候,门"吱扭"响了一声。雨来睁开眼,看见闪进一个黑影。妈妈划了根火柴,点着灯。一看,原来是爸爸出外卖席回来了,可是,怎么忽然这样打扮起来了呢? 肩上背着子弹袋、腰里插着手榴弹,背着一棵长长的步枪。

爸爸向妈妈说:"鬼子又'扫荡'了,民兵都到区上集合。一两个月才能回来。"

雨来问爸爸说:"爸爸,远不远?"

爸爸把手伸进被里,摸着雨来光滑滑的脊背,说:"这哪有准儿呢? 说远就远,说近就近。"

爸爸又转过脸对妈妈说:"明天你到东庄他姥姥家去一趟,告诉他舅舅,就说区上说的,叫他把村里民兵快带到区上去集合。"

妈妈问:"区上在哪儿?"

爸爸装了一袋烟,巴达巴达抽着,说:"三天里头,叫他们在河北一带村里打听。"

雨来还想说什么,可是门"况浪"响了一下,雨来听见爸爸噗咚噗咚走出去的脚步声。不大一会，就什么也听不见了。从街上传来一声两声的狗吠声。

四

第二天，吃过早饭，妈妈就到东庄去，临走说，晚上才能回来。晌午歪了，雨来吃了点剩饭，因为看家，不能到外面去，只得趴在炕上念他那红布包着的识字课本。

忽然，听街上咕咚咕咚有人跑，把这房子震得好像要摇晃起来。窗户纸哗啦哗啦响。

雨来一骨碌下了炕，把书藏在怀里就往外跑，刚一迈门坎，进来一个人。雨来正撞在这个人怀里。抬头一看，见是李大叔，李大叔是区上的交通员，常来雨来家落脚。

随后，又听日本鬼子唔哩哇啦地叫。交通员老李忙把墙角那盛着一半糠皮子的缸搬开。雨来两眼愣住了："唉！这是什么时候挖的洞呢？"交通员跳进洞里，说："把缸搬回原来地方，你就快到别的院里去，对谁也不许说。"

十二岁的雨来拿出吃奶的力气，才把缸搬回原来的地方。

雨来刚到堂屋，见十几把雪亮的刺刀从前门进来。他撒腿就往后跑。背后"卡拉"一声枪栓响，大声叫着："站住！"可是雨来没理他。脚下像踩着风，一直朝后院跑。随着，子弹向他头顶上嗦嗦地飞来。可是后院没有门。雨来急出一身冷汗。

靠墙有一棵桃树，雨来抱着树就往上爬。鬼子已经追到树底下，伸手抓住雨来的脚，往下一拉，雨来就掉在地下。鬼子把他两只胳臂向背后一拧，捆绑起来，推推搡搡回到屋里。

五

前后院鬼子都翻遍了。

屋子里也遭了劫难,连枕头都用刺刀挑破了。

炕沿上坐着的那个鬼子军官,两眼红红的,像刚吃过死人的野狗。用中国话问雨来说:"小孩,问你话,撒谎的不许!"突然,他望着雨来的胸脯,张着嘴巴,眼睛睁得圆圆的。雨来低头一看,原来刚才一阵子挣扎,识字课本从怀里露出来。鬼子一把抓在手里,翻着看了看,问他:"谁给你的?"雨来说:"捡来的!"

鬼子把脸上的横丝肉堆起来,露出满口金牙,做个鬼脸,假装温和地向雨来说:"害怕的不要! 小孩皇军大大的爱护!"说着就用鬼子话叫人替他松绑。

雨来把手放下来,觉着胳臂更加发麻发痛。扁鼻子军官用手摸着雨来的脑袋,说:"这书谁给你的,关系的没有,我的不问了。别的话要统统告诉我! 刚才有个人跑进来,看见没有?"

雨来用手背抹一下鼻子,嘟嘟哝哝地说:"我在屋里,什么也没看见!"扁鼻子军官伸手在皮包里掏。雨来心里想:"掏什么呢? 找刀子? 鬼子生了气要挖小孩眼睛的。"可是掏出来的却是一把雪白的日本糖块。往雨来手里一塞,说:"这个大大的好! 你的吃吃,你的告诉:他的什么地方? 金票大大的有。"他又伸出那个带金戒指的手指,说:"这个,金的,统统的给你!"

雨来没有接他的糖,也没有回答他。

旁边一个鬼子飕地抽出刀来,瞪着眼睛,要向雨来头上劈。扁鼻子军官摇摇他的圆脑袋。两个人唧唧咕咕说了一阵日本话。那鬼子向雨来横着脖子翻白眼,使劲把刀放回鞘里。

扁鼻子军官压着肚子里的火气,用手轻轻拍着雨来的肩膀,说:"死了死了的没有,我的不叫,我大大的喜欢小孩,你看见的没有?说呀!"

雨来摇摇头,说:"我在屋里,什么也没看见!"

扁鼻子军官的眼光,立时变得凶恶可怕,向前弯着身子,突然伸出两手。呵!这手就像鹰的爪子!扭着雨来的两个耳朵,向两边拉。雨来疼得裂着嘴叫。随后,这鬼子又抽出一只手来,在雨来脸上左右开弓,拍!拍!打了两巴掌,又用手把他脸上的肉揪起一块,咬着牙拧。雨来的脸立时变成白一块、青一块、紫一块。鬼子又向他胸脯打了一拳。雨来脚立不稳,打个趔趄,后退几步,后脑勺正撞在柜板上,身子一歪要倒下去,但立刻又被抓过来,肚子撞在炕沿上。雨来半天才喘过这口气。脑袋里像有一窝蜂,嗡嗡地叫,两眼直冒金花,鼻子里流着血,血珠掉下来,溅在课本那几行字上:

"我们是中国人,"

"我们爱自己的祖国。"

鬼子打得累了,雨来仍是咬着牙说:"没看见!"

扁鼻子军官气得暴跳起来,嗷嗷吼叫:"枪毙的有!枪毙的有!拉出去!死了死了的!"

六

太阳已经落下去。蓝色的天上,飘着一块一块的浮云像红绸子,照在还乡河上,河水里像开了一大朵一大朵的鸡冠花。苇塘的芦花,被风吹起来,在上面飘飘悠悠地飞着。

芦花村里的人听河沿上响了几枪。老人们含着泪说:

"雨来是个好孩子! 死得可惜!"

"有志不在年高。"

芦花村的孩子们,雨来的小朋友铁头和小黑几个人,听到枪声,都呜呜地哭了。

交通员李大叔在地洞里不见雨来搬缸。幸好院里还有一个出口,李大叔试探着推开洞口上的石板,扒开苇叶,院子里空空的,一个人影也没有,四外也不见动静。忽然听街上有人吆唤着:"豆腐啦!"李大叔知道这是芦花村的暗号,明白敌人已经走远了。

可是雨来怎么还不见呢? 屋里屋外都找遍,也没有雨来的踪影。他跑到街上一问,才知道:"雨来叫日本鬼子打死在河沿上啦!"

李大叔听说,脑袋轰的一声,耳朵叫起来,眼泪流下来,便一股劲地跟着人们向河岸跑。

到了河岸,别说尸首,连一滴血也没有看见。

大家呆呆地在河岸上立着。还乡河静静的,河水打着旋涡哗哗地向下流。虫子在草棵里叫着。不知谁说:"也许鬼子把雨来扔在河里冲走了!"大家就顺着河岸往下找。突然铁头叫起来:"呵! 雨来! 雨来!"

在芦苇里,水面上露出个脑袋来。还是那么像个小鸭子一样,抖着头上的水,一边用手抹了一下眼睛和鼻子,嘴里吹着气,一手扒着芦苇,向岸上人问道:"鬼子走了?"

"啊!"大家都欢喜地叫起来,"雨来没有死! 雨来没有死!"

原来,枪没响以前,雨来就趁鬼子不防备,冷不防扎到河里去。鬼子慌忙向水里打枪,我们的小英雄雨来,却已经从水底游到远处去了。

1948 年

（原载 1949 年 4 月 4 日《人民日报》）

作者简介：管桦（1922—2002），原名鲍化普，河北丰润人。1940 年参加革命工作。著有中篇小说《小英雄雨来》，长篇小说《将军河》，歌词《我们的田野》《听妈妈讲那过去的事情》等。

散文纪实

赤都心史

瞿秋白

序

人生的经过,受环境万千现象变化的反映,于心灵的明镜上显种种光影,错综闪烁,光怪陆离,于心灵的圣钟里动种种音响,铿锵递转,激扬沉抑。然生活的意义于客观上常处于平等的地位,只见电影中继继存存陆续相衔的影象,而实质上却是一个一个独立的影片。宇宙观中尽成影与响,竟无建立主观的余地。变动转换,复杂万千,等到分析到极处,原无所"有"。然而同样的环境,各人各时各地所起印象各异——此所谓"世间的不平等性"于实际生活上永存不灭,与世间同其久长。所以有生活,有生活的现象,有生活现象之历史的过程。生活现象之历史的过程既为实质之差异的印显,就必定附丽于一定的"镜面钟身"。于是已出抽象概括的问题而入具体单独的问题。缘此世间的不平等性而有人生经过可说。镜面之大小,钟身之厚薄,于是都为差异之前因。镜与钟的来处,锻炼时的经过,又为其大小厚薄之前因。历史的过程因此乃得成就。

东方稚儿熏陶于几千年的古文化中,在此宇宙思潮流转交汇的时期,既不能超越万象入于"出世间",就不期然而然卷入旋涡,他于是来到迅流瀑激的两文化交战区域,带着热烈的希望,脆薄的魄力,受一切种种新影新响。赤色新国的都城,远射万丈光焰,遥传千年沉响,固然已是宇宙的伟观,总量的反映。然而东方古国的稚儿到此俄罗斯文化及西欧文化结晶的焦点,又处于第三文化的地位,不由他不发第二次的反映,第二次的回声。况且还有他个人人生经过作最后的底稿。——此镜此钟置之于此境此界,自然断续相衔有相当的回射。历史的经过,虽分秒的迁移,也于世界文化上有相当的地位,所以东方稚儿记此赤都中心影响的史诗,也就是他心弦上乐谱的记录。

《赤都心史》将记我个人心理上之经过,在此赤色的莫斯科里,所闻所见所思所感。于此时期,我任北京《晨报》通信记者的职务,所以一切赤国的时事自有继续的通信,一切赤国的制度另有系统的论述,不入《赤都心史》内。只有社会实际生活,参观游谈,读书心得,冥想感会,是我心理记录的底稿。我愿意读者得着较深切的感想,我愿意作者写出较实在的情事,不敢用枯燥的笔记游记的体裁。我愿意突出个性,印取自己的思潮,所以杂集随感录,且要试摹"社会的画稿",所以凡能描写如意的,略仿散文诗。材料的来源,都在我莫斯科生涯中,约略可以分作几种:杂记,散文诗("逸事"),读书录,参观游览记。"我心灵的影和响,或者在宇宙间偶然留纤微毫忽的痕迹呵!——何况这本小小的册子是我努力了解人生的印象。"

1921 年 11 月 26 日,莫斯科,集竟记

一、黎明

沉沉的夜色，安恬静密笼罩着大地。高烧的银烛，光地影昏，羞涩的姮娥，晚妆已卸；酒阑兴尽，倦舞的腰肢，已经颓唐散漫，睡态惺忪，渴涩的歌喉，早就澜漫沉吟，醉呓依微。兴高采烈，盛会欢情，极人间的乐意，尽人间的美态，情感舒畅，横流旁溢，"留连而忘返"，将当年"复生"的新潮所创造的"人间美"，渐渐恶化，怠化，纵恣化。清歌变成了醉呓，妙舞已代以淫嬉，创造的内力已自趋于磨灭。一切资产阶级的艺术文化渐渐地隐隐地暴露出他的阶级性：市侩气。地轴偷转，朝日渐起，任凭你电花奇火有几万万光焰，也都濒于夺光失采的危怖。几分几秒后，不怕你不立成"爝火"的微光。黎明来临，预兆早见，然而近晓的天色几微，鱼肚惨色渐转赤黑愁黯的霞影时，反不如就近黄昏的夕阳！游荡狂筵的市侩乐，殊不愿对于清明健爽的劳作之歌让步。何况夜色的威权仍旧拥着漫天掩地的巨力，现时天机才转，微露晨意，未见晨光，所显现的只是黎明的先兆，还不是黎明呢。鱼肚之光，黑霞之色，本来是"夜余"而又是"晨初"呵。

人类的义化艺术，是他几千百年社会心灵精采的凝结累积，有实际内力作他的基础。好一似奇花异卉受甘露仙滋的培植营养：土壤的膏腴，干枝的壮健，共同拥现此一朵蓓蕾。根下的泥滋，亦如是秽浊，却是他的实际内力的来源；等到显现出鲜丽清新的花朵，人人却易忘掉他根下的污泥。——社会心灵的精采，也就包含在这粗象的经济生活。根本方就干枯——资产阶级经济地位动摇，花色还勉留几朝的光艳，新芽刚才突发——无产阶级经济权力取得,春意还隐于万重的凝雾。

那将来主义,俄罗斯革命后而盛行的艺术上之一派——是资产阶级文化的夜之余,无产阶级文化的晨之初;他是春阑的残花,是冬尽的新芽;凝雾外的春意暂时委曲些儿,对着那南风中的残艳,有无愧色?……固然!然而,夜阑时神昏意怠的醉荡之舞,看来已是奄然就息;那黎明后清明爽健的劳作之歌,还依稀微忽。当然仅觉着这目前沉寂凄清的"奇静",好不惨惋。可是呢……悄悄地里偶然遥听着万重山谷外"新曲"之先声,又令人奋然振发,说:黎明来临……黎明来临!

莫斯科的德理觉夸夫斯嘉画馆里,陈列著名的俄国画家,如联萍等的手笔,旧文化沙砾中的精金,攸游观览,可以忘返。于此间突然遇见粗暴刚勇的画笔,将来派的创作,令人的神意由攸乐一变而为奋动,又带几分烦恼:粗野而有楞角的色彩,调和中有违戾的印象,剧动忿怒的气概,急激突现的表显,然而都与我以鲜,明,动,现的感想。前日,我由友人介绍,见将来派名诗家马霞夸夫斯基,他殷勤问及中国文学,赠我一本诗集《人》。将来派的诗,无韵无格,避用表词,很像中国律诗之堆砌名词形容词,而以人类心理自然之联想代动词,形式约略如此,至于内容,据他说和将来派的画相应——他本来也是画家。我读他不懂。只有其中一篇《归天返地》,视人生观似乎和佛法的"回向"相仿佛。家乐剧院更取将来主义入演剧的艺术,一切旧规律都已去尽,亦是不可了解。新艺术中的有政治宣传性者,如路纳察尔斯基的《国民》一剧,我曾经在国家第二剧院——旧小剧院看过,所用布景,固然是将来主义,已经容易了解些,剧本的内容却并非神秘性的,而是历史剧,演古代罗马贫民革命,且有些英雄主义的色彩。昨日到大剧院,一见旧歌剧花露润融,高吟沉抑,旧艺术虽衰落不少——据俄国人说如此——却一切美妙的庄丽的建筑艺术都保存完好。

危苦窘迫,饥寒战疫的赤都,文化明星的光辉惨淡,然而新旧两流平行缓进,还可以静待灿烂庄严的将来呢。

1921 年 2 月 16 日

十一、宗教的俄罗斯

愁惨的阴云已经散尽,凝静的死雪已经化完,赤色的莫斯科渐渐融陶于明媚的春光。蔚蓝的天色,堆锦的白云,春气欣欣,冷酷的北地风雪已化为乌有了。基督救主庙壮丽的建筑,辉煌的金顶,矗立云际,依然昂昂突显神秘的奇彩。庙旁旷园,围着短短的灌林,初春的花草,鲜黄嫩绿,拂拭游春士女的衣袂。

俄友郭质生来谈,说今天是俄国旧历复活日曜日,家家都插"瘦柳",教堂中行大礼拜呢,因邀我们去看。希腊教的仪式,却是中国人的基督教观念中所没有的。

莫斯科最大的教堂——基督救主庙,建筑伟丽,雕刻画像都有很大的艺术上的价值。我们进去的时候,人已很多,每人手中都拿着一握"瘦柳"。只见十余丈高的堂顶上,画着非常之伟丽的耶稣像,四壁辉煌金彩,中间成一十字甬道,甬道的一端,正中有大理石龛,龛前(十字甬道之前)二角有两台:一经筵,一歌筵;十字甬道之他端是庙门,此处和经筵歌筵相对又有两座:左为国皇座,右为神甫座。救主庙的神甫,是全俄最高神甫,革命前受国库供养,统辖全国教堂事务,所谓"国家中之国家"。十月革命后教制仍存,不过与国家政府绝对脱离关系,单受信教徒的供给。我们在教堂中站着不多时,人渐拥挤,最高神甫到了。只见一老者穿着银色长袍,仿佛中国的道士服装,旁有两侍者,服装相类。一侍者手执香炉,垂着银索,在前一面走着,一面荡着,领导最高神甫走向祭坛,歌筵上立刻就唱起圣歌来。大礼拜式就此开始。随后神甫走到堂中向众画三次十字,一侍者展开斯拉夫文《圣经》,放在他前,高声朗读。如此种种仪式,延长约有两小时余。

我们回到寓所,郭质生问我有何感想。我说仿佛不在欧洲。他笑着说俄国东方文化很深,大多数农民群众,迷信得很呢。——革命之后才稍好些。诚然不错,希腊教仪式竟和中国道教相似。

农民因俄国旧文化的缘故,守旧而且愚昧。据郭质生说:十月革命初期,各地乡村中农民奋起,高呼分权万岁,各村通行须有当地地方政府的执照,如此者三月。后来国内战争剧烈,农民少壮都受征调,政府派遣食粮军收集食粮,农民才渐渐忘掉苏维埃政府分给土地驱逐地主的政策而起怨忿之心。现时新经济政策初实行,还时时听见农民反抗的事——他们还不十分相信呢。然而革命前俄国人民有百分之七八十不识字,如今识字者的数目一跃而至百分之五十。最大的原因有两个:(一)二月革命后政局上不断地起非常之巨大的剧变,虽然沉寂的乡僻地方也渐渐有得政治消息的兴趣,各党宣传者多四出散给报纸。(二)退伍兵士,从战线回家,思想已大改变。——因此现在农民对于宗教的关系稍淡,思想上的改造,已经要算大告成功了。

4 月 23 日

十六、贵族之巢

两三月前,《劳农公报》初发表开放商业的命令。小商人市侩欣欣然地露出头来。不但小商人呢！体力不能当工人的一班"念书人"，夫人，小姐，受不着职工联合会的保护，口粮所领太少，消费的欲望又高——这才有了机会。

十字街间，旷场两面，一排一排小摊子。……人山人海，农家妇女，老人，工人，学生……种种色色人，簇拥在一处。这里一批白面包，香肠，火腿，牛奶，糖果点心，那里一批小褂，绒裤，布匹。一堆一堆旧书旧报，铁罐洋锅，碗盏茶杯……唔！多得很呢！再想不着：严冬积雪深厚——我们初来时，劳动券制之下——这些丰富杂乱的"货物"，都埋在雪坑里冰池底么？经济市场的流通原来这样。可是开端的原始状况还很可怜。学生服装的一两个人或是拿一条裤子，一双旧鞋也算做生意呢。

远远的日影底下，亮晶晶耀着宝石，金链；古玩铜器，油画，也傲然一显陈列馆的风头。有华丽服饰，淡素新妆的贵妇人，手捧着金表，宝盒等类站在路旁兜卖。有贵族丰度的少年，坐在地下，展开了古旧贵重的红氍毹，等着顾主呢……

现在又过了两月了。亚尔培德街前，许多小孩子拿纸烟洋火叫卖，汽车马车穿梭似的来往，街窗里红玫瑰绣球来欣欣地舞弄他的美色，一处两处散见着新油漆的商号匾额——啊哎！热闹呢！再不像"冬时"，军事的共产主义之下，满街只有茫茫的雪色，往来步行的"职员"，夹着公事皮包的人影了。

一间大玻璃窗，染着晶亮的银字："咖啡馆"。窗里散排着几张小桌藤椅。咖啡馆小室尽头账台上坐着一素妆妇人，室中间站着一半老的徐娘，眉宇间隐隐还含贵倨之态，却往来招呼顾客。

——请问，是不是要咖啡，还是中国茶？

——两块点心,糖果多拿些!——一男子粗鲁的口音回答着,翘着双腿,笑嘻嘻的和同伴谈天呢。

——就来,就来!咖啡一杯,中国茶两杯,点心两块,这里的客人要。……

馆门开处,一位"美人"走进来了,红粉两颊,长眉拂黛,樱唇上涂着血滴鲜红的胭脂,丝罗衣裙,高底的蛮靴,轻盈缓步的作态坐下,眼光里斜挑暗视,好像能说话似的。拈着一枝烟,燃着了,问道:

——咖啡牛奶一杯,有好点心么?

贵倨的半老徐娘和声下气地答应着。咖啡点心都拿来了。忽然又进来一女郎,服装虽不华丽,神态非常之清高,四处一看,见有那一"新妓女"神气的女人坐在那里,于是不多看,忙找着店主人,问好之后,接口就咕噜咕噜用德国话谈了半天。店主人拿出几万苏维埃钱交给女郎,她就匆匆地走了,新妓女那时已吃完:

——你们这里没有牛肉饼么?几万钱一碟?

——没有,对不住,可是可以定做,晚上做好,要多少呢?请问。两万钱一碟。

——要两碟,浓浓的油。

说完她就站起来,扭扭捏捏地走出来,走到门口,懒懒地说一句"再见"。店主人忙答应着,回头笑向那半老徐娘,用法文说道:这又不知道是那一位"委员"的相好,看来很有钱呢……

假使屠格涅夫(Turgeneff)的《贵族之巢》在地主华美的邸宅,现在五十年后,苏维埃俄国新经济政策初期的贵族之巢却在小小的咖啡馆。——原来革命后贵族破产,所余未没收的衣饰古玩,新经济政策初行,流到市场上,过了这两月他们便渐渐集股积聚,居然开铺子了。其实新经济实行,资本主义在相当范围内可以发展。而资本集中律一实现,这班小资本的买卖不过四五月就得倾倒。我初见街头所卖白面包,还是小生意家家里自己零做的。现在已经看得见一两种同式同样又同价的白面包,打听起来,原来已有犹太旧商人复活,做这大宗批发生意,替他算起来,一天可得利几千万苏维埃卢布呢。资本的发展——按经济学上的原则——真是"速于置邮之传命"。

俄国贵族的智识阶级向来最恨资产阶级的文化——赫尔岑说西欧文明不外一"市侩制度"而已。现在却都要成可怜的资产阶级中的落伍者呢。虽然……虽然……那"忏悔的贵族"——"往民间去的青年",一世纪来在社会思想上为劳动人民造福不浅。共产党领袖中磊落的人才也不少过去时代的贵族呵。前一月我曾遇一英国共产党——很研究俄国文学。他说俄国文化中资产阶级一分都没创造,历来文学家社会思想家差不多个个都是贵族。……

我的俄国历史教授纪务立说:大俄罗斯民族东方性本重,个性命发达——固然有许多特点优良的国民性,然而缺点也就不少。老实说,一切艺术科学文学的文化不是西欧输入的么?未欧化的大俄罗斯人污秽迟钝,劣性很可见,至于贵族青年有志的,那又是一件事——他们欧化虽不纯粹,始终在历史上占了一过渡西欧文化的地位。如说到小俄罗斯人——乌克兰人,已近西欧,东方色彩就淡得多。平民之中也可以看得文化性。

初到莫斯科时,我们认得一英国人——共产党,外交委员会的职员威廉。威廉夫人是生长在小俄罗斯的。她曾说小俄罗斯贵族的地主制——封建遗迹,破坏得较早。那地农家妇女爱清洁,有条理——日常生活之中才真见得文化的价值。往往在大俄罗斯及乌克兰边境,小俄农家女有嫁给大俄人的;新媳妇进门不到两三天,立刻就要把大俄农村家庭整顿一番,油刷裱糊都是新媳妇极力主张的——她根性就不能忍耐那半东方式的污糟生活。

6 月 13 日

十八、列宁　杜洛次基

克莱摩宫十三世纪的宫墙,七百年前的教堂——朴素古旧,建筑奇特,当时必是国家中央最大的圣地,而今比着后代西欧式的新殿宇,已竟很低很狭了,累世纪的圣像画壁——人面衣饰,各画之间还留着古艺术的"条件性",好一似中国的关帝像,希伯来君士但丁文化的遗迹还显然;中央执行委员会,人民委员苏维埃的办公室,都在新殿宇内:巨大的跳舞厅,光滑雪亮的地板,金碧辉煌的壁柱,意大利名艺术家的雕刻,有一部分宫殿,彼得大帝以前的俄皇起居,还另设陈列馆人员指导游览,西欧化后俄国的文明已算会集希腊日耳曼的精髓糟粕;现今则安德莱厅赤色光辉四射,全宇宙映耀,各国劳动者代表的演辞,声音震及环球——第三次大会的共产国际;今日之克莱摩宫真做得人类文化三阶段的驳杂光怪的象征。

第三次大会第一天,杜洛次基提案《世界经济现象》,指呈当时经济恐慌稍缓,渐有改善,劳动运动由进攻一转而为防守——资本家反乘机进取,然而这不打紧,共产国际可藉此深入群众,正是历练巩固革命力的好机会。丰采奕奕的杜氏,演说辞以流利的德语,延长到三小时余……后来讨论时,法国共产党有许多疑问,争辩很久。我们新闻记者中有不十分懂的,因约着布加利亚代表同去问杜氏。杜氏见中国新闻记者很欣喜,因竭力和我们解释,说话时眉宇昂爽,流利倜傥。他说,经济状况窘迫——就是"恐慌"到时,并不一定是革命的时机,有时一部分小资产阶级的无政府派之激于意气,冒昧暴发,反丧群众的元力;经济状况改善时,工人资本家冲突渐入"经济要求"的狭轨里,然而即此可鉴"社会党人"和群众的密接训练程度增高……"法国同志就是不赞成我这一层意思……"他说得兴高采烈的时候,手里一枝短铅笔,因他指划舞弄,突然失手飞去,大家都哄然笑起来了。……

列宁出席发言三四次,德法语非常流利,谈吐沉着果断,演说时绝没有大学教授的态度,而一种诚挚果毅的政治家态度流露于自然之中。有一次在廊上相遇略谈几句,他指给我几篇东方问题材料,公事匆忙,略略道歉就散了。

安德莱厅每逢列宁演说,台前拥挤不堪,椅上,桌上都站堆着人山。电气照相灯开时,列宁伟大的头影投射在共产国际"各地无产阶级联合起来",俄罗斯社会主义联邦苏维埃共和国等标语题词上,又衬着红绫奇画——另成一新奇的感想,特异的象征。……列宁的演说,篇末数字往往为霹雳的鼓掌声所吞没。……

大会快完,政治生活的莫斯科这次才第一次与我以一深切的感想呵。

7 月 6 日

二三、心灵之感受

一间小小的屋子,以前很华丽的客厅中用木板隔成的。暗淡的灯光,射着满室散乱的黑影,东一张床,西一张凳,板铺上半边堆着杂乱破旧的书籍,半边就算客座,屋角站着一木柜,柜旁乱堆着小孩子衣服鞋帽,柜边还露着一角裙子,对面一张床上,红喷喷的一小女孩甜甜蜜蜜在破旧毡子下做酣梦呢。窗台上乱砌着瓶罐白菜胡萝卜的高山;一切一切都沉伏在灯影里,与女孩的稚梦相谐和,忘世忘形,绝无人间苦痛的经受,或者都不觉得自己的存在呢。那板铺前一张板桌,上面散乱地放着书报,茶壶,玻璃杯,黑面包,纸烟。主人,近三十岁的容貌,眉宇间已露艰辛的纹路,穿着赤军的军服,时时拂拭他的黄须。他坐在板桌前对着远东新客,大家印密切的心灵,虽然还没有畅怀的宽谈。两人都工作了一天,刚坐下吃了些热汤,暖暖的茶水,劳作之后,休息的心神得困苦中的快意;轻轻地引起生平的感慨回忆。主人喝了两口茶,伸一伸腰站起来,对客人道:

——唔!中国的青年,那知俄罗斯心灵的悠远,况且"生活的经过"才知道此中的意味——人生的意趣,难得彻底了解呵,我想起一生的经受,应有多少感慨!欧战时在德国战线,壕沟生活,轰天裂地的手榴弹,喀……嘶……咝……嗡……哄……砰……硼,飞机在头上周转,足下泥滑污湿,初时每听巨炮一发,心脏震颤十几分钟不止,并不是一个"怕"字;听久了,神经早已麻木,睡梦之中耳鼓里也在殷鸣,朝朝晚晚,莫名其妙,一身恍荡,家,国,父母,兄弟,爱情,一切都不见了。哪里去了呢?心神惫劳,一回念之力都已消失了。十月革命一起,布尔塞维克解放了我们,停了战,我回到彼得堡得重见爱妻……我们退到乡间,那时革命的潮流四卷,乡间农民蠢蠢动摇,一旦爆发,因发起乡村苏维埃从事建设。一切事费了不少心血办得一个大概。我当了那一村村苏维埃的秘书,家庭中弄得干干净净——那有像我现时的状况!不幸白党乱事屡起,劳农政府须得多集军队,下令征兵。我们村里应有三千人应征。花名册,军械簿,种种琐事,我们在苏维埃办了好几天。那一天早上,新兵都得齐集车站,我在那里替他们签名。车站堆着一大堆人,父母妻子兄弟,牵衣哀泣,"亲爱的伊凡,你一去,别忘了我……""滑西里,你能生还么?……"从军的苦情触目动心。我们正在办公室料理的时候,忽听得村外呼号声大起,突然一排枪声。几分钟后,公事房门口突现一大群人,街卒赶紧举枪示威,农民蜂拥上前,亦有有枪械的,两锋相对;我陡然觉得满身发颤,背上冰水浇来,肺脏突然暴胀,呼吸迫促,昏昏漠漠不辨东西,只听得呼号声,怒骂声,"不要当兵","不要苏维埃……"哄哄杂乱,只在我心神起直接的反射,思想力完全消失,胡……乱……——我生生世世忘不了这一刻的感觉——是"怕",是"吓",是"惊"?……不知道。

主人说到此处换一口气,忙着拿起纸烟末抽了一抽,双手按着心胸,接下又说道:

——然而……然而……过了这几分钟,我就失了记忆力了。不知怎么晚上醒来,一看,我自己在柴仓底里。什么时候,怎么样子逃到那地,我实在说不出来。自然如此一来,我们乡间生活完全毁了。来到一省城里,我内人和我都找了事情。过了几月才到莫斯科这军事学院里。我内人留在那省里,生了这一个女孩子——主人拿手指着床上——不能去办事了,口粮不够吃,我一人住在莫斯科,每一两星期带些面包(自然是黑的)回去,苦苦地过了一年。什么亦没有,你看现在内人亦来此地,破烂旧货都在这屋子里,俄国现在大多数的国家职员学生都是如是生活呵。可是我想起,还有一件事,是我屡经困厄中人生观的纪念。有一次,我上那一省城去——那时我家还没搬来——深夜两点钟火车才到站。我下站到家还有二里路，天又下雨，地上泥滑得不了，手中拿着面包，很难走得，况且坐在火车上又没有睡得着，正在困疲。路中遇见一老妇背着一大袋马铃薯，竭蹶前行，见我在旁就请我帮助。我应诺了她，背了大袋，一直送她到家，替她安置好。出来往家走，觉着身上一轻，把刚才初下站烦闷的心绪反而去掉了。自己觉得非常之舒泰，"为人服务"，忘了这"我"，"我"却安逸，念念着"我"，"我"反受苦。到家四点多钟，安安心心地躺下，念此时的心理较之在战场上及在苏维埃的秘书席上又如何！

主人说到此处，不禁微笑。女孩的酣睡声，在两人此时默然相对之中，隐隐为他们续下哲学谈话的妙论呢。

9 月 10 日

二七、智识劳动

西伯利亚行旅现时非常困难，而我带的书籍太多，又不能走了——总要等一"便"的机会才好。

病亦似乎轻了好些，最好能进医院……肺痨是要"养"的。可是我一天不读，一天不"想"，就心上不舒泰——不能不工作；要工作。

工作？我现在的工作纯粹是非体力劳动，片面的智力劳动更使健康受损，性情怪僻，再加之智识劳动所必须的"精神娱乐"，我也看得非常之淡，自然没有生趣了。

前天购书时偶然遇见德尔纳斯嘉女士，她约我赴她的家庭音乐晚会，聊一散心畅怀！

音乐会中到客亦有二十多人，大家肆谈种种问题，从家常琐事到文学哲学。有一女郎和我大谈其中国诗——她本来是研究文学和科学的,她说无论如何听不出中国诗中的韵;我给她说,中国文的单音,如其照欧文押韵法,势必至于字字相同,所以"韵",在中国文中只是"两字母音相同",而子音难得相符。他们又都说中国读诗声如犹太教的祈祷词呢。

披霞娜声忽动,大家聚在厅里来。有一人奏携琴,一人奏繁华令(西洋胡琴)相和。风雷疾转,泉漏铿锵,固然已经怡神心会,最动人处却在抑扬迢递间写得人心弦上的言语。一中年妇人且吭喉高歌。……我总觉得欧洲音乐,比较的能传达人的情感于外;我虽中国人,听中国乐却没听外国乐的易于感动怡悦。乐竟,大家聚着几位少年人——老年的吃完晚饭,都已告辞归去——于是假作演剧,一直到早上六时才散。

欧洲人的精神娱乐,高尚雅致,而且不一定是上等人间……智力劳动之暇尤其必须——比打麻雀总好些! 一笑。

哼! 智力劳动,智力劳动——一天一小块黑面包,还要娱乐……

今天一中国工人林扬清请我们吃饭;他是皮包匠,每天在工厂里做工八小时,一月得钱二百多万呢。

小小的两间屋子,女主人围着厨裙出来相见,问道:

——诸位说俄国话不说? 请坐,请坐。

过不一忽儿,厨房里拿出牛肉汤,面条,我们道了谢,吃着,因说起工厂情形。据林扬清说,工人生活就是如此,也不算得坏了。每天工作完,归来有俄国妻子谈谈心,有时上戏院。当时还有好几位林扬清的同伴,热热闹闹谈天。

我看来暗暗地想,他们——非智力的劳动者——即使有困难苦痛,大概永没有我这一种……"烦闷"呵。

10 月 12 日

二八、清田村游记

游　侣

托尔斯泰的邸宅,所谓清田村(Yasnaya Poliana),离莫斯科约四百余里;革命时还保存得完完全全,现在归教育人民委员会经管,已改作托氏邸宅陈列馆,另设一事务所管理他。托氏幼女亚历山大为陈列馆事务所的主任。苏维亚·托尔斯泰女士曾屡次邀我们去游。这次刚好莫斯科教育厅第一试验模范学校有一班学生读托氏文学事迹后,特赴清田村旅行游览;我们趁此专车一同前往。

游侣小学生二十余人,女教员二人,一德维里(Tver)人——老者,托氏亲戚嘉德琳等数女士,一少年;此外还有一所谓"苏维埃小姐"顺路趁便车回家乡,她对我们说:"我在嘉里宁那里办事。嘉里宁! 你知道么? 现在我们最大的伟人,全俄中央执行委员会会长……"

我们三十多人同坐一辆专车。十三日晚我同宗武乘月到苦尔斯克车站,会着学生旅行队,他们都很高兴,一同上车,十四日一早到都腊(Tula)车站。由此到清田村不满四十里地,火车忽然停住,派人上去交涉半天毫无影响。我们因下车散步,宗武还替学生队在车旁照了一张照片。当时托氏亲戚等得心焦,先下车步行前去。我们闲着无事,因和德维里老者谈天。他是一个托尔斯泰派,此来也是特为趁车进谒托氏遗泽的。他是德维里地方一牛奶坊协作社的职员，那地从新经济政策实行以来，协作社已经由德维里省经济苏维埃出租于私人，不比国立时候了——从此工人生活还要职工联合会来整顿呢。老者谈吐朴实，是中下社会的人，蔼然可亲，俄国风度非常之盛，谈及托氏主义，那一种宗教的真诚，真也使人敬仰俄罗斯民族的伟大，宽洪，克己，牺牲的精神，"第一要知道怎么样生活，人生的意义，唔，操守，心地……"谈及历年经过，不胜感喟地说：

——唉！俄国人根性就是无政府的。二月革命后，农民间无政府党非常之盛，反对克伦斯基政府急激得不了。比如北部诸省，就是十月革命后还延长许多时候才平定的，至今时起消极的抗拒，所谓人民委员，去都不敢去呢。那十月十一月时布尔塞维克"面包与和平"的口号，反对与德战争，大得全国农村的同情。后来才明白，军事不是空口停得的，都市里人也是要面包吃的……说起当时的政情来，唔！我们不谈共产党的政策。单说克伦斯基，他那里是一政治家，更不是政客，……谁知"自由与土地"的口号，呼号得那么高，"只听楼梯响，不见人下来"，谁知道他是一个"好人"呢。农民要土地，不是要社会革命党党纲的宣言书——是要实实在在的田地，没有什么神妙科学！他真不过是一个空想的智识阶级，譬如卄国会问题，延长又延长，在那种政潮的时候！可见他丝毫政治作用都不懂得呵。说起智识阶级来——你知道俄国几十年来的潮流？——革命之中智识阶级负罪不小。俄国人的心念中，智识阶级向来和普通平民分得清清楚楚，革命初起，他们就已谈什么宪法，国会，人民看得他们和皇上一样的高高在上。等到事情急了，他们又都抛弃了人民逃到外国去了——不来帮着人民共负大业。怪不得无产阶级也走极端：那几月风潮汹涌的当口，看见戴眼镜的人都指为智识阶级，怠工者，拼命排斥；于是智识阶级更逃得厉害，至今弄得要人办事的时候，人手又太少了。

我问现时俄国的宗教怎样，像托氏学说，传布得深远么？

——宗教么？俄国人是有名的宗教民族。一派市侩式的教堂宗教本是迷信，就是托尔斯泰派也很反对他的。革命前社会运动中反对教堂，以及绝对的否认宗教，本是很甚的。现在呢，政府和教堂分离了，宗教，及有宗教色彩的学说，未免大受打击。无意识的群众、农民却又起心理的反动，更去迷信起教堂来……托尔斯泰派呢，绝对不问政治，不过一种讲学的道德的宣传罢了，"人应当知道怎样生活"，唔！我这次有事到莫斯科，见着白尔嘉诺夫，据说在清田村组织了一托氏派公社，所以特地去参观参观。听说这一公社组织得太晚了些——现在新经济政策一行，一切都本商业办法，一切农具牛马，种籽，都要买去，那里来许多钱呢？要是早得半年，虽说是"军事的共产主义"，却一定可以得到政府帮助——集体组织，公共事业向例共产党还算赞助的……

我们在站等到晚上八点钟才开车离都腊。——"都腊"这一字俄文原意为"拦阻"，据说当时鞑靼人从南进攻莫斯科，追到此地，俄国人藉此地的森林，乱斫柴木堆积成山，以挡鞑靼的来路，所以称做都腊，近代却是出产"自暖壶"的名城。

到清田站的时候，已经晚上九十句钟，不能到托氏邸宅去——托氏邸宅离站约六里。我们两人和小学生同住站边一旧别墅中，别墅虽破旧，小小几间木屋，却也清雅，当天晚饭时，学生旅行队所带干粮牛乳还很殷勤地请我们吃。小学生嬉笑天真神态真使人神往。晚上将就在板床一宿。清早四时即醒，早饭前又替学生照了一相。问起那德维里老者来，说昨晚早已往公社去了。

托尔斯泰邸宅

秋云微薄，桦林萧瑟的天气，自清田站步行，向托氏邸宅行来。小桥转侧，树影俯窥溪流，水云映漾，轻步衰草上，如天然的氍毹，心神散畅，都市心绪到此也不由得不自然化了。转向北，直望大道，两旁矗立秋林，红叶斑斓，微风偶然奏几阕仙乐；遥看草间车辙，直行远出，有如川流——旷阔的村路一变而成"流水道"影。黯淡秋云，却时时掩隐薄日，日影如伞盖迎人，拂肩而过。偶然见一二农夫乘着大车，纵辔遄行，赶着马，"嘟嘟嘟"飞掠而过。抵托氏邸宅栅门，就见中世纪式半垒——这邸宅原是托氏母家复尔广斯基王爵的遗产，地主制度的遗迹还可以看得见。进栅门后，转侧行数十步，遥隔花棚已见托氏宅，犬吠声声报客至，宅中人有出来探望的呢。

一进宅门，前室中就见五六架书橱；上楼时亚历山大出迎，指示解释室中陈设，说是托氏死后一切设置都还仍旧丝毫未动呢。两间图书室，也满放书橱，托氏生时屡次想整理一大间，专设图书室，始终以邸宅太小没有成功，所以散置楼上楼下；如今还是仍旧。看一切陈设，托氏生前的生活确很朴素——贵族生活如此却也在意想之外。就只饭厅里有一钢琴，四壁挂着画像——有名画家联萍的托氏像。再转往东有一小过室——读书一周记室，一小圆桌，上放《读书一周记》，托氏生时每早起先到此室，记日记语录数则后，才出吃早饭呢。进一间就是书房，满架书籍，而突然投入我们眼帘的却是几个中国字——原来是芝加哥出版的汉英对照老子《道德经》；书桌上文具很简陋；有一大块碧晶石，上刻金字，是托氏被希腊教堂除名时，马尔切夫斯基工厂工人公送托氏的贺礼；壁间满挂照相,托氏世代的遗像,安德莱·托尔斯泰夫人——苏菲亚女士的母亲,指示我些托氏兄弟伯叔的照相,中一框空着,据说,是托氏叔,因酗酒赌博,堕落子弟,所以除去,不使和诸兄弟相并而立。还有美国人克洛斯倍(Crosby)的肖像,他是美国候补总统,特来谒托氏,托氏劝他一番,他居然放弃候选之职,从此和托氏为至友。再进便是托氏卧室。

小小一间屋子,床头小几上还放着烛台,半枝残烛——托氏出走那天,半夜起来所点的最后一枝烛。床前窗下一小桌,屋角一洗脸架,旁有一马鞍,如此而已。壁间却有一托氏夫人芳年时的肖像——不愧为名美人呢。

参观时,大家——小学生,教员及德维里老者都格外注意托氏出走轶事,频问亚历山大。亚历山大说:

——你们看这样的家庭布置,就是三十年前也算不得奢侈,然而我父亲晚年,时时刻刻总觉不安心,屡次想出走抛弃一切。再加之家庭恶剧,我母亲处处阻挠他的计划,如分地与农民等事。因此忏悔之心益切,也不得不走了。那天晚上,二句钟起,下楼叫我,同整理行装,叮嘱千万不告家人。父亲走时只肯带得最要紧几件物事,一切奢侈品都不肯用,还是我强勉把一手携灯纳在袋中……唉! 你们不知道托氏晚年,心灵之经受多痛苦呵!

参观的小学生都很感动。当时他们散去,到托氏墓前并公社游览。

我们出来,安德莱夫人请我们再周观一次,宗武照了好几张照相——中有一托氏生时之榻。安德莱夫人又说:

——你们还到楼下一看。那里有托氏早年时的书室呢。

楼下书室中,安德莱夫人还指示我们看一小栋,是当托氏初起忏悔,屡思自缢之处。

俄罗斯的农家

天色忽然阴沉,微有雨意,安德莱夫人说恐雨后不能出游,趁此时散步一周,再回来吃饭。

从后院走出,院中一大树,漫散四出,残叶时堕,安德莱夫人指着说,托氏生时每每坐此树下招待贫农谈话,村人都称此树为"贫者树"。出院后,一带果树,绕小径出去,经托氏宅前草场,入疏林蹊路,到托氏墓前,林中有一树椅,托氏散步时,常常坐此休息。我们在托氏墓前,看着小学生用落叶穿成一圈挂托氏墓上。满天湿云飞舞,瘦叶时时经风细吟,一仰首满目清朗,乡野天地,别有会心,托氏的遗泽更使人想起古人浑朴的天性,和此自然相交洽。

返托氏家午膳。托氏妻妹,托氏幼女亚历山大,托氏媳安德莱夫人,还有一中年妇人——托氏亲戚,及一老者——旧时军官,因托氏一语而弃职归田的,他们有的是教育人民委员会所委任,有的是借住于此,大家聚齐吃饭,殷勤问及中国政象,老子学说等。

饭后安德莱夫人又约游园。法国式的芳径,树木夹路,秋末残叶满地,踏步行来胜于毡茵。小池一角清漪如画,那时已萧萧微雨,浪纹都画秋痕。我问安德莱夫人乡居如何,为什么比在莫斯科时越发清瘦了?安德莱夫人说,乡居也不过因为有事罢了,此间人愚蠢,无可谈心,未免焦闷。"你看,那些人,老军官现在已反成希腊教徒,我们两位亲戚女太太们,成天的骂革命政府,俄国平民对着他们都有罪似的——难道这是托尔斯泰的主义?……"所以她说很乏味,在乡间住着,说还是偶然到农民家去走走,倒可散心。

我们谈着话,信步行来已出托氏栅门,远望三五村落,烟雨迷闷,一片秋原寥落的光景。

安德莱夫人道:

——可惜今天天气如此,不然,还可以同你们到田间一散步呢,我们现在且到那边几家一坐,一看俄罗斯的乡间生活。

我们走过两畦到一木屋,小小巧巧四五间,也有电灯,玻璃窗……安德莱夫人笑着高声说:中国人来访"俄国农夫"了。

——呀,远客来了!——只见一农家女掀布帘出来——原来中国人也来看俄国乡下人呢……我们此地近着地主邸宅,向来比寻常农民讲究些;新近装了电灯……啊呀,天气不好,不然诸位可到那边村庄看一看,纯粹的俄国生活。请坐请坐。

安德莱夫人和我们介绍相见,女主人是以前托氏的农奴,还有一位客是安德莱夫人以前的陪嫁丫鬟。坐着吃了几口茶。屋中板桌板凳,屋角挂着希腊教神像,壁上居然有一张半新不旧的油画。四间住房,后面一小小院落,牛羊的兽栏,草仓。四间屋之间,一火炉制在墙壁里,一面临门处有铁板,中可烤面包煮菜;炉顶高及屋梁,上铺床铺。女主人指着炉子道:

——你们中国没有这样炉子罢!呵,冬天冷的时候,才好呢。睡在炉顶上,深夜时分,满身裹得紧紧,烘得暖暖的,将睡未睡的时候,拥着枕头,听着屋顶风暴绞雪,"呼……呼……呼"——真有趣呢。

托尔斯泰派公社

自农家出来,顺路到公社一游。

"托尔斯泰派都是非常之有道德的人,可是大概不是务实的人,经营事业,没有经验。"——这是嘉德琳女士和我在莫斯科谈的。现在我亲见托氏派的公社了。他们见我去，非常之欢迎，谈及中国托氏运动，恶战的风俗等等。

据说，托氏派抗拒征调往往被捕；出狱后大家组织起来，仍决然不去当兵，得了教育委员会允许在此组织一公社经济——田地就用托氏遗产分给农民后所余的。现时社员大约十八九人。有麦田四十七俄亩，菜圃二俄亩，另有三十五俄亩果园，中有一半与村农共有的……其余产业还有马六匹，牛七匹，羊十头——一年的生产，预算当可足用，今年还是第一年。社员男女都有，都自己下田工作——只有农忙时可以雇人——女社员还缝工织网。

恬静的生活，一切"人间乐"都抛弃。劳作的神圣，自然的怡养固然胜似他百倍。

生产品完全公有，各取所需……今年第一年的成绩还未见出。每年只公付国家五十铺德的食粮税，其他一切自由，几与外界绝无系连。

彼此谈着非常有兴，临走时还说：

——今天天雨，上站晚上简直走不得，我们借一匹马给你们。……

那天深夜，我们走之前，公社中还特派一人送面包及豆来，殷勤诚意，使人感动。

清田村之残梦

托尔斯泰邸宅的饭厅里，窗上已乱投秋林晚色，我们望着，正吃过晚饭之后，等着车子，预备返站。

桌上的自暖壶澌澌地响着，沸沫细吟，偶破一室的岑寂。老年的贵妇人——托氏妻妹，坐在桌旁做着女工，她的孙子，天真活泼的小孩子默然静坐在那里读龚察洛夫（Gontcharoff）集，还有一中年妇人——托氏亲戚闲坐读旧杂志。我偶然问那小孩读书几年了。托氏妻妹回道：

——他？他读的书不少，一直在家里，没进学校——现在的苏维埃学校……哼。

她说完忽看见小孩子一面看书，一面手里玩着纸牌呢，掀一掀眼镜，欣欣然抬起双眉，暗中流露那贵族派调的礼貌，她问：

——呀！你们中国有赌具么？我非常之爱玩，你知道，我在巴黎时一夜输多少！——少年妇人插嘴道："呵！她年轻时才爱赌呢。"中年妇人见我们闲着无事，拿出一大盒照相，托氏当年家庭亲友的肖像，克留摩的风景，末后指着一张学生模样的照片说："这是我的儿子，唉！真伤心呵！革命时被可恶的布尔塞维克杀了。我们家许多房舍，邸宅，田地一概弄光了。我还坐过三个月牢狱呢……呵哎……"托氏妻妹忽然向中年妇人道：

——现在，革命之后，什么事都翻过天地来了。你昨天用心没有：某小姐和那一少年，还有几位，唔，都是年轻女郎，挤坐一张沙发上，一点嫌疑，礼貌也不顾。——正说话时一女郎走来，托氏妻妹起初楞了一楞，仍接下笑着说道：

——不怕你恼，小姐，"说到曹操，曹操就到"，我们正在说你呢。

那女郎看着我们，很不好意思似的，半晌才说道：

——怎么为这样的事发恼呢，我们正盼望有人指教呢……——说着，口齿渐渐模糊，底下的几个字都吞在肚子里去了。

——哎唷唷！现在风俗不成话了。男女同学！男女同学！你

们还不知道,现在中学校里男女学生成了什么样子呢!近廿年来的新教育!——中年妇人接着说道:

——你可不要冤枉人,她们几个小姐,倒都不是中学校出身,是受家里的贵族教育。

——可不是!生来世道人心如此,有什么法想。我们年轻时,不用说实际上,那怕没有一件两件风流奇闻;可是终还顾着脸子。我就不懂,怎么一二十年变成这样的世界!

——说来也奇怪,为什么在英法"男女同学"就不要紧,我们俄国却不行?

我听着禁不住插嘴道:

——那又更奇怪,我们中国也是这样说:"为什么在外国就不要紧,一到我们中国就不成样子。"

车马预备好了,我们同几位女郎一同坐车往车站去。秋夜雨过,马蹄得得,仰看着流云走月,光芒四射;雨余小寒,凝露满裳,也和清田村中贵族的残梦似的,勉强固结"旧时代的俄国"。

清田村当革命怒潮时,农民中的少壮,哄哄欲动,要瓜分托氏财产田地;老年人念托氏的遗德,不忍动手;后来还是中央政府派员保护了这历史的伟迹。

大 学 生

十五日晚,本来说晚上二时开车,我们赶到车站,睡下——一觉醒来,仍旧是清田站。早起奇饿,德维里老者约着下站一行,同到前天过宿的别墅中。和看别墅的农夫商量着,请他去买了些牛乳,煮些马铃薯,就在农夫屋里烧着自暖壶喝茶。主人殷勤询问中国生活。谈及托尔斯泰,主人还说:

——我是托尔斯泰初办学校里的小学生，我还会算加减乘除呢！

主人儿子坐在一旁，手里拿一本俄文启蒙读本；我问他要了看一看，因问现在农村学校怎么样。据说，每天小孩子都去上学，不要学费，"上半天去下半天就回来了！"学习算学，俄文。我试和那小孩子谈谈，小孩子很害臊似的，宛然一中国"乡下孩子"。德维里老者还问许多托氏生时的轶事。主人忽道：

——那又怎么样？托尔斯泰生时，我们去总还有许多书——我们得了又读着，又卖几个钱。要帮助却难了：有熟人去，一块两块卢布，平常三角五角。

自暖壶水沸了，女主人倒茶给我们，咕噜着道：

——托氏自己是很要帮助人的，都是他夫人横在里面……

我问道：

——革命时，你们分着多少地呢？

——一亩半田。这两年勉强还够。今年又有什么"食粮税"，我们也担负轻些——一年付三分之一，十二铺德。生活要说宽余是说不得呢。我们革命前也从没见过三块卢布以上的钱。现在罢，管着别墅，每月经亚历山大·托尔斯泰的手，由教育委员会得八九十苏维埃卢布——算得什么，几角钱！

说着话，宗武也从车上带着照相机来了。主人又请他照了一相。村里小孩有的嚷："来看美国照相机呵！……"我笑向宗武说：

——再想不到中国人到了乡间，变成了西欧文明的宣传者。

主人还说，现时到城里去照一相，出一个月的薪水也不够呢。他又很热烈地送我们走，一面说道：

——我们这两天吃的面包都不够。公社里剩的面包——现在可以出卖了——我们去买也得出四五千钱一斤。他们都是大学生,虽说什么集合生产,究竟不大会种田。那四五十亩田,据我看来,还不如分给我们小农好些……唉!穷人还是穷,富人还是富……

我们回到车上已是十点多钟。十一点开车,到了都腊,不知怎的又停住了。天色阴沉,又不能下车散步。沉闷得很。回想此游所见,历历犹在心头;一见俄国乡间生活,也有无限感触。

一直等到晚上九点钟,才从都腊开车。

归　途

一辆车中,暖暖的炉火,暗暗的车窗,笑语呼吸声中,隐隐地画出三幅杂色斑斓的奇画。——三种不同的文化:

车的南头,坐着几位清纯修洁的女郎,文秀的俄国少年,生意活泼——都是托氏一家的亲友,贵族的遗裔——可是他们现时虽已尽成平民,苏维埃机关的办事员,学校的大学生,而贵族式"复不顾人"的派调,无意之中隐隐流露。只听着谈笑自如,深夜起坐,"呀!我一把梳子忘在乡下了……""马丽答应借普希金集给我,临走时又忘了,"叽叽喳喳笑语不断。

车中间坐着两位中国人,天色已黑,又不能看书,只是默默地坐着,守那东方式的规矩,偶然有人请他们吃马铃薯,还回说:"谢谢,不要……不用客气,自己请罢……"

车的北头,学生旅行队占着,傍晚的时候,男学生取柴,烧炉子,女学生洗碗盏。车开之后,大家围坐猜谜,说笑。十时余,教员说"可以睡觉了",过不了二十分钟,小学生都已声息俱无。

只听车行震荡,渐渐往莫斯科去。晚上一二时光景,车南头忽然烛光一亮,又听得低低谈话,过了几分钟,嬉笑声浪,渐渐放纵。

猛听得一小孩子声音说道：

——天晚了，人家要睡觉。请显些文化较高的身份出来……

突然烛影寂灭，车中又只听得均匀的轮轴颤动了。偶然露出一句含糊不明的低语："谁也不是文化程度高的人……"轮声震厉，再往下也听不清楚了。

酣然一梦，醒来已抵莫斯科苦尔斯克车站。

晓霜晴日，伴着归人，欣欣的喜意，秋早爽健的气概送我们归寓。

清田村一游，令人畅心满意，托尔斯泰——世界的伟大文学家，遗迹芳馨。旧时代的俄国——贵族遗风还喘息于草间，依稀萦绕残梦。智识阶级的唯心派，新村式的运动，也有稀微印象。俄罗斯的农家生活，浑朴的风俗气息，而经济上还深陷于小资产阶级。平民农夫与智识阶级之间的情感深种社会问题的根蒂，依然显露。智识阶级问题，农民问题经怒潮汹涌的十月革命，冲动了根底，正在自然倾向于解决。——新教育与旧教育的过渡时期。

此游感想如此；其他乡间秋色，怡人情性，农家乐事，更饶诗意，生活的了解似乎不在远处……

10 月 18 日

三三、"我"

秋白的"我"，不是旧时代之孝子顺孙，不能为现代"文明"所恶化；固然西欧文化的影响，如潮水一般，冲破中国的"万里长城"而侵入中国生活，然而……然而这一青年的生活自幼混洽世界史上几种文化的色彩,他已经不能确切地证明自己纯粹的"中国性",而"自我"的修养当有明确的罗针。况且谁也不保存自己个性抽象的真纯——环境(亦许就是所谓"社会")没有不生影响的。

然而个性问题有渊深的内性:有人既发展自我的个性,又能排除一切妨碍他的,主观的,困难环境而进取,屈伸自如,从容自在;或者呢,有人要发展自己的个性,狂暴忿怒面红耳赤的与障碍相斗,以致于失全力于防御斗争中,至于进取的创造力,则反等于零;或者呢,有人不知发展他的个性,整个儿的为"社会"所吞没,绝无表示个性的才能。——这是三种范畴。具体而论,人处于各种民族不同的文化相交流或相冲突之时,在此人类进步的过程中,或能为此过程尽力,同时实现自我的个性,即此增进人类的文化;或盲目固执一民族的文化性,不善融洽适应,自疲其个性,为陈死的旧时代而牺牲;竟或暴露其"无知",仅知如蝇之附臭,汨没民族的个性,戕贼他的个我,去附庸所谓"新派"。三者之中,能取其那一种?

如此,则我的职任很明了。"我将成什么?"盼望"我"成一人类新文化的胚胎。新文化的基础,本当联合历史上相对待的而现今时代之初又相补助的两种文化:东方与西方。现时两种文化,代表过去时代的,都有危害的病状,一病资产阶级的市侩主义,一病"东方式"的死寂。

"我"不是旧时代之孝子顺孙,而是"新时代"的活泼稚儿。

固然不错,我自然只能当一很小很小无足重轻的小卒,然而始终是积极的奋斗者。

我自是小卒,我却编入世界的文化运动先锋队里,他将开全人类文化的新道路,亦即此足以光复四千余年文物灿烂的中国文化。

"我"的意义:我对社会为个性,民族对世界为个性。

无"我"无社会，无动的我更无社会。无民族性无世界，无动的民族性，更无世界。无社会与世界，无交融洽作的，集体而又完整的社会与世界，更无所谓"我"，无所谓民族，无所谓文化。

12 月 3 日

三六、"自然"

印度哲人泰果尔说："希腊文化发生于海隅小城市——都市的城壁暗示'占有'的冲动，他视'自然'为敌；譬如行路的人，以大道为障碍人与目的之间的远度。印度文化发生于森林温地——长枝漫叶；起居感受于其中，增长'融洽'的精神，他视'自然'为友；譬如行路的人，以大道为人与目的之间的因缘——实在就是目的的一部分。人与自然，个性与社会的协调，为将来的文化；浓郁的希望，仁爱，一切一切……由忿怒而至于喜乐……"

俄国的白林寒雪，旧文化的激发性也是当然；他视"自然"为邻人；偶然余裕，隔篱闲话家常——封建遗化农村公社的共同寂静恭顺的生活；有时窘急，邻舍却易生窥伺——西欧的顽皮学生，市侩主义维新后之传染病。中国的长河平原，感受无限制的坦荡性；他视"自然"为路人：偶然同道而行，即使互相借助，始终痛痒漠然。俄国无个性，中国无社会；一是见有目的，可不十分清晰，行道乱投，屡易轨辙；一是未见目的，从容不迫，无所警策，行道蹒跚，懒于移步。万流交汇，虚涵无量——未来的黄金世界，不在梦寐，而在觉悟——觉悟融会现实的忿，怒，喜，乐，激发，坦荡以及一切种种性。

是久远久远的过去话，也许是遥遥遥遥的将来之声。

人远离包涵万象的自然,舍弃永久的基础,只在人造的铁网间行走——这或是跳舞矫作姿态时,或是乘橇下峻坡耳;他不得不步步勉力自求保持身量之均势;偶然得一休息地,反暂时感觉一隐隐的傲意:"我对于外界的自然,很能有强力的克服他。"自然,自然,不能永久如此,如此强勉。……

"我"与"非我"相合,方有共同之处可言。"我"与"非我"相对,只觉个性之独一无二。

如此,不得不有以系连之:"爱"。

儿童酷好游玩,诚然不错;然而他假使不知道有"母怀"可返,游玩便成迷失,渐觉可怕;我们个性的高傲,假使不能从"爱"增高其质性,他便成我们的诅咒。

12 月 24 日

四〇、晓霞

"军国主义"之下已一月多了,高山疗养院的生活恬静规约——有时也有精神的疲乏。况且和外界绝对隔离,几同封锁,天天看着灰色的大,白茫茫的雪,怎得不盼望清风朗日,一畅胸襟呢?莫斯科忽然移近东亚——远东大会召集,用得着我这"东方稚儿",于是出高山——陡然呼吸一舒,好一似长夏清早,登高山而望晓霞。

灰色的短夜,星汉徐移,"沉闷"如飞云一般渐渐吹散,放出些早凉,凝凝的细露,淡淡的晓色,长林丰草间偶然一阵一阵清风,"夜"的威权慢慢地只剩得勉强支持的姿态。小鸟欣欣的相语,蛰虫朦朦的相投,一望远东,紫赤光焰,愈转愈明,炎炎的云苗,莽然由天际直射,轰轰烈烈,光轮轰旋——呀!晓霞,晓霞!

此时此际,未见烈日——也许墨云骤掩,光明倏转凄黯,不然也只遥看先兆,离光华尚远;然而可以确信,神明的太阳,有赤色的晓霞为之先声,不久不久,光现宇宙,满于万壑。欣欣之情,震烈之感,不期而自祝晓霞。

寒凛的北国,死寂的严冬,忽然想象烈夏的风光,何等快事!这是回念,这也是预想。可以回念,年年的夏日清早之飞赤,也可以预想,明年后年,暑日初晨之远东——那不都有"晓霞"么?

诚然不错,一九一七年二月以后十月以前,北海之南,芬兰湾之东、亚尔帕山之北,乌拉岭之西,曾染浓艳光赤的晓霞。——现在久现红日了。

远东大会的饭厅里偶然可以遇见革命潮中之过来人。他能和你们讲:

——革命的怒潮,革命的怒潮!呵,如火如荼!现在我能安安逸逸生在此,为远东古国诸同志尽一毫助力——虽然通译的才能或者不足,然而始终有尺寸的功效,心安意逸;那时,那时,二月革命后克伦斯基还要确守协约国的"信约",造俄罗斯成"战胜的帝国主义的民主共和国";哼,何苦何苦!我在前敌以一小小的军官,一年多受尽德俄战线壕沟中的地狱生活,不论普通兵士了。于是布尔塞维克的传单如雨的飞下;"不用战争","和平与面包","不杀我们共同神圣的德奥劳动者,而各自去杀吸我们膏血的老爷们——资产阶级"……军心动摇,长官人人自危,"杀有高级军官肩章的……杀……杀!"战事的继续,当然非常之困难了。步队已经完全不稳,于是发生有史以来第一的"大逮捕";里德瓦战线,司令竟只得命马炮队一夜速行逮捕全数步兵八十万人。一队走完，又是一队，垂头丧气的也有，昂面谩骂的也有。——他说到此处，以手抚额，叹一口气又道：

——我辛苦艰难，"为人作嫁"，干什么？布尔塞维克的口号好："不用打仗，还乡，还乡！"我也道"还乡"为是。可是当时我们营里紊纷陡起——凡有肩章的军官，一出自己的营，头就不见；他们决议，各兵士，反对帝国主义爱和平的旧日的农夫，奋起实行革命的口号，各人暂时不杀自己的长官，而相约互杀各人的长官——以免眼前吃亏。我那时想跑不得跑，心胆虚寒，呵，可怕可怕！幸而我兵士感爱我，一直保护到解散前敌时。……布尔塞维克解放了我的军役，始终解放了。……紊乱，紊乱，呵，可怕！哪像现时得安坐喝茶呵！

革命怒潮的先声，那正是"天地青"的时候。革命赤日的遥光，那正是"晓霞"的散彩。群众的伟力，愈抵拒愈激厉；不如欢笑相迎。回念，回念……预想，预想。

1月29日，秋白生日。我生的晓霞在此么？

四九、生活

世界是现实的，人是活的。

生活是"动"，求静的动，然而永不及静的。正负两号在代数中是相消的，在生活中是相集的。进取工作，脑血筋力鼓动膨胀发展时，人觉积极的乐意——是生活；疲惫怠荡弛缓时，人觉消极的休息——是死灭。这第一式中虽相对，然而凡"一切动时一切生"。动而向上，动而向下，两端相应，积极消极都是动。所以欣然做工者，憩然休息者,忿然自杀者都在生活中。永不及静,是以永永的生活。

不动不生,又要不死不灭,不工作,不自杀,处于生与死两者之间,是不可能的。

既然如此,"动"而"活",活而"现实"。现实的世界中,假使不死寂——不自杀,起而为协调的休息与工作,乃真正的生活。

"工作为工作"是无意味的。必定有所得。——其实"为工作的工作"固然有无上的价值,然而也不能说无所得,"动的乐意"即是所得。动的,工作的"所得"之积累联合,相协相合而成文化。文化为"动"——即生活的产儿。文化为"动"——即生活的现实。

所以:——为文化而工作,而动,而求静——故或积累,或灭杀,务令于人生的"梦"中,现现实的世界;凡是现实的都是活的,凡是活的都是现实的;新文化的动的工作,既然纯粹在现实的世界,现实世界中的工作者都在生活中,都是活的人。

3 月 20 日莫斯科高山疗养院

(原载《赤都心史》,上海商务印书馆 1924 年 6 月版)

作者简介:瞿秋白(1899—1935),原名瞿双,江苏常州人。无产阶级革命家、理论家和宣传家,中国共产党的早期领导人之一。1935 年 2 月被俘入狱,同年 6 月英勇就义。著有散文集《饿乡纪程》《赤都心史》《多余的话》等。

五月卅一日急雨中

叶圣陶

从车上跨下，急雨如恶魔的乱箭，立刻湿了我的长衫。满腔的愤怒，头颅似乎戴着紧紧的铁箍。我走，我奋疾地走。路人少极了，店铺里仿佛也很少见人影。哪里去了!?哪里去了!?怕听昨天那样的排枪声，怕吃昨天那样的急射弹，所以如小鼠如蜗牛般，蜷伏在家里，躲藏在柜台底下么？这有什么用！你蜷伏，你躲藏，枪声会来找你的耳朵，子弹会来找你的肉体，你看有什么用？

猛兽似的张着巨眼的汽车冲驰而过，水泥溅污我的衣服，也溅及我的项颈，我满腔的愤怒。

一口气赶到"老闸捕房"的门前，我想参拜我们的伙伴的血迹，我想用舌头舐尽所有的血迹，咽入肚里。但是，没有了，一点儿没有了！已给仇人的水机冲得光光，已给腐心的人们践得光光，更给恶魔的乱箭似的急雨洗得光光！

不要紧，我想。血总是曾经淌在这地方的，总有渗入这块土的吧。那就行了。这块土是血的土，血是我们的伙伴的血，还不够是一课严重的功课么？血灌溉着，血湿润着，行见血的花开在这里，血的果结在这里。

我注视这块土，全神地注视着，其余什么都不见了，仿佛已把整个儿躯体融化在里头。

抬起眼睛,那边站着两个巡捕:手枪在他们的腰间;泛红的脸肉,深深的纹刻在嘴围,黄的睫毛下闪着绿光,似乎在那里狞笑。

手枪,是你么!? 似乎在那里狞笑的,是你么!?

是的,是的,什么都是,你便怎样! 我仿佛看见无量数的手枪点头,听见无量数的狞笑的开口。

我吻着嘴唇咽下去,把看见的听见的一齐咽下去,如同咽一块糙石,一块热铁。我满腔的愤怒。

雨越来越急,风吹着把我的身体卷住,全身湿透了,伞全然不中用。我回身走才来的路,路上有人了。三四个,六七个,显然可见是青布大褂的队伍,虽然中间也有穿洋服的,也有穿各色衫子的断发的女子。他们有的张着伞,大部分却直任狂雨乱淋。

我开始惊异于他们的脸。从来没有看见过,这么严肃的脸,有如昆仑的耸峙,这么郁怒的脸,有如雷电之将作;青年的柔秀的颜色退隐了,换上了壮士的北地人的苍劲。他们的眼睛冒得出焚烧掉一切的火,吻紧的嘴唇里藏着咬得死生物的牙齿,鼻头不怕闻血腥与死人的尸臭,耳朵不怕听大炮与猛兽的咆哮,而皮肤简直是百炼的铁甲。

佩弦的诗道,"笑将不复在我们唇上!"用以歌咏这许多的脸,正是适合。他们不复笑,永远不复笑! 他们有的是严肃与郁怒,永远是严肃与郁怒!

似乎店铺里人脸多起来了,从家里才跑来呢,从柜台底下才探出来呢,我没有工夫想。这些人脸而且露出在店门首了,他们惊讶地望着路上那些严肃的郁怒的脸。

青布大褂的队伍便纷纷投入各家店铺,我也跟着一队跨进一家,记得是布匹庄。我听见他们开口了,差不多掬示整个的心,涌起满腔的血,这样真挚地热烈地讲说着。他们讲及民族的命运,他们讲及群众的力量,他们讲及反抗的必要;他们不惮郑重叮咛的是"咱们一伙儿!"我感动,我心酸,酸得痛快。

店伙的脸比较地严肃了;没有话说,暗暗点头。

我跨出布匹庄,"中国人不会齐心呀!如果齐心,吓,怕什么!"这句带有尖刺的话传来,我回头去看。

是一个三十左右的男子,粗布的短衫露着胸,苍黯的肤色标记他是在露天出卖劳力的,眼睛里放射出英雄的光。

不错呀,我想,露胸的朋友,你喊出这样简要精炼的话来,你伟大!你刚强!你是具有解放的优先权者!我虔敬地向他点头。

但是,恍惚有蓝袍玄褂小髭须的影子在我眼前晃过,玩世地微笑,又仿佛鼻子里发出轻轻的一声"嗤"。接着又晃过一个袖手的,漂亮的嘴脸,漂亮的衣着,在那里低吟,依稀是"可怜无补费精神!"袖手的幻灭了,抖抖地,显现一个瘠瘦的中年人,如鼠的觳觫的眼睛,如兔的颤动的嘴,含在喉际,欲吐又不敢吐的是一声"怕……"

我倒楣,我如受奇辱,看见这样等等的魔影!我愤怒地张大眼睛,什么魔影都没有了,只见满街恶魔的乱箭似的急雨。

微笑的魔影,漂亮的魔影,惶恐的魔影,我咒诅你们:你们灭绝!你们消亡!你们是拦路的荆棘!你们是伙伴的牵累!你们灭绝,你们消亡,永远不存一丝儿痕迹,永远不存一丝儿痕迹于这块土!

有淌在路上的血,有严肃的郁怒的脸,有露胸朋友那样的意思,"咱们一伙儿",有救,一定有救——岂但有救而已!

我满腔的愤怒。再有露胸朋友那样的话在路上吧?我向前走去。

依然是满街恶魔的乱箭似的急雨。

1925 年 5 月 31 日作

（原载 1925 年 6 月 28 日《文学周报》第 179 期）

作者简介：叶圣陶（1894—1988），原名叶绍钧，江苏苏州人。著有
短篇小说集《隔膜》《未厌集》，长篇小说《倪焕之》，童话
《稻草人》等。

写给一个哥哥的回信

殷　夫

亲爱的哥哥：

　　你给我最后的一封信，我接到了，我平静地含着微笑地把它读了之后，我没有再用些多余的时间来想一想它的内容，我立刻把它揉了塞在袋里，关于这些态度，或许是出于你意料之外的吧？我从你这封信的口气中，我看见你写的时候是暴怒着，或许你在上火线时那么的紧张着，也说不定，每一个［字］都表现出和拳头一般地有一种威吓的意味，从头至尾都暗示出：

　　"这是一封哀的美顿书！"

　　或许你预期着我在读时会有一种忏悔会扼住我吧？或许你想我读了立即会"觉悟"过来，而重新走进我久已鄙弃的路途上来吧？或许你希望我读了立刻会离开我目前的火线，而降到你们的那一方去，到你们的脚下去求乞吧？

　　可是这，你是失望了，我不但不会"觉悟"过来，不但不会有痛苦扼住我的心胸，不但不会投降到你们的阵营中来，却正正相反，我读了之后，觉到比读一篇滑稽小说还要轻松，觉到好像有一担不重不轻的担子也终于从我肩头移开了，觉到把我生命苦苦地束缚于旧世界的一条带儿，使我的理想与现实不能完全一致地溶化的压力，终于是断了，终于是消灭了！我还有什么不快乐呢？所以我微微地笑了,所以我闭了闭眼睛,向天嘘口痛快的气。好哟,我从一个阶级冲进另一个阶级的过程,是在这一刹那完成了:我仿佛能幻见我眼前,失去了最后的云幕,青绿色的原野,无垠地伸张着柔和的胸膛,远地的廊门,明耀地放着纯洁的光芒,呵,我将为他拥抱,我将为他拥抱,我要无辜地瞌睡于这和平的温风中了!哥哥,我真是无穷地快乐,无穷快乐呢!

不过,你这封信中说:"×弟,你对于我已完全没有信用了。"这我觉得你真说得太迟了。难道我对于你没有信用,还只有在现在你才觉着吗?还是你一向念着兄弟的谊分,而没有勇敢地,或忍心地说出呢?假如是后者的对,那我不怪你,并且也相当地佩服你,因为这是你们的道德,这是你们的仁义;如果是前者的对,我一定要说你是"聪明一世,懵懂一时"了。

为什么呢?你静静气,我得告诉你:我对你抽去了信用的梯子,并不是最近才开始,而是在很早,当我的身子,已从你们阶级的船埠离开一寸的时候,我就[开]始欺骗你,利用你,或甚至鄙弃你了;只可惜你一些都没有察觉而已!

在一九二七年春季!你记得吗?那时你真是显赫得很,C总司令部的参谋处长,谁有你那么阔达呢?可是你却有一次给我利用了,这是你从来没有梦想过的吧?自然,这时我实在太小,太幼稚,这个利用,仍然是一种心底的企图,大部分都没有实现,尤其是因为胆怯和动摇,阻碍了我计划的布置,这至今想起来有些遗憾,因为如果我勇敢地"利用"你了,我或许在这时可以很细小的帮助一下我们的阶级事业呢!

"你这小孩子,快不要再胡闹,好好地读书吧!"你在C总司令部参谋处里,曾这样地对我说。

"这些，为什么你要那么说呢？我不是在信中给你说过了吗？"我回答。

"但是，"你低声地说，"我告诉你，将来时局一下变了，你是一定会吃苦的。"

"时局要变，你怎么知道呢？"

"我……怎么不知道？"

"那么，告诉我吧！"我颤抖了，那时我就在眼前描出一幅流血的惨图。

"你不要管，小孩子，我要警告你的是：不要再胡闹，你将来一定要悔恨……"

那时，一位著名的刽子手，姓杨的特务处长进来了：他那高身材，横肉和大眼眶，真仿佛是应着他的名字，真是好一副杀人的魔君相，我悸惊着，和后来在法庭中见他一眼时一样的悸惊。

你站起来说：

"回学校去吧？知道了吗？多用用脑子，多看看世界！"

我颤战着，动摇着走回去，一路上有两个情感交战着：我们的劫难是不可免的了，退后呢？前进呢？这老实说，真是不可避免的罪恶，我旧的阶级根性，完全支配了我，把我整个的思维，感觉系统，都搅得像瀑下的溪流似的紊乱，纠缠，莫衷一是。

一直到三天后，我会见了Ｃ同志，他才搭救了我，他说：

"你应该立即再去，非把详情探出来不可！"

"是的。"我勇敢地答应了。

可是这天早晨再去见你，据说Ｃ总司令部全部都于前一夜九点钟离开上海了！我还有什么话呢，就在这巍峨的大厦前面，我狠命地拷我自己的头。

过了一夜,上海便布满了白色的迷雾,你的警告,变成事实来威吓我了。

到后来,你的预言,不仅威吓我,而已真的抓住我了:铁的环儿紧扣着我的手脚,手枪的圆口准对着我的胸口,把我从光明的世界迫进了黑暗的地狱。到这时候,在死的威吓之下,在笞楚皮鞭的燃烧之下,我才觉悟了大半;我得前进,我得更往前进!

我在这种彻悟的境地中,死绝对不能使我战栗,我在皮鞭扭扼我皮肉的当儿,我心中才第一次开始倔强地骂人了:

"他妈妈的,打吧!"

我说第一次骂人,这意义你是懂得的,我从小就是羞怯的,从来没骂过人呢!

同时我说:"我还得活哟,我为什么应该乱丢我的生命,我不要做英雄,我的生命不是我自己可支配的。"所以我立刻掏出四元钱,收买了一个兵士,给我寄一封快信给你;这效力是非常的迅速,那个杀人不眨眼的人虎,终于也对我狠狠地狞视一会,无声地摆头示意叫他的狗儿们在我案卷上写着两字:

"开释。"

这是我第二次利用你哟。

出狱后,你把我软禁在你的脚下,你看我大概是够驯服的了吧,但你却并没知道我在预备些什么功课呢?

当然,你对待我,确没有我对待你那样凶,因为你对我是兄弟,我对你是敌对的阶级。我站在个人的地位,我应该感谢你,佩服你,你是一个超等的"哥哥"。譬如你要离国的时候,你送我进 D 大学,用信,用话,都是鼓励我的,都是劝慰我的,我们的父亲早死了,你是的确做得和我父亲一般地周到的,你是和一片薄云似的柔软,那么熨贴,但是试想,我一站在阶级的立场上来说呢?你叫我预备做剥削阶级的工具,你叫我将来参加这个剥削机械的一部门,我不禁要愤怒,我不禁要反叛了!

D大学的贵族生涯,我知道足以消灭我理想的前途,敌人地位上愈接愈近的了。

你说你关心我的前途,我谢谢你的好意,但这用不着你的关心,我自己已被我所隶属的集团决定了我的前途,这前途不是我个人的,而是我们全个阶级的,而且这前途也正和你们的前途正相反对,我们不会没落,不会沉沦到坟墓中去,我们有历史保障着:要握有全世界!

完了,我请你想到我时,常常不要当我还是以前那么羞怯,驯服的孩子,而应该记住,我现在是列在全世界空前未有的大队伍中,以我的瘦臂搂挽着钢铁般的筋肉呢!我应该在你面前觉得骄傲的,也就是这个:我的兄弟已不是什么总司令,参谋长,而是多到无穷数的世界的创造者!

别了,再见在火线中吧,我的"哥哥"!你最后的弟弟在向你告别了,听!

1930.3.11.晨

注:这是殷夫给当时任国民革命军总司令部参谋处长的哥哥徐培根的信。徐培根一直"规劝"殷夫脱离革命。

(原载1930年5月《拓荒者》第四、五期合刊,署名Ivan)

作者简介:殷夫(1910—1931),原名徐柏庭,浙江象山人。"左联"发起人之一。1931年2月7日遭国民党秘密杀害。著有诗集《孩儿塔》等。

一个伟大的印象

柔　石

> 这是最后的斗争，
>
> 团结起来到明天，
>
> International，
>
> 就一定要实现！

悠扬的雄壮的《国际歌》，在四壁的红色的包围中，当着马克思与列宁的像前，由我们唱过了。我们，四十八人，密密地静肃地站着，我们底姿势是同样地镇定而庄严，直垂着两手，微伛着头；我们底感情是同样地遥阔，愉快而兴奋，恰似歌声是一朵五彩的美丽的云，用了"共产主义"的大红色的帆篷，装载着我们到了自由、平等的无贫富、无阶级的乐园。

我们，四十八人，同聚在一间客厅似的房内，围绕着排列成一个颇大的"工"字形的桌边，桌上是铺着红布，布上是放着新鲜的艳丽的红花。我们底会议就在这样的一间浓厚的重叠的如火如血的空气中开始了。

"同志们！苏维埃的旗帜已经在全国到处飘扬起来了！"我们底主席向我们和平地温声地作这样的郑重的开会词。

我们底关系都似兄弟，我们底组织有如家庭；我们依照被规定的"秘密的生活条例"而发言，讲话，走路，以及一切的起居的行动。一位姊姊似的女同志，她的美丽的姿势和甜蜜的感情，管理着我们所需要的用品底购买和接洽，并在每晚睡觉之前，向我们作"晚安"。

"谁要仁丹么？"在会议底长时间之后，她常常向我们这样的微笑地问。

为了减少椅凳底搬动的声音，我们是和兵士一样站着吃饭的。有一次，一个同志因等着饭来，这样说笑了：

"吃饭也和革命一样的；筷子是枪，米是子弹，用这个，我们吃了那些鱼肉；快些罢，革命，吃饭，可以使我们底饥肠不致再辘辘地延长！"

晚饭以后，没有会议的时候，或不在会议的一部分人，就是自由谈天——互相找着同志，报告他自己底革命的经过的情形，或要求着别人报告他所属的团体底目前的革命形势，用着一种胜利的温和的声音，互相叙述着，讨论着。

"这位同志是代表哪里的？"

这句话是时常普遍地被听到。

从各苏维埃区域及红军里来的同志，他们是非常急切地要知道"关于上海的目前的革命的形势"。

"上海的工人，市民，小商人，对于革命怎么样？不迫切么？不了解么？"

"除了工人，一般市民，小商人，大约因为阶级的关系，对于各种革命的组织与行动，只是同情，还不很直接地起来参加。"我回答。

"上海的工作是紧要的呀!"他们感叹地,"农村的革命日益扩大、日益紧张的时候,上海的工人,市民,非猛烈地起来不可!"

上海的报纸是不容易输送到他们底手里的。有一次,现在的第四军,因为在山上二十几天得不到报纸,心里是非常地焦急,以后探听得某一城的某处,有几份报纸,于是就在当夜,开了一团兵,走了六十几里的长路,攻进城,取得了这几份报纸回来。——这是一个事实。

在会议室的一角,放着一张黄色的书桌,里面的抽斗内,贮满了各种左倾的杂志并共产主义的书报。有一位同志管理着借阅与收还的事,可是一到早晨(晚上是收回的)所有的书籍总从这个忙碌者底手里转递给人们,他们,除出三五个完全不识字的农民代表外,就都在个个人底手里捧着一本书,或一份报了。他们专心地似又艰难地阅读着,有时,互相地疑问着,简直似考试前的小学校里的小学生那样。

可是不识字的农民同志,也有时走向阅读者底身边,问问书里所说的是什么。

"这是什么书呢?"

"《萌芽月刊》。"我向走近我身边的农民同志回答。

"我们底书么?"

"是的,关于无产阶级底文化方面的。编辑和译著的人,都是思想清楚的战士与作家。"我并将这一期的目录告诉他。

"是我们底杂志啊!"他向我微笑地亲昵地又说了一句。

在各人底手里,都有一本由我们底女同志交给他的记事的拍纸簿和一支铅笔。这样，就有一部分人，老是在那里习练了，涂写了。在开会的时候，他们记录着，不在开会的时候，他们绘画着；"我们底主席"，"我们底东江同志"，"女同志，你真是美丽的呀"！我竟从一个红军代表的手里看见这样标题着的三张非常精细的人像，类似旧历过年时在街坊上卖的"花纸"上所画的。我想，这是所谓"民众的艺术"罢？但画家所要研究的，也可根据这一个——我们实在需要民众的画家。

他们也时常捻着簿子向我问字："衝锋的衝字是怎么写的？"写好一个"彳"，叫我填上去。"犧牲的犧字可以这样写么？"又有一次，一个同志将"牺"这样的一个字问我，可是我很羞惭，不能立刻给他一个爽快的答复，因为我从来没有看见过这样写的一个"牺"字。

我也从他们所问我的字行旁，看见他们底纸上，满记录着标语似的口号似底警句："向城市冲锋"，"猛烈地扩大红军与少年先锋队的组织"等等。

有一位辽东的同志，身体高大，脸孔非常慈祥和蔼的人，他在和我作第一次的谈话时——我们是同睡在一间寝室的地板上的——他就告诉我他对于革命底最初的认识和行动：他说他之所以革命，并不是为了"无产阶级"四字，他是大地主的孩子，钱是很多的，而他却想推翻"做官阶级"——这四字是他用的；他说他自己是"平民阶级"——底专制，就从家里拿了一支枪，空身逃出到土匪队里去，因为土匪是"做官阶级"的唯一的敌人。可是第一次受伤了，子弹从上臂底后部进，由背上出——同时他脱了衣服，露出他底第一次的两处伤痕给我看。他是受过几次的伤的（以后我知道他底精神也受过颇深的伤痕），第二次是在面底后部，耳朵底下面，银元那么大的云的一块。——同时，他觉到土匪是没有出息的，非进一步，作推翻封建社会的行动不可，于是加入了无产阶级的革命团体。

"五六年来，我是没有家，"他说着，两眼是慈和而有光的，"到处飘流；也在石板船内，指挥着作过战。"

他底话，在这晚，是被纠察员的命令："十一点钟了，熄灯，不准再讲话！"而停止了！

过后一天，他忽然给我一个纸条，上写着：

"爱是有的么？"

我很奇怪，可是在那时，我是不能和他谈爱的问题的。我也就只好用纸条，给他一个回字，问他为什么发这个疑问。

于是我就陆续地收到他底好几次的纸条了。我在这里总括他底意思：他有一个爱人，爱人也深深地爱他的，而现在，为环境的条件所限制，结婚是万不可能。我最后给他这样写着的纸条：

"爱也是阶级的，爱的方式也是阶级的……是呀……"

可是他摇摇头，给我这样的回答：

"不，我现在要问你的是怎么可以消灭我底脑里底爱底印痕。加重地努力于革命底工作，是最好的方法么？"

这样，我知道，这位同志是一个感受着冲突底苦恼的布尔塞维克。

关于恋爱——苏维埃区域里的农民底态度，和红军军队里的兵士底意识，也都值得注意的。

据从苏维埃区域里来的同志底报告：在当初农民是大半都反

对自由恋爱,和离婚自由的。有一件例足以记述:一个年轻的党员和一个农民底妻发生恋爱,而这个农民底妻就向这个农民提出离婚;这个农民就向大众愤愤地怨诉道:

"革命革命,革他一个卵! 我们底老婆,都要革掉了!"

于是群众也大愤,竟商议要杀死这个年轻党员。事情被党的指导者知道,只得调开这个年轻党员到别处去工作了。这当然不是根本的办法。

可是在妇女的一面,却正相反;她们都要求自由,要求解放,热烈地向丈夫提出离婚,苏维埃政府的民事案,竟以离婚的裁判为第一忙了。假如政府不准,她还会在群众大会的时候,登台向群众演说,作根本的她底自身底解放自由的斗争。

现在苏维埃政府是努力地作向农民解释底宣传,允许离婚的绝对自由的。有许多地方,妇女解放是渐渐做得通了。

在军队里,有同样有趣的事实。就是兵士们也多反对在军队里有恋爱的现象的发现。这一半还因为女性的兵士太少,一半因为女同志多喜欢和官长接近的缘故。虽然,在红军里,"经济的平等"是被规定为一条原则(另一条原则是"纪律的平等"),但责任的地位有高低,而妇女的虚荣心也是还存在的。所以某一军的军长,曾有过以军事上的观点,不准女同志加入军队的禁令。

在这次的代表会议里,有我们底十六岁的年轻勇敢的少年列席。他有敦厚而稍近野蛮的强的脸,皮色红黑,两眼圆而有精神,当发言的时候,常向旁或向上投视,一边表示他在思想着所发的言,一边正像他要用着他底两眼底锐利的火箭,射中革命底敌人的要塞似的。他底发言,是简朴的,稍带讷讷的,有时将口子撑得很圆——他是湖南人——正似他底舌是变做了一只有火焰的球在滚着一样。他底身体非常结实而强壮,阔的肩,足以背负中国的革命底重任,两条粗而有力的腿,是支持得住由革命所酬报他底劳苦和光荣的。他是少年先锋队的队长,那想吞噬他的狼似的敌人,是有十数个死在他底瞄准里的。他受过两年的小学教育,可是会做情诗了。

> 妹妹呀,你快来罢!
>
> 我从春天望到夏,
>
> 又从夏天望到秋,
>
> 望到眼睛都花了!

他有一次将这四句诗念给我听,当时我对他说:

"你还是革命罢,不要做情诗。"

可是他笑着向我答:

"我是不会做情诗的,情诗是你们底队伍里的人做的。这四句诗也好像从一本什么诗集里读来的。你不知道么,在你们里面有做诗的革命的人?"

我稍稍微笑着摇头,同时我牵了他底两手,紧紧地握着,而且,假如当时的环境能够允许,我一定向他拥抱而高喊起来:

"亲爱的弟弟,我们期待着你做一个中国的列宁!"

关于这个勇敢的小同志,我们底主席向我们说着这样的话:

"假如他能够在上海受训练二年,一定能做一个非常好的 CY。不过我们不能留他住在上海,那边也需要像他这样的同志的。像他这样的少年,是到处都被需要的。"

有一次，他从我们底一位漂亮的同志底西装的外衣袋里，掏出一块紫绸的色光灿烂的小手帕来，他看得惊骇了。

"这做什么用的？"他问。

"没有什么用，装饰装饰。"我们底漂亮的同志答。

"可以给小妹妹罩在头上的呀！"他很快乐地说，同时将这稀薄的手帕网在脸上，窥望着各处。

"送给你罢，你带回去送爱人去罢。"我们底漂亮的同志笑嘻嘻地说。

"呀？"他底大的鼻子竟横开得非常阔了。这样，他就仔细地将它折好塞在他底小衫的衣袋里。

"打倒军阀！"

"打倒帝国主义！"

"猛烈地扩大红军！"

"组织地方暴动！"

"中国革命成功万岁！"

"世界革命成功万岁！"

威武的，扬跃的，有力的口号，在会议底胜利的闭幕式里，由一人的呼喊，各人的举手而终结了。我们慢慢地摇动着，心是紧张的，情感是兴奋的，态度是坚毅而微笑的，在我们底每一个人底背后，恍惚地有着几千百万的群众底影子，他们都在高声地庆祝着，呼唤着，手舞足蹈地欢乐着。我们底背后有着几千百万的群众底影子，他们在云霞之中欢乐着，飘动地同着我们走，拥护着我们底十大政纲，我们这次会议的五大决议案与二十二件小决议案，努力地实行着这些决议案的使命，努力地促进革命底迅速的成功。我们背后有着几千百万的群众底影子。我们分散了，负着这些工农革命底重大使命而分散了,向全国底各处深入,向全国底工农深入;我们底铁的拳头,都执着猛烈的火把。中国,红起来罢!中国,红起来罢!全世界底火焰,也将由我们底点着而要焚烧起来了!世界革命成功万岁!我们都以火,以血,以死等待着。我们分散了,在我们底耳边,仿佛响彻着胜利的喇叭声,凯旋的铜鼓底冬冬声。仿佛,在大风中招展的红旗,是竖在我们底喜马拉雅山的顶上。

1930 年 6 月 16 日

（原载 1930 年 9 月《世界文化》第一期）

作者简介：柔石（1902—1931），原名赵平复,浙江宁海人。1930 年参加"左联"。1931 年 2 月 7 日遭国民党秘密杀害。著有小说《为奴隶的母亲》《二月》等。

中国无产阶级革命文学和前驱的血

鲁　迅

中国的无产阶级革命文学在今天和明天之交发生，在诬蔑和压迫之中滋长，终于在最黑暗里，用我们的同志的鲜血写了第一篇文章。

我们的劳苦大众历来只被最剧烈的压迫和榨取，连识字教育的布施也得不到，惟有默默地身受着宰割和灭亡。繁难的象形字，又使他们不能有自修的机会。智识的青年们意识到自己的前驱的使命，便首先发出战叫。这战叫和劳苦大众自己的反叛的叫声一样地使统治者恐怖，走狗的文人即群起进攻，或者制造谣言，或者亲作侦探，然而都是暗做，都是匿名，不过证明了他们自己是黑暗的动物。

统治者也知道走狗的文人不能抵挡无产阶级革命文学，于是一面禁止书报，封闭书店，颁布恶出版法，通缉著作家，一面用最末的手段，将左翼作家逮捕，拘禁，秘密处以死刑，至今并未宣布。这一面固然在证明他们是在灭亡中的黑暗的动物，一面也在证实中国无产阶级革命文学阵营的力量，因为如传略所罗列，我们的几个遇害的同志的年龄，勇气，尤其是平日的作品的成绩，已足使全队走狗不敢狂吠。

然而我们的这几个同志已被暗杀了，这自然是无产阶级革命文学的若干的损失，我们的很大的悲痛。但无产阶级革命文学却仍然滋长，因为这是属于革命的广大劳苦群众的，大众存在一日，壮大一日，无产阶级革命文学也就滋长一日。我们的同志的血，已经证明了无产阶级革命文学和革命的劳苦大众是在受一样的压迫，一样的残杀，作一样的战斗，有一样的运命，是革命的劳苦大众的文学。

现在，军阀的报告，已说虽是六十岁老妇，也为"邪说"所中，租界的巡捕，虽对于小学儿童，也时时加以检查；他们除从帝国主义得来的枪炮和几条走狗之外，已将一无所有了，所有的只是老老小小——青年不必说——的敌人。而他们的这些敌人，便都在我们的这一面。

我们现在以十分的哀悼和铭记，纪念我们的战死者，也就是要牢记中国无产阶级革命文学的历史的第一页，是同志的鲜血所记录，永远在显示敌人的卑劣的凶暴和启示我们的不断的斗争。

（原载 1931 年 4 月 25 日《前哨》，署名 L. S.）

作者简介：鲁迅（1881—1936），原名周樟寿，后改名周树人，浙江绍兴人。伟大的文学家、思想家、革命家，新文化运动的重要参与者，中国现代文学的奠基人之一。著有小说集《呐喊》《彷徨》，散文集《野草》《朝花夕拾》，杂文集《坟》《且介亭杂文》等。

可爱的中国

方志敏

这是一间囚室。

这间囚室,四壁都用白纸裱糊过,虽过时已久,裱纸变了黯黄色,有几处漏雨的地方,并起了大块的黑色斑点;但有日光照射进来,或是强光的电灯亮了,这室内仍显得洁白耀目。对天空开了两道玻璃窗,光线空气都不算坏。对准窗子,在室中靠石壁放着一张黑漆色长方书桌,桌上摆了几本厚书和墨盒茶盅。桌边放着一把锯短了脚的矮竹椅;接着竹椅背后,就是一张铁床;床上铺着灰色军毯,一床粗布棉被,折叠了三层,整齐地摆在床的里沿。在这室的里面一角,有一只未漆的未盖的白木箱摆着,木箱里另有一只马桶躲藏在里面,日夜张开着口,承受这室内囚人每日排泄下来的秽物。在白木箱前面的靠壁处,放着一只蓝磁的痰盂,它像与马桶比赛似的,也是日夜张开着口,承受室内囚人吐出来的痰涕与丢下去的橘皮蔗渣和纸屑。骤然跑进这间房来,若不是看到那只刺目的很不雅观的白方木箱,以及坐在桌边那个钉着铁镣一望而知为囚人的祥松,或者你会认为这不是一间囚室,而是一间书室了。

的确,就是关在这室内的祥松,也认为比他十年前在省城读书时所住的学舍的房间要好一些。

这是看守所优待号的一间房。这看守所分为两部,一部是优待号，一部是普通号。优待号是优待那些在政治上有地位或是有资产的人们。他们因各种原因，犯了各种的罪，也要受到法律上的处罚；而他们平日过的生活以及他们的身体，都是不能耐住那普通号一样的待遇；把他们也关到普通号里去，不要一天两天，说不定都要生病或生病而死，那是万要不得之事。故特辟优待号让他们住着，无非是期望着他们趁早悔改的意思。所以与其说优待号是监狱，或者不如说是休养所较为恰切些，不过是不能自由出入罢了。比较那潮湿污秽的普通号来，那是大大的不同。在普通号吃苦生病的囚人，突然看到优待号的清洁宽敞，心里总不免要发生一个是天堂，一个是天狱之感。

因为祥松是一个重要的政治犯，官厅为着要迅速改变他原来的主义信仰，才将他从普通号搬到优待号来。

祥松前在普通号，有三个同伴同住，谈谈讲讲，也颇觉容易过日。现在是孤零一人，镇日坐在这囚室内，未免深感寂寞了。他不会抽烟，也不会喝酒，想借烟来散闷，酒来解愁，也是做不到的。而能使他忘怀一切的，只是读书。他从同号的难友处借了不少的书来，他原是爱读书的人，一有足够的书给他读读看看，就是他脚上钉着的十斤重的铁镣也不觉得它怎样沉重压脚了。尤其在现在，书好像是医生手里止痛的吗啡针，他一看起书来，看到津津有味处，把他精神上的愁闷与肉体上的苦痛，都麻痹地忘却了。

到底他的脑力有限，接连看了几个钟头的书，头就会一阵一阵地胀痛起来，他将一双肘节放在桌上，用两掌抱住胀痛的头，还是照原看下去，一面咬紧牙关自语："尽你痛！痛！再痛！脑溢血，晕死去罢！"直到脑痛十分厉害，不能再耐的时候，他才丢下书本，在桌边站立起来。或是向铁床上一倒，四肢摊开伸直，闭上眼睛养养神；或是在室内从里面走到外面，又从外面走到里面的踱着步；再或者站在窗口望着窗外那么一小块沉闷的雨天出神；也顺便望望围墙外那株一半枯枝，一半绿叶的柳树。他一看到那一簇浓绿的柳叶，他就猜想出遍大地的树木，大概都在和暖的春风吹嘘中，长出艳绿的嫩叶来了——他从这里似乎得到一点儿春意。

他每天都是这般不变样地生活着。

今天在换班的看守兵推开门来望望他——换班交代最重要的一个囚人——的时候，却看到祥松没有看书，也没有踱步，他坐在桌边，用左手撑住头，右手执着笔在纸上边写边想。祥松今天似乎有点什么感触，要把它写出来。他在写些什么呢？啊！他在写着一封给朋友们的信。

亲爱的朋友们：

我终于被俘入狱了。

关于我被俘入狱的情形，你们在报纸上可以看到，知道大概，我不必说了。我在被俘以后，经过绳子的绑缚，经过钉上粗重的脚镣，经过无数次的拍照，经过装甲车的押解，经过几次群众会上活的示众，以至关入笼子里，这些都像放映电影一般，一幕一幕地过去了！我不愿再去回忆那些过去了的事情，回忆，只能增加我不堪的羞愧和苦恼！我也不愿将我在狱中的生活告诉你们。朋友，无论谁入了狱，都得感到愁苦和屈辱，我当然更甚，所以不能告诉你们一点什么好的新闻。我今天想告诉你们的却是另外一个比较紧要的问题，即是关于爱护中国、拯救中国的问题，你们或者高兴听一听我讲这个问题罢。

我自入狱后，有许多人来看我；他们为什么来看我，大概是怀着到动物园里去看一只新奇的动物一样的好奇心罢？他们背后怎样评论我，我不能知道，而且也不必一定要知道。就他们当面对我讲的话，他们都承认我是一个革命者；不过他们认为我只顾到工农阶级的利益，忽视了民族的利益，好像我并不是热心爱中国爱民族的人。朋友，这是真实的话吗？工农阶级的利益，会是与民族的利益冲突吗？不，绝不是的，真正为工农阶级谋解放的人，才正是为民族谋解放的人，说我不爱中国不爱民族，那简直是对我一个天大的冤枉了。

我很小的时候，在乡村私塾中读书，无知无识，不知道什么是帝国主义，也不知道帝国主义如何侵略中国，自然，不知道爱国为何事。以后进了高等小学读书，知识渐开，渐渐懂得爱护中国的道理。一九一八年爱国运动波及到我们高小时，我们学生也开起大会来了。

在会场中，我们几百个小学生，都怀着一肚子的愤恨，一方面痛恨日本帝国主义无餍的侵略，另一方面更痛恨曹、章等卖国贼的狗肺狼心！就是那些年轻的教师们（年老的教师们，对于爱国运动，表示不甚关心的样子），也和学生一样，十分激愤。宣布开会之后，一个青年教师跑上讲堂，将日本帝国主义提出的灭亡中国的二十一条，一条一条地边念边讲。他的声音由低而高，渐渐地吼叫起来，脸色涨红，渐而发青，颈子胀大得像要爆炸的样子，满头的汗珠子，满嘴唇的白沫，拳头在讲桌上捶得碰碰响。听讲的我们，在这位教师如此激昂慷慨的鼓动之下，哪一个不是鼓起嘴巴，睁大着眼睛——每对透亮的小眼睛，都是红红的像要冒出火来；有几个学生竟流泪哭起来了。朋友，确实的，在这个时候，如果真有一个日本强盗或是曹、章等卖国贼的哪一个站在我们的面前,那怕不会被我们一下打成肉饼!会中,通过抵制日货,先要将各人身边的日货销毁去,再进行检查商店的日货,并出发对民众讲演,唤起他们来爱国。会散之后,各寝室内扯抽屉声,开箱笼声,响得很热闹,大家都在急急忙忙地清查日货呢。

"这是日货,打了去!"一个玻璃瓶的日本牙粉扔出来了,扔在阶石上,立即打碎了,淡红色的牙粉,飞洒满地。

"这也是日货,踩了去!"一只日货的洋磁脸盆,被一个学生倒仆在地上,猛地几脚踩凹下去,磁片一片片地剥落下来,一脚踢出,磁盆就像含冤无诉地滚到墙角里去了。

"你们大家看看,这床席子大概不是日本货吧?"一个学生双手捧着一床东洋席子,表现很不能舍去的样子。

大家走上去一看,看见席头上印了"日本制造"四个字,立刻同声叫起来:"你的眼睛瞎了,不认得字?你舍不得这床席子,想做亡国奴!?"不由分说,大家伸出手来一撕,那床东洋席,就被撕成碎条了。

我本是一个苦学生,从乡间跑到城市里来读书,所带的铺盖用品都是土里土气的,好不容易弄到几个钱来,买了日本牙刷,金刚石牙粉,东洋脸盆,并也有一床东洋席子。我明知销毁这些东西,以后就难得钱再买,但我为爱国心所激动,也就毫无顾惜地销毁了。我并向同学们宣言,以后生病,就是会病死了,也决不买日本的仁丹和清快丸。

从此以后,在我幼稚的脑筋中,作了不少的可笑的幻梦;我想在高小毕业后,即去投考陆军学校,以后一级一级地升上去,带几千兵或几万兵,打到日本去,踏平三岛!我又想,在高小毕业后,就去从事实业，苦做苦积，那怕不会积到几百万几千万的家私，一齐拿出来，练海陆军，去打东洋。读西洋史，一心想做拿破仑；读中国史，一心又想做岳武穆。这些混杂不清的思想，现在讲出来，是会惹人笑痛肚皮！但在当时我却认为这些思想是了不起的真理，愈想愈觉得津津有味，有时竟想到几夜失眠。

一个青年学生的爱国，真有如一个青年姑娘初恋时那样的真纯入迷。

朋友，你们知道吗？我在高小毕业后，既未去投考陆军学校，也未从事什么实业，我却到 N 城来读书了。N 城到底是省城，比县城大不相同。在 N 城，我看到了许多洋人，遇到了许多难堪的事情，我讲一两件给你们听，可以吗？

只要你到街上去走一转，你就可以碰着几个洋人。当然我们并不是排外主义者，洋人之中，有不少有学问有道德的人，他们同情于中国民族的解放运动，反对帝国主义对中国的压迫和侵略，他们是我们的朋友。只是那些到中国来赚钱，来享福，来散播精神的鸦片——传教的洋人，却是有十分的可恶的。他们自认为文明人，认我们为野蛮人，他们是优种，我们却是劣种；他们昂头阔步，带着一种藐视中国人、不屑与中国人为伍的神气，总引起我心里的愤愤不平。我常想："中国人真是一个劣等民族吗？真该受他们的藐视吗？我不服的，决不服的。"

有一天，我在街上低头走着，忽听得"站开！站开！"的喝道声。我抬头一望，就看到四个绿衣邮差，提着四个长方扁灯笼，灯笼上写着"邮政管理局长"几个红扁字，四人成双行走，向前喝道；接着是四个徒手的绿衣邮差；接着是一顶绿衣大轿，四个绿衣轿夫抬着;轿的两旁,各有两个绿衣邮差扶住轿杠护着走;轿后又是四个绿衣邮差跟着。我再低头向轿内一望,轿内危坐着一个碧眼黄发高鼻子的洋人,口里衔着一枝大雪茄,脸上露出十足的傲慢自得的表情。"啊!好威风呀!"我不禁脱口说出这一句。邮政并不是什么深奥巧妙的事情,难道一定要洋人才办得好吗?中国的邮政,为什么要给外人管理去呢?

随后,我到 K 埠读书,情形更不同了。在 K 埠有了所谓租界上,我们简直不能乱动一下,否则就要遭打或捉。在中国的地方,建起外人的租界,服从外人的统治,这种现象不会有点使我难受吗?

有时,我站在江边望望,就看见很多外国兵舰和轮船在长江内行驶和停泊,中国的内河,也容许外国兵舰和轮船自由行驶吗?中国有兵舰和轮船在外国内河行驶吗?如果没有的话,外国人不是明白白欺负中国吗?中国人难道就能够低下头来活受他们的欺负不成?!

就在我们读书的教会学校里,他们口口声声传那"平等博爱"的基督教;同是教员,又同是基督信徒,照理总应该平等待遇;但西人教员,都是二三百元一月的薪水,中国教员只有几十元一月的薪水;教国文的更可怜,简直不如去讨饭,他们只有二十余元一月的薪水。朋友,基督国里,就是如此平等法吗?难道西人就真是上帝宠爱的骄子,中国人就真是上帝抛弃的下流的瘪三?!

朋友,想想看,只要你不是一个断了气的死人,或是一个甘心亡国的懦夫,天天碰着这些恼人的问题,谁能按下你不挺身而起,为积弱的中国奋斗呢?何况我正是一个血性自负的青年!

朋友,我因无钱读书,就漂流到吸尽中国血液的唧筒——上海来了。最使我难堪的，是我在上海游法国公园的那一次。我去上海原是梦想着找个半工半读的事情做做，哪知上海是人浮于事，找事难于登天，跑了几处，都毫无头绪，正在纳闷着，有几个穷朋友，邀我去游法国公园散散闷。一走到公园门口就看到一块刺目的牌子，牌子上写着"华人与狗不准进园"几个字。这几个字射入我的眼中时，全身突然一阵烧热，脸上都烧红了。这是我感觉着从来没有受过的耻辱！在中国的上海地方让他们造公园来，反而禁止华人入园，反而将华人与狗并列。这样无理的侮辱华人，岂是所谓"文明国"的人们所应该做出来的吗？华人在这世界上还有立足的余地吗？还能生存下去吗？我想至此也无心游园了，拔起脚就转回自己的寓所了。

朋友，我后来听说因为许多爱国文学家著文的攻击，那块侮辱华人的牌子已经取去了。真的取去了没有？还没有取去？朋友，我们要知道，无论这块牌子取去或没有取去，那些以主子自居的混蛋的洋人，以畜生看待华人的观念，是至今没有改变的。

朋友，在上海最好是埋头躲在鸽子笼里不出去，倒还可以静一静心！如果你喜欢向外跑，喜欢在"国中之国"的租界上去转转，那你不仅可以遇着"华人与狗"一类的难堪的事情，你到处可以看到高傲的洋大人的手杖，在黄包车夫和苦力的身上飞舞；到处可以看到饮得烂醉的水兵，沿街寻人殴打；到处可以看到巡捕手上的哭丧棒，不时在那些不幸的人们身上乱揍；假若你再走到所谓"西牢"旁边听一听，你定可以听到从里面传出来的包探捕头拳打脚踢毒刑毕用之下的同胞们一声声呼痛的哀音，这是他们利用治外法权来惩治反抗他们的志士！半殖民地民众悲惨的命运呵！中国民族悲惨的命运呵！

朋友,我在上海混不出什么名堂,仍转回 K 省来了。

我搭上一只 J 国轮船。在上船之前,送行的朋友告诉我在 J 国轮船,确要小心谨慎,否则船上人不讲理的。我将他们的忠告,谨记在心。我在狭小拥挤、汗臭屁臭、蒸热闷人的统舱里,买了一个铺位。朋友,你们是知道的,那时,我已患着很厉害的肺病,这统舱里的空气,是极不适宜于我的;但是,一个贫苦学生,能够买起一张统舱票,能够在统舱里占上一个铺位,已经就算是很幸事了。我躺在铺位上,头在发昏晕!等查票人过去了,正要昏迷迷地睡去,忽听到从货舱里发出可怕的打人声及喊救声。我立起身来问茶房什么事,茶房说,不要去理它,还不是打那些不买票的穷蛋。我不听茶房的话,拖着鞋向那货舱走去,想一看究竟。我走到货舱门口,就看见有三个衣服褴褛的人,在那堆叠着的白糖包上蹲伏着。一个是兵士,二十多岁,身体健壮,穿着一件旧军服。一个像工人模样,四十余岁,很瘦,似有暗病。另一个是个二十余岁的妇人,面色粗黑,头上扎一块青布包头,似是从乡下逃荒出来的样子。三人都用手抱住头,生怕头挨到鞭子,好像手上挨几下并不要紧的样子。三人的身体,都在战栗着。他们都在极力将身体紧缩着,好像想缩小成一小团子或一小点子,那鞭子就打不着那一处了。三人挤在一个舱角里,看他们的眼睛,偷偷地东张西张的神气,似乎他们在希望着就在屁股底下能够找出一个洞来,以便躲进去避一避这无情的鞭打,如果真有一个洞,就是洞内满是屎尿,我想他们也是会钻进去的。在他们对面,站着七个人,靠后一点,站着一个较矮的穿西装的人,身体肥胖得很,肚皮膨大,满脸油光,鼻孔下蓄了一小绺短须。两手叉在裤袋里,脸上浮露一种毒恶的微笑,一望就知道他是这场鞭打的指挥者。其余六个人,都是水手茶房的模样,手里拿着藤条或竹片,听取指挥者的话,在鞭打那三个未买票偷乘船的人们。

"还要打! 谁叫你不买票!"那肥人说。

他话尚未说断,那六个人手里的藤条和竹片,就一齐打下。"还要打!"肥人又说。藤条竹片又是一齐打下。每次打下去,接着藤条竹片的着肉声,就是一阵"痛哟!"令人酸鼻的哀叫!这种哀叫,并不能感动那肥人和几个打手的慈心,他们反而哈哈地笑起来了。

"叫得好听,有趣,多打几下!"那肥人在笑后命令地说。

那藤条和竹片,就不分下数地打下,"痛哟! 痛哟! 饶命呵!"的哀叫声,就更加尖锐刺耳了!

"停住! 去拿绳子来!"那肥人说。

那几个打手,好像耍熟了把戏的猴子一样,只听到这句话,就晓得要做什么。马上就有一个跑去拿了一捆中粗绳子来。

"将他绑起来,抛到江里去喂鱼!"肥人指着那个兵士说。

那些打手一齐上前,七手八脚地将那兵士从糖包上拖下来,按倒在舱面上,绑手的绑手,绑脚的绑脚,一刻儿就把那兵士绑起来了。绳子很长,除缚结外,还各有一长段拖着。

那兵士似乎入于昏迷状态了。

那工人和那妇人还是用双手抱住头,蹲在糖包上发抖战,那妇人的嘴唇都吓得变成紫黑色了。

船上的乘客,来看发生什么事体的,渐来渐多,货舱门口都站满了,大家脸上似乎都有一点不平服的表情。

那兵士渐渐地清醒过来,用不大的声音抗议似的说:

"我只是无钱买船票,我没有死罪!"

拍的一声,兵士的面上挨了一巨掌! 这是打手中一个很高大的人打的。他吼道："你还讲什么？像你这样的狗东西，别说死一个，死十个百个又算什么！"

于是他们将他搬到舱沿边，先将他手上和脚上两条拖着的绳子，缚在船沿的铁栏干上，然后将他抬过栏干向江内吊下去。人并没有浸入水内，离水面还有一尺多高，只是仰吊在那里。被轮船激起的江水溅沫，急雨般打到他面上来。

那兵士手脚被吊得彻心彻骨的痛，大声哀叫。

那几个魔鬼似的人们，听到了哀叫，只是"好玩！好玩！"地叫着跳着作乐。

约莫吊了五六分钟，才把他拉上船来，向舱板上一摔，解开绳子，同时你一句我一句地说着："味道尝够了吗？""坐白船没有那么便宜的！""下次你还买不买票？""下次你还要不要来尝这辣味儿？""你想错了，不买票来偷搭外国船！"那兵士直硬硬地躺在那里，闭上眼睛，一句话也不答，只是左右手交换地去摸抚那被绳子嵌成一条深槽的伤痕，两只脚也在那吊伤处交互揩擦。

"把他也绑起来吊一下！"肥人又指着那工人说。

那工人赶从糖包上爬下来，跪在舱板上，哀恳地说："求求你们不要绑我，不要吊我，我自己爬到江里去投水好了。像我这样连一张船票都买不起的苦命，还要它做什么！"他说完就望船沿爬去。

"不行不行，照样地吊！"肥人说。

那些打手，立即将那工人拖住，照样把他绑起，照样将绳子缚在铁栏干上，照样把他抬过铁栏干吊下去，照样地被吊在那里受着江水激沫的溅洒，照样他在难忍的痛苦下哀叫，也是吊了五六分钟，又照样把他吊上来，摔在舱板上替他解缚。但那工人并不去摸抚他手上和脚上的伤痕，只是眼泪如泉涌地流出来，尽在抽噎地哭,那半老人看来是很伤心的了!

"那妇人怎样耍她一下呢?"打手中一个矮瘦的流氓样子的人向肥人问。

"……"肥人微笑着不作声。

"不吊她,摸摸她,也是有趣的呀!"

肥人点一点头。

那人就赶上前去,扯那妇人的裤腰。那妇人双脚打文字式的绞起,一双手用力遮住那小肚子下的地方,脸上红得发青了,用尖声喊叫,"嬲不得呀! 嬲不得呀!"

那人用死力将手伸进她的腿胯里,摸了几摸,然后把手拿出来,笑着说:"没有毛的,光板子! 光板子!"

"哈,哈,哈哈……"打手们哄然大笑起来了。

"打!"我气愤不过,喊了一声。

"谁喊打?"肥人圆睁着那凶眼望着我们威吓地喝。

"打!"几十个人的声音,从站着观看的乘客中吼了出来。

那肥人有点惊慌了,赶快移动脚步,挺起大肚子走开,一面急忙地说:"饶了他们三个人的船钱,到前面码头赶下船去!"

那几个打手齐声答应"是",也即跟着肥人走去了。

"真是灭绝天理良心的人,那样的虐待穷人!""狗养的好凶恶!""那个肥大头可杀!""那几个当狗的打手更坏!""咳,没有捶那班狗养的一顿!"在观看的乘客中,发生过一阵嘈杂的愤激的议论之后,都渐次散去,各回自己的舱位去了。

我也走回统舱里,向我的铺位上倒下去,我的头像发热病似的胀痛,我几乎要放声痛哭出来。

朋友,这是我永不能忘记的一幕悲剧! 那肥人指挥着鞭打,不仅是鞭打那三个同胞,而是鞭打我中国民族,痛在他们身上,耻在我们脸上!啊!啊!朋友,中国人难道真比一个畜生都不如了吗?你们听到这个故事,不也很难过吗?

朋友,以后我还遇着不少的像这一类或者比这一类更难堪的事情,要说,几天也说不完,我也不忍多说了。总之,半殖民地的中国,处处都是吃亏受苦,有口无处诉。但是,朋友,我却因每一次受到的刺激,就更加坚定为中国民族解放奋斗的决心。我是常常这样想着,假使能使中国民族得到解放,那我又何惜于我这一条蚁命!

朋友!中国是生育我们的母亲。你们觉得这位母亲可爱吗?我想你们是和我一样的见解,都觉得这位母亲是蛮可爱蛮可爱的。以言气候,中国处于温带,不十分热,也不十分冷,好像我们母亲的体温,不高不低,最适宜于孩儿们的偎依。以言国土,中国土地广大,纵横万数千里,好像我们的母亲是一个身体魁大、胸宽背阔的妇人,不像日本姑娘那样苗条瘦小。中国许多有名的崇山大岭,长江巨河,以及大小湖泊,岂不象征着我们母亲丰满坚实的肥肤上之健美的肉纹和肉窝?中国土地的生产力是无限的;地底蕴藏着未开发的宝藏也是无限的;废置而未曾利用起来的天然力,更是无限的,这又岂不象征着我们的母亲,保有着无穷的乳汁,无穷的力量,以养育她四万万的孩儿?我想世界上再没有比她养得更多的孩子的母亲吧。至于说到中国天然风景的美丽,我可以说,不但是雄巍的峨嵋,妩媚的西湖,幽雅的雁荡,与夫“秀丽甲天下”的桂林山水,可以傲睨一世,令人称羡;其实中国是无地不美,到处皆景,自城市以至乡村,一山一水,一丘一壑,只要稍加修饰和培植,都可以成流连难舍的胜景;这好像我们的母亲,她是一个天姿玉质的美人,她的身体的每一部分，都有令人爱慕之美。中国海岸线之长而且弯曲，照现代艺术家说来，这象征我们母亲富有曲线美吧。咳！母亲！美丽的母亲，可爱的母亲，只因你受着人家的压榨和剥削，弄成贫穷已极；不但不能买一件新的好看的衣服，把你自己装饰起来；甚至不能买块香皂将你全身洗擦洗擦，以致现出怪难看的一种憔悴褴褛和污秽不洁的形容来！啊！我们的母亲太可怜了，一个天生的丽人，现在却变成叫化的婆子！站在欧洲、美洲各位华贵的太太面前，固然是深愧不如，就是站在那日本小姑娘面前，也自惭形秽得很呢！

听着！朋友！母亲躲到一边去哭泣了，哭得伤心得很呀！她似乎在骂着："难道我四万万的孩子，都是白生了吗？难道他们真像着了魔的狮子，一天到晚地睡着不醒吗？难道他们不知道自己伟大的团结力量，去与残害母亲、剥削母亲的敌人斗争吗？难道他们不想将母亲从敌人手里救出来，把母亲也装饰起来，成为世界上一个最出色、最美丽、最令人尊敬的母亲吗？"朋友，听到没有母亲哀痛的哭骂？是的，是的，母亲骂得对，十分对！我们不能怪母亲好哭，只怪得我们之中出了败类，自己压制自己，眼睁睁地望着我们这位挺慈祥美丽的母亲，受着许多无谓的屈辱，和残暴的蹂躏！这真是我们做孩子们的不是了，简直连一位母亲都爱护不住了！

朋友，看呀！看呀！那名叫"帝国主义"的恶魔的面貌是多么难看呀！在中国许多神怪小说上，也寻不出一个妖精鬼怪的面貌，会有这些恶魔那样的狞恶可怕！满脸满身都是毛，好像他们并不是人，而是人类中会吃人的猩猩！他们的血口，张开起来，好似无底的深洞，几千几万几千万的人类，都会被它吞下去！他们的牙齿，尤其是那伸出口外的獠牙，十分锐利，发出可怕的白光！他们的手,不,不是手呀,而是僵硬硬的铁爪!那么难看的恶魔,那么狰狞可怕的恶魔!一,二,三,四,五,朋友,五个可怕的恶魔,正在包围着我们的母亲呀!朋友,看呀,看到了没有?呸!那些恶魔将母亲搂住呢!用他们的血口,去亲她的嘴,她的脸,用他们的铁爪,去抓破她的乳头,她的可爱的肥肤!呀,看呀!那个戴着粉白的假面具的恶魔,在做什么?他弯身伏在母亲的胸前,用一支锐利的金管子,刺进,呀!刺进母亲的心口,他的血口,套到这金管子上,拼命地吸母亲的血液!母亲多么痛呵,痛得嘴唇都成白色了。噫,其他的恶魔也照样做吗?看!他们都拿出各种金的、铁的或橡皮的管子,套住在母亲身上被他们铁爪抓破流血的地方,都拼命吸起血液来了!母亲,你有多少血液,不要一下子就被他们吸干了吗?

嘎!那矮矮的恶魔,拿出一把屠刀来了!做什么?呸!恶魔!你敢割我们母亲的肉?你想杀死她?咳哟!不好了!一刀!拍的一刀!好大胆的恶魔,居然向我们母亲的左肩上砍下去!母亲的左肩,连着耳朵到颈,直到胸腔,都被砍下来了!砍下了身体的那么大一块——五分之一的那么一大块!母亲的血在涌流出来,她不能哭出声来,她的嘴唇只是在那里一张一张地动,她的眼泪和血在竞着涌流!朋友们!兄弟们!救救母亲呀!母亲快要死去了!

啊!那矮的恶魔怎么那样凶恶,竟将母亲那么一大块身体,就一口生吞下去,还在那里眈眈地望着,像一只饿虎向着驯羊一样的望着!恶魔!你还想砍,还想割,还想把我们的母亲整个吞下去?!兄弟们,无论如何不能与它干休!它砍下而且生吞下去母亲的那么一大块身体!母亲现在还像一个人吗,缺了五分之一的身体?美丽的母亲,变成一个血迹模糊肢体残缺的人了。兄弟们,无论如何,不能与它干休,大家冲上去,捉住那只恶魔,用铁拳痛痛地捶它,捶得它张开口来,吐出那块被生吞下去的母亲身体,才算,决不能让它在恶魔的肚子里消化了去,成了它的滋养料!我们一定要回来一个完整的母亲,绝对不能让她的肢体残缺呀!

呸!那是什么人?他们也是中国人,也是母亲的孩子?那么为什么去帮助恶魔来杀害自己的母亲呢?你们看!他们在恶魔持刀向母亲身上砍的时候,很快地就把砍下来的那块身体,双手捧到恶魔血口中去!他们用手拍拍恶魔的喉咙,使它快吞下去;现在又用手去摸摸恶魔的肚皮,增进它的胃之消化力,好让快点消化下去。他们都是所谓高贵的华人,怎样会那么恭顺地秉承恶魔的意旨行事?委曲求欢,丑态百出!可耻,可耻!傀儡,卖国贼!狗彘不食的东西!狗彘不食的东西!你们帮助恶魔来杀害自己的母亲,来杀害自己的兄弟,到底会得到什么好处?!我想你们这些无耻的人们呵!你们当傀儡、当汉奸、当走狗的代价,至多只能伏在恶魔的肛门边或小便上,去吸取它把母亲的肉,母亲的血消化完了排泄出来的一点粪渣和尿滴!那是多么可鄙弃的人生呵!

朋友,看!其余的恶魔,也都拔出刀来,馋涎欲滴地望着母亲的身体,难道也像矮的恶魔一样来分割母亲吗?啊!不得了,他们如果都来操刀而割,母亲还能活命吗?她还不会立即死去吗?那时,我们不要变成了无母亲的孩子吗?咳!亡了母亲的孩子,不是到处更受人欺负和侮辱吗?朋友们,兄弟们,赶快起来,救救母亲呀!无论如何,不能让母亲死亡的呵!

朋友,你们以为我在说梦呓吗?不是的,不是的,我在呼喊着大家去救母亲呵!再迟些时候,她就要死去了。

朋友,从崩溃毁灭中,救出中国来,从帝国主义恶魔生吞活剥下,救出我们垂死的母亲来,这是刻不容缓的了。但是,到底怎样去救呢?是不是由我们同胞中,选出几个最会做文章的人,写上一篇十分娓娓动听的文告或书信,去劝告那些恶魔停止侵略呢?还是挑选几个最会演说、最长于外交辞令的人,去向他们游说,说动他们的良心,自动地放下屠刀不再宰割中国呢?抑或挑选一些顶善哭泣的人,组成哭泣团,到他们面前去,长跪不起,哭个七日七夜,哭动他们的慈心,从中国撒手回去呢?再或者……我想不讲了,这些都不会丝毫有效的。哀求帝国主义不侵略和灭亡中国,那岂不等于哀求老虎不吃肉?那是再可笑也没有了。我想,欲求中国民族的独立解放,决不是哀告、跪求哭泣所能济事,而是唤起全国民众起来斗争,都手执武器,去与帝国主义进行神圣的民族革命战争,将他们打出中国去,这才是中国唯一的出路,也是我们救母亲的唯一方法,朋友,你们说对不对呢?

因为中国对外战争的几次失利,真像倒霉的人一样,弄得自己不相信自己起来了。有些人简直没有一点民族自信心,认为中国是沉沦于万丈之深渊,永不能自拔,在帝国主义面前,中国渺小到像一个初出世的婴孩!我在三个月前,就会到一位先生,他的身体瘦弱,皮肤白皙,头上的发梳得很光亮,态度文雅,他大概是在军队中任个秘书之职,似乎是一个伤心国事的人。他特地来与我作了下列的谈话:

他:"咳!中国真是危急极了!"

我:"是的,危急已极,再如此下去,难免要亡国了。"

"唔,亡国,是的,中国迟早是要亡掉的。中国不会有办法,我想是无办法的。"他摇头地说,表示十分丧气的样子。

"先生为什么说出这样的话来?哪里就会无办法。"我诘问他。

"中国无力量呀！你想帝国主义多么厉害呵！几百几千架飞机,炸弹和人一样高;还有毒瓦斯,一放起来,无论多少人,都要死光。你想中国拿什么东西去抵抗它?"他说时,现出恐惧的样子。

"帝国主义固然厉害,但全中国民众团结起来的斗争力量也是不可侮的啦！并且,还有……"我尚未说完,他抢着说:

"不行不行,民众的力量,抵不住帝国主义的飞机大炮,中国不行,无办法,无办法的啦。"

"那照先生所说,我们只有坐在这里等着做亡国奴了！你不觉得那是可耻的懦夫思想吗?"我实在忍不住,有点气愤了。他睁大眼睛,呆望着我,很难为情地不作答声。

这位先生,很可怜的代表一部分鄙怯人们的思想,他们只看到帝国主义的飞机大炮,忘却自己民族伟大的斗争力量。照他的思想,中国似乎是命中注定的要走印度、朝鲜的道路了,那还了得?!

中国真是无力自救吗? 我绝不是那样想的,我认为中国是有自救的力量的。最近十几年来,中国民族,不是表示过它的斗争力量之不可侮吗? 弥漫全国的"五卅"运动,是着实地教训了帝国主义,中国人也是人,不是猪和狗,不是可以随便屠杀的。省港罢工,在当时革命政权扶助之下,使香港变成了臭港,就是最老牌的帝国主义,也要屈服下来。以后北伐军到了湖北和江西,汉口和九江的租界,不是由我们自动收回了吗? 在那时帝国主义在中国的威权,不是一落千丈吗? 朋友,我现在又要来讲个故事了。就在北伐军到江西的时候,我在江西做工作,因有事去汉口,在九江又搭上了一只J国轮船,而且十分凑巧,这只轮船,就是我那次由上海回来所搭乘的轮船。使我十分奇怪的,就是轮船上下管事人对乘客们的态度,显然是两样的了——从前是横蛮无理,现在是和气多了。我走到货舱去看一下,货舱依然是装满了糖包,但糖包上没有蹲着什么人。再走到统舱去看看,只见两边走栏的甲板上,躺着好几十个人。有些像是做工的,多数是像从乡间来的,有一位茶房正在开饭给他们吃呢。我为了好奇心,走到那茶房面前向他打了一个招呼,与他谈话:

我:"请问,这些人都是买了票吗?"

茶房:"他们哪里买票,都是些穷人。"

我:"不买票也可以坐船吗?"

茶房:"马马虎虎地过去,不买票的人多呢! 你看统舱里那些士兵,哪个买了票的?"他用手向统舱里一指,我随着他指的方向望去,果就看见有十几个革命军士兵,围在一个茶房的木箱四旁,箱盖上摆着花生米、皮蛋、酱豆干等下酒菜,几个洋磁碗盛着酒,大家正在高兴地喝酒谈话呢。

我:"他们真都没有买票吗?"

茶房:"哪里还会假的,北伐军一到汉口,他们就坐船不买票了。"

"从前的时候,不买票也行坐船吗?"我故意地问。

茶房:"那还了得,从前不买票,不但打得要命,还要抛到江里去!"

"抛到江里去? 那岂不是要浸死人吃人命?"我又故意地问。

茶房笑说:"不是真抛到江里去浸死,而是将他吊一吊,吓一吓。不过这一吊也是一碗辣椒汤,不好尝的。"

我:"那么现在你们的船老板,为什么不那样做呢?"

茶房:"现在不敢那样做了,革命势力大了。"

我:"我不懂那是怎样说的,请说清楚!"

茶房："那还不清楚吗？打了或吊了中国人，激动了公愤，工人罢下工来，他的轮船就会停住走不动了。那损失不比几个人不买票的损失更大吗？"

我："依你所说，那外国人也有点怕中国人了？"

茶房："不能说怕，也不能说不怕，唔，照近来情形看，似乎有点怕中国人了。哈哈！"茶房笑起来了。

我与他再点点头道别，我暗自欢喜地走进来。我心里想，今天可惜不遇着那肥大头，如遇着，至少也要奚落他几句。

我走到官舱的饭厅上去看看，四壁上除挂了一些字画外，却挂了一块木板布告。布告上的字很大，远处都可以看清楚。

国民革命军总司令布告 　　　　　　　　　　第　　号

　　　为布告事。照得近来有车人及民众搭乘外国轮船不买票，实属非是！

　　　特出布告，仰该军民人等，以后搭乘轮船，均须照章买票，不得有违！

　　　切切此布。

啊啊，外国轮船，也有挂中国布告之一天，在中国民众与兵、工奋斗之下，藤条、竹片和绳子，也都失去从前的威力了。

朋友，不幸得很，从此以后，中国又走了厄运，环境又一天天地恶劣起来了。经过"五三"的济南惨案，直到"九一八"，日本帝国主义公然出兵占领了中国东北四省，就是我在上面所说那矮的恶魔，一刀砍下并生吞下我们母亲五分之一的身体。这是由于中国民族革命运动，受了挫折，对于中国进攻采取了"不抵抗主义"，没有积极唤起国人自救所致！但是，朋友，接着这一不幸的事件而起的，却来了全国汹涌的抗日救国运动,东北四省前仆后继的义勇军的抗战,以及"一二八"有名的上海战争。这些是给了骄横一世的日本军阀一个严重的教训,并在全世界人类面前宣告,中国的人民和兵士,不是生番,不是野人,而是有爱国心的,而是能够战斗的,能够为保卫中国而牺牲的。谁要想将有四千年历史与四万万人口的中国民族吞噬下去,我们是会与他们拼命战斗到最后的一人!

朋友,虽然在我们之中,有汉奸,有傀儡,有卖国贼,他们认仇作父,为虎作伥;但他们那班可耻的人,终竟是少数,他们已经受到国人的抨击和唾弃,而渐趋于可鄙的结局。大多数的中国人,有良心有民族热情的中国人,仍然是热心爱护自己的国家的。现在不是有成千成万的人在那里决死战斗吗?他们决不让中国被帝国主义所灭亡,决不让自己和子孙们做亡国奴。朋友,我相信中国民族必能从战斗中获救,这岂是我们的自欺自誉吗?

不错,目前的中国,固然是江山破碎,国弊民穷,但谁能断言,中国没有一个光明的前途呢?不,决不会的,我们相信,中国一定有个可赞美的光明前途。中国民族在很早以前,就造起了一座万里长城和开凿了几千里的运河,这就证明中国民族伟大无比的创造力!中国在战斗之中一旦斩去了帝国主义的锁链,肃清自己阵线内的汉奸卖国贼,得到了自由与解放,这种创造力,将会无限地发挥出来。到那时,中国的面貌将会被我们改造一新。所有贫穷和灾荒,混乱和仇杀,饥饿和寒冷,疾病和瘟疫,迷信和愚昧,以及那慢性地杀灭中国民族的鸦片毒物,这些等等都是帝国主义带给我们可憎的赠品,将来也要随着帝国主义的赶走而离去中国了。朋友,我相信,到那时,到处都是活跃跃的创造,到处都是日新月异的进步,欢歌将代替了悲叹,笑脸将代替了哭脸,富裕将代替了贫穷,康健将代替了疾苦,智慧将代替了愚昧,友爱将代替了仇杀,生之快乐将代替了死之悲哀,明媚的花园,将代替了凄凉的荒地!这时,我们民族就可以无愧色地立在人类的面前,而生育我们的母亲,也会最美丽地装饰起来,与世界上各位母亲平等地携手了。

这么光荣的一天,决不在辽远的将来,而在很近的将来,我们可以这样相信的,朋友!

朋友,我的话说得太噜苏厌听了吧!好,我只说下面几句了。我老实地告诉你们,我爱护中国之热诚,还是如小学生时代一样的真诚无伪;我要打倒帝国主义为中国民族解放之心还是火一般的炽烈。不过,现在我是一个待决之囚呀!我没有机会为中国民族尽力了,我今日写这封信,是我为民族热情所感,用文字来作一次为垂危的中国的呼喊,虽然我的呼喊,声音十分微弱,有如一只将死之鸟的哀鸣。

啊!我虽然不能实际地为中国奋斗,为中国民族奋斗,但我的心总是日夜祷祝着中国民族在帝国主义羁绊之下解放出来之早日成功!假如我还能生存,那我生存一天就要为中国呼喊一天;假如我不能生存——死了,我流血的地方,或者我瘗骨的地方,或许会长出一朵可爱的花来,这朵花你们就看作是我的精诚的寄托吧!在微风的吹拂中,如果那朵花是上下点头,那就可视为我对于为中国民族解放奋斗的爱国志士们在致以热诚的敬礼;如果那朵花是左右摇摆,那就可视为我在提劲儿唱着革命之歌,鼓励战士们前进啦!

亲爱的朋友们,不要悲观,不要畏馁,要奋斗!要持久的艰苦的奋斗!要各人所有的智慧才能,都提供于民族的拯救吧!无论如何,我们决不能让伟大的可爱的中国,灭亡于帝国主义的肮脏的手里!

你们挚诚的祥松

五月二日写于囚室

囚人祥松将上信写好了,又从头到尾仔细修改了一次,自以为没有什么大毛病了,将它折好,套入一个大信封里。信封上写着:"寄送不知其名的朋友们均启"。这封信,他知道是无法寄递的,他扯开书桌的抽屉,将信放在里面。然后拖起那双戴了铁镣的脚,钉铛钉铛走到他的铁床边就倒下去睡了。

他往日的睡,总是做着许多恶梦,今晚他或者能安睡一夜吧!我们盼望他能够安睡,不做一点梦,或者只做个甜蜜的梦。

附:这篇像小说又不像小说的东西,乃是在看管我们的官人们监视之下写的。所以只能比较含糊其辞地写。这是说明一个×××员,是爱护国家的,而且比谁都不落后以打破那些武断者诬蔑的谰言!

(作者1935年5月2日手稿)

作者简介:方志敏(1900—1935),原名方远镇,江西弋阳人。无产阶级革命家、军事家。1924年加入中国共产党。1935年1月被俘入狱,同年8月英勇就义。著有《可爱的中国》等。

包 身 工

夏　衍

　　已经是旧历四月中旬了,上午四点一刻,晓星才从慢慢地推移着的淡云里消去,蜂房般的格子铺里的人们已经在蠕动了。

　　"拆铺啦!起来。"

　　穿着一身和时节不相称的拷皮衫裤的男子,像生气似地叫喊。

　　"芦柴棒!去烧火,妈的,还躺着,猪猡!"

　　七尺阔,十二尺深的工房楼下,横七竖八地躺满了十六七个"猪猡"。跟着这种有威势的喊声,在充满了汗臭、粪臭和湿气的空气里,她们很快地就像被搅动了的蜂窝一般地骚动起来。打伸欠,叹气,叫喊,找衣服,穿错了别人的鞋子,胡乱地踏在别人身上,在离开别人头部不到一尺的马桶上很响地小便。成人期女孩所共有的害羞的感觉,在这些被叫做"猪猡"的人们中间似乎已经很钝感了。半裸体的起来开门,拎着裤子争夺马桶,将身体稍稍背转一下就会公然地在男人面前换衣服。

　　那男人虎虎地向起身得慢一点的女人们身上踢了几脚,回转身来站在不满二尺阔的楼梯上,向楼上的另一群人呼喊。

　　"揍你的!再不起来?懒虫!等太阳上山吗?"

　　蓬头,赤脚,一边扣着钮扣,几个睡眼惺忪的"懒虫"从楼上冲下来了,自来水龙头边挤满了人,用手捧些水来浇在脸上;"芦柴棒"着急地要将大锅子里的稀饭烧滚,但是倒冒出来的青烟引起了她一阵猛烈的咳嗽。十五六岁,除出老板之外大概很少有人知道她的姓名,手脚瘦得像芦柴棒梗一样,于是大家就拿芦柴棒当作了她的名字。

这是杨树浦福临路东洋纱厂的工房。长方形的,用红砖墙严密地封锁着的工房区域,被一条水门汀的弄堂马路划成狭长的两块。像鸽子笼一般的分割得很均匀。每边八排,每排五户,一共是八十户一楼一底的房屋。每间工房的楼上楼下,平均住宿着三十三个被老板们所指骂的"懒虫"和"猪猡",所以,除出"带工"老板、老板娘、他们的家族亲戚,和那穿拷皮衣服的同一职务的打杂、请愿警……之外,这工房区域的墙圈里还住着二千个左右穿着破烂衣服而专替别人制造衣料的"猪猡"。

但是,她们正式的名称却是"包身工"。她们的身体,已经以一种奇妙的方式,包给了叫做"带工"的老板。每年——特别是水灾旱灾的时候,这些在东洋厂里有"脚路"的带工,就亲身或者派人到他们家乡或者灾荒区域,用他们多年熟练了的、可以将一根稻草讲成金条的嘴巴,去游说那些无力"饲养"可又不忍让他们儿女饿死的同乡。

"还用说,住的是洋式的公司房子,吃的是鱼肉荤腥,一个月休息两天,咱们带着到马路上去玩玩,嘿,几十层楼的高房子,两层楼的汽车,各种各样,好看好玩的外国东西,老乡! 人生一世,你也得去见识一下啊!

"做满三年,以后赚的钱就归你啦,块把钱一天的工钱,嘿,别人跟我叩了头也不替她写进去! 咱们是同乡,有交情。

"交给我带去,有什么三差二错,我还能回家乡吗?"

这样说着，咬着草根树皮的女孩子可不必说，就是她们的父母也会怨悔自己没有跟去享福的福分了。于是，在预备好了的"包身契"上画上一个十字，包身费一般是大洋二十元，期限三年，三年之内，由带工的供给住食，介绍工作，赚钱归带工者收用，生死疾病，一听天命，先付包洋十元，人银两讫，"恐后无凭，立此包身契据是实"！

福临路工房的二千左右的包身工，隶属在五十个以上的带工头手下，她们是顺从地替"带工"赚钱的"机器"，所以每个"带工"所带包工的人数，也就表示了他们的手面和财产。少一点的三十五十，多一点的带到一百五十个以上。手面宽的"带工"不仅可以放债，买田，起屋，还能兼营茶楼、浴室、理发铺一类的买卖。

东洋厂家将这些红砖墙围着的工房以每月五元的代价租给"带工"，"带工"就在这鸽子笼一般的"洋式"楼房里装进三十几部没有固定车脚的活动机器。这种工房没有普通弄堂房子一般的"前门"，它们的前门恰和普通房子的后门一样。每扇前门槛上，一律钉着一块三寸长的木牌，上面用东洋笔法的汉字写着："陈永田泰洲"、"许富达维扬"等等带工头的籍贯和名字。门上，大大小小地贴着褪了色的红纸春联，中间，大都是红纸剪的元宝、如意、八卦，或者木版印的"姜太公在此，百无禁忌"的图像。春联的文字，大都是"积德前程远"、"存仁后步宽"之类。这些春联贴在这种地方，好像是在对别人骄傲，又像是在对自己讽刺。

四点半之后，当没有影子和线条的晨光胆怯地显现出来的时候，水门汀路上和弄堂里，已被这些赤脚的乡下姑娘挤满了。凉爽而带有一点湿气的朝风，大约就是这些生活在死水一般的空气里的人们仅有的天惠。她们嘈杂起来，有的在公共自来水龙头边舀水,有的用断了齿的木梳梳掉拗执地粘在她们头发上的棉絮。陆续地、两个一组两个一组地用扁担抬着平满的马桶,吆喝着从人们身边擦过。带工"老板"或者打杂的拿着一叠叠的"打印子簿子",懒散地站在正门出口——好像火车站轧票处一般的木栅子前面。楼下的那些席子、破被之类收拾掉之后,晚上倒挂在墙壁上的两张板桌放下来了。十几只碗,一把竹筷,胡乱地放在桌上,轮值烧稀饭的就将一洋铅桶浆糊一般的薄粥放在板桌的中央。她们的定食是两粥一饭,早晚吃粥,中午干饭。中午的饭和晚上的粥,由老板差人给她们送进工厂里去。粥,它的成分可并不和一般通用的意义一样。里面是较少的籼米、锅焦、碎米,和较多的乡下人用来喂猪的豆腐的渣粕!粥菜,这是不可能的事了,有几个"慈祥"的老板到小菜场去收集一些莴苣菜的叶瓣,用盐卤渍一浸,这就是她们难得的佳肴。

只有两条板凳——其实,即使有更多的板凳,这屋子里面也没有同时容纳三十个人吃粥的地位,她们一窝蜂地抢一般地各人盛了一碗,歪着头用舌头舐着淋漓在碗边外的粥汁,就四散地蹲伏或者站立在路上和门口。添粥的机会,除出特殊的日子——譬如老板、老板娘的生日,或者发工钱的日子之外,通常是很难有的。轮着揩地板、倒马桶的日子,也有连一碗也轮不到的时候。洋铅桶空了,轮不到盛第一碗的人们还捧着一只空碗,于是老板娘拿起铅桶,到锅子里去刮下一些锅焦、残粥,再到自来水龙头边去冲上一些冷水,用她那双方才在梳头的油手搅拌一下,气烘烘地放在这些廉价的、不需要更多"维持费"的"机器"们的前面。

"死懒!躺着死不起来,活该!"

十一年前内外棉的顾正红事件,尤其是五年前的"一·二八"

战争之后,东洋厂家对于这种特殊的廉价"机器"的需要突然增加起来。据说,这是一种极合经营原则和经济原理的方法。有括弧的机器,终究还是血肉构成的人类。所以当他们忍耐到超过了最大限度的时候,他们往往会很自然地想起一种久已遗忘了的人类所该有的力量。有时候,愚蠢的"奴隶"会体会到一束箭折不断的理论,再消极一点他们也还可以拼着饿死不干。此外,产业工人的"流动性",这是近代工业经营最嫌恶的条件,但是,他们是决不肯追寻造成"流动性"的根源的。一个有殖民地人事经验的自称是"温情主义者"的日本人在一本著作的序文上说:"在这次争议(五卅)中,警察力没有任何的威权。在民众的结合力前面,什么权力都是不中用了!"可是,结论呢? 用温情主义吗? 不,不! 他们所采用的,只是用廉价而没有"结合力"的"包身工"来代替"外头工人"(普通的自由劳动者)的方法。

第一,包身工的身体是属于带工的老板的,所以她们根本就没有"做"或者"不做"的自由,她们每天的工资就是老板的利润,所以即使在生病的时候,老板也会很可靠地替厂家服务,用拳头、棍子,或者冷水来强制她们去做工。就拿上面讲到过的芦柴棒来做个例吧(其实,这样的事倒是每个包身工都有遭遇的机会),有一次在一个很冷的清晨,芦柴棒害了急性的重伤风而躺在床(?)上了。她们躺的地方,到了一定的时间是非让出来做吃粥的地方不可的,可是在那一天,芦柴棒可真的不能挣起来了,她很见机地将身体慢慢地移到屋子的角上,缩做一团,尽可能的不占屋子的地位。可是,在这种工房里生病躺着休养的例子,是不能任你开的。很快的一个打杂的走过来了。干这种职务的人,大半是带工头的亲戚,或者在"地方上"有一点势力的"白相人",所以在这种地方他们差不多有生杀自由的权利。芦柴棒的喉咙早已哑了，用手做着手势，表示身体没力，请求他的怜悯。

"假病！老子给你医！"

一手抓住了头发，狠命地举起往地上一摔，芦柴棒手脚着地，打杂的跟上去就是一脚，踢在她的腿上，照例，第二第三脚是不会少的，可是打杂的很快地就停止了，后来据说，那是因为芦柴棒露骨地突出的腿骨，碰痛了他的足趾！打杂的恼了，顺手夺过一盆另一个包身工正在揩桌子的冷水，迎头泼在芦柴棒的头上。这是冬天，外面在刮寒风。芦柴棒遭了这意外的一泼，反射地跳起来，于是在门口擦牙的老板娘笑了：

"瞧！还不是假病！好好的会爬起来，一盆冷水就医好了。"

这只是常有的例子的一个。

第二，包身工都是新从乡下出来，而且她们大半都是老板的乡邻，这一点，在"管理"上是极有利的条件。厂家除出在工房周围造一条围墙，门房里置一个请愿警，和门外钉一块"工房重地，闲人莫入"的木牌，使这些"乡下小姑娘"和别的世界隔绝之外，将管理权完全交给了带工的老板。这样，早晨五点钟由打杂的或者老板自己送进工厂，晚上六点钟接领回来，她们就永没有和"外头人"接触的机会。所以，包身工是一种"罐装的劳动力"，可以"安全地"保藏，自由地取用，绝没有因为和空气接触而起变化的危险。

第三，那当然是工价的低廉。包身工由"带工"带进厂里，于是她们的集合名词又变了，在厂方，她们叫做"试验工"或者"养成工"。试验工的期间表示了厂家在试验你有没有工作的能力，养成工的期间那就表示了准备将一个"生手"养成为一个"熟手"。最初的工钱是每天十二小时，大洋一角乃至一角五分，最初的工作范围是不需要任何技术的扫地、开花衣、扛原棉、松花衣之类，几个礼拜之后就调到钢丝车间、条子间、粗纱间去工作。在这种工厂所有者的本国，拆包间、弹花间、钢丝车间的工作，通例是男工做的，可是在上海，他们就不必顾虑到"社会的纠缠"和"官厅的监督"，就将这种不是女性所能担任的工作，加到工资不及男工三分之一的包身工们身上去了。

五点钟，第一回声很有劲地叫了。红砖罐头的盖子——那扇铁门一推开，就像放鸡鸭一般地无秩序地冲出一大群没锁链的奴隶。每人手里拿一本打印子的簿子，不很讲话，即使讲话也没有什么生气。一出门，这人的河流就分开了，第一厂的朝东，二三五六厂的朝西。走不到一百步，她们就和另一种河流——同在东洋厂家工作的"外头工人"们汇在一起。但是，住在这地域附近的人，对这河流里面的不同的成分是很容易看得出的。外头人的衣服多少的整洁一点，有人穿着旗袍，黄色或者淡蓝的橡皮鞋子，十七八岁的小姑娘们有时爱搽一点粉，甚至也有人烫过头发。包身工，就没有这种福气了，她们没有例外的穿着短衣，上面是褪色和油脏了的湖绿乃至青莲的短衫，下面是元色或者柳条的裤子。长头发，很多还梳着辫子。破脏的粗布鞋，缠过而未放大的脚，走路也就有点蹒跚的样子。在路上走，这两种人很少有谈话的机会。脏，乡下气，土头土脑，言语不通，这也许都是她们不亲近的原因。过分地看高自己和不必要地看轻别人，这在"外头工人"的心里也是下意识地存在着的。她们想：我们比你们多一种自由，多一种权利——这就是宁愿饿肚子的自由，随时可以调厂和不做的权利。

红砖头的怪物已经张着嘴巴在等待着它的滋养物了。印度门警把守着铁门，在门房间交出准许她们贡献劳动力的凭证，包身工只交一本打印子的簿子,外头工人在这簿子之外还有一张粘着照片的入厂凭证。这凭证已经有十一年的历史了。顾正红事件之后,内外棉摇班(罢工)了,可是其他的东洋厂还有一部分在工作,于是,在沪西的丰田厂,有许多内外棉的工人冒混进去,做了一次里应外合的英勇的工作。从这时候起,由丰田厂的提议,工人入厂之前就需要这种有照片的凭证了。——这种制度,是东洋厂所特有的,中国厂当然没有,英国厂,譬如怡和,工人进厂的时候还可以随便地带个把亲戚或者自己的儿女去学习(当然不给工资),怡和厂里随处可以看见七八岁甚至五六岁的童工,这当然是不取工钱的"赠品"。

织成衣服的一缕缕的纱,编成袜子的一根根的线,穿在身上都是光滑舒适而愉快的。可是,在从棉制成这种纱线的过程,这不像穿衣服那样的愉快了。纱厂工人的三大威胁,就是音响、尘埃和湿气。

到杨树浦去的电车经过齐齐哈尔路的时候,你就可以听到一种"沙沙"的急雨和"隆隆"的雷响混合在一起的声音。一进厂,猛烈的骚音,就会消灭——不,麻痹了你的听觉,马达的吼叫,皮带的拍击,锭子的转动,齿轮的轧轹……一切使人难受的声音,好像被压缩了的空气一般的紧装在这红砖墙的厂房里面,分辨不出这是什么声音,也决没有使你听觉有分别这些音响的余裕。纺纱间里的"落纱"(专管落纱的熟练工)和"荡管"(巡回管理的上级女工,日本人叫做"见回"),命令工人的时候,不用言语,不用手势,而用经常衔在嘴里的口哨,因为只有口哨的锐厉的高音才能突破这种紧张了的空气。

尘埃,那种使人难受的程度,更在意料之外了。精纺粗纺间的空间,肉眼也可看出飞扬着无数的"棉絮",扫地的女工经常地将扫帚的一端按在地上像揩地板一样地推着,一个人在一条"弄堂"(两部纺机的中间)中间反复地走着,细雪一般的棉絮依旧可以看出积在地上。弹花间、拆包间和钢丝车间更可不必讲了。拆包间的工作,是将打成包捆的原棉拆开,用手扯松,拣去里面的夹杂成分;这种工作,现在的东洋厂差不多已经完全派给包身工去做了,因为她们"听话",肯做别的工人不愿做的工作。在那种车间里,不论你穿什么衣服,一刻儿就会一律变成灰白。爱作弄人的小恶魔一般的在室中飞舞着的花絮,"无孔不入"地向着她们的五官钻进,头发、鼻孔、睫毛和每一个毛孔,都是这些纱花寄托的场所;要知道这些花絮粘在身上的感觉,那你可以假想一下——正像当你工作到出汗的时候,有人在你面前拆散和翻松一个木棉絮的枕芯,而使这枕芯的灰絮遍粘在你的身上!纱厂女工没有一个有健康的颜色,做十二小时的工,据调查每人平均要吸入零点一五克的花絮!

湿气的压迫,也是纱厂工人——尤其是织布间工人——最大的威胁。她们每天过着黄霉,每天接触着一种饱和着水蒸气的热气。按照棉纱的特性,张力和湿度是成正比例的。说得平直一点,棉纱在潮湿状态比较不容易扯断,所以车间里必需有喷雾器的装置。在织布间,每部织机的头上就有一个不断地放射蒸气的喷口,伸手不见五指,对面不见他人!身上有一点被蚊虫咬开或者机器碰伤而破皮的时候,很快地就会引起溃烂。盛夏一百十五六度的温度下面工作的情景,那就决不是"外面人"所能想象的了。

这大概是自然现象吧,一种生物在这三种威胁下面工作,加速度地容易疲劳,尤其是在做夜班的时候,打瞌睡是不会有的,因为野兽一般的铁的暴君监视着你,只要断了线不接,锭壳轧坏,皮辊摆错方向,乃至车板上有什么堆积,就会有遭"拿莫温"(工头)和"小荡管"毒骂和殴打的危险。这几年来,一般地讲,殴打的事实已经渐渐地少了,可是这种"幸福"只局限在"外头工人"的身上。拿莫温和小荡管打人,很容易引起同车间工人的反对,即使当场不发作,散工之后往往会有"喊朋友""品理"和"打相打"的危险,但是,包身工是没有"朋友"和帮手的。什么人都可以欺侮,什么人都看不起她们,她们是最下层的"起码人",她们是"拿莫温"和"小荡管"们发脾气和使威风的对象。在纱厂,做了"烂污生活"的罚规,大约是殴打、罚工钱和"停生意"三种,那么,从包身工所有者——带工老板的立场来看,后面的两种当然是很不利了。罚工钱就是减少他们的利润,停生意不仅不能赚钱,还要贴她二粥一饭,于是带工头不假思索地就欢喜他们采用殴打这一种办法了。每逢端节重阳年头年尾,带工头总要给"拿莫温"们送礼,那时候他们总得卑屈地讲:

"总得请你帮忙,照应照应,咱的小姑娘有什么事情尽管打!打死不干事,只是不要罚工钱,停生意!"

打死不干事。在这种情形之下,"包身工"当然是"人人得而欺之"了。有一次,一个叫做小福子的包身工整好了的烂纱没有装起,就遭了"拿莫温"的殴打,恰恰运气坏,一个"东洋婆"走过来了,"拿莫温"为要在洋东家面前显出他的威风,和对"东洋婆"表示他管督的严厉,打得比寻常格外着力。东洋婆望了一会儿,也许是她不喜欢这种不"文明"的殴打,也许是她要介绍一种更合理的惩戒方法,走近身来,揪住小福子的耳朵,将她扯到太平龙头的前面,叫她向着墙壁立着,"拿莫温"跟着过来,很懂得东洋婆的意思似的拿起一个丢在地上的皮带盘心子,不怀好意地叫她顶在头上,东洋婆会心地笑了：

"迭个（这个）小姑娘坏来些！懒惰！"

"拿莫温"学着同样生硬的调子说：

"皮带盘心子顶在头上，就不会打瞌睡！"

这种"文明的惩罚"，有时候会叫你继续到两小时以上。两小时不做工作，赶不出一天该做的"生活"，那么工资减少而招致带工老板的殴打，也就是分内的事了。殴打之外，还有饿饭、吊、关黑房间等等方法。

实际上，"拿莫温"对待外头工人也并不怎样客气，因为除出打骂之外还有更巧妙的方法，譬如派给你难做的"生活"，或者调你去做不愿意的工作，所以外头有些工人就被迫用送节礼的办法来巴结"拿莫温"，希望保障自己安全。拿出血汗换的钱来孝敬工头，在她们当然是一种难堪的负担，但是在包身工，那是连这种送礼的权利也没有的！外头工人在抱怨这种额外的负担，而包身工人却在羡慕这种可以自主地拿出钱来贿赂工头的权利！

在一种特殊优惠的保护之下，吸收着廉价劳动力的滋养，在中国的东洋厂飞跃地膨大了。单就这福临路的东洋厂讲，光绪二十八年三井系的资本收买大纯纱厂而创立第一厂的时候，锭子还不到两万，可是三十年之后，他们已经有了六个纱厂，五个织布厂，二十五万个锭子，三千张布机，八千工人和一千二百万元的资本。美国哲人爱玛生的朋友，达维特·索洛曾在一本书上说过，美国铁路每一根枕木下面，都横卧着一个爱尔兰工人的尸首，那么我也这样联想，在东洋厂的每一个锭子上面，都附托着一个中国奴隶的冤魂！

"一·二八"战争之后，他们的政策又改变了，这特征就是劳动强化。统计的数字表示着这四年来锭子和布机数的增加和工人人数的减少。可是在这渐减的工人里面，包身工的成分却在激剧地增加。举一个例，杨树浦某厂的条子车间，三十二个女工里面就有二十四个包身工，全般的比例，大致相仿。即使用最少的约数百分之五十计算，全上海三十家东洋厂的四万八千工人里面，替厂家和带工头二重服务的包身工总在二万四千人以上！

科学管理和改良机器，粗纱间过去每人管一部车的，现在改管一"弄堂"了；细纱间从前每人管三十木管的（每木管八个锭子），现在改管一百木管了；布机间从前每人管五部布机，现在改管二十乃至三十部了。表面上看，好像论货计工，产量增多就表示了工资的增大，但是事实并不这样简单。工钱的单价，几年来差不多减了一倍。譬如做粗纱，以前每"亨司"（八百四十码）单价八分，现在已经不到四分了，所以每人管一部车子，工作十二小时，从前做八"亨司"可以得到六角四分，现在管两部车做十六"亨司"工钱还不过四角八分左右。在包身工，工钱的多少，和她"本身"无涉，那么当然这剥削就上在带工头的账上了。

两粥一饭，十二小时工作，劳动强化，工房和老板家庭的义务劳动，猪猡一般的生活，泥土一般的作践——血肉造成的"机器"，终于和钢铁造成的机器不一样的，包身契上写明的三年期间，能够做满的大概不到三分之二。工作，工作，衰弱到不能走路还是工作，手脚像芦柴棒一般的瘦，身体像弓一般的弯，面色像死人一般的惨！咳着，喘着，淌着冷汗，还是被逼着在做工。譬如讲芦柴棒吧，她的身体实在瘦得太可怕了，放工的时候，厂门口的"抄身婆"（检查女工身体的女人）也不愿意用手去接触她的身体。

"让她扎一两根油线绳吧！骷髅一样，摸着她的骨头会做怕梦!"

但是,带工老板是不怕做怕梦的! 有人觉得太难看了,对她的老板说:

"譬如做好事吧,放了她!"

"放她? 行! 还我二十块钱,两年间的伙食、房钱。"他随便地说,回转头来瞪了她一眼。

"不还钱,可别做梦! 宁愿赔棺材,要她做到死!"

芦柴棒现在的工钱是每天三角八分,拿去年的工钱三角二分做平均,做了两年,带工老板在她身上实际已经收入了二百三十块了!

还有一个,什么名字记不起了,她熬不住这种生活,用了许多工夫,在上午的十五分钟休息时间里,偷偷地托一个在补习学校念书的外头工人写了一封给她父母的家信,邮票,大概是那同情她的女工捐助的了。一个月,没有回信,她在焦灼,她在希望,也许她的父亲会到上海来接她回去,可是,回信是捏在老板手里了。散工回来的时候,老板和两个打杂的站在门口。满脸横肉的老板赶上一步,一把扭住她的头发,踢,打,掷,和爆发一般的听不清的轰骂!

"死婊子! 你倒有本事,打断我的家乡路!

"猪猡,一天三餐喂昏了!

"搈死你,给大家做个样子!

"谁给你写的信? 讲,讲!"

鲜血和惨叫使整个工房都怔住了,大家都在发抖,这好像真是一个榜样。打倦了之后,再在老板娘的亭子楼里吊一晚。这一晚上,整屋子除出快要断气的呻吟一般的呼唤之外,绝没有别的声息,屏着气,睁着眼,千百个奴隶在黑夜中叹息她们的命运。

人类的身体构造,有时候觉得确实有一点神奇。长得结实肥胖的往往会像折断一根麻梗一般的很快地死亡,而像芦柴棒一般的却偏能一天一天地磨难下去。每一分钟都有死的可能,可是她还有韧性地在那儿支撑。两粥一饭、十二小时骚音、尘埃和湿气中的工作,默默地,可是规则地反复着,直到榨完了残留在她皮骨里的最后的一滴血汗为止。

　　看着这种饲养小姑娘谋利的制度,我禁不住想起孩子时候看到过的船户养墨鸭捕鱼的事了。和乌鸦很相像的那种怪样子的墨鸭,整排地停在舷上,它们的脚是用绳子吊住了的,下水捕鱼,起水的时候船户就在它的颈子上轻轻地一挤。吐了再捕,捕了再吐,墨鸭整天地捕鱼,卖鱼得钱的却是养墨鸭的船户。但是,从我们孩子的眼里看来,船户对墨鸭并没有怎样的虐待,因为船户总还得养活它们,喂饱它们,而现在,将这种关系转移到人和人的中间,便连这一点施与也已经不存在了!

　　在这千万的被饲养者的中间,没有光,没有热,没有希望……没有法律,没有人道。这儿有的是二十世纪的烂熟了的技术、机械、制度,和对这种制度忠实地服务着的十五六世纪封建制下的奴隶!

　　黑夜,静寂的、死一般的长夜。表面上,这儿似乎还没有自觉,还没有团结,还没有反抗——她们住在一个伟大的锻冶场里面,闪烁的火花常常在她们身边擦过,可是,在这些被强压强榨着的生物,好像连那可以引火,可以燃烧的火种也已经消散掉了。

　　不过,黎明的到来还是没法可抗拒的;索洛警告美国人当心枕木下的尸骸,我也想警告这些殖民主义者当心呻吟着的那些锭子上的冤魂。

1936 年 4 月，上海

（原载 1936 年 6 月《光明》第一卷第一期）

作者简介：夏衍（1900—1995），原名沈乃熙，号端先，浙江杭州人。1927 年加入中国共产党。著有报告文学《包身工》，话剧《上海屋檐下》《法西斯细菌》等。

一个平常的故事

何其芳

——答中国青年社的问题："你怎样来到延安的？"

我来到了延安。难道这真需要一点解释吗？

在开出了许多新窑洞的山上，在道路上，在大会中，我可以碰到太多太多的我这样的知识青年，我已经消失在他们里面。虽说每一个来到这里的人都有他的故事，当我和他们一样忙着工作和学习的时候，我为什么要急于来谈说我的？

因为我曾经写了《画梦录》？

这不是一个好理由。那本小书，那本可怜的小书，不过是一个寂寞的孩子为他自己制造的一些玩具，它和延安中间是有着很大的距离的，但并不是没有一条相通的道路。

或者因为我来得比较困难，比较晚？是的，我时常感到比我更年轻一些的人要比我幸福一些。我回顾我的过去：那真是一条太长、太寂寞的道路。我幼年时候的同伴们，那些小地主的儿子，现在多半躺在家里抽着鸦片，吃着遗产，和老鼠一样生着孩子。我中学时候的同学们现在多半在精疲力竭地窥伺着、争夺着或者保持着一个小位置。我在大学里所碰到的那些有志之士，多半喜欢做着过舒服的生活的梦，现在大概还是在往那个方向努力。从这样一些人的中间我走着，走着，我总是在心里喊，"我一定要做个榜样！"我感到异常孤独，异常凄凉。来到延安，我时常听见这样一个习惯语："起模范作用"。有一天，我突然想到它和我自己的那句话的意思差不多。不过大家说着它的时候，不是带着悲凉的心境而是带着快活的，积极的意味。

当我把这一类的感触告诉一个参加过"一二九"运动的同志：

"我们不同，"他说。"我们的道路是很容易的，就像自然而然地走到了这里一样。"

是的，他们是成群结队地、手臂挽着手臂地走到这里来的，而我却是孤独地走了来，而且带着一些阴暗的记忆。

我想我大概并不是一个强于思索和反抗的人，总是由于重复又重复的经历，感受，我才得到一个思想；由于过分沉重的压抑，我才开始反叛。

我时常用寂寞这个字眼，我太熟悉它所代表的那种意味、那种境界和那些东西了，从我有记忆的时候到现在。我怀疑我幼时是一个哑子，我似乎就从来没有和谁谈过一次话，连童话里的小孩子们的那种对动物、对草木的谈话都没有。一直到十二岁我才开始和书本，和一些旧小说说起话来。我时常徘徊在邻居的亲戚家的窗子下，不敢叫一声，不敢说出我的希望，为着借一本书。当我苦于无法借得新的读物，我夜里便在梦中获得了它。但当我正欢欣地翻阅了那丰富的回目，开始读它，我就醒来了，它就从我的手指间消失。对于正面的生活，对于人，我都完全没有怀疑过它们，我以为世界就是这样，我不能想象它还可能更好一点。我承认了它。

十三岁的时候，当我又在私塾里读着家里仅有的另一些旧文学书籍,一个叔父告诉我一个他辗转听来的道理:地像一个圆球。我不相信。我的理由是那样可笑。我心里想:"我所读过的书上都没有这样说过。"读着《礼记》上的《曲礼》和《文王世子》,我想作一个儿子真麻烦。但我的思想并没有滑到那些礼节好不好、应不该有上面去,只是接着想,好在现在大家都不照着书上所说的那样做。当我像一个小孩子那样哭泣着,要求着家里让我去上中学,我已经十四岁了。我并不曾明显地想到新式学校比私塾好,仅仅由于一种朦胧的欲求,一种几乎是自然而然的对新环境的渴慕而已。

中国历史上的一个伟大的时代到来了。由于地域的偏僻,中国第一次大革命并没有给与我多少影响,它留给我的一些较深的印象不过是五色旗被青天白日旗代替,当地驻军的布告上把"讨贼联军"改成了"国民革命军",和重庆大屠杀后被难学生的家属们寄到我们学校来的红色的传单。我自己另外经历了一点寂寞的事情。这使我像一个小刺猬,被什么东西碰触了一下便蜷缩起来。我用来保护我自己的刺毛是孤独和书籍。汉斯·安徒生的《小女人鱼》是第一个深深地感动了我的故事。我非常喜欢那用来描写那个最年轻的人鱼公主的两个外国字:beautiful 和 thoughtful,而且她的悲惨结果使我第一次懂得了自我牺牲。不知这三个思想(美,思索,为了爱的牺牲)是刚好适宜于我吗还是开启了我,我这个异常贫穷的人从此才似乎有了一些可珍贵的东西。我几乎要说就靠这三个思想我才能够走完了我的太长、太寂寞的道路,而在这道路的尽头就是延安。但它们也限制了我,它们使我不喜欢我觉得是嚣张的情感和事物。这就是我长久地对政治和斗争冷淡,而且脱离了人群的原因。我乖僻到不喜欢流行的、人家承认的,甚至于伟大的东西。在上海住了一年,我讨厌体育活动,我没有看过一次电影,而且正因为当时社会科学书很流行,几乎每个同学的案头上都有一两本,我才完全不翻阅它们。在一个夜里,我写了一首短诗,我说我爱渺小的东西而且我甘愿作一个渺小的人。我有点儿惋惜那些少年期的作品后来被我烧毁了,因为我现在很想看一看我那时是怎样幼稚地说着那种幼稚的思想。那时我十八岁。

这个幼稚的时期继续得相当长久,一直到我二十二岁,也就是一直到大学二年级。我给我自己制造了一个美丽的、安静的、充满着寂寞的欢欣的小天地,用一些柔和的诗和散文,用带着颓废的色彩的北平城的背景,用幻想,用青春,而且,让我嘲笑一下那时的我吧,用家里差不多按期寄来的并不怎么美丽的汇票,生活在这样的小天地里,我并不感到满足,如我曾经在别处写过的,"每一个夜里我寂寞得与死临近",而且,"我遗弃了人群而又感到被人群所遗弃的悲哀"。我写着一些短短的诗和散文,我希望和我同样寂寞的孩子也能从它们得到一点快乐和抚慰,如同在酸辛的苦涩的生活里得到一点糖果。我觉得这是我仅能做到的对于人类和世界的一点贡献。我没有更大的志愿,更大的野心,因为我像一个无知的孩子,对于许多事情还没有责任感。

但在这种生活里,新的思想也在开始生长,虽然仍然是不健康的,近乎虚无主义的,在我的思想里它到底是新的。一个阴晦的下午,我独自在一条僻静的街上走着,一个十二三岁的卖报的孩子从我的对面走过来,挂着一个盛报纸的布袋,用可怜的声音叫着一些报纸的名字。我看着他,我忽然想起了我家里的一个小兄弟,一种复杂的思想掠过我的脑子,我想到他和我的那个兄弟一样年幼,为什么他却要在街头求乞似地叫喊着;我想到人类为什么这样自私自利;我想到难道因为他不是我的兄弟,我就毫不注意,毫不难过地让他从我身旁走过去。我忽然决心买一份他的报,仿佛这可以给他一点安慰似的。他从布袋里取一份报给我,因为没有零钱,我给一块钱让他找。当他到街旁的小铺里去兑换,我又忽然想,难道我真还要他把那点钱找还我吗?于是我跑进胡同里,一直跑回了我住的地方。一种沉重的难过压在我心里,我哭泣了一会儿。当我恢复了平静,我却责备自己是一个傻子,因为我想那个诚实的小孩子一定在那条街上寻找着我,焦急地而又疑惧地。我不安了许久。我后来想写一个故事来说明一个新生长起来的思想。一个乖僻的年轻人在一些陌生的地方流浪了许多年,最后在一个城市里得了沉重的肺病。他家里的人得到了消息,远远地跑去看护他,而且偷偷地为他哭泣。但他并不感谢他们,反而被触怒了似地说:"正因为每个母亲只爱她的儿子,每个哥哥只帮助他的弟弟,人间才如此寒冷,使我到处遇到残忍和冷漠,使我重病着而且快要死去。"我的生活限制着我的思想更进一步。我不知道人间之所以缺乏着人间爱,基本上由于社会制度的不合理,我不知道唯有完成了社会的改革之后,整个人类的改革才可能进行,而在进行着社会的改革的当中,一部分人类已经改变了他们自己。而且我是那样谦逊,或者说那样怯懦,我没有想到我应该把我所感到的大声叫出米:"这个世界不对!"更没有想到我的声音也可以成为力量。

但我终于从幼稚走向成熟。我丧失了我的充满着寂寞的欢欣的小天地。我的翅膀断折。我从空中坠落到地上。我晚上的梦也变了颜色:从前,一片发着柔和的光辉的白色的花,一道从青草间流着的溪水,或者一个穿着燕子的羽毛一样颜色的衣衫的少女;而现在,一座空洞的屋子,一个愁人的雨天,或者一条长长的灰色的路,我走得非常疲乏而又仍得走着的路。

我曾经把我的这个改变比作印度王子的出游。在这两个时期的中间,我的确有过一次旅行。然而现在想来,并不是从那次旅行我才看见了人间的不幸,因为它并没有使我遭遇到什么特殊的事件,还是从小以来的生活经验的堆积使我在这时达到了一个突变。我到底不是一个思想家,我十几年的经历,感受,似乎还比不上人家一天的出游。现实的荆棘从来就不断地刺伤着我,不过因为是比较轻微的刺伤,我这个年幼的堂·吉诃德才能够昂着头走了一些日子。而且在北平的那几年,我接触的现实是那样狭小,一个小职员的家庭,一个被弃的少妇,一些迷失了的知识分子。而更深入地走到我生活里来的不过是带着不幸的阴影,带着眼泪的爱情。我不夸大,也不减轻这第一次爱情给我思想上的影响。爱情,这响着温柔的、幸福的声音的,在现实里并不完全美好。对于一个小小的幻想家,它更几乎是一阵猛烈的摇撼,一阵打击。我像一只受了伤的兽,哭泣着而且带着愤怒,因为我想不出它有着什么意义(直到后来我把人间的不幸的根源找了出来,我才知道在不合理的社会里难于有圆满的爱情)。然而在另一个意义上它的确教育了我。唯有自己遭遇过不幸的人才能够真正地同情别人的不幸,而一个知识分子,我想诚实地说了出来反而并不是可羞耻的,更要不幸降临到他身上,他才知道它的沉重。在以前,虽说我感到我随时可以为别人牺牲,我至多至多只是消极地做到了不损害人,不自私自利,对于人我仍然是漠不关心的。在这以后,我才如我在别处写过的,"对于人间的快乐和幸福我很能够以背相向,对于人间的苦痛和不幸我的骄傲只有低下头来化作眼泪。"我的偏爱的读物也从象征主义的诗歌、柔和的法兰西风的小说换成了陀思妥耶夫斯基的受难的灵魂们的呻吟。虽说我自己写的东西仍然远离现实，像霍普特曼的《寂寞的人们》中的那个失掉了丈夫的爱情的妻子，一边痛苦到用针尖刺着她自己的手指都不能感到疼痛，一边还对她的婆婆谈谈她的幼年的梦想，又像那个为着同情当妻子的人的痛苦而决定放弃爱情的女客人，在黄昏里，对她将要别离的爱人，在钢琴上弹着悲哀的小曲。

我到天津的一个中学里去教书。在那教员宿舍里，生活比在大学寄宿舍里还要阴暗。那里充满了愤怒而又软弱无力的牢骚，大家都不满于那种工厂式的管理和剥削，然而又只能止于不满。我开始感到生活的可怕：它有时候会把人压得发狂。一个独身者在吃饭的时候对我叹息说："我们太圣洁了，将来进不了天国的。"他本来可以到旁的地方去做事情，但他又不愿离开这个都市和它所有的电影院，溜冰场，网球场和抽水马桶。因为一个同事病了，一个比较起来还算很强壮的人竟歇斯底里地哭了起来。当他早晨看见阔人们的子弟坐着汽车来上学，他总是对我说："他们一定觉得我们还不如他们家里的汽车夫！"或者，"我们有一天会被他们的汽车压死的！"他是我在那种环境里的唯一的朋友，唯一互相影响又互相鼓励的人。在黄昏中，看着远远的烟囱，看着放工回来的小女工沿着那从都市的中心流出来的污秽的河水的旁边走了过来，我们开始谈说着资本主义的罪恶。在我的班上，一个买办的儿子白天听我讲授着白话文，而晚上回到家里，又从他的家庭教师读古老的经书。我对我的工作和生活渐渐地感到了羞耻。我仿佛看见了我将被毁坏。而在这时候，学生运动起来了。它更使我们处于一个非常难堪的尴尬的地位，在学生和学校的中间，我们是可怜的没有立场的第三者。当"五·二八"那天，游行的队伍一阵暴风雨似地冲到了我们的宿舍外边的操场上，欢迎着我们学校的学生们参加，热烈地开着会，呼着口号，那像一堆突然燃烧了起来的红色的火，照亮了我生活的阴暗，然而我却只能远远地从寒冷的角落望着它，因为虽然我和他们同样年轻，同样热情，我已经不是一个学生而是一个被雇佣者。

我总是带着感谢记起山东半岛上的一个小县，在那里我的反抗思想才像果子一样成熟，我才清楚地想到一个诚实的个人主义者除了自杀便只有放弃他的孤独和冷漠，走向人群，走向斗争。我才肯定地想到人间的不幸多半是人的手制造出来的，因此可能而且应该用人的手去毁掉。在那个有着"模范县"的称号的地方，农民是那样穷苦，几乎要缴纳土地的收入的一半于捐税。那些在农村里生长起来的青年，那些在他们的前面只有小学教师的位置、每月十二块钱的薪水和无望的生活等待着的师范学生，经常吃着小米，四等黑面，番薯，却对于知识那么热心，像一些新的兵士研究着各种武器的性格和使用方法。而且他们那样关心着政治，有几个因为到邻县去作救亡的宣传而被逮捕。和他们在一起，我感到了我并不是孤独的。我和他们一样充满了信心和希望。我的情感粗了起来，也就是强壮了起来。当我看见了一些丧失了土地的农民带着一束农具从邻县赶来做收获时的零工，清早站在人的市场一样的田野里等待着雇主，晚上为着省一点宿店的钱而睡在我们学校门前的石桥上，又到青岛去看见一排一排的别墅在冬天里空着，锁着，我非常明显地感到了这个对比所代表着的意义，我把我这点感触写了一首短诗，我写着："从此我要叽叽喳喳发议论"，就是说从此我要以我所能运用的文字为武器去斗争，如莱蒙托夫的诗句所说的，让我的歌唱变成鞭棰。

抗战来了。对于我它来得正是时候，因为我不复是一个脸色苍白的梦想者，也不复是一个怯懦的人，我已经像一个成人一样有了责任感，我相信我在任何地方都可以做一些事情。我回到四川。我发现我的家乡仍然那样落后，这十分需要着启蒙的工作。在我教着书的一个县里的学校里，教员们几乎成天打着麻将。当上海失陷、南京失陷的消息出现在报纸上，他们也显得不安而且叹息，但仍然关心他们的职业和薪金更甚于关心抗战。那个五十多岁的半聋的校长，一个从前在日本学工程的，在教员休息室里公开地说中国打不赢日本。但是，他接着补救几句，中国还是不会亡。他说从历史上看来，中国没有灭亡过。当大家问他元代和清代算不算异民族统治，他才装作没有听见，停止了他的政论。而且我不喜欢我班上的许多学生那样安静，那样老成。他们对于学校是有着许多意见的，然而他们却很少正面地提出来。我甚至于有一次对快要毕业的那一班说："我看你们比我还世故。"我希望他们多管一些事情，首先从学校里管起。我并不是单责备他们，我没有忘记文化的落后，军阀官僚的统治，革命的低潮，职业和生活对于知识分子的威胁都帮助了某一部分人所施行的训练，那种使年轻人丧失了理想、热情和勇敢的训练。我只是希望能够见到一种蓬勃的气象，一种活跃。后来一件小事情使我感到我需要离开那个环境，我到底不是一个艰苦卓绝的战斗者。我自己还需要伙伴，需要鼓舞和抚慰。一个比较热情的学生写了一篇文章，慨叹着县里的人对于抗战漠不关心，学校里的一位主任劝他不要发表，并且说："你责备别人，应该先从自己做起。"他真的就请假回乡下去作宣传工作，而且不久以后，带着一笔募捐来的钱回到了学校，这时候那个主任对我说到他，就只轻轻的一句："我看他有点神经病。"

我到了成都，我想在大一点的地方或者我可能多做一点事情。我教着书，写着杂文，而且做一个小刊物的发行人。我和一个朋友每期上印刷所去校对；我几十份几十份地把它寄发到外县去，送到许多书店里去；我月底自己带着摺子到处去算账。我的文章抨击到浓厚的读经空气，歧视妇女和虐待儿童的封建思想的残余，暗暗地进行着的麻醉年轻人的脑子的工作，知识分子的向上爬的人生观……但当我的笔碰触到那个在北平参加"更生文化座谈会"的周作人，却引起了一些人的不满。一个到希腊去考过古的人，他老早就劝我不要写杂文，还是写"正经的创作"，而且因为我不接受，他后来便嘲笑我将成为一个青年运动家，社会运动家，在这时竟根据我那篇文章断言我一定要短命。我所接近的那些人，连朋友在内，几乎就没有一个赞同我的，不是说我刻薄，就是火气过重。这使我感到异常寂寞，我写了《成都，让我把你摇醒》。像鼓励自己似的，我说：

> 我像盲人的眼睛终于睁开，
>
> 从黑暗的深处看见光明，
>
> 那巨大的光明呵，向我走来，
>
> 向我的国家走来……

这时，一个在旁的地方的朋友，一个从前喜欢周作人的作品的人，却在一篇文章里取消了他对他的好感和敬意，说他愿意把刊物上的那和汉奸、日本人坐在一起的周作人的像擦掉，而且当他提到了我的时候，他说我不应该再称呼自己为一个个人主义者（一直到这时候我还间或又喜欢称呼自己为一个个人主义者，罗曼·罗兰所辩护过的那种个人主义者），因为我是有着我的伙伴的，不过在另外一个地方。

是的，我应该到另外一个地方去，我应该到前线去。即使我不能拿起武器和兵士们站在一起射击敌人，我也应该去和他们生活在一起，而且把他们的故事写出来，这样可以减少一点我自己的惭愧，同时也可以使后方过着舒服的生活的先生们思索一下，看他们会不会笑那些随时准备牺牲生命的兵士们也是头脑晕眩或者火气过重。

我来到了延安。

我是想经过它到华北战场去。我还不知道我自己需要从它受教育。我那时是那样狂妄，当我坐着川陕公路上的汽车向这个年轻人的圣城进发，我竟想到了倍纳德·萧离开苏维埃联邦时的一句话："请你们容许我仍然保留批评的自由。"但到了这里，我却充满了感动，充满了印象。我想到应该接受批评的是我自己而不是这个进行着艰苦的伟大的改革的地方。我举起我的手致敬。我写了《我歌唱延安》。

现在，从华北战场回来后，我已经在这里住了十个月。在这里，因为生活里充满了光明和快乐，时间像一只柔和的歌曲一样过逝得容易而又迅速，而且我现在以我的工作来歌唱它，以我生活在这里来作为对于它的辩护，而不仅仅以文字。在这里，当我带着热情和梦想谈说着人类和未来，再也不会有人暗暗地嘲笑。在这里，我这个思想迟钝而且情感脆弱的人从环境，从人，从工作学习了许多许多，有了从来不曾有过的迅速的进步，完全告别了我过去的那种不健康不快乐的思想，而且像一个小齿轮在一个巨大的机械里和其他无数的齿轮一样快活地规律地旋转着，旋转着。我已经消失在它们里面。

1940 年 5 月 8 日

（原载 1940 年 8 月延安《中国青年》第二卷第十期）

作者简介：何其芳（1912—1977），四川万县人。1938 年赴延安，同年加入中国共产党。著有诗集《预言》，散文集《画梦录》，评论集《关于现实主义》等。

白杨礼赞

茅　盾

白杨树实在不是平凡的,我赞美白杨树!

当汽车在望不到边际的高原上奔驰,扑入你的视野的,是黄绿错综的一条大毯子;黄的,那是土,未开垦的处女土,几百万年前由伟大的自然力所堆积成功的黄土高原的外壳;绿的呢,是人类劳力战胜自然的成果,是麦田,和风吹送,翻起了一轮一轮的绿波——这时你会真心佩服昔人所造的两个字"麦浪",若不是妙手偶得,便确是经过锤炼的语言的精华。黄与绿主宰着,无边无垠,坦荡如砥,这时如果不是宛若并肩的远山的连峰提醒了你(这些山峰凭你的肉眼来判断,就知道是在你脚底下的),你会忘记了汽车是在高原上行驶,这时你涌起来的感想也许是"雄壮",也许是"伟大",诸如此类的形容词,然而同时你的眼睛也许觉得有点倦怠,你对当前的"雄壮"或"伟大"闭了眼,而另一种味儿在你心头潜滋暗长了——"单调"!可不是,单调,有一点儿罢?

然而刹那间,要是你猛抬眼看见了前面远远地有一排,——不,或者甚至只是三五株,一二株,傲然地耸立,像哨兵似的树木的话,那你的恹恹欲睡的情绪又将如何?我那时是惊奇地叫了一声的!

那就是白杨树,西北极普通的一种树,然而实在不是平凡的一种树！

那是力争上游的一种树，笔直的干，笔直的枝。它的干呢，通常是丈把高，像是加以人工似的，一丈以内，绝无旁枝；它所有的桠枝呢，一律向上，而且紧紧靠拢，也像是加以人工似的，成为一束，绝无横斜逸出；它的宽大的叶子也是片片向上，几乎没有斜生的，更不用说倒垂了；它的皮，光滑而有银色的晕圈，微微泛出淡青色。这是虽在北方的风雪的压迫下却保持着倔强挺立的一种树！哪怕只有碗来粗细罢，它却努力向上发展，高到丈许，二丈，参天耸立，不折不挠，对抗着西北风。

这就是白杨树，西北极普通的一种树，然而绝不是平凡的树！

它没有婆娑的姿态，没有屈曲盘旋的虬枝，也许你要说它不美丽——如果美是专指"婆娑"或"横斜逸出"之类而言，那么白杨树算不得树中的好女子；但是它却是伟岸，正直，朴质，严肃，也不缺乏温和，更不用提它的坚强不屈与挺拔，它是树中的伟丈夫！当你在积雪初融的高原上走过，看见平坦的大地上傲然挺立这么一株或一排白杨树，难道你觉得树只是树，难道你就不想到它的朴质，严肃，坚强不屈，至少也象征了北方的农民；难道你竟一点也不联想到，在敌后的广大土地上，到处有坚强不屈，就像这白杨树一样傲然挺立的守卫他们家乡的哨兵！难道你又不更远一点想到这样枝枝叶叶靠紧团结，力求上进的白杨树，宛然象征了今天在华北平原纵横决荡用血写出新中国历史的那种精神和意志。

白杨不是平凡的树。它在西北极普遍，不被人重视，就跟北方农民相似；它有极强的生命力，磨折不了，压迫不倒，也跟北方的农民相似。我赞美白杨树，就因为它不但象征了北方的农民，尤其象征了今天我们民族解放斗争中所不可缺的朴质，坚强，以及力求上进的精神。

让那些看不起民众,贱视民众,顽固的倒退的人们去赞美那贵族化的楠木(那也是直干秀颀的),去鄙视这极常见,极易生长的白杨罢,但是我要高声赞美白杨树!

(原载 1941 年 3 月 10 日《文艺阵地》

第六卷第三期)

作者简介:茅盾(1896—1981),原名沈德鸿,字雁冰,浙江桐乡人。1921 年发起文学研究会,同年加入中国共产党。曾任中国作家协会主席。著有长篇小说《子夜》《虹》《霜叶红似二月花》,中短篇小说《春蚕》《林家铺子》等。

通过草地

冯雪峰

长征一万八千里,跋涉无数大江峻岭的我们,已觉到无所谓"行路难"了,李太白所谓的"蜀道难",在我们所经过的川边崎岖小路看来也不过如此而已。早就听说松潘以西有一片荒凉千里无人烟的草地。敌军胡宗南等部固守松潘一带,构筑"乌龟壳",企图与兰州构成封锁线,压迫我们投西。我们为了在战略上取得出敌意表的机动,不免要有绕道松潘抄到松敌后路的行动,因此我们也就早有了通过草地的准备。

据由通司间得的草地情况:松潘西边的草地,多有"蛮骑"出没,草地上经常浸水到膝盖边,四周围看不见人烟,连树林也没有,行人走这里过,非有向导找不到路,路上必须携带充足的干粮,准备充足的皮衣皮靴皮袜等,否则不冻死也会饿死;因为草地上没有人家,也没有树木,露营也无处搭棚,夜间寒冷,多雨露。话虽然说得这样厉害,我倒有点不相信。

由卡英筹粮完毕开到毛儿盖(这里有二三百家)时,我就到军政治部找一个同志,谈到草地情形。据说只有五天的草地是没有人烟的,再过去到夏河(甘肃的一个县),一路就有"牛屎房"了。他们都已准备了十天粮食,每人带条木棍,准备搭棚用,又带一把干柴,准备烧火。我回到校部后,也就立即通知了各部,照样准备,我们带了七天干米粮（炒麦子）八天生粮（麦子）。

第一天由毛儿盖出发，时间已经九点多钟了。因为前头部队拥挤走不动，经过七星桥（毛儿盖北二十里）再走十多里路，队伍就在一处小河边有稀疏树林的地方停止了。附近有些树枝搭的棚子，我们知道是先头部队在这里露营的遗迹。决定在这里露营，分配了露营地域时，雨刚刚停止，棚内漏湿得不堪，我们就在一间稀薄见天的棚子里烧火烤。我在棚边找到一处睡觉的地方，用油布垫地，打开铺盖，上面用一件皮衣（不镶布面的，皮上有油不易透水），盖着一件油布，头上打开雨伞遮着。吃了两碗用开水冲的炒麦粉，一块"巴巴"（即面粉做的饼子，里面没糖也没盐）之后，天已黑了。我也不管天雨不雨，就睡我的觉了。夜半雨滴由棚上青青的稀稀的树枝上滴下，滴湿了皮衣，只听到雨伞上点滴的声音。这种"草地露营逢夜雨"的味道，总比古诗人所听到的"雨打芭蕉"和"夜雨闻铃肠断声"的声音要悲壮些吧！？可是我已酣然入梦。

第二天，天亮后吃过麦子饭（用没有磨的整个麦子煮的），出发，经过腊子塘。一路上两边还是有高山，有小树，不过地上全是青草，走路有些不便。走了四十多里，路右旁发现一片丛树，"浓荫蔽天"。前面有二十多里处，有大烟冲天，知道先头部队已经在那里露营了。十是我们也就在这浓密而高大的树林内露营。雨暂时止了，夕阳在西边云朵中，露出无力的光芒，树林内湿得很。我搭了一个小棚，和一个姓冯的小同志同住，棚前没有烧火，冷得厉害。

第三天，天还没有亮，我们就起身，一直等了点多钟，直到天大亮，才集合讲话。刚刚雨像倒水，一点讲话的声音也听不到。讲完话出发，走了十多里，路旁木牌写着分水岭（先头部队写的）那里没有一点树木，更没有一家人家。又走了三十多里，走到一处河套中,附近有些矮树,我们就在那里露营。这一次大家因昨夜都没睡着觉,受到切身的教训,所以都鼓起劲来,搭好一座比较密的棚子。我到各科去看他们的棚子,骑兵科多用被单搭布幕,炮兵科用树枝野草等搭草棚,但盖得最密。我告诉各科,由科长、副科长、教员及能讲课的排长,先行准备一些材料——我们拟讲"防空"问题——分到各个棚内去领导讨论,然后回自己的棚内煮了一碗"疙瘩"(就是面丸),吃得很饱,又喝了一杯浓茶,才在棚边睡下。天上明星点点,这是过草地的第一个良宵。睡到半夜,天忽然被四周飞来的黑云遮住了,幸好还没有下雨。

第四天,天亮出发,这一天过的地方真是"草地"了,举目荒凉,一片草野,四周矮山也不长一棵树木。一路腐质土浸满了污水,没有草根的地方,脚踏下去真没过膝盖,马儿经过处,埋没了四蹄,有时还陷下去拔不起来。我们的脚,从出发以来,都未曾干过。望着天空,总是经常呈着灰黑色,看不到一个鸟儿飞过,也听不到一个虫儿叫声。我们一队走着,雄伟地走着,像是轮船在大海中,前面不见海岸,可是并不能减低我们前进的勇气,我们的勇气使得像大海一般的草地,一步步向后退去。在路上我和一个同志一路闲谈着走着,我说以后要怎样来描写这草地的情景呢?它的特点有点像沙漠,只"水草"和"沙"不同而已。沙漠多旱,没有水,渴得死人;草地多水,没有太阳,冷得厉害;如果有人说沙漠上可看到"蜃楼",那么草地上却绝不能见到"海市";过草地的人双脚未曾一时干,马的蹄痕也都埋在水草深处,地虽然平坦,走路却很吃力,滑倒的人倒也不少。下午到达色既坝,此地是三叉路口,右边可通松潘,左边到班佑。这里有很多草棚,草棚附近有屎堆,有死尸,我们都把他掩埋了,另外挖了厕所。"草棚"虽名着"草"字,却都是树枝搭的，我住的一个棚，比较大些，是靠着一棵大树，架了许多树枝，盖上一些树叶小枝之类而成的"树棚"。棚里睡了一个病员，他赤身盖着一张毯子，皮衣脱下做枕头，他已病到有气无声了。我们想要他搬到另一棚子里去，他不肯搬，自然只得让他睡在一起。费了许久的工夫，在滴滴雨滴之下烧着了一堆火，烧了一壶开水，给这个病员一碗，我自己冲了一碗炒麦粉吃。一个小同志烧热了一盆水，我和他同洗了脚，这是过草地四天中第一次洗脚。夜间晴朗，但起了极大的东南风，冷得非常。

第五天，天亮了，吹着"预备号"了，因为没有找到柴火，公家不煮饭吃。我用漱口杯烧了一杯水，还没有沸腾，"集合号""前进号"接着吹了，队伍已经开始前进，我只得把这杯生水冲炒麦粉充饥。大家都望着班佑前进。一路污泥很深，要找到有草根的地点，才敢踏脚上去，因此走了大半天才走了大约六七十里路。路上没有看到路牌，也不知是什么地名，或者简直就没有地名。天空中，一阵雨，一阵风，一阵太阳。到黄昏时，雨渐大了，前面只看到河边一大堆草棚，还不知班佑在那里。结果只得在那里再行第五夜的露营，我看与其说露营，不如说是"雨营"恰当。我和一个同志，及他底特务员，三人挤在一个小棚内，把他底油布和我底雨伞，盖在棚上遮雨。今天更加没有柴火，连热水都没有，晚上他底特务员冒雨到炮科去要了一盆开水，拿回时已经凉了，我和他各冲了一碗炒麦粉吃。原来只准备五天吃的"巴巴"，这一下就吃完了。

第六天一早出发，到下午三时左右，才望到前面远远冒起火烟，草地已渐渐消失，路旁已有小山，并且路边开始见到石头，这使我们欢喜。大家都急着到班佑。可是弯过一个山口，又一个山口，仅走仅看不到房屋。又走了许久，才看到前面隐约有矮房子，正是起烟的地方。但前面部队，并不向着这个矮房子的方向走去，却向左转，向左边矮树林去。据前来的通讯员说，又要在此露营了。大家都感到潮湿与漏雨的威胁，可是两脚仍不自觉地跟着前面的人走。为了各人都要表现自己是吃苦耐劳的模范，谁也不肯说出怕苦的话来。路旁野花丛里，长着金红色的小果，有玉蜀黍的粒大，一穗穗地结着，又像金红色葡萄。有人摘取来吃，我也摘了几枝尝尝野味，的确不错，一种酸味，解却几日来不知五味的口闷。刚走了半里路，又报"到前面'牛屎房'去宿营"，大家都欢跃起来。

到了班佑了，一片"牛屎房"——用牛屎筑的墙（这牛屎不臭。我们见过与住过最新式的士敏土筑的洋房子，住过砖墙，石墙，泥墙的旧式房子，又住过苗民区域的茅屋，也住过云南石板盖的屋子，现在住到世界上所少知道的"牛屎房"了。）里面约有四五十间，有一两间被火烧着过，据说是先头部队走后失的火。

在路旁遇到师长（他是有名的师长，被四方面军某部排演到戏文里面的），知道他们住在这里，他到"红大"去找政委。我只问他附近大路的情形，据说此去东二十里地名叫作阿西，有一二千户，粮食富足，房屋也好，并有一间顶大的"喇嘛"寺。于是我就跑去找一个同志，想在那里找些东西吃，因为今天路上没有干粮吃，肚子饿得厉害。可是找到了他，却令我大失所望。他们政委到阿西采办粮食去了，这几天他们都在摘青草做菜吃呢！

回到自己的宿营地，通知了各科注意火警，并且要明早出发时，派人专门检查及消灭遗火，一面告诉学员们，"已过完草地了"。

外面下着密雨，屋内烤起大堆的火，大家围着烤衣服和取暖。我用热水洗了脚，打开铺盖，觉着一身松暖，经过六天的草地，五次的露营，至此才再投到房屋的怀中，也至此才觉到房屋的作用与好处。想身居洋楼大厦的人们,是不会知道这个的,至少他们从没有梦想过没有房屋,又在千里荒芜,一片凄凉,遍地水草,四周无树木的草地中露营的滋味。这就在过过露营生活而没有到过草地的兵大哥们,也不会了解的。

我们过完草地了,我们明天要到阿西去看大喇嘛寺了。无坚不摧的红军,又一度打破天然界的困难,创造下亘古以来所未有的,大军通过千里荒凉的草地的新纪录。让那些草地的滋味留给跟踪"追击"我们的胡宗南等部的白军去尝试吧!

（原载《红军长征记》,延安 1942 年版,署名曙霞）

作者简介：冯雪峰（1903—1976）,原名冯福春,浙江义乌人。1930年参加"左联",1934 年参加长征。著有诗集《湖畔》,杂文集《乡风与市风》等。

丰饶的战斗的南泥湾

吴伯箫

"自己动手,丰衣足食。"

响应着毛泽东同志这个伟大的号召,我们革命军队经过春天竞赛开荒和播种,南泥湾荒野变成了良田;经过夏天突击锄草和战斗中辛苦的经营,南泥湾长遍了翁郁的稼禾。现在是秋天,成熟和收获的季节,南泥湾,正满山遍野弥漫着一片丰饶的果实。

南泥湾有群山环绕。一眼望不断的山峦,恰像海洋里波涛起伏;有密林大树,吃不尽的野果:野杜梨,一颗像一撮果子酱,甜美多浆的野葡萄,还有山里红,野林檎……大树可以作梁作柱,作建筑木材。纯朴的农家,家家呈现着一种安乐气象:妇孺老人都吃得红红胖胖的,透露着饱暖健康的颜色;村边散放着牛羊,屋顶窑前堆满了鲜红的辣椒,金黄的包谷,硕大的南瓜。军队和人民像一家人似的亲切,遇到旅长,一大群人又笑又说地问:"同志哪哒去?"这里是繁荣而又热闹的,像朱总司令说的,是"花花世界"!

据说一两百年前,南泥湾曾经繁盛过一个时期,山庙里残碑记载,说这里曾有过街市,后来清朝专制,造成的民族牢狱,逼得陕甘回民群起暴动,这一带的居民才纷纷逃难,奔走他乡。在这里新开窑洞的时候,曾开到过旧窑,里边古老的碗钵家具还历历可辨,想是那时居民一听乱信,连收拾都来不及,就慌忙逃跑了,情景该是很惨的。自那以后,这里田园就交给了荒野,窑洞房屋任风雨侵蚀倒塌,日久年远,就遍地是蓬蒿,遍地是梢林乱树,成了豺狼野兽的巢穴,成了土匪强盗出没的场所。

我们革命队伍,八路军,到这里屯田,是一个翻天覆地的革命事业。自己动手,从榛莽丛里开出道路。曾必须露宿野餐,就荒山坡上开窑洞,盖房屋;从烧石灰,烧砖瓦,伐树解板,安门窗梁柱,以至钉头木楔,置备桌椅家具,无一不是自己动手,终于有了安适的住处的。住处安置未完,就开始垦荒种田,朱总司令说:"生产与战斗结合",这开荒正是一场剧烈的战斗:征服自然,而又改造自然。

开荒计划,每人六亩,随后变成了群众突击、竞赛运动。两位团长的手上两次三次地磨起了泡,一连、九连出现了一天开荒五亩的劳动英雄。最后,纪录打破到这种程度:每人平均开到二十亩,三十亩! 走到无论那个单位听听,都是一些惊人的数字:二营一个连开二三千亩,"美洲部"二万亩,一个模范排长,一个人开了四十亩。保证每天是一亩八分到二亩。迷信的人会说:"这怕有神灵帮助吧!"但我们革命者要告诉他:这是集体主义的威力,是革命的英雄主义!

现在的南泥湾:上下屯直到九龙泉,一连一二十里都是排列整齐的窑洞。窑里窑口用石灰粉得雪白。列在山脚下的房屋顶上泥了白垩,或盖了青瓦;一条山沟,成了宽阔绵长的街衢。山沟溪流的两岸,自然修齐的树行,伸展着青幽的林荫路。另一处有造纸厂、木工厂、铁工厂。造纸厂,用马兰和稻草造纸,足够战士学习及办公应用,还有多余的用来换书报读物。木工厂里造着精致坚固的桌椅,风车,纺锭;铁工厂,造铁铣、镢头、各种农具,也打锋利的梭标,给群众以保卫边区的武装。又一处有闹市,三十户至六十户的商家,有合作社,也有私人营业。他们每天早晨把街道扫得干干净净,熙来攘往的军人和农民,亲切地招呼着,呈现出一种蓬勃活泼的气象——再转一条山谷,在一处突然开阔的盆地巍然耸立着一座楼房,那是一个休养所。建筑都照科学方法;壁炉、阳台、通气道,各种设备都有。这是屯垦的战士们自己动手为我们休养员们建造的,从设计、取材、烧砖瓦石灰,到垒墙架柱,铺地板,安门窗,安全出自战士的心裁与劳力。这是革命战士爱护自己阶级战友的表现,是精神行动团结一致的典型。

现在的南泥湾:水地种稻;川地种麻,种菜蔬,种烟叶;山地种谷子,糜子,洋芋,杂粮。还没开垦完的水草丰茂的地方,就是天然的牧场。稻田傍着清溪,一路蜿蜒迤逦而去,恰像用黄绿两色线铺绣而成的地毡。沉甸甸的稻穗,已吐露了成熟的颗粒。论麻,只"美洲部"就种了四千亩,麻子可收三百五十石至四百石,估计榨油两万斤,食油灯油足够全部自给。二营种的,每个战士可分五斤麻,足够打三四双草鞋。论菜蔬,长得茶碗般大的大宗洋芋不算在内,只南瓜,辣椒,茄子,西红柿,每班战士门口都红红绿绿的堆满了。其他秋白菜,萝卜,葱,细致些的如芹菜,芫荽,茴香,还都长在地里,贺营长说:"战士们一个班像一个小家庭,除了全团、全营大家的种植而外,他们还各有小单位的经营。利用整训闲暇,分工劳动,你种烟,我种辣椒、西红柿,他种西瓜、甜瓜。我们战士今年每个人吃了二十个西瓜呢……"×团里,战士吃西瓜没有这样多,每人只吃了十四个,但每人却又外加了一筐甜瓜!

谷子,糜子是部队主要的食粮,自然也是主要的生产。因此在南泥湾,只要抬头一望,满眼都是谷子,糜子,亩数是没有方法确切统计的。谷子长得好,大多是齐腰那样高,穗头大的可一尺六寸,普通在一尺左右。糜子稍差,因为正当应该锄草的时候,部队开到前方,以致失了农时。但估计收获,成绩还是可观的。某营四十二个劳动英雄,每人可收八石粮,在营部正修下了可盛一千八百石的米仓。今年部队粮食全部自给是绰绰有余的。目下,各部门准备秋收已鼓起了热潮,处处都预备齐了扁担,绳架,镰刀,修好了筐篓,地窖,仓库(仓库怕招老鼠,都填了石灰,又铺了木板;粮食怕潮湿生霉,仓底下特别预备了火炕)。一个战士王子耕在他们班上的墙报里写着:"秋收要注意两点:不要糟蹋一粒粮食,用突击的精神来完成……"从这里可以看出战士对秋收的热诚和信心。

农业生产外,有工业生产。捻羊毛线在普遍经常地进行着,每两捻到四十丈以上到八十丈,每斤按成品的质量,分别发给四十、一百到二百元的奖金。每人缴了四斤羊毛的毛线,到今年阳历年底,就可都有一身黄呢子军衣。此外,织麻,编筐,打草鞋,用桦树皮制玲珑的饭盒,菜盒,墨盒,各有熟练的技巧。

除了农业生产和工业生产还有牧畜。每个部队单位左近,常常有成群的牛,羊,马匹。牛不穿鼻,马不系辔,就那样无拘无束地啃草,饮水,用尾巴打着蝇虻。关于养猪,这里部队研究出了最好的科学方法:猪卧的地方要干燥(特别打了窑,铺了木板),散步的地方,大小便的地方,喂食的地方,都隔了木栅栏,分得清清楚楚;为防备狼和豹子,周围又打了土墙。因此,猪也能保持它应有的清洁,不瘟,不病,一天喂三顿食:酒糟、糠秕、剩菜、剩饭、碎洋芋。架子猪(三十斤以前)每天可长四两肉,肥猪可长十二两。因此,战士能保证:每人每月吃大秤四斤肉。现在军队首长又提出了号召:今年年底要做到战士一人一只羊,两人一口猪,十人一头牛。张团长说:"我们一定要完成!"有谁惊讶地说:"这不都成了'地主老财'了么?"是的,这是革命"地主",建设的是革命家务。这地主,不剥削人,用地利和自己的努力,白手起家,大家动手,大家享受,真是再好也没有! 我们每个战士,节约储蓄,加入军人合作社的,三十元一股,常常有人入到三十股四十股呢。过中秋节,每个人吃到半个西瓜,三个月饼。

其实,八路军在南泥湾,生产还是次要的,但已做到了全部自给,衣食住行,不要群众一粒米,一寸布,还反过来帮助群众,保护群众,成了古往今来世界上少有的军队。——它主要的还是整训与教育。关于习武,营房附近,处处都是靶场,投掷手榴弹场。靶场里从早到晚都有步枪声,机枪声,普通战士打起靶来都是十环,八环,特等射手,更是百发百中。投弹场里,也是从黎明就有人拿了手榴弹练起,连文书,炊事员都参加。掷的又远又准的"贺龙投弹手",各单位天天都有发现。在文化教育方面:每个战士都学识字,学文化。战士差不多都能写日记,有很多能听讲记笔记。学习模范朱占国同志就在这里。随便拿一个战士郭文瑞的"练习写作"的本子来看,就可以发现这样简洁朴素内容具体的文字:

卫生员高苏文同志,入伍前不识多少字,可是他对学习很虚心,特别是在开始生产以来。

上山劳动时,大家都休息,吸烟,他一个人坐在一边,目不转睛地看书。手里还拿着一根小棍在地上画字。不认识的字就把它记在小本子上,回到家脸也顾不上洗,就向指导员问字。

劳动一天够疲劳了,夜晚他还在灯光下面写日记。从开始生产到现在,他的日记从没有间断过。

他已经读完了很多青年读物如:《怎样把庄稼种好》《地球

和宇宙》《小尾巴的故事》《临机应变》《水》等等。

　　他现在已识了二千字。日记写得通顺。他的学习是在一天一天地进步着。

"当了三天八路军，什么都学会了。"副团长说。的确是这个样子。在一个班的墙报上有一张画，题字是"擦拭武器，打击敌人！"竟也画得极生动有力呢！在部队里文盲是肃清了的。

更真切地说：八路军生产、教育、解决供给、提高质量，更大的目的是为了战斗。那战斗是保卫国家，保卫人民的。在敌人后方，抗击敌军伪军，八路军是常胜军，是世界闻名的武装，日本强盗听了常打哆嗦。在这里，抗日民主根据地，为了保卫边区，保卫中国共产党的中央，它更表现了忠贞与英勇。

去南泥湾的道路是开阔的，汽车可径直上下，大车畅行无阻。那是革命军队自己动手开辟的路。是走向崭新的幸福的社会的路。

1943 年 9 月 26 日

（原载 1943 年 10 月 24 日延安《解放日报》）

作者简介：吴伯箫（1906—1982），山东莱芜人。1938 年赴延安，1941 年加入中国共产党。著有散文集《羽书》《出发集》《北极星》等。

诺尔曼·白求恩断片

——纪念他逝世五周年

周而复

一个外国人,毫无利己的动机,把中国人民的解放事业当作他自己的事业,这是什么精神?这是国际主义的精神,这是共产主义的精神,每一个中国共产党员都要学习这种精神。

——毛泽东:《纪念白求恩》

一

一个外国人,抛弃他优裕的生活,越过重重的封锁线,深入到中国敌后战场。他穿一身八路军的灰军装,胳膊上挂着"八路"的臂章,腰间扎着一条宽皮带,脚上穿着一双草鞋。他身材魁梧、硕壮,面孔沉毅,但有点清瘦,浓眉下面,深藏着一对炯灼的眼睛,那里面饱含着无边的慈爱。他颧骨微高,宽大的嘴犄角上,常浮着意味深长的微笑。他嘴上翘起的短髭和他的头发,都已灰白了。是的,他已是快五十岁的人了。但他的精神,却很矍铄,像一个活泼健旺的青年,有些时候,他还流露出直朴的天真。见到熟人,他就高高举起右手:行西班牙礼。不过,也有时候,他紧紧地握着你的手,使你感到一股挚爱的热力在交流。在西班牙的时候,大家叫他："老少年"；中国许多医务工作同志，带着崇敬的感情称呼他："老头子"；老百姓则亲昵地叫他："大鼻子"。这就是诺尔曼·白求恩博士（Dr. Norman Bethune）。

白求恩博士在十九世纪八十年代生于加拿大脱朗托。他以毕生的精力，从事医疗工作有三十五年之久。第一次世界大战的时候，他才二十五岁，就在欧洲战场上服务。回到加拿大，他不久就担任加拿大空军军医队长。他自己患着肺病，却不断地一方面工作，一方面钻研技术，成为胸部外科卓绝的专家。他发明了很多种手术用具，遇有肺部脓肿和生瘤的病人，他能够把整个一叶肺取出来，这样，可以挽救许多垂危的生命。他不仅在加拿大是第一流专家，即在世界上，也是屈指可数的人材。世界上几个最大的医科大学，曾相继聘请他去讲授胸部外科治疗。皇家学院外科学士曾邀请他去当会员——这是一个外科医生当时所能得到的最崇高的荣誉。

但他并不满足这些成就。他在摸索着为劳苦大众服务的道路。他终于参加了加拿大的劳工进步党，成为一个积极的模范的布尔什维克，把他所有的才能献给无产阶级的解放事业。

一九三六年七月十八日，德、意法西斯匪徒侵犯西班牙时，他随着加拿大的志愿军——麦克拍伯营到了西班牙，任这个营的卫生队队长。不久，他又参加了由英、美、加、南美各民族编成的第十五纵队。他亲自上火线去救护伤兵，甚至于他所带的救护队被法西斯匪徒轰炸机和机枪扫射，他仍然冒着生命的危险，去火线挽救为人类正义和平而战的西班牙兄弟。他不知道疲劳，也不知道休息，忙得连家乡来信也没有时间回复。在西班牙工作一年多，他同时又建立了西班牙伤兵的输血工作，这是一件创举——第一次世界大战的经验,使他对输血法发生很大的兴趣,在这方面他成了有数的优秀的专家。

为了给西班牙政府军进行医药募捐,一九三七年四月,他回到加拿大和美国去。三个月以后,中国人民抗日战争爆发了,他被请托率领一个美国、加拿大医疗队到中国来。一九三八年四月他到了延安,便急于要到战地去工作。不久,他就如愿出发了。渡黄河,过正太路封锁线,六月十七日这个医疗队到达了远在敌后方的晋察冀边区。

二

晋察冀边区,这块日益壮大的年轻的抗日民主根据地,在她刚诞生的时候,各方面都缺乏扶育她的人,尤其缺乏的是医务干部。国民党军队撤退,八路军主力奉命转移晋东南作战,只留下少数兵力在边区活动,开展敌后工作。医务工作人员只留下二十五名,这二十五名里有十五名是看护,而当时包括友军在内的伤兵,却总共有六百九十多名。材料药品方面更是贫乏到可怜的程度:全边区没有一点施行手术时所必需的麻醉药,所有的药品只够用两个月,纱布绷带是洗了又洗的用着,自己做羊肠线,采取中药,制成丸散膏酊来代替西药。至于器械——探针是用铁丝做的,铁片代替了钳子,锯骨和锯树是用同一把锯子……这样一个贫乏的地区,是多么需要外界的援助啊!

白求恩就在这个时候到了这块抗日根据地上。他带着大批药品、显微镜、爱克斯光和一套手术器械……更可宝贵的,是他带来了高妙的医疗技术、惊人的组织能力和对中国人民革命事业的无限的热忱。

他被晋察冀人民和子弟兵热烈地欢迎到军区司令部。虽然经过两个多月的长途的行军,他的精神却很饱满,似乎没有一丝儿疲乏,第二天就到五台县耿镇河北村去,这儿是军区卫生部。当他知道后方医院就在松岩口,离军区卫生部很近,便带着医疗队和军区给他的翻译——那个矮矮胖胖的曾经是阜平县县长的董越千同志,一块儿赶到了松岩口。

在第一周内,他一共检查了五百二十多个伤病员。这里面大半是平型关战斗下来的,有一部分是友军从南口受伤下来的。由于医药和器械的缺乏和技术不高明,他们已在医院里躺了一个很长的时期。第二周白求恩大夫就开始施行手术,紧接着四个星期的连续工作,一百四十七个伤病员,在行手术后经过短时期的疗养,就又带着健康的身体,走上前线去了。

从河北村、河西村、松岩口三个后方医院的短时期工作当中,他对这三个医院提了许多意见。不久之后,在组织、清洁以及建立各种必需的设备上,他很高兴他的意见被采纳执行了,三个医院都有了显著的进步。这进步,还不能满足他的要求。为了提高技术和医院设备,他亲自订了一个"五星期计划",工作中心是:建立模范医院。

白求恩大夫每天除了施行手术、处方外,一有空闲,他就指挥木匠做大腿骨折牵引架、病人木床和各种木料器具;铁匠做妥马氏夹板和洋铁盆桶;锡匠打探针、镊子、钳子;分配裁缝做床单、褥子、枕头。每隔一天,在下午五点到六点,他还要给医务人员上课,但是没有教材,一块黑板算是大家的课本,他在上面一边写、绘,一边讲授。疲劳了一天之后,晚上在灯下就着手写一本供医生及护士用的图解手册。这本小书里面包括急救、急症、药、解剖、初步生理学、创伤的治疗、夹板的应用等。这样，他解决了没有课本的困难。

将近两个月的时间，从清早一直忙到深夜，他不愿自己有一分钟的时间闲着。九月十三日，各方面的工作都按计划完成了。十五日，这个后来叫做国际和平医院的模范医院，举行落成典礼了。

松岩口这个村落，在白求恩大夫来了两个多月以后，它以明快的整洁的姿态，站在数千个来庆祝国际和平医院落成典礼的客人面前了。村里每条路都有了它的名称，在那新标志出来的朱德路和另一条路拐角的地方，迎着大路的一座房子，就是新创立的国际和平医院。里面布置了两个伤病院子，入口处都挂着一块朴素洁白的横匾，一边写着"中山医院"。一边写着"毛泽东医院"。医院的创始者——白求恩大夫脸上浮着兴奋的微笑，招待着来宾：军区司令员聂荣臻将军，边区行政委员会宋劭文主任，群众团体代表，老百姓，部队的医务工作人员，部队、机关代表……

上午，开幕典礼的大会在村里戏台前的广场上举行了。台前挂满了庆贺的鲜红的旗子，来宾兴奋地走上台去，讲了衷心愉快的祝词。接着白求恩大夫以主人的身份说话了：

"……运用技术，培养领导者，是达到胜利的道路。……在卫生事业上运用技术，就是学习着用技术去治疗我们受伤的同志，他们为我们打仗，我们为回答他们，也必须替他们打仗。我们要打的敌人就是'死'。因为他们打仗，不仅为挽救今日的中国，而且为实现明天的伟大、自由、没有阶级的新中国。那个新中国，虽然他们和我们不一定能活着看到，但是不管他们和我们是否能活着看到那个和平、幸福的共和国，主要的是他们和我们用今天的行动已使那新共和国的诞生成为可能的了，帮助了她的诞生。但是她之能否诞生,要依靠我们今天和明天的行动——她不是自己会产生出来的,她必须用所有我们的血和工作去创造。"

是的,白求恩大夫就是新中国这婴儿将要诞生的助产士。

会后,他笑嘻嘻地领着来宾参观:伤员招待室、医生办公室、内外科室、奥尔奥氏治疗室、罗氏牵引室、妥马氏夹板室、病室——这里面使人一进去就有一种整洁、安适、静穆的感觉。屋子里陈设着崭新的洗脸盆架,分格的木碗橱。木碗橱里面放着伤病员的服药缸、饭碗、菜碗,床边放着洋铁痰盂、大小便器,雪白的墙上挂着病历表、体温表、病室规则、画报和绿色的政治标语:"保证早日恢复健康,再上火线杀敌人。"……院子里陈列着鲜艳的花盆,散发出淡淡的清香。经过休养员的洗澡塘不远,快到村边杨树林那儿,是休养员的娱乐场。那儿有各种娱乐器具:乐器、乒乓球、报纸、沙盘作业……

参观之后,人们都围到村北头的广场上去了。广场当中放着两个暗绿色的治疗箱、手术台和器械桌,白大夫穿着手术衣,第一助手第二助手和麻醉师站在他身后。一会儿,从场外抬来了一个小腿骨折伤员,马上送到手术台上。白求恩大夫顿时打开治疗箱——里面有秩序地放着一套消过毒的手术器械,立即打开伤口,剪掉边缘的腐皮烂肉,检查伤口里有无子弹,消毒,行手术,包扎,上妥马氏夹板——这样一个战地创伤初步治疗表演,前后还不到二十分钟。各军区来观摩的卫生部长们,暗暗露出钦佩的眼光。过去,单是做手术的准备工作,二十分钟也还不够啊。

接着是换药表演。白求恩大夫带着换药组走进了病房,后面跟随着来宾们。伤员一进院,先到伤员招待室,登记,分配病房,洗澡,换衣服,到病房,换药。一个护士解开绷带,一个护士托着脓盘。他亲自检查伤口，消毒，上药，然后另一个护士给伤员缠上绷带。站在人丛当中的一个卫生部长低低地对旁边人说：

"这样上药，动作迅速，分工明确，消毒严密，真是好啊。"

国际和平医院的成立，帮助医生、看护在技术上大大提高了一步，特别是对于外科敷药和消毒方面。伤病员死亡率减少了，而出院数却增加到百分之五十以上。

三

九月下旬，边区四面增兵，敌人以步兵、骑兵、炮兵共两万三千人左右的兵力，配合空军和机械化部队，分十路向军区腹地进攻了。国际和平医院转移山地，白求恩大夫离开医院，带着医疗队到了×分区卫生部的后方医院。这个医院的基础很薄弱。

检查病房，白求恩大夫看到这个医院许多不良的现象，他带着不满的情绪，走进卫生部长的寝室，劈口就问：

"现在夜里冷吗？"

"九月天，当然冷罗。白大夫，你请坐。"卫生部长递过一杯茶来。

他没有喝茶，两只炯灼的眼光，质问地盯着对方，又说：

"你不盖被子行不行？"

"自然需要被子……"

"伤病员为什么没有被子？把工作人员的被子拿出来，给伤病员盖……"

工作人员站在那儿没有动。于是白求恩大夫跑去对大家说：

"一个医生，一个看护，一个事务员的责任是什么呢？只有一个责任:就是使你的病人快乐,帮助他们恢复健康,恢复力量。你必须把他们每一个人,都看作是你的兄弟、你的父亲,甚至比你的兄弟、父亲还要亲切些——因为他们是你的同志。在一切的事情当中,要把他放在最前头,被子应该先给他们盖上。你不把他看得重于自己,那么,你就不配从事卫生事业,实在说,也简直就不配当八路军……"

说完话,白求恩大夫没理他们,独自走去了。他回到寝室里,把自己那床绸被子送到病房里,给一个重病号盖上了。卫生部长把被子拿回给他,他却不要。卫生部长说:

"你晚上不盖吗?"

"我不能让伤病员不盖被子,而我自己盖被子。我可以不要……"

"这怎么行呢? 伤病员的被子,今天晚上,我们一定想办法好了。"

他的态度稍微缓和一点了,问:

"什么办法?"

"我把我的被子拿出来……"

站在旁边的医生、卫生员们,听见部长要拿被子,都抢着说:

"我的被子也可以拿出来……"

"我的也拿出来……"

三十多个卫生工作人员都拿出自己的被子给伤病员盖。这时,白求恩大夫才接受卫生部长的请求,把自己的被子拿回去。当着卫生部长、医生和看护的面,他严厉地说:

"我以晋察冀边区卫生顾问的资格来说,这儿的医院是八路军医院当中最坏的一个。这儿存在着很严重的官僚主义作风,医生不到病房里去。病员在病房里叫护士，要大声叫好几次才叫得到，对伤病员不关心。我们要面向伤病员，我们要了解现在的问题，少在办公室，要多深入下层去……"

"这些缺点我们正在努力改正。"

他看卫生部长虚心接受他的意见，心里很高兴，接着就把卫生部长约到自己的屋子里来，抱歉地说：

"请你原谅我的脾气。不过做卫生工作，不这样严格认真是不行的。我们要不客气地批评，对个人的虚荣要残酷，不管年龄、地位、经验如何，只要它挡着我们的路，我们就要给以打击……"

"我们一定照你的意见去做。"

"我有什么不对的地方，也希望你们给我批评，我将百分之百地在工作中来改正。"

第二天下午，在卫生部长领导之下，后方医院召开了院务会议。在会上大家对过去工作，进行了严格的检讨和自我批评。这次会议是改良工作作风的发动机。以后，每个同志，就以新的姿态向前迈进了。

他在这儿工作了一个多月，当洪子店一带战事激烈的时候，他到前线参加救护工作去了。十月二十五日左右，他回到军区，看到转移到山地来的国际和平医院，虽在困难条件之下，仍然保持原来的面貌，他衷心愉快，到处去巡视，天真得像一个小孩子。他对人说："这是八路军最好的医院，但是我们不要停止到这里就完了，我们还必须计划、工作，使这个医院成为全国军队里最好的一个。"在这儿工作了一个多星期，他就去军区北线的后方医院第一所工作去了。

四

到第一所没有三天，白求恩大夫就接到三五九旅王震旅长自雁北打来的电报，告诉他前线的情况，他兴奋得一宿没有睡好，拂晓便出发了。

十一月的天气，在丛山峻岭的雁北，更觉得严寒了。山岭上披着一层绒毡似的厚雪，天空还在落着雪。黄昏，白求恩大夫披着一身雪花，到了雁北灵邱河浙村。三五九旅后方卫生部（由于战争环境需要，卫生部分前方和后方两部分）的人们在村外河滩上排成两行，高呼着欢迎的口号。离半里以外，白求恩大夫就下了马，和卫生部顾部长一块儿进了村，他脱了雨衣，扑扑皮帽子上的雪花，急忙忙地问：

"病房在哪儿？"

"不远，"顾部长说，"待会，吃完饭，再去看病房。"

"吃饭还有多久？"

三五九旅卫生部政治委员潘世征同志说：

"还有二十分钟。"

"那太久了，先去看病房。"

潘世征同志觉得他行军了一天，走了八十里的山路，又下雪，太疲劳了，并且还是早上出发时吃的饭，就劝他：

"休息一会儿再去吧。"

"我是来工作的，不是来休息的。"

大家没有办法，带他一块儿去看病房。他一口气检查了三十多个伤病员，有几个是刚从前线抬下来的，这中间，有五个要立时行手术。他问医疗队的王大夫：

"二十分钟以后能行手术吗？"

王大夫有点悚然。在医疗队里，他担任检查每一个单位的手术室的工作。不过，今天刚到，他没来得及去检查，歉疚地答道：

"我还没到手术室去看。"

顾部长接过来说："二十分钟后可以行手术，叫他们去准备好了，你先吃点饭去，待会儿好动手术。"

"我也要去参加准备工作，没有时间吃饭。"

准备工作很快完成了。手术室里挂着一盏汽灯，屋子里虽然有十多个人，却没有一点声音，只是汽灯在嘶嘶地响着。屋子外边围着一大群卫生部工作人员和老百姓在张望。一个名字叫萧天平的伤员躺在石制的手术台上，脸色苍白，左下腿上捆着满都是脓血的绷带，紧粘在血肉上。伤口里散发出一股臭味，绷带缝里露出一只犬牙般的长骨，腿斜向内翻着——伤后治疗没有上夹板。这是因为物质条件困难，准备的夹板不够用。

啪的一声，白求恩大夫把手里的器械，扔在器械桌上，两只手交叉着，满脸愠色，对着顾部长：

"这是谁负责的？"

"是郑医生。"

"为什么不上夹板？——中国共产党交给八路军的不是什么精良的武器，而是经过二万五千里长征锻炼的干部，为什么对干部这样不关心？因为不上夹板，须要离断……"他惋惜地对伤员说："要切掉呀，好孩子。"

伤员的眼泪泉涌般的向外流着。事情是很严重的了，但更严重的是没有时间来马上追究清楚这件事，他简单地结束了这件事：

"郑医生要受到处罚的。"他伸伸腰,深深地吐一口气,望了潘世征同志一眼,弯下头去,关切地对伤员说:

"你相信我吧,孩子。"

麻醉师给伤员上麻醉药,麻醉的深酣还要等待一会儿,他利用这片刻的时间给医务工作人员讲离断术的历史:

"在最初的时候,还没有血管钳子的发明,那时止血是用烙铁的。十六世纪时,一切创伤都是用烙铁烧灼,或注射沸油作正当治疗……"

手术开始,锯骨的声音,嘶喳嘶喳地响着。站在门外偷看的人群里发出细碎的话语,白求恩大夫做完了手术,夹起一块染满了鲜血的纱布,生气地向人群当中扔去:

"这又不是戏园子,有什么热闹好看,这是手术室啊。"

白求恩大夫行手术时,需要绝对的肃静,要求全体工作人员把力量都集中在病人身上,不允许你分散一点注意力。在晋西北时,有个大夫,曾经在手术室里削梨子吃,为了工作,白求恩大夫毫不客气地把刀和梨扔到外边去。

门外偷看的人走了。他握着离体了的下肢,用钳子夹着一条肌肉,恋恋不舍地说:

"在技术上说,这还是活着的,你说,这是生命啊,在海洋,在日光中,至少是一百万年的变化史呀……"

直到深夜十二时才把手术行完,顾部长请他去吃饭,他回到自己屋子里,脱下衣服,又跑到病房去了。他一一去向刚才行手术的病人,用他说得生硬的中国话直接问:

"好不好?"

伤员没有叫的,没有哭的,很平静,都说:"好。"

他快乐得简直跳了起来,他对潘世征同志说:

"只要伤员告诉我一声好,那我就不知道该怎么快乐了。"

他这才回来吃饭,吃完饭,他再提到伤员下腿骨折没上夹板的事:

"处罚那个不负责任的郑医生,我要给你们旅长写信的。假使一个连长丢掉一挺机关枪,那不消说是会受到处罚的;而一个医生对伤员……枪还可以夺回来,但生命,人……爱护伤员要像亲兄弟——像你希望别人爱护你那样的爱护伤员。"

卫生部长顾正钧同志给他解释,目前物质条件困难,在前线,还没有足够的夹板设备。马上遭到白求恩大夫的反对:"你们老说没有没有,没有就应该马上做。"他又批评手术室和病房消毒不严密,手洗得不干净,伤口也洗得不干净。但是手术准备工作很快,他很满意。最后他想起王旅长电报上所说的战斗,伤员应该很多,为什么这么少呢?潘世征同志告诉他所有的重伤员都在曲回寺卫生第二所哩。白求恩大夫顿时又不高兴了,说:

"你们为什么带我到这儿来?医生是哪儿有病人,上哪儿去!"他看看夜光手表,快一点了,夜已深沉,村里的人都沉入酣快的睡乡了。他想了一想,说,"明天早上四点半钟去曲回寺,能准备好吗?"

"能。"顾部长说完,和潘世征同志一块儿出来。他们笑着说,老头子疲劳了一天,这么晚了才睡,四点半能起的来吗?但是顾部长还是通知各单位准备了。顾部长是个细心的人,他四点钟就爬起来,走到白求恩大夫窗外一看:屋子里已经点好了灯,亮堂堂的。他推门进去,白求恩大夫穿得整整齐齐的了,第一句话就问:

"现在开饭吧?"

"好。"顾部长连忙退了出来,去叫起他们,招呼吃饭,拉牲口,上驮子……顾部长他们还没时间顾上吃饭,白求恩大夫已吃完饭,催着出发了。顾部长他们只好饿着肚子跟着走。到曲回寺的时候,天才放亮。一上午检查了一百多伤员,接着就施行手术。傍晚,白求恩大夫把顾部长、潘政委和四个外科医生请到屋子里,根据今天检查和动手术的例子给他们讲了四小时关于创伤治疗的课,一直讲到半夜。第二天又是四时起床,到黑寺前线救护伤员去了。在最前线,四十小时内,给七十一名伤员施行了手术。因为活动医疗队组织靠近火线,缩短了运输时间,有三分之一的伤员,手术没有感染化脓,这是一个很大的进步。

当白求恩大夫从前线回到上石砾村时,一个团级政工干部彭庆云同志,右手受伤,发炎,流血不止,送到了后方卫生部。他出血过多,神经有点迷糊,一路上以颤抖的声音断断续续地叫着:

"白大夫,白大夫……"

但白求恩大夫不在后方卫生部,潘政委给他检查了一下,没有办法。立即打电话到上石砾,告诉顾部长伤员情形,问白求恩大夫怎么办。白求恩大夫接过电话来说:"马上就到。"他放下耳机,背上挂包,带一点手术器械,连翻译也等不及带,就一个人骑上马奔驰而来了。上石砾离后方卫生部是五十里,快到时,那匹棕红色骏马的臀部淌着雨样的汗。潘政委告诉彭庆云同志:

"白大夫来了。"

伤员好像有了保证似的,马上就安静下来了。白求恩大夫一看:止了血,要断臂,但是没有带锯子来,卫生部里找到一把工兵用的锯子,用火酒消毒,算是勉强锯下来了。这样,从死亡的边缘上,白求恩大夫救活了彭庆云同志。把伤员包扎好,他旋即骑上汗还没有干的马,又向回跑了。那儿还有伤病员在等着他哩!

五

从三五九旅回到杨庄的第一所,他急于要完成特种外科医院的建设。第一所里当时收容了三百多个重伤员,除了监督筹备特种外科医院外,他每天都要给十个以上的伤员行手术。一个股骨骨折的伤员,经白求恩大夫检查,须要行离断手术。可是这伤员受伤时流了很多的血,以"血色素对照"检验,已经到了严重的贫血状态。他体温又高,精神萎顿,大小便不正常。要是不立即行手术的话,这伤员在很短时期之内,一定死亡。如果行手术而不输血,那结果,也还是接近死亡。白求恩大夫说:

"要输血……"

军区卫生部部长叶青山同志最近已经输过血,曾经拿这个例子在医务人员当中动员过,但有人对输血还没有足够的认识,总以为输血对自己身体有很大的损伤。叶部长问站在他旁边的护士邱生才:"这次你输血吧?"邱生才摇摇头,说:

"我这两天不舒坦,下次再……"

他婉辞推却了。白求恩大夫叫王大夫验一验这伤员的血型。王大夫在伤员的耳朵垂上取了一滴血,放在玻璃片上一滴百分之一的枸橼酸生理食盐水里,用标准血清的血液放在玻璃片上浮游液内,反应结果是 B 型;白求恩大夫翘着胡髭的嘴犄角上浮起微笑,快活地说:

"我是 O 型,万能输血者,我可以输——准备手术吧。"

叶部长考虑到他的年龄和衰弱的身体,劝他道:"还是找另外一个人来输吧。"

"用不着,我输不是一样吗?前方将士为国家民族打仗,可以流血牺牲,难道我们在后方的工作人员取出一点血液补充他们,有什么不应该的呢?况且对身体并无妨碍。别耽搁时间,救伤员要紧。"

那个伤员躺在手术台上施行了腰椎麻醉,手术在悄悄进行着,只听见低微的锯骨的嘶喳嘶喳的音响,皮肤缝合,包扎上绷带,白求恩大夫便到另一张手术台上,紧靠着伤员,解开衣服对王大夫说:

"来,快点输血。"

白求恩大夫和伤员的肘窝部进行了严密的消毒,用输血器插到静脉里:加拿大劳工进步党人三百 CC 的血液静静地输到中国人民的八路军战士的身上,伤员手术部分组织新生力强旺,饮食增加,体温正常,三个星期以后,这个垂死的伤员,又恢复了健壮的身体,走向战场。

当白求恩大夫躺下来要输血的时候,那个说身体不舒坦的护士邱生才,走到叶部长旁边眼眶里流下眼泪,激动地指着伤员说:

"叶部长,我要输血给他。"

叶部长走到白求恩大夫身边,白求恩大夫连忙摇头说今天来不及了,护士也没检查血型,不一定能用。邱生才看这次没有希望了,便要求道:"那么下一次,一定让我输吧,难道我……"他后悔地嘤嘤哭泣起来了:"早先我也不是不肯,我不懂得输血……"

白求恩大夫输完血,站起来,拍拍他的肩膀:

"好孩子,不要哭,输血的机会多得很,下次一定叫你第一个输。"

白求恩大夫转过脸和叶部长商量："这样好了，我们成立一个志愿输血队，把队员血型检查好，省得临时要的时候费事……"

叶部长同意他这个意见。邱生才首先报了名，接着后方医院政委刘小康、翻译、医生、文书、护士都报了名。这消息立即传遍了全村。老百姓听说外国人和部长、政委都给咱们受伤的八路军输血，没有一个不想报名输血的，杨庄村长齐之彬，妇救会主任……都参加了志愿输血队。白求恩大夫虽然已输过血，但他还硬要参加这个志愿输血队，说："能输血救活一个战士，胜于打死十个敌人！"

从此，许许多多失血过多伤势垂危的战士，他们血管里有国际无产阶级代表的血，有中国抗日人民的血重新在流着，使他们能够第二次获得生命，继续为中华民族解放事业和全世界解放事业，奔走在火线上，和东方法西斯匪徒肉搏！

六

十二月十五日，特种外科医院的建设，宣告完成了。各个分区的卫生机关都派代表来参观、学习。三五九旅卫生部政治委员兼卫生主任潘世征同志，带了王震旅长的介绍信，也来参加了，但遭到白求恩大夫的拒绝。他说：潘世征同志水准太低，工作能力不行，不可能训练成一个好的外科医生。翻译董越千同志给他解释，说大概王旅长看他能够学习，才准他来的，白求恩大夫仍然说：

"要能学习，到别处去学习，我不要他。"

他写了一封信给王旅长，说明他的意见。

潘政委技术水准的确不算太高，但是他有一颗努力学习的决心,白求恩大夫虽然没正式收留他,他依然留下来参加学习,并且耐心地向白求恩大夫要工作做,细心地研究、学习。

这时白求恩大夫的扁桃腺炎正厉害,手指上也发炎,但全边区的卫生机关二十三个代表都带着庆贺的牌匾到齐了,他不顾自己身体有病,决定在一九三九年一月三日特种外科医院实习周开幕。

实习周是白求恩大夫对边区医务人员——医生和看护——集体的实际教育的一个运动周。从当招呼员做起,一直到当外科医生为止,这是实习周的课目。大家不分职别拈阄,该谁干什么,谁就干什么。顾正钧部长、张杰部长和潘世征同志抓到是看护,大家都很认真负责地进行工作,潘世征同志给伤员端便盆、扫地,顾部长一个人剪了三十多个伤员的指甲……第二天按职务升一级,招呼员升看护,医生降下来当招呼员。白求恩大夫、王大夫、游副部长等,每天给他们上课,讲"关于消毒药防腐药在外科上之价值""离断术之发展史与离断术""日光疗法"……同时每天白求恩大夫亲自动手术,做完了"腐骨摘除术",做"赫尔尼亚手术"……配合当时的手术,一边讲一边做,用实际的例子来教育大家。行手术后叫代表们每个人开十个处方,然后他细心来修改;同时他自己也开了十多个处方给大家学习。一周紧张的生活过去,潘世征同志在日记上这样写道:

"……这七天之中,也许是太兴奋了的缘故,总觉得日子太短,一天天很快地就过去了,然而我想每一个代表在这七天之中实地学习的收获,胜于读书七月,甚至……每一个代表都感觉到空空而来,满载而归。……"

夜里白求恩大夫在打字,计划把实习的情形汇集,打出来分发给各个代表带回去。

他对潘世征同志在实习周当中努力学习的精神,十分赞许。临走时,他托潘世征同志带一封信给王旅长。他们一块从杨庄村山坡上(杨庄村是在山坡上的)的台阶走下来,有一段少了一块台阶石,不好下,潘世征同志走在前面,就跳了下去,白求恩大夫在后面问道:

"你跳下去,舒服不舒服?"

"因为不好走,就跳下去,没什么不舒服。"

"伤病员能跳下去吗?"

"不行。"

"这是伤病员要走的路,应该给他们铺好。"白求恩大夫指着路旁一块四方的大石头说,"把这块石头移过来,垫上,就可以走下去了。"

潘政委走过去搬,石头太沉了,没搬动。董越千也去移,弄得气喘喘的,还是没移动;白求恩大夫过去帮着把石头移过来,垫起,他自己在上面试一试,看了下,这才往下面走过去了。临别时,白求恩大夫叫潘政委他们回去,好好向下面传达实习周的情形,教大家。

潘政委回去把白求恩大夫的信交给了王旅长,那信上说:"过去我对于潘世征同志的认识是错的,你对他的认识是对的。他还能够工作学习,只要他努力下去,是可能成为一个好的外科医生的。现在,我对你承认我的错误。"

七

把山地伤病员治疗得差不多了,各个地区的卫生工作都逐渐地走上轨道,白求恩大夫得到军区司令员聂荣臻将军的批准,组织了东征医疗队,去开辟平原游击战争中的医疗卫生工作。二月十九日的月黑夜,他带着十八个卫生干部,举着"晋察冀军区东征医疗队"的旗帜,冒着北国的寒风,突过了平汉路上敌人的封锁线,到了冀中军区司令部。那儿准备了丰盛的晚餐,吕正操司令员亲自热烈地欢迎他。他脸上却流露不满的神情,直率地说:

"你们拿我当客人,肉太多……"

白求恩大夫对自己的生活是很刻苦的。在杨庄举行实习周的时候,他就向组织上提出要降低自己的生活水准:说是钱用多了,要取消组织上给他的那个伙夫,并且要和一般人生活一样。但组织上考虑到他年长有病,他过去的生活又比中国一般的生活优裕,就没有遵照他的意见做。此后,那伙夫就常常遭到他的申斥,不是说菜做得太好了,便是说菜做得太多了。他要节省,他说:战士只吃五分钱的伙食,我们吃这样好干什么,只要吃饱能工作就行了。军区给他每月百元的边币津贴,他也不要,捐给医院贴补休养员的营养费;医院给他的水果和香烟,他也常转送给休养员。但对休养员却不同了,他说:"要爱护休养员,休养员要穿好的吃好的。"他在军区后方医院时,根据他的意见,给休养员建立了营养室。

吕司令员问他想吃点什么,他说:

"我要吃素菜。我们八路军是艰苦奋斗,你们弄肉给我吃,不是很好地招待我……"

于是作了一些素菜给他吃,在冀中军区工作了一个时期,便到一二○师的卫生部。这时,敌人向冀中疯狂进攻,部队伤员大部分散。白求恩大夫为了适应新的环境,决定把医疗队分成两队:一在前线,一在后方;前线的,由他率领。

五月初,一二〇师师部驻在任邱县的大株村,师部正在开××会议。河间城里集中了两千多个敌人,带着钢炮、掷弹筒,向温家屯出发,企图消灭我们师的主力,在齐会和七一六团接触上了。这就是有名的河间齐会战斗。

　　夜晚,白求恩大夫的医疗队,就在温家屯村边一个小庙里,布置好了手术室,离火线只有五里多地。白求恩大夫穿着白手术衣,红橡皮围裙,头上戴了一盏小电灯,身上背着电池,在紧张地动手术。訇的一声,一颗炮弹落在手术室的后面,爆炸开来,震动得土都动了,小庙上的瓦片格格地响,有一片落在地上打碎了。一二〇师的卫生部曾育生部长对翻译说,劝白求恩大夫转移到后面去动手术,白求恩大夫摇摇头:

　　"打仗就是这样,前面有队伍不要紧。应该做下去,这不算什么。我在西班牙的时候,比这里更厉害,飞机大炮更多哩,做军医工作就是要和战士在一块,就是牺牲也是光荣的。怕什么,做下去……你去看看,告诉他们有脑部胸部腹部创伤等,不必等登记,马上就来告诉我。"

　　曾部长出去检查,他仍旧做下去。

　　在火线上,指导员握着驳壳枪看见无数的戴着钢盔的敌人,跟着一个摇着太阳旗的队长,疯狂地冲过来,便嘶哑地鼓励道:

　　"同志们,冲呀,打垮敌人——白大夫就在我们后面,受伤不要紧,冲呀!……"

　　战士们听见白求恩大夫在后面,受伤不要紧,浑身充满了力量,更加毫无畏惧地冲过去,敌人溃退下去了……

　　枪声沉寂一会儿,大炮和机枪又在平原上咆哮起来。一颗炮弹又落在手术室的侧面,打坏了一堵墙……

曾部长走进手术室,告诉白求恩大夫,火线上下来一个腹部创伤的伤员。他是六团一营三连连长,叫徐志杰,是六小时前冲锋时挂的花,腹部中了步枪伤,因为肠间膜动脉管破裂而大量出血,使腹内积满了血,眼看就要死亡。伤员马上给抬上了手术台。白求恩大夫把他腹部从中剖开,取出一截红腻腻肠子检查,伤在横结肠和降结肠,上面有十个穿口和裂罅。用羊肠线把它缝合,他就掉过脸来对曾部长说:"准备木板。"缝好肚皮,他拿出一套木匠家具,在做"靠背架",边锯着木板边说:

"一个战地外科医生,同时要是木匠、缝纫匠、铁匠和理发匠,有这四匠,才是个好的外科医生。"

他预知这伤员动手术后呼吸一定困难,用"靠背架"好让他呼吸。他把徐连长安置好又回来动手术。每隔一小时他就去看一次徐连长,告诉医生,一个礼拜之内,伤员不能吃任何东西,只是用糖盐水做点滴灌肠,口渴时,用水漱漱口。

这次战斗我们消灭了五百多敌人,自己也有二百八十多个伤亡。白求恩大夫带着医疗队连续工作了三天三夜,夜里只打了会儿盹,没休息到两个钟头,便又急着要动手术。贺师长、关政委劝他休息,他不肯,说:"伤员这么多,这样痛苦,我们休息是不应该的,要把手术做完,我才能好好休息。现在叫我休息,我也不能好好休息的。"做饭给他吃,他也不吃,只是吃一点很简单的点心,油煎洋芋片和馍片。

一个礼拜之后,他每隔两小时去看一次徐连长,他省下自己带来的荷兰牛乳和咖啡不吃,给徐连长吃,并且每天亲自给徐连长做四顿饭。曾部长看见白求恩大夫眼睛上网了一层红丝,实在太疲劳了,劝他不要做。白求恩大夫不答应,说:

"药物只有在一定程度上才有用,是最次要最次要的,理学疗法和食饵疗法配合好,护理要好,伤病员就能够很快地恢复健康,还是让我自己来做……"

白求恩大夫去看徐连长时,把别人送给他的梨子,放在徐连长枕头旁边;把香烟放在徐连长嘴里,给徐连长点火,看徐连长抽;白求恩大夫心上感到无限的愉快和安慰,向徐连长伸出大拇指,说:

"你是我们英勇的八路军战士!"

部队行动,他叫人抬着徐连长,跟着他一块儿走。二十八天之后,徐连长的伤口已没有问题,他这才叫把徐连长送到后方去休养。徐连长抓着白求恩大夫的衣服,表示要多杀死几个敌人来答谢他,同时,感动地放声大哭起来。白求恩大夫给他拭干了眼泪,劝他不要哭,并且拍拍他的肩膀说:

"这是我应尽的责任,不要感谢,大家都是同志。我把你救活了,就等于救活我自己一样的。到后方去好好休息一个时期,再回到前线来,消灭法西斯匪徒。再见!"

白求恩大夫对这次战地救护工作大为称赞,特别是腹部创伤治疗,有惊人的成就:在欧洲,一般腹部创伤的死亡率都在百分之八十以上,而在冀中敌后,那样困难的条件之下,竟然只有百分之二十的死亡率。这成就,只有在八路军那种克服一切困难的坚韧精神之下,才能够达到的。

齐会战斗后,他听到子牙河边的王家庄有伤员(这是独一旅的),他马上要去;旅长告诉他王家庄河对岸就有敌人的据点,哨兵都可以看的见,劝他不要去,或者把伤员运来治疗也可以。他不肯,说:"医生坐在家里等待病人来叩门的时代已经过去了。我们要到伤员那儿去,不要等伤员来找我们,哪儿有伤员,外科医生就应该上哪儿去!"旅长再劝阻他的时候,他更坚持地说:"我是晋察冀边区的卫生顾问,这是我的责任……"

旅长没法,派了一个骑兵连掩护他去了。他到了那儿,马上就检查完了八十多个伤员,动完一个手术,送走一个;刚送走了六十多个伤员,骑兵连长跑来告诉他,对岸的敌人出动了,已经在过河。他还不慌不忙把手术做完,收拾器械说:"敌人还想捉我这个外国人吗?他别想。"他和骑兵连刚出村,四百多敌人离村只有一里多地了,多凶险!事后他说:"由于我们那有能力的管理员龙同志的机敏工作,并由于全体队员都骑上了牲口,全体队员和装具都得保存了。"

在以后的时日里,白求恩大夫白天治疗,晚上抽出时间给医生和看护上课。并且发明了一个新的搬运战地治疗箱的装具,携带一个手术室、一个包扎室和一个药房的全部必需品,所有足够施行一百次手术五百次包扎以及配合五百剂药的装具,却只用两个骡子来驮运。在人力和技术上都很薄弱的冀中区卫生工作,由于他的努力和帮助,各方面都有了显著的进步。

经过他救护治疗的一千多个伤员,从敌人层层封锁的冀中,安全地到达了冀西山地,一个也没有失落,连他也不禁为中国战场上空前未有的奇迹而叹服了:"因为这个行程是很危险的,贴近许多敌人盘踞的据点走过,历时在一周以上,所以应当对司令部及情报部在这方面的工作,致最高的褒誉。"

八

一九三九年七月一日,他从冀中回到冀西山地。这时,他的注意力集中在军区整个卫生机关的全面工作。他向军区卫生部提议：开办卫生材料厂，来解决药品的困难；创设卫生学校，来解决药务干部的困难。他亲自给卫生学校订了详细的课程和章程。八月，军区原来的卫生训练班和延安去的卫生学校合并，成立了卫生学校晋察冀第二分校。他把自己的爱克斯光和显微镜捐给了这个学校（为了纪念他，后来改称"白求恩卫生学校"了）。七月到九月，他用全部精力编著关于战地医疗书籍——"游击战争中野战医院的组织和技术"，"模范医院组织法"……

为了了解和推动全军区卫生工作，他提议组织军区卫生部巡视团，团员五人，由他率领。他准备巡视完就回国去，替晋察冀边区募集经费、药品、器械和书籍。

在军区后方医院，他看到疥疮病人住院很久而不能出院。他检查出是消毒不严密，上药不彻底。于是组织了一个疥疮医疗组，先把病人的被服、枕头洗净消毒。他和叶部长、医生们亲自用洋咸给病人洗澡，拿硫磺药膏给病人使劲擦，擦到皮肤都红了，药力深入皮肤里层，就赤裸裸地晒太阳。治后换新的衣服，原来的衣服放到升汞水里泡，洗，然后再穿。这样，数月未出院的疥疮病人，在两个礼拜以后都出院了。他又派疥疮医疗组到各所去活动，在很短时间之内，全军区医院和卫生所里，没有一个疥疮病人了。

巡视团从军区后方医院到了三分区于家寨后方医院第二所，陈医生负责审查药房，叶部长和翻译主持检查政治工作，白求恩大夫和林金亮医生则去检查病室，审阅统计工作，并且帮助做手术。每人像是机器上的一个床子，一根杠子，一颗螺旋钉，在白求恩大夫这架发动机下面，有规律地转动着，工作着。

一有空闲，他就在村子里巡视群众卫生工作。在于家寨小庙旁边,看见一个老汉在幽幽地哭泣,他跑过去握着老汉的手,关切地问他为什么伤心。老汉抬起头来,吃了一惊:握着他的那温暖的大手,原来是外国人的,他用袖子拭去了老泪,抽咽地说:"死了人哪。"

白求恩大夫问:"什么人?"

"我的小孙子……"

白求恩大夫要去看这病死的小孩,老汉说死了,不用去看;但他还是要去看看。站在旁边抱着一个兔唇小孩的老妇说:"大鼻子要看,就去看看他没啥。"就领着他去看。一问,小孩是生了几个月的痢疾病死的。白求恩大夫问他为什么不上医院去看,他说:

"没有钱。"实际上他是对西医不了解,没肯把小孩抱来看。

"八路军医院看病不要钱的。"

"看病不要钱,我买药也没有钱。"

"药也不要钱的。"白求恩大夫劝他不要哭;随后转过脸来,看见那个老妇怀里的小孩是兔唇,他告诉她:

"我给你的小孩把嘴缝合好不好?"

她不禁惊讶了,天生的缺嘴,还能缝得好吗? 当时还没回答他,白求恩大夫以为老乡又怕出钱,连忙加上一句,说:

"不要钱。"

小孩子被带进手术室,缝合后,不久就长好了。老乡送来鸡蛋和枣子,表示她对白求恩大夫衷心的感谢,却被他退回去了,他是不要老百姓报酬的。他对老百姓关怀如同一家人似的。记得敌人把平山洪子店焚烧成废墟时,他正在前线救护,亲自走到老乡面前去慰问,用生硬的中国话,对老乡说:

"不要哭,我们要向日本鬼子报仇,我就是来帮助你们打日本的!"

老百姓看他如同亲人似的,简直忘记了他是加拿大人。老百姓心中暗暗兴奋起来,外国人也来帮助咱们打日本哩!

第二所巡视完,做了总结,打了分数。接着他们又检查××团、骑兵营、一支队、一分区……在巡视中,从实际中培养了一些医疗人材,密切了卫生机关上下级的联系。

十月二十日,敌人大规模的冬季"扫荡",从军区北线开始了。白求恩大夫带着医疗队到了涞源摩天岭前线,在××庄救护伤员。英勇的子弟兵夺取了摩天岭,气焰万丈的敌人狼狈溃退了。王安镇的敌人,企图出来截断子弟兵的归路,挽救摩天岭敌人的命运。这时白求恩大夫还在做着手术,增援的敌人逐渐接近前线救护站了。王大夫劝他走,但还有十多个轻手术没做,他没吭气,继续做下去。一会儿电话响了,一分区司令员在电话里跟白求恩大夫说,叫他立即带着医疗队从侧面高山转移过去。白求恩大夫仍然坚持把手术做完,这样可以减少伤员的痛苦和死亡。在抢做手术的时候,他的左手中指第三关节却不慎被刀口刺破了。当时手上的血很多,他也没注意,情形很紧急,就匆匆忙忙离开××庄。

九

远远传来爆豆似的机枪声,白求恩大夫骑上那匹棕红色的骏马,紧加了几鞭,马便放开了四蹄,在狭窄的山路上奔驰开了。他的翻译骑着那匹老马在后面,也紧加了几鞭,跑了二里多地才算追上了白求恩大夫。但那匹老马已气咻咻地喷着鼻子跑不动了。白求恩大夫看到那匹老马臀部淌着汗,蒸发出烟似的热气,便开玩笑地说：

"你这个马又在喘了，老年的表现！现在假如我们二人在一起赛跑，你要是像我的马，我便像你的马了。"

"不，你的身体比你的年纪要年轻些！"

"你不知道，我的体力日渐衰弱了。在西班牙的时候，我的体力不如在加拿大，去年不如在西班牙，今年的体力又不如去年了……"

后面医疗队的人接上来，他们又向前面走去了。回到一分区卫生部第一所，虽然刀伤左手的中指，局部发炎，他仍然继续给伤员动手术。这时，他检查到一个外科传染病的伤员，是颈部丹毒合并头部蜂窝组织炎，全脸浮肿，神经错乱，白求恩大夫给他头部行了乱刀切开手术。把第一所伤员手术做完，派叶部长和林金亮医生去检查东线三分区去。第二天早晨他准备到冀中后方医院去，医疗队的一切东西都上了驮子，在等候白求恩大夫出发。白求恩大夫还在病室里检查伤员，给昨天行手术的伤员更换完绷带，他又想起那个头部蜂窝组织炎的伤员。他走进病室一看，伤员浮肿消退了一些，精神也比昨天清醒。看见伤员还有一线生命的曙光，他喜悦地叫人把驮子卸下来，匆忙地准备给伤员做第二次手术。他忙着动手术，竟忘记了戴橡皮手套，伤员的创口里的细菌从他的中指刀伤处，像个小贼似的溜进去。但他只一心注意到伤员，没想到自己中指会中毒，他说：

"不戴手套也有它的好处，手指感觉力的奥妙，决不是橡皮手套所能比拟的。手指可以在伤口内感觉到哪儿是铁片，哪儿是子弹头，哪里是碎骨块。"

直忙到下午，白求恩大夫他们才出发了。到了冀中后方医院，又是不断地工作,手指却慢慢发炎,肿胀的痛得很厉害。他用一盆温水,把手指浸在里面,但没有什么效用。王大夫就在他的发炎的中指上,拿小刀切开十字形。站在旁边的人,看到白求恩大夫病势没有起色,黯然抽了一口冷气。白求恩大夫看他们那股颓丧的神情,就安慰道:

"不要担心,只留下两个指头,我还可以照样工作……"

七号,阴沉的低空,落着灰蒙蒙的小雨。前线情况更紧张了。他不顾自己身上的病,急着要到前线去。后方医院院长劝他多休息几天再上火线救护,他却发起脾气来了:

"你们不要拿我当明代的古董,我可以工作,手指这点小病算什么,你们要拿我当一挺机关枪来使用……"

他的精神忽然奋发起来了。

"等前线伤员抬下来,你在这儿给动手术好了。"

"那怎行呢?刚受伤的伤员在前线治容易治的好,比在后方好治。"

院长仍然设法劝阻他:"现在已经打响了,你就是去了也赶不上了。"

"纵然赶不到前线救护,至少可以在半路上碰着。"

天空传来炮声、枪声和嗡嗡的飞机声。

任何人再三的对他劝解,都没有效果。下午,冒着霏霏的淫雨,医疗队踏上泞滑的山路,向着炮轰的方向前进。他们爬过一个险峻的山头,又是一个山头,冒着寒冷赶了七十里地,他是很疲乏了,坐在马上几乎要跌下来了。

前方没有战地救护队,他看到一个个伤员从火线上抬下来,不能立时救护,难过得差点哭出声来了。他忘记了自己也是一个病人，中指局部炎肿益发厉害，肘关节下发生转移性脓疡，而且体温已增高到摄氏三十九点六度了。到王家庄×团卫生队，他躺下来了。医生给他注射体内消毒剂，内服清凉镇痛解毒剂。这儿离火线只十来里地，电话摇不通，他叫翻译派通讯员通知各战斗单位，把所有的伤员一齐送到他这儿来。同时他命令王大夫，要是有头部胸部腹部的伤员，一定要抬来给他看，即使他睡着了，也要叫醒他看。

第二天早上，王大夫把他左肘转移性的脓疡割开，他的精神忽然好了起来，但到下午，体温增高到摄氏四十度，头又剧烈的胀痛了。

"扫荡"边区的敌人，从五亩地向王家庄袭击来了。××战斗兵团的季团长赶来慰问他，劝他到后面比较安全的地方去休养。他躺到担架上，在密集的机枪声中，离开了王家庄，路上浑身发冷，呕吐了好几次。

抬到完县黄石口的时候，白求恩大夫怎么也不肯走了。就在村子里宿营，屋子里给他生了火，窗户和门都关上了，他还嫌冷，牙齿得得地颤抖着。

叶部长听说白求恩大夫病了，立即派陈医生来探望他。陈医生走进屋一看：白求恩大夫清瘦的面孔，越发苍白，四肢厥冷，他的身体已到了最坏的程度。两个医生，用各种药品，仍旧不能挽救白求恩大夫病势的恶化。

他躺在床上，用几乎难以识别的墨迹，勉强地记下了他底最后的语言，告诉聂司令员他最近工作和生活的情形，向聂司令员建议：立刻组织手术队到前方来做战地救护。他把"千百倍的谢忱与感激送给司令和我们所有的同志！"黄昏，他把写好了的遗嘱，交给

了翻译,解下手上的夜光表,赠送给他,做为最后的礼物。他翘起胡髭的脸上浮起自慰的微笑,谆谆地对他的翻译说:

"努力吧! 向着伟大的路,开辟前面的事业!"

夜色笼罩着山野。屋子里静悄悄的,白求恩大夫床头那支黯淡的烛光,摇映着垩白的墙壁,烛油一滴滴眼泪似的滚落下来,蜡烛在慢慢消耗着自己的生命……

一九三九年十一月十二日清晨五时二十分。

在安静的黎明中,加拿大人民优秀的儿子,勇敢严正热情的国际主义战士,我们的白求恩大夫,吐出了他最后的一口气,结束了他未竟的事业!

受伤的战斗员需要像你这样爱护他们的大夫,天天在继续扩大的晋察冀边区,需要像你这样勇敢严正的战士;新中国这婴儿快要诞生了,需要像你这样热情的助产士,但你却被毒菌夺去了生命,离开我们而去了! 医疗界丧失了一个诲人不倦的导师,伤病员丧失了他们再生的父母,中国丧失了一个最好的国际友人……

这不幸的消息传出来,没有一个人听到不惘然若有所失而哀伤的,没有一个人不黯然下泪的,即连身经百战的聂荣臻将军,亲眼看见过无数的战友伤亡,他听到这消息,也不禁下泪了。全边区人民和子弟兵,含着眼泪悲壮而亢奋地高声唱着:

> 我们尊敬你,
>
> 像尊敬真理和正义;
>
> 伟大的加拿大朋友啊!
>
> 你像祖国的战士,
>
> 曾快乐地战斗在晋察冀。
>
> 如今啊,

在北中国的前线上，

安息！

亲爱的白求恩同志啊，

你为中华民族解放而死，

誓以我们的胜利，

来作你革命的祭礼！

1944 年 11 月 2 日，延安

（原载 1944 年 11 月 12 日至 14 日延安《解放日报》）

作者简介：周而复（1914—2004），安徽旌德人。1938 年赴延安，1939 年加入中国共产党。著有长篇小说《上海的早晨》《白求恩大夫》《长城万里图》等。

叶挺将军的诗

郭沫若

那是新四军事变后的第二年（一九四二），希夷被囚在陪都郊外的某一地点。秋季快要完的时候了，他的夫人由广东携带着一位八岁的女儿扬眉来看他。他们在狱中曾经会过几次面。我在这时却也得到了极可宝贵的一些意外的收获。

十一月十六日，希夷夫人带着扬眉到赖家桥的寓所来访问我们，她把希夷手制的一枚"文虎章"送给我，作为他给我祝寿的礼物。那是由香烟罐的圆纸片制成的，正面正中用钢笔横写着"文虎章"三个字，周围环绕着"寿强萧伯纳，骏逸人中龙"十个字。背面写着"祝沫若兄五十大庆，叶挺"。在这之上，希夷夫人用红丝线来订上了佩绶，还用红墨水来加上了边沿。

这样一个宝贵的礼物，实在是使我怀着深厚的谢意和感激。我感激得噙着了眼泪。

不久我们从乡下搬进了城，又从希夷夫人手里得到希夷给我的一封信，这里面还附有一首诗。

沫若兄：

在囚禁中与内子第二次聚会，彻夜长谈二十四小时，曾说及十五日将往祝郭沫若兄五十大庆，戏以香烟罐内圆纸片制一"文虎章"，上写"寿强萧伯纳，骏逸人中龙"两句以祝。别后

自思,不如改为下二句为佳:

寿比萧伯纳

功追高尔基

叶　挺　卅一,十一,十四,在渝郊红炉厂囚室中

为人进出的门紧锁着,

为狗爬出的洞敞开着,

一个声音高叫着:

——爬出来呵,给尔自由!

我渴望着自由,但也深知道

人的躯体哪能由狗的洞子爬出!

我只能期待着,那一天

地下的火冲腾

把这活棺材和我一齐烧掉,

我应该在烈火和热血中

得到永生。

六面碰壁居士　卅一,十一,廿一

这里燃烧着无限的愤激,但也辐射着明彻的光辉,要这才是真正的诗。假使有青年朋友要学写诗的话,我希望他就从这样的诗里学。我敬仰希夷,事实上他就是我的一位精神上的老师。他有峻烈的正义感,使他对于横逆永不屈服;而同时又有透辟的人生观,使他自己超越在一切的苦难之上。五年的囚禁生活,假使没有这样的精神是不能够忍耐的。假使没有这样的精神,一个人不被软化,成为性格破产者,也要被瘫化,成为精神病患者。然而希夷

征服了这一切,现在果真是"地下的火冲腾,把活棺材烧掉",而他"在烈火和热血中得到永生"了。

他的诗是用生命和血写成的,他的诗就是他自己。

一九四六年三月四日,希夷在五年囚禁之后恢复自由,晚上在中共代表团看了他回来,又在电火光中反复读着他这首诗。

(原载 1946 年 4 月 6 日《唯民周刊》第一卷第一期)

作者简介:郭沫若(1892—1978),原名郭开贞,四川乐山人。1927年参加南昌起义,同年加入中国共产党。著有诗集《女神》《星空》《前茅》《瓶》,话剧《棠棣之花》《屈原》《虎符》《蔡文姬》等。

一面光荣的旗帜

白　朗

慷慨悲歌哀烈士
坚决战斗慰英灵

赵一曼,这个响亮的名字,曾经响亮地传诵于松花江畔,她那为抗击日寇而英勇战斗,和慷慨就义的悲壮动人的故事,更是家喻户晓,妇孺皆知的,松江的流水为了她的死而呜咽,珠河两岸的垂柳为了失掉她而低泣!而她的壮烈殉国也使东北人民蒙受了无上的光荣;使热爱自己的民族,热爱自己的土地的抗日英雄们、热情青年们更加坚强,更加英勇地为挽救民族危亡而流洒鲜红的热血,就连那群寡廉鲜耻的汉奸走狗们也不能不为她威武不屈的民族气节而惭愧汗颜了!他们更怎敢正视她的碑碣呢?

她是四川人,本姓李,因为天资敏慧,又受了较高深的教育,当她还是一个小女孩的时候,便接受了革命的思想。虽然她是一个知识分子,并带着一点小姐气味,可是当她一九二二年在上海参加了中国共产党青年团以后,便能遵守党的指示深入下层,接触群众,积极地领导着上海女工运动。后来被送到莫斯科深造,归国后便同她的丈夫老曹——真名不详,京汉路"二七大罢工"时的工人领袖——同在上海做地下活动。"九一八"后,被派到哈尔滨满洲总工会工作,组织了电业工人,已经死去的戴平万同志当时也在满总工作。赵一曼夫妇到哈后，接受了当时满洲中共中央代表罗登贤同志的指示，领导了哈尔滨电业工人的反日大罢工。

一九三四年春东北中共组织遭敌人巨大摧残破坏，罗登贤同志被捕后不久老曹便失踪了（"八一五"后始知老曹早囚死狱中）。

当时的赵一曼虽然非常关心着老曹的生命，但她自己也正是敌人想攫获的红色的反日人物，于是她顾不得寻找丈夫的下落，便带着一颗悬悬的沉痛的心，然而却是满怀壮志地到珠河工作去了。

到珠河以后，便把珠河（又名马吉密河）两岸的妇女组织起来了，成立了妇女救国会，后更在珠河铁道北（滨绥线）担任区委书记。

赵一曼同志，无疑地是一个伟大的女革命家，她有坚强的性格，富有毅力和魄力，同时她又是一个天才的女演说家，她的讲话充满着极强的煽动力，没有一个人听了不感动振奋。她能够把群众讲得振臂高呼，也能够使群众痛哭流涕，因此，珠河一带的男女老幼，没有一个不拥护爱戴这位值得尊敬的妇女领袖的。在她领导之下的一批妇女干部，为了不暴露姓氏，使敌人无法捉摸，大家都姓起李来了，她们是用大李，小李，黑李，白李，红李，高李，矮李，胖李，以及小辫李，瘦李等等来区分的，赵一曼同志比较瘦削，因之瘦李便是她的代表名字。她领导着这批女干部活动于铁道以北。

一九三五年，敌人在珠河采取了烧杀归大屯政策，在残酷地毁灭着东北人民的生机，见房就烧，见人就杀，火光四起中，哭声遍野，惨叫连天，在这种情况下，赵一曼悲愤不能自抑，于是她领导了几个干部，用红缨枪组织了几千个农民自卫军，在珠河东部关门嘴子附近和敌人做了一个英勇的大决斗，虽然敌人有着优良的武器，而他们却以原始的装备获得了空前的大胜利,给顽强凶残的敌寇以极大的打击!使得汉奸走狗们一听到瘦李的名字便抱头鼠窜了。

后来,这个自卫队加入抗联第三军第一师第二团,而这一团的政治干部很多是姓李的干部,在王惠同团长英勇机智的领导之下活动于黑彪宫、秋皮屯、关门嘴子等地。和敌人做了好几次搏斗,当时的赵一曼同志便是铁二团的政治委员。

铁道北的房舍全烧光了,在遍野荒凉四无遮掩的形势下,这支有力的抗日队伍便不得不奉命撤回铁道南继续活动,坚持抗战,然而,铁道南也不过仅余农民数人,茅舍数间而已!冯仲云同志当时就在那区域担任县委宣传部长,他们在艰苦地和敌人死拼着。

正是秋末的时候,他们又被派到铁道北坚持游击。当时群众领袖周北学到反动武装去做说服工作被捕后侥幸逃出,后和他们在一起活动,刚过铁道,由于内奸告密即被千余优势日军所包围,在敌众我寡,及敌军重重包围的形势下,全团三百多优秀的游击队员誓以身报国,坚持血战,最终几乎全部牺牲了!侥幸突出重围的仅十五六人而已!而王惠同团长也因重伤后被俘,英勇牺牲慷慨就义于珠河县的小九站了。

在这次战斗中,赵一曼同志腿部中了一枪,便和幸未负伤的周北学同志隐藏在一个地窖中,不意又被叛徒告密,在一个雪深没胫的寒天里,赵周两同志便同时被捕,做了敌人的狱囚!周北学同志则就义于珠河县。

在珠河,赵一曼的名字,早已是遐迩皆知了,一些汉奸走狗,土豪劣绅们,为了好奇,当她被解进珠河县城时,都跑来想一瞻为抗日而光荣被俘的女英雄——瘦李——的丰采,而我们的女英雄却不领受那些污秽眼睛的无耻瞻顾,她悲愤地痛骂着,教训了那些不肖之徒,他们被骂得羞愧难当的夹着尾巴跑掉了。

不久,敌人便把她解送到哈尔滨,押在特务机关里,对她施尽了非刑,直到遍体鳞伤,气息奄奄,而我们的赵一曼同志却始终坚不吐实,忠实于党,忠实于流血奋斗中的同志,使敌人在她身上得不到半点机密。

但敌人仍不甘心,还梦想在她的口中获得一些宝贵的线索,怕她因伤重而死,于是便把她送到许公路公园附近的滨江医院疗伤。张伯岩医生为她的英雄事迹非常感动,他细心地为她疗治着刑伤,并安慰着她受了创伤的心灵,她的伤慢慢地好起来了。

始终尽忠于革命的赵一曼同志,即使在伤重期间,也决不肯放弃过一个宣传的机会,当她的精神稍微恢复了一些的时候,便面向着松花江的流水,用她那婉转动人的声音,向看护她的董护士和敌人派来看守她的警士讲述抗联的悲壮故事,并用种种方式,教育他们,提高他们的民族意识和政治水平,因之他们不久就成了赵一曼两个最可靠最爱护她的群众了。

敌人呢,当然更不肯放过他们每一个逼问的机会,当赵一曼同志伤势稍愈之后,他们便不断地来逼供,她为了避免烦恼,便想出一个聪明的办法,在敌人未来之先吃些安眠药,当敌人来审讯时,她已是沉鼾大睡,千呼不应了。

到了一九三六年秋,她的伤势一天比一天好起来了,于是经过秘议布置之后,便在一个夜里她被最可靠的两个群众抬到雇来的小汽车上开到三棵树,而后换乘火车,三个人一同逃了出来。

不幸得很,很快便被敌人发觉了。在敌人看来,跑了赵一曼这损失是无法弥补的,便马上全城戒严,到处搜查,很快的那个送走赵一曼的白俄汽车夫便被查出了,他报告了逃走的方向,这样,我们的赵一曼同志逃到离游击队所在地仅二十里的地方又重陷虎口,翌日,便在最末一次严刑拷问之后英勇赴死了!

在殉难之前,她是愉快的,没有在敌人面前表示一点死的畏怯,她面向着松花江悠悠的流水,仰望着辽阔的长空,引吭高歌起来:

> 民族的旗,血红的旗!
> 收殓着战士们的尸首!
> 尸首还没有僵硬,
> 红色已染透了旗帜,
> 高高举起呀,血红的旗帜,
> 誓不战胜,总也不放手,
> 畏缩者呀,滚就滚你的,
> 唯我们誓死以守此!
> …………
> …………
> 牢狱和断头台,
> 来就来你的,
> …………
> 这就是我们的告别歌!

歌声亦悲亦壮,弥漫于低暗的苍空,赵一曼同志在亿万可爱的东北群众痛悼下慷慨就义了,从那时候起,她便诀别了白山黑水,诀别了还在敌蹄蹂躏下的东北人民,诀别了还在浴血抗战中的同志们!

日寇法西斯是感到胜利了,他们在报纸上大肆宣传这个"胜利"的消息,称她为"赵尚志的宣传部长——红妆白马的女匪首",日本的改造杂志还为文追悼了她。

赵一曼同志的血染红了松花江水,灌溉了东北抗日园地,更安慰了为革命而早死的英灵!

在今天看来,敌人是否真正胜利了呢?

(原载《一面光荣的旗帜》,光华书店 1947 年 11 月版)

作者简介:白朗(1912—1990),女,原名刘东兰,辽宁沈阳人。早年在东北参加革命活动,1945 年加入中国共产党。著有长篇小说《在轨道上前进》,中篇小说《为了幸福的明天》等。

建党百年
百篇文学短经典